ROMANS DU JOUR ILLUSTRÉS

LES

FRÈRES DE LA COTE

PAR

EMMANUEL GONZALÈS

PUBLIÉ PAR
GUSTAVE
HAVARD
15
R. de Guénégaud

20 CENTIMES
LA
LIVRAISON

Dessins par J.-A. Beaucé.   Gravures par A. Lavieille.

Joaquin Requiem.

A l'époque où se passèrent les événements singuliers qui forment le fond de ce drame, le monde maritime offrait un spectacle peut-être unique dans ses annales. Le célèbre *Balai de Hollande* n'avait pas encore nettoyé les mers de tout rival : la marine anglaise s'ébauchait sur le chantier; la noblesse de France ne voyait dans ses colonies que de vils comptoirs où les cadets de Gascogne pouvaient seuls aller compromettre leur blason. C'est alors que les Espagnols, maîtres des Indes, purent lester leurs galions de lingots d'or et d'argent. Ils avaient exterminé ou soumis les Indiens, et relégué les plus indomptables au fond des bois, loin de leurs carbets incendiés, et ces malheureux nichaient leurs cabanes à la cime des mangliers. Les plus dociles travaillaient aux mines et aux pêcheries de perles pour le compte de l'Espagne. L'inquisition de Madrid régnait sur cent villes dans ces riches contrées de l'Amérique du Sud et des Antilles. Chaque port contenait, lors du début de cette histoire, des flottes de vaisseaux marchands richement chargés pour

Michel le Basque.

la Péninsule. Pourtant, depuis plusieurs mois, tous ces navires dormaient honteusement à l'ancre, sans oser s'aventurer en mer. Chose étrange ! l'orgueilleuse et puissante Espagne avait peur de quelques centaines de pirates déguenillés, vautours de la mer Caraïbe, qui avaient choisi pour observatoire un rocher de seize lieues de tour, l'île de la Tortue. Les exploits fabuleux, les miracles d'héroïsme de cette poignée d'aventuriers, négligés ou calomniés par les écrivains espagnols, peuvent seuls faire comprendre la grandeur de cette lutte extraordinaire entre les sauvages flibustiers et l'Espagne, qui se vit menacée par eux au cœur de ses possessions. Les plus merveilleux caractères eurent occasion de se déployer dans le cadre pittoresque qu'offrirent les mœurs étranges adoptées par ces aventuriers.

Nous prions donc le lecteur de ne pas se récrier sur ce qu'il pourrait être tenté de regarder comme des excès d'invention. Nous déclarons avoir été moins hardi que l'histoire. Elle a rapporté des faits que nul romancier n'oserait s'approprier sans redouter le reproche d'invraisemblance.

La pêcherie de perles où eurent lieu les premières scènes de ce récit s'appelait la Rancheria.

Elle était située sur la côte orientale de l'Ile Espagnole, qui fut depuis Saint-Domingue, et elle offrait un coup d'œil ravissant.

La nature vigoureuse des Antilles y laissait éclater toute sa luxuriante splendeur. Des flots d'un bleu foncé venaient mourir sur la plage avec ce grondement harmonieux et monotone qui berce la pensée.

Le *hatto*, ou maison de plaisance du commandeur don Ramon Carral, se détachait gracieusement sur ce paysage vierge, avec ses pignons pointus et ses balcons moresques.

Elle était flanquée, en guise de tourelles, de quatre kiosques peints et tout empanachés de plantes grimpantes qui montaient jusqu'au toit, laissaient pendre leurs brindilles vertes au dehors, et venaient s'enrouler le long des appuis de fenêtres comme les festons d'une broderie.

Derrière le hatto s'ouvrait un bois d'orangers, de papayers et de bananiers, beaux arbres étoilés de fruits d'or et de fleurs pourprées qui couvraient une colline entière. La maison était, pour ainsi dire, adossée à ce paravent fleuri.

Le parfum subtil de cette puissante végétation, l'aspect d'un ciel d'azur profond, frangé de lignes roses à l'horizon, toute cette poésie vivante qui saisissait le regard et le cœur eût fait pressentir à un Européen les jouissances de la vie créole, vie bercée comme celle de l'enfant dont le hamac est suspendu aux lianes de la forêt.

Sous ce beau ciel, en effet, la vie seule est un enchantement. C'est un rêve de féerie éclos sur terre. L'océan tiède vous sert de baignoire. Il y a comme du bonheur dans l'air.

Pourtant une tristesse vague assombrissait le front d'une jeune fille, qui, vers la fin d'une belle nuit de mai, se promenait nonchalamment sur le balcon du hatto, suivie d'une négresse.

Cette enfant, dont la démarche avait la grâce onduleuse particulière aux créoles, était la reine de la Rancheria, dona Carmen de Zarates.

Au bout de quelques minutes, elle se sentit fatiguée et s'accouda au balcon, attendant les préparatifs de la pêche des perles, qui commence habituellement à six heures du matin.

Avant de faire le premier pas dans l'action de cette histoire, qu'on nous permette une courte digression en faveur de notre principale héroïne.

Dona Carmen avait dix-sept ans. Son beau visage annonçait une âme candide, loyale et résolue. Elle avait été élevée par son père, mort depuis quelques mois seulement, dans des principes d'orgueil et de dévotion rigides, qui n'avaient pu altérer la droiture naturelle de son esprit.

Elle n'était point coquette, mais elle aimait en tout les belles choses et savait les deviner par l'instinct d'un goût supérieur qui ne la trompait jamais.

Vive, impétueuse par moments, mais essentiellement bonne, elle rachetait toujours par le charme d'un sourire et d'une bonne parole l'ordre ou le reproche trop impérieux qui avait pu lui échapper.

Sa beauté contrastait vivement par des nuances tout septentrionales avec les visages noirs, dorés ou tatoués qui l'environnaient d'ordinaire.

Dona Carmen avait hérité de sa mère, Flamande de Bruges, une de ces figures mélancoliques et roses, mais que la moindre impression colore des teintes du plus vif incarnat. Alors cette resplendissante fraîcheur écrasait toute toilette, et une fleur paraît dona Carmen mieux qu'une rivière de diamants.

Le matin dont nous parlons, ses cheveux châtains, sans poudre, tombaient en s'ébouriffant sur ses épaules. Ses grands yeux noirs, aux cils de velours, étaient fixés sur la mer et attestaient par leur éclat l'énergie de son âme, comme parfois leur expression souriante et douce révélait son exquise bonté.

C'était une beauté digne du cadre qui l'entourait.

La nuit finissait. Les fleurs ouvraient leurs corolles aux insectes réveillés. Dans le lointain les forêts et les collines sortaient de l'ombre, puis se dégageaient de leurs perspectives confuses et infinies pour reprendre leurs véritables proportions.

Cette fraîche clarté de l'aube, dans laquelle les étoiles viennent de s'éteindre et ne dore pas encore le soleil, faisait jaillir un éblouissant paysage, à chaque seconde plus distinct.

Dona Carmen semblait absorbée par la vue de ce sublime horizon, quand elle entendit une voix qui lui était trop connue dire brusquement derrière elle :

— Déjà levée, sénorita?

Elle se retourna vivement et aperçut le visage dur et ironique du commandeur don Ramon Carral.

C'était un homme petit, maigre, mais nerveux. Ses lèvres pincées, ses yeux fauves aux paupières rougies, la courbure exagérée de son nez, tout en lui décelait un esprit cupide et implacable.

Cousin et associé du père de dona Carmen, il comptait épouser la jeune héritière de la Rancheria et devenir ainsi seul maître de cette magnifique pêcherie.

Habitué au commandement, et, de plus, considérant toujours cette charmante fille comme une enfant, il la traitait d'une façon impérieuse.

Dona Carmen avait jusqu'alors supporté cette tyrannie par respect pour la mémoire de son père; mais cette fois, troublée par le ton grossier de cet homme, elle sentit son cœur se révolter.

— Je veux aujourd'hui assister à la pêche, répondit-elle froidement. Puisque c'est le seul plaisir qui puisse me distraire dans cette solitude, permettez-moi du moins d'en jouir. Vous m'avez déjà interdit les promenades dans les bois, sous prétexte de mille dangers imaginaires, depuis les serpens jusqu'aux ladrones. Je suis prisonnière chez moi. Cela doit vous suffire!

Don Ramon dissimula un mouvement d'impatience et répliqua d'une voix sèche :

— Voudrais-je vous priver d'un plaisir, Carmen! mais vous savez que votre vue encourage les pêcheurs à gages et les esclaves à négliger leur devoir. Ils comptent sur votre indulgence.

— Je suis juste, sénor, et je méprise les cruautés inutiles; voilà tout. Ces pauvres gens sont des créatures de Dieu.

— Rêveries romanesques, croyez-moi, Carmen. Je laisse au temps le soin de vous désabuser. En attendant, je serai toujours prêt à satisfaire le moindre de vos désirs.

Il porta alors à ses lèvres le sifflet d'argent qui pendait sur sa poitrine au bout d'une chaîne et en tira un son aigu et prolongé.

Une foule d'esclaves, d'Indiens ou de pêcheurs sortit aussitôt des *ajoupas*, huttes grossières qui s'étendaient comme un ruban le long du rivage.

La plage déserte fut bientôt animée par leur marche, leurs cris et leurs chants joyeux. En passant sous le balcon, ils s'inclinèrent respectueusement. Dona Carmen, que le commandeur observait, répondit par un demi-sourire à ces témoignages d'affection; mais elle resta pensive.

Les pêcheurs détachèrent leurs canots à six rames, et vinrent se grouper autour de la capitana ou grande barque perlière.

Un seul canot n'avait pas encore quitté le rivage. Les rameurs, immobiles, semblaient attendre. Don Ramon leur fit signe de se hâter.

Alors ils crièrent de toutes leurs forces :

— Joaquin! Joaquin!

Rien ne répondit à cet appel.

Le commandeur frappa du pied avec colère et siffla de nouveau.

Cette fois, on vit paraître sur le seuil du dernier ajoupa un beau jeune homme de vingt à vingt-deux ans, en caleçon de coutil rayé, bras et poitrine nus, les cheveux ras sous un vaste chapeau de paille rejeté en arrière. Sa taille moyenne, mais bien prise, annonçait une force et une souplesse peu communes. Ses lèvres un peu saillantes laissaient deviner, en s'entr'ouvrant, des dents magnifiques. Ses yeux bleus et doux étaient dominés par un large front qui semblait défier la servitude.

— Ah! dit le commandeur dont les épais sourcils se contractèrent, c'est encore ce fainéant de Joaquin qui est en retard!

Mais ce reproche ne fut pas entendu de dona Carmen dont le visage était devenu moins sombre à la vue du jeune pêcheur.

Joaquin, dont la figure était pâle et soucieuse, s'avança lentement.

Il s'inclina, comme les autres, sous le balcon, et s'arrêta à la voix de don Ramon qui lui cria :

— Attends! J'ai à te parler.

Et il ajouta entre ses dents, le digne commandeur : — Cette désobéissance mérite une punition exemplaire!

Mais Carmen l'interrompit aussitôt, en lui disant avec vivacité :

— Pardonnez-lui, cousin! Ecoutez, je veux depuis longtemps vous demander cette grâce. C'est un horrible métier que celui de Joaquin, n'est-ce pas?

— Eh bien? dit Carral.

— Eh bien! attachez-le au service de la maison. Ce sera un bon serviteur.

Le commandeur haussa les épaules.

— J'oubliais en effet, répondit-il, que Joaquin est votre protégé et que ce métier d'esclave le déshonore. Où donc avais-je la tête? Allons, il s'agit de lui trouver quelque fonction plus noble et plus galante : celle de page ou d'écuyer de dona Carmen de Zarates, par exemple, ajouta-t-il en éclatant de rire.

— Que signifie cette sotte plaisanterie? demanda la jeune fille avec hauteur.

— Oui-dà! dit don Ramon tandis que sa figure basanée reprenait le caractère sérieux qui lui était habituel. — Cela signifie que vous êtes fort imprudente de me demander à moi une pareille grâce. Je vous conseille de tenir ce damoiseau, qui est trop souvent présent à votre pensée, ma mie. C'est ainsi qu'on enhardit l'insolence naturelle de cette espèce.

— Mon cousin, vos paroles m'offensent, répondit Carmen, surprise au dernier degré d'avoir encouru un pareil reproche. N'est-ce pas vous-même qui m'avez vanté la docilité et le dévouement de Joaquin?

— J'ai eu tort, répliqua le commandeur. Oui, autrefois c'était un de nos meilleurs pêcheurs. Mais depuis quelque temps il a bien changé : son audace seule s'est accrue. Vous le savez aussi bien que moi!

— Je le sais aussi bien que vous? répéta machinalement Carmen.

— Oui, dit avec force don Ramon. L'autre soir, quand nous causions sous les papayers, et que vous laissâtes tomber votre chasse-mouches, qui donc l'a ramassé au moment où je me baissais moi-même?...

— C'était donc lui! interrompit Carmen. Je n'y avais pas fait attention... Mais, grâce à vous, je pourrai lui en savoir gré!

— Très-bien, continua le commandeur dont la voix s'altérait malgré lui. Mais avant-hier quand vous avez désiré vous promener en mer, à la lueur des étoiles, comment se fait-il que nous avons eu Joaquin pour rameur dans un canot qui n'est pas le sien, tandis que Gongora, le batelier d'office, s'enivrait dans son ajoupa?

— Quoi! s'écria Carmen, ce morne et silencieux rameur qui nous a si bien conduits, c'était Joaquin! Je ne l'ai pas reconnu, autrement je lui aurais parlé.

Don Ramon se mordit les lèvres d'impatience, car on ne pouvait se méprendre à l'accent naïf de la jeune fille qui, du reste, regardait le mensonge comme le plus horrible des péchés. Néanmoins il tenta un dernier effort, et lui dit:

— Mais au moins pourrez-vous m'apprendre quel est le galant qui attache chaque matin des bouquets de fleurs à la grille du balcon?

— Serait-ce encore ce pauvre Joaquin qui s'est rendu coupable de ce grand crime? demanda Carmen en riant. Et moi qui rêvais quelque mystérieux inconnu, accouru tout exprès pour moi à la Rancheria, et qui, même dans mes jours de raison, vous faisais honneur de cette galanterie, à vous, don Ramon Carral! Avouez, mon cousin, qu'il y a de la modestie à me révéler ainsi un rival!

Don Ramon comprit, en entendant ce persiflage, qu'il s'était jeté dans une mauvaise voie, et qu'il ne faisait qu'éveiller niaisement dans le cœur de dona Carmen des pensées qui y dormaient encore.

— Sérieusement, mon cousin, êtes-vous jaloux de ce pauvre pêcheur? reprit Carmen avec calme.

— Non, répondit vivement le commandeur. Mais ne voyez-vous pas que c'est votre bonté qui encourage ces imprudentes hardiesses? Nierez-vous que le regard de ce pauvre pêcheur, comme vous dites, vous cherche partout, et s'anime en vous apercevant?

En même temps il fit signe à Joaquin de rejoindre ses camarades.

Dona Carmen demeura un instant interdite et rêveuse; mais la fierté de son caractère ne tarda pas à reprendre le dessus, et elle dit à son cousin avec dignité:

— En voilà assez sur ce sujet, don Ramon. Je veux bien regarder votre étrange jalousie comme une plaisanterie et non comme une offense. D'ailleurs, rassurez-vous, Joaquin m'aime comme un frère. Il a joué, enfant, avec moi qui étais un enfant, obéissant à mes volontés, subissant mes caprices, triste quand je pleurais, gai quand je riais, mécontent de lui-même quand je le boudais. Ce servage m'a attaché. Lui, du moins, ajouta-t-elle avec un soupir, s'occupe de moi... Mais ce n'est pas pour m'adresser des reproches... mes fantaisies même sont des ordres pour lui.

Don Ramon Carral garda un morne silence, craignant de laisser éclater sa mauvaise humeur, et de s'aliéner encore plus le cœur de sa belle fiancée.

Carmen regardait involontairement Joaquin qui, debout sur sa barque, les bras croisés, écoutait d'un air sombre chanter ses compagnons. Elle songeait à ce que venait de lui dire Joaquin, car les femmes sont toujours un peu reconnaissantes de l'adoration, même la plus vulgaire, qu'elles inspirent, et des actions qui en sont le témoignage. Don Ramon, sans s'en douter, avait appris à sa cousine l'amour du pêcheur.

— Avez-vous encore beaucoup de griefs contre moi? lui demanda-t-il enfin.

— N'est-ce pas vous qui avez forcé mon père à renvoyer cette bonne Adélaïde, ma gouvernante? Elle m'aimait tant! Deux fois elle m'a sauvé la vie, dans mon enfance, par un dévouement de mère.

— Ah! cette Française à moitié folle qui vous attristait l'esprit avec ses complaintes lugubres, et qui pleurait toujours en vous embrassant et en vous serrant sur ses genoux, parce que vous rappeliez son enfant resté en France? Mais c'est un grand service que j'ai cru vous rendre alors, en l'exilant de la Rancheria.

— Oui, parce qu'elle ne voulait pas se courber devant votre autorité.

— Eh bien! elle est allée faire la grande dame chez les flibustiers! Ceux-là l'auront peut-être accoutumée aux honneurs et aux respects! Mais vous êtes injuste à mon égard, sénorita. Votre père m'a confié votre bonheur, et comme lui je vous conseille de, comme lui, je vous aime, et vous le savez, Carmen, c'est d'un amour sincère et dévoué.

Un sourire d'incrédulité plissa le velours rose de la jeune fille et l'arc délié de ses sourcils qui semblait tracé par un pinceau délicat.

— Ne profanez pas ce mot, don Ramon, répondit-elle. L'amour, je le pense, doit rendre un homme juste, bon, loyal, et non pas dur, farouche et jaloux. Aimer, c'est rencontrer l'être sur lequel on peut répandre ce vague besoin de tendresse infinie qui tourmente incessamment les nobles âmes; c'est vivre dans un autre cœur, souffrir de ses douleurs, jouir de ses joies. L'amour est aveugle; il ne voit les défauts, même de l'être aimé, que pour les transformer en qualités; pour lui donner le bonheur, il fait le sacrifice de ses propres désirs.

— N'ai-je pas déjà pardonné à Joaquin pour vous être agréable? répliqua don Ramon. Que ne formez-vous un autre souhait! à l'instant, je l'accomplirais de même.

Comme il disait ces mots, un cri plaintif et prolongé, semblable au vagissement douloureux d'un nouveau-né, parvint jusqu'à la Rancheria.

Dona Carmen tressaillit, l'incarnat de ses joues se fana subitement, et elle s'appuya au bras du commandeur.

— Encore ce cri funèbre qui m'a réveillée en sursaut les deux nuits dernières! murmura-t-elle.

— C'est un enfantillage, sénorita, que de vous émouvoir ainsi des gémissements d'un crocodile!

— J'ai beau me raisonner, mon cousin, je ne puis entendre ces sons étranges sans terreur. C'est une faiblesse de femme que je ne saurais vaincre.

— Nos pêcheurs assurent, cousine, qu'un de ces monstres, d'une grandeur extraordinaire, a choisi pour retraite la baie de la Hache, ici près, derrière le bois de mangles.

— Dieu veuille que quelque hardi chasseur puisse bientôt nous en délivrer!

— Je prends Notre-Dame-del-Pilar à témoin que ce vœu sera exaucé, sénorita, dit le commandeur d'une voix impassible. Mais vous êtes trop émue pour rester plus longtemps sur le balcon. Appuyez-vous sur mon bras et rentrons dans l'appartement.

Dona Carmen fit un geste de surprise à la vue d'un moine, au visage bistré, qui apparut dans le même instant à la porte du salon.

C'était Fray Eusebio Carral, frère du commandeur, dominicain rigide, sincère, mais fanatique dans sa dévotion. L'affection profonde qu'il portait à don Ramon et qu'il cachait sous des formes rudes et sévères, était sa plus belle vertu.

— Vous voilà de retour du golfe des Honduras, mon frère, dit le commandeur. Avez-vous réussi dans votre mission?

— Oui. Ces Indiens Grandes-Oreilles sont dociles maintenant. Nous avons visité toutes leurs tribus, quoique fort éloignées les unes des autres. Ils ont acquitté le tribut en cacao, en maïs et en cochenille. Ils ont reçu les sacrements.

— Et vous n'avez éprouvé aucune résistance?

— Non. Leur oby, espèce de sorcier qui dirige les pauvres idolâtres, avait cherché à les soulever; mais nous en avons fait pendre quelques-uns, et les autres sont rentrés dans le devoir. Quant à l'oby, il s'est enfui et caché dans quelque tanière où nos chiens même n'ont pu le découvrir. Nous avons brûlé triomphalement leurs fétiches et la cabane qui leur servait de temple. Nous y avons trouvé la fille de l'oby.

— Et qu'en avez-vous fait? demanda dona Carmen.

— Comme elle a opiniâtrement refusé de nous révéler la retraite de son père et de s'instruire dans notre sainte religion, nous l'avons fait vendre comme esclave.

— Est-il possible! s'écria la jeune fille. Mais ce serait une horrible cruauté.

— Depuis notre absence, reprit rudement le moine, la maîtresse de la Rancheria aurait-elle appris à blasphémer et à avoir pitié des idolâtres?

Dona Carmen ne répondit pas. Elle crut presque avoir été sacrilège, et étouffa dans son cœur le sentiment de pitié qui l'avait troublé.

— Mais croiriez-vous, mon frère, reprit le moine, que nous avons failli être pris par les flibustiers à Granada, que leur capitaine Jean David a pillée avec quatre-vingts hommes seulement!

— A Granada! répéta don Ramon d'une voix altérée. Granada, qui est à quarante lieues de la mer, et que défendent plus de huit cents Espagnols armés? c'est impossible!

— Rien ne leur est impossible, mon frère. Il faut que les démons les protègent: nos compatriotes sont comme paralysés. Ils apparaissent tout à coup là où on ne soupçonne le moins leur présence. La mitraille même semble impuissante contre eux. Ils marchent sous une pluie de balles comme sous une pluie de roses. Après avoir surpris et tué les sentinelles, au milieu de la nuit, Jean David s'éveillèrent un à un les plus riches bourgeois et les sacristains, à qui ils prirent les clefs des églises, et ce pillage savant dura trois heures quand l'alarme fut donnée. Mais les aventuriers eurent le temps de se retirer avec plus de quarante mille écus de pierreries et d'argent tant monnayé que rompu. On attaqua leur navire, mais sans succès.

— Quel merveilleux courage! s'écria dona Carmen.

— Du courage! répéta don Ramon avec mépris. Dites plutôt qu'ils n'ont eu affaire qu'à des lâches! Qu'ils viennent donc à la Rancheria!...

— Pas de vaines menaces, mon frère, reprit sévèrement le moine. Et que le ciel nous préserve de voir votre souhait s'accomplir, car on raconte d'effroyables traits de cruauté de la part de ces réprouvés. Roc le Brésilian, un de leurs héros, dont le visage est toujours barbouillé de sang, a tant de haine pour notre nation, qu'il fait jeter ses prisonniers sur un brasier ardent pour leur faire avouer où sont enfouis leurs trésors, et les achève ensuite à coups de sabre!

— Comment Dieu laisse-t-il vivre de pareils monstres! dit dona Carmen épouvantée. Mais tous les ladrones sont-ils aussi féroces?

— Les boucaniers sont moins cruels, répondit Fray Eusebio. Pourtant le plus vaillant de tous a aussi juré haine à mort à tout Espagnol. C'est le fameux Léopard, qui, dit-on, chasse maintenant au port de la Paix.

— Si près de nous! s'écria la jeune fille.

— N'effrayez pas notre cousine avec vos noirs récits, mon frère, dit le commandeur en se disposant à quitter le salon. La pêche doit se terminée. Je vais ordonner les préparatifs pour la chasse au crocodile, dont j'ai promis le spectacle à dona Carmen. Vous nous accompagnerez, mon frère.

Les pêcheurs et les esclaves arrivaient sur la plage portant sur leurs épaules les sacs remplis d'huîtres à perles, et l'air joyeux malgré leur fatigue.

Mais lorsque le commandeur les eut fait réunir et leur eut déclaré qu'ils eussent à se tenir prêts pour aller chasser le crocodile à la baie de la Hache, le silence remplaça cette bruyante confusion. En effet, cette chasse offrait beaucoup de dangers, et les caïmans étaient particulièrement redoutés des noirs et des Indiens. Dona Carmen remarqua seule la surprise de Joaquin et le sourire ironique qui se dessina au coin de ses lèvres.

Le cortège fut bientôt prêt. Don Ramon et Fray Eusebio montèrent des chevaux magnifiquement harnachés. Deux esclaves portaient une espèce de palanquin pour dona Carmen, mais elle préféra faire le trajet en amazone. Suivant la coutume fastueuse et ridicule des créoles castillans de cette époque, quatre violons marchaient en tête de la troupe pour donner l'aubade au maître pendant le voyage. Mais cet orchestre intempestif ne tarda pas à être relégué à l'arrière-garde ; car, pour arriver à la baie, il fallait traverser une forêt qui bordait le rivage, forêt composée de ces *mangles* qui croissent surtout dans les lieux que la mer inonde.

— Devons-nous donc nous frayer un chemin à travers ces arbres ? s'écria dona Carmen à l'entrée du bois. C'est impossible. Voyez ceux-ci dont les branches sont si avancées dans la mer qu'il s'y est amassé des rochers d'huîtres.

— Nous ne pouvons faire autrement, cousine, répondit le commandeur. Par eau nous courrions de trop grands dangers, si j'en crois les nouvelles de notre frère Eusebio. Et quant à faire un détour, en longeant la forêt, qui sait où cela nous mènerait ! Ces maudits arbres sont tellement entrelacés les uns aux autres par leurs racines, que les Indiens voyagent quelquefois plus de dix lieues, de branches en branches, sans mettre pied à terre.

— Sénora, dit Joaquin qui s'avança humblement lorsqu'il vit l'hésitation de la jeune fille, en traversant directement le bois nous n'avons guère qu'un quart d'heure de marche, et je vous indiquerai un sentier que j'ai moi-même frayé. Mais il faut absolument mettre pied à terre.

— Qu'il en soit ainsi ! et ne perdons pas de temps, s'écria le commandeur.

Dona Carmen remercia le jeune homme par un doux sourire, et Joaquin se mit à marcher en avant, écartant, brisant de la main, ou coupant avec sa manchetta les racines qui eussent fait trébucher la jeune fille, car les mangles ont leurs racines très-élevées hors de terre et plus nombreuses que les branches. Plus d'une fois elle fut obligée d'appuyer sa petite main blanche sur l'épaule du pêcheur ou de se cramponner à son bras, car lui n'eût pas osé toucher sa maîtresse. Une fois seulement il l'enleva de terre, comme un oiseau, au-dessus d'un tronc noir et crevassé au fond duquel il avait cru voir s'agiter les écailles mobiles et luire les yeux fixes et jaunes d'un serpent.

Deux cris singuliers, qui avaient quelque chose de plaintif et de lugubre, attirèrent aussi l'attention de don Ramon et des chasseurs. Mais ils ne purent deviner d'où provenaient ces sons étranges. Était-ce du fond de la mer ou du haut des mangles ou du milieu de la troupe des esclaves ? C'est ce qu'ils ne purent découvrir.

Enfin ils arrivèrent tous sains et saufs à la baie, et dona Carmen remonta à cheval.

Cette petite baie était ceinte de grands rocs granitiques qui déchiraient le ciel bleu de leurs têtes chauves, calcinées par le soleil, et droites comme des aiguilles. La plage de sable fin était trouée çà et là de grandes flaques d'eau verdâtre abandonnées par la mer. C'étaient comme des lagunes peu profondes où le poisson abondait. A l'extrémité, une petite rivière venait se dégorger dans la mer.

— C'est ici, n'est-ce pas, la baie de la Hache ? demanda le commandeur.

— Oui, maître ! répondit Gongora le batelier.

— Le caïman n'a pas mal choisi son baquet, reprit don Ramon en jetant autour de lui un coup d'œil satisfait ; mais le paresseux dort sans doute. Allons ! il faut lui jouer une aubade pour le réveiller, s'il y paraît !

En effet, le silence régnait seul dans cet entonnoir étouffé et solitaire. On voyait miroiter sur la surface de l'eau les innombrables paillettes d'or dont le soleil la criblait. Le sable brûlait sous les pieds ; mais rien ne trahissait dans ces calmes parages l'existence du monstre formidable que l'on venait à chercher.

— Oui, la bête est maligne, continua le commandeur. Notre présence lui fait peur. Mais nous saurons bien l'attirer hors de son lit. Que deux noirs entrent dans l'eau et lui montrent des pierres pour le forcer à se montrer.

Personne ne répondit. Mais les noirs reculèrent tous machinalement, tandis qu'une répugnance instinctive se trahissait sur leurs visages.

— Eh bien ! dit don Ramon, dois-je répéter cet ordre ?

— Maître ! balbutia l'orateur de la troupe, Gongora, qui s'approcha

respectueusement, son bonnet à la main : — s'il se cache, c'est inutile. Le caïman flaire les noirs comme baume et les dévorera en deux secondes, sans que ce déchet vous serve à rien.

— Que faire alors ?

— Si nous avions trouvé le monstre endormi sur le sable, continua Gongora, nous lui eussions lancé le harpon, et pour peu que la pointe barbelée eût pénétré dans les chairs jusqu'à sept ou huit pouces de profondeur, il est probable que nous en serions venus à bout.

— Grand mérite ! interrompit Fray Eusebio. Mais puisque nous ne l'avons pas trouvé endormi, bavard !

— Oui, maintenant qu'il est prévenu de notre visite, nous pouvons essayer l'autre moyen, le croc de bois auquel nous attacherons avec une corde un poumon de vache. Voilà un vrai morceau de caïman ! Dès que le glouton le sentira dans l'eau, il se pressera de venir l'avaler, et alors nous le tirerons à terre et nous l'assommerons à coups de levier.

— Bien parlé, Gongora ! dit le commandeur. Allons ! il faut commencer tout de suite.

— Mais surtout du silence, reprit le batelier. Pas de pierres, pas de bruit, car le malin s'éloignerait. Demandez plutôt à Joaquin. Les requiem, ça le connaît.

— Au fait, Joaquin Requiem est avec nous, et je l'oubliais, s'écria don Ramon. Pourquoi ne parles-tu pas ? demanda-t-il au jeune pêcheur.

— Vous ne m'avez pas interrogé, maître ! dit brièvement Joaquin.

— Un serviteur zélé prévient les désirs de son maître, observa Fray Eusebio.

— Enfin, approuves-tu l'idée de Gongora ? reprit le commandeur. Je te chargerai de l'exécution.

— Bah ! j'approuve ce qu'il a dit du harpon, répondit le pêcheur, car vous ne pouvez le lancer au hasard, et le caïman ne va pas s'amuser à montrer sa tête hors de l'eau pour vous servir de but.

— Fort bien. Tu railles agréablement, mon garçon. Pas de harpon ! Tu es pour le croc en bois, alors ?

— Encore moins, maître.

— Pourquoi cela ? demanda le commandeur en fronçant les sourcils.

— Parce que c'est fort dangereux, dit le pêcheur avec calme. On estime ce crocodile à seize pieds, et, d'après cela, il peut être de force à résister et à entraîner les chasseurs dans la mer. Les mouvements de sa queue seraient terribles.

— Tu as donc peur, Joaquin ? s'écria don Ramon avec cet accent de mépris qui révolte le cœur.

— Peur ! répéta Joaquin d'une voix effarée, comme un homme qui doute si c'est bien à lui que l'insulte ose s'adresser. Peur !

Et son visage se couvrit d'une pâleur mortelle, et ses mains se contractèrent convulsivement.

Mais il fit un effort sur lui-même, et regarda ses compagnons ; et, ne voyant sur leurs traits animés d'aucun signe d'émotion ou de surprise, tant l'habitude de la servitude familiarise l'âme avec les formules de la dégradation : — Peur ! murmura-t-il entre ses dents. Oh ! mais je suis fou ! Le maître ne peut outrager son serviteur. L'insulte est son droit, son privilège !

Et il répondit comme s'il n'avait pas compris l'outrage :

— Pourquoi tenter Dieu en vain, señor don Ramon ! si le caïman vous est attaqué, à la bonne heure ! mais puisqu'il se tient tranquille, qu'il fait le mort, pourquoi aller le chercher et l'irriter dans sa retraite ?

Le commandeur l'avait écouté avec un air de stupéfaction.

— Je t'ai laissé parler, n'est-ce pas ? dit-il en cherchant à contenir sa colère. Maintenant je ne te demande plus conseil. Je t'ordonne d'obéir, si tu n'es pas un poltron. Refuse, et chacun sera ici témoin que Joaquin Requiem a eu peur !

Une agitation singulière secoua les membres du pêcheur de perles. Dona Carmen le regardait avec surprise, ainsi que Gongora et le reste de la troupe. Une lutte violente remuait son cœur ; il hésitait toujours à répondre.

— J'ai promis à ma cousine, s'écria don Carral, que je la délivrerais des rugissements de ce monstre, et je veux tenir ma parole.

— C'est donc le désir de la señora ? dit Joaquin avec un accent de doux reproche. J'obéirai alors, mais je doute du succès.

Sans savoir pourquoi, dona Carmen se sentit émue de ces simples paroles.

Gongora tendit le croc de bois au jeune homme qui s'avança dans la mer avec lenteur, mais le croc que sa main tremblante ne pouvait tenir immobile agitait toujours la surface de l'eau.

Aussi ne vit-on pas les vagues jaillir en pluie d'écume sous les efforts du monstre pour saisir sa proie. S'il y avait là un crocodile, il ne bougea pas.

— Eh bien ! dit le pêcheur.

— Eh bien ! comment voudrais-tu l'attirer avec un croc qui remue comme une girouette au vent ! répliqua Gongora.

— Veux-tu t'en charger ? demanda ironiquement Joaquin.

— Volontiers.

Au moment où Gongora prit en main ce terrible instrument, un nouyeau cri plaintif, semblable à ceux qui avaient surpris nos chasseurs dans le bois de mangles, sembla s'élever du fond des flots, et glaça de terreur l'âme des Indiens et des noirs.

Gongora ne fut pas plus heureux que Joaquin et se retira avec dépit au bout d'une demi-heure d'inutile attente.

— Que vous avais-je annoncé, maître? dit alors le pêcheur de perles avec un accent de triomphe.

— Tout ceci n'est pas naturel, observa don Ramon en s'adressant à son frère et à dona Carmen. A-t-on jamais vu un habile chasseur se réjouir ainsi de manquer le gibier?

— Écoutez, mon frère, répondit le moine en se penchant à l'oreille du commandeur; avez-vous entendu ce cri mystérieux et surnaturel qui a épouvanté nos esclaves?

— Oui, Eusebio!

— Je n'ai pas quitté des yeux, moi, le visage de Joaquin, et quoique ses lèvres n'aient pas remué à cet instant, mon frère, je jurerais sur la croix sainte que ce signal est parti de son gosier damné.

— Mais dans quel but, Eusebio?

— Plus bas, mon frère, plus bas! le pêcheur que ses compagnons ont surnommé Requiem, comme son père Melchior, connaît les habitudes étranges de ces monstres de la mer. Croyez-vous qu'il ne sache que les tuer?

— Que voulez-vous dire?

— Ignorez-vous donc, mon frère, qu'il est des caïmans apprivoisés qui viennent, à un signal donné, recevoir les aliments qu'on leur présente, sans jamais blesser la main qui les nourrit. Les prêtres d'Egypte n'avaient-ils pas des crocodiles sacrés?

— Je crois vous comprendre, Eusebio.

— N'avez-vous pas vu, Ramon, près de la rivière Rouge, des enfants chevaucher sur cette étrange monture, sur de jeunes alligators lestes comme des lézards?

— Je ne puis le nier : je l'ai vu.

— Eh bien, ce cri de Joaquin était un signal, à coup sûr. Ce monstre que vous poursuivez, le pêcheur veut le sauver.

— Vous êtes un homme merveilleux, Eusebio. Mais par quel moyen faire avouer à ce misérable sa déloyauté ou le forcer de changer de résolution; un soupçon ne peut être allégué comme une preuve.

— Voulez-vous un moyen, commandeur? murmura le moine en jetant un coup d'œil oblique sur Joaquin. Ecoutez-moi, alors! car ce vil pêcheur résiste à votre autorité et vous brave. Il faut que cet orgueil révolté s'agenouille devant vous!

Il se mit alors à parler bas à don Ramon dont le visage s'illumina aussitôt d'une joie cruelle, et qui fit signe à Gongora de s'approcher.

— Tu crois donc qu'il faut renoncer à notre chasse?

— Oui, maître! le succès est impossible. Autrement Joaquin en serait venu à bout. Savez-vous ce que je l'ai vu faire un jour?

— Raconte-le à voix haute. Cela fera plaisir à mon frère et à ma cousine, et ce sera d'un bon exemple pour tous nos gens.

— Figurez-vous, reprit Gongora entouré par toute la troupe, qu'un beau matin, pendant la battue des taureaux, comme Joaquin levait sa tente, il sentit un crocodile qui le tirait tout doucement par les mains. Vous autres, vous vous seriez crus sauvés peut-être. Lui, voyant l'eau fort claire et la fosse peu profonde, il mit sa manchetta entre ses dents et se laissa entraîner sous son pavillon. Une fois au fond, il foula aux pieds la bête pour la noyer; mais, ne pouvant demeurer si longtemps sous l'eau, il finit par lui ouvrir le ventre d'un coup de manchetta et se retira.

— Quel courage! s'écria dona Carmen avec admiration.

— Et pourtant, toi aussi, mon brave chasseur, demanda froidement don Ramon Carral à Joaquin, tu renonces à nous livrer le caïman qui habite cette baie?

— J'y renonce, répondit le jeune homme.

— Vous l'entendez, señora, reprit le commandeur d'une voix tonnante. Eh bien! moi, j'ai juré d'accomplir votre souhait, et de nouveau je vous promets ici la mort de ce monstre si effrayant.

Ce fut alors un grand silence où tous les regards se fixèrent sur don Ramon Carral.

— J'ai trouvé un moyen de te rendre du cœur, mon garçon, dit-il à Joaquin avec un accent bref et saccadé qui le fit tressaillir. Tout à l'heure, tu te mettras à genoux et tu permettras de chasser le caïman. Oh! je t'excuse! Il faut que les jeunes chevaux indomptés sentent l'aiguillon déchirer leur flanc pour qu'ils se décident à courir docilement.

Ces paroles, dont personne ne comprit le sens mystérieux, causèrent néanmoins un frémissement général de terreur. La haine froide, implacable, absolue, parlait par la voix du commandeur. Seul, Joaquin secoua indolemment la tête et répondit insolemment :

— C'est une folie de jurer une parole qu'on ne pourra tenir.

On s'attendait à voir le bâton du commandeur tomber sur l'épaule de Joaquin pour prix de cette hardiesse. Il n'en fut rien.

— Qu'on apporte un pieu solide! ordonna don Ramon Carral.

Gongora s'empressa d'obéir et de traîner devant son maître un tronc d'acajou parfaitement équarri.

— Qu'allez-vous faire, Jésus Maria! s'écria dona Carmen dont l'imagination rêvait déjà le supplice et ses horreurs inouïes.

— Silence! lui dit durement le commandeur, silence à votre cœur, sénorita! Ne trahissez pas devant ces esclaves le secret d'une indigne faiblesse!

— Ne croyez pas m'ôter toute liberté par la violence! Si vous voulez contraindre par la torture ce jeune homme à vous obéir, je ne le souffrirai pas! Je ne suis point votre esclave, moi!

— Patience, cousine! Je ne toucherai pas à un cheveu de la tête du damoiseau, je vous le jure, protesta don Ramon. Cela vous suffit-il?

— Vous le jurez? murmura-t-elle d'une voix étouffée par des larmes contenues.

— Et vous, de votre côté, vous promettez de ne pas vous opposer à ce qui va se passer? Car moi, non plus, je ne le souffrirai pas. Et d'ailleurs on ne vous obéirait point, car je suis le maître.

— Je le promets, répondit la pauvre enfant qui s'accusa presque aussitôt de lâcheté au fond du cœur. Il lui semblait qu'elle abandonnait Joaquin à ses bourreaux; et, quoique sûre que don Ramon n'oserait manquer à sa parole, elle tremblait d'un involontaire pressentiment.

— Voici le pieu, sénor commandeur, dit Gongora.

— Maintenant, reprit don Ramon, qu'on l'enfonce dans la mer assez avant pour qu'il ne sorte qu'à moitié des flots!

Cet ordre fut exécuté au milieu de l'étonnement général. Joaquin regardait, sans comprendre, cette scène dont le dénoûment, impossible à deviner, ne semblait devoir menacer que lui.

— Tous nos chasseurs sont-ils réunis ici? demanda alors don Ramon.

— Un seul est absent, répondit Gongora.

— Nomme-le!

— Melchior Requiem.

— Melchior, l'habile tireur, le père de Joaquin? Et pourquoi celui qui nous serait le plus nécessaire en ce moment manque-t-il à l'appel?

— Il est malade depuis trois jours, s'empressa de répondre le jeune pêcheur de perles.

— De quel droit ceux que je n'ai point interrogés me parlent-ils? dit sèchement le commandeur sans regarder Joaquin.

— Le fils a dit vrai, maître! hasarda le pauvre Gongora.

Aussi tous les chasseurs pâlirent comme ils eussent entendu la foudre éclater à leurs oreilles, quand ils entendirent don Ramon s'écrier :

— Qu'on dresse les tentes sous les mangliers, et qu'on aille chercher Melchior Requiem. Nous l'attendrons ici.

Joaquin se demanda s'il avait bien entendu, et s'avançant vers le commandeur :

— Mais, commandeur, s'écria-t-il, vous n'avez donc pas compris? Mon père Melchior est malade, grelottant de fièvre sur son grabat! L'amener ici, ce serait le tuer.

Don Ramon resta sourd à ces paroles. D'un signe il ordonna au batelier Gongora de partir et dirigea son cheval vers le bois. Mais Joaquin saisit le batelier par le bras, et, éperdu :

— Mais attends donc, ami! dit-il éperdu. Tu te trompes. Don Ramon s'est mal expliqué, tu vois bien! N'est-ce pas, maître, continua-t-il avec un accent déchirant, n'est-ce pas que c'est une erreur? que vous n'avez pas voulu commander une pareille chose? Un instant, Gongora! Dites-lui donc de s'arrêter, maître, dites-lui!...

Mais déjà don Ramon était loin, et le batelier cherchait à se dégager de l'étreinte terrible du jeune homme pour aller remplir son devoir.

— Je dois obéir, dit-il à Joaquin.

— Obéir! répéta ce dernier avec un rire amer. Mais ne comprends-tu pas qu'un pareil ordre est impossible! Doit-on obéir à l'impossible! Mais vous, Fray Eusebio, ajouta-t-il en jetant autour de lui des yeux égarés, vous, homme d'église, homme de Dieu, qu'attendez-vous pour ordonner à cet homme d'attendre une minute, une seconde, que je parle à don Ramon, car il n'a pu parler sérieusement. Il veut m'éprouver, voilà tout, n'est-ce pas? Mais, mon Dieu, vous ne comprend pas cela, lui, et, s'il part, voyez-vous, un grand malheur peut arriver!

Le moine haussa les épaules.

— Quoi! c'est donc vrai? cria le pauvre fils. Et tous m'abandonnent! et pas la moindre pitié dans ces cœurs de pierre! Oh! mon Dieu! mon Dieu!... Mais tu ne t'en iras pas, reprit-il avec fureur en retenant le batelier. Puis tout à coup une pensée lui vint, son visage s'éclaira, et d'une voix étouffée il murmura :

— Je suis sauvé! Dona Carmen est ici.

— Dona Carmen, répondit sévèrement le moine, a déjà demandé grâce pour vous. Croyez-vous donc que, sans sa prière, mon frère ne vous eût pas déjà puni de votre rébellion?

Joaquin, écrasé par ce dernier coup, lâcha le bras de Gongora et tomba sur le sable, comme si un rêve affreux eût tourbillonné devant ses yeux et aveuglé sa pensée.

Il demeura ainsi longtemps, anéanti, attendant la conclusion de cette scène incompréhensible, répétant en lui-même : — Pourquoi faire, grand Dieu! veulent-ils l'amener ici! oh! il n'arrivera que mort! mais il ne sera pas la seule victime, je vous le promets, mon Dieu!

Les pêcheurs et les esclaves consternés n'osaient ni se regarder ni se parler. Dona Carmen reposait, silencieuse, sous sa tente. Le commandeur et le moine s'entretenaient seuls à voix basse.

Enfin Gongora reparut, suivi de deux de ses compagnons qui avaient porté le vieux Melchior.

Ce dernier était couvert d'un caban râpé; son front chauve, son visage sombre, plein de noblesse et sillonné de rides profondes creusées par le chagrin et les fatigues, ses yeux qui laissaient encore échapper quelques éclairs de fierté, tout en lui contribuait à inspirer un involontaire sentiment de vénération. On eût dit d'un de ces barons féodaux, rentrant seuls, de leur chevalerie au castel héréditaire, pieds nus, avec la robe et le bourdon de pèlerin, à la suite de la croisade.

Il regarda avec surprise le commandeur et lui dit :

— Quel besoin avez-vous du vieux Melchior, maître? Je souffre tant, et déjà on m'a privé de mon fils qui veillait sur moi! Mes lèvres brûlent sans cesse et mon bras affaibli ne peut plus saisir la jarre d'eau qui doit apaiser ma soif. Mes yeux semblent couverts d'un brouillard. Pourquoi suis-je venu ici? Qu'est-il donc arrivé? Vous gardez le silence! Un malheur à Joaquin peut-être! Serait-il vrai? ajouta-t-il en joignant les mains avec désespoir. Le père et le fils seraient-ils frappés en même temps?

— Je suis près de vous, mon père, dit la voix de Joaquin.

— Merci, mon Dieu! répondit le vieillard avec un accent plein de ferveur. Mais alors pourquoi donc suis-je ici?

— Tu vas le savoir, Melchior, interrompit le commandeur. Ton fils ignore le moyen d'attirer le caïman de cette baie sur le rivage. Ses appâts ordinaires ont été inutiles.

— C'est impossible, s'écria Melchior. Joaquin est mon élève; c'est un chasseur trop habile...

Don Ramon sourit.

— Silence, par pitié, mon père, interrompit à voix basse Joaquin.

— Silence, pêcheur, dit rudement le commandeur. Ainsi, reprit-il en s'adressant au vieillard, nous ne mettrons pas ton fils à une trop difficile épreuve ni ton bras affaibli. Nous t'attacherons toi-même à ce pieu d'acajou. Si le requiem te menace, ton fils saura te défendre, te sauver..... ou te venger.

— Horreur! s'écria dona Carmen. Don Ramon Carral, vous ne serez pas assez lâche...

Un cri d'effroi avait échappé à tous les chasseurs, épouvantés de cette cruauté inouïe. Joaquin, lui, avait écouté les paroles du commandeur avec une stupeur à laquelle succéda une sorte de douleur insensée. Ne sachant pas s'il était bien éveillé ou le jouet d'un rêve affreux, il s'approcha de Ramon et, là, ses yeux sur le maître, poitrine à poitrine, souffle à souffle, il lui cria :

— Oh! vous ne ferez pas cela! C'est une idée infernale qui n'a pu venir à l'esprit d'un homme fait à l'image de Dieu, né d'une mère chrétienne, qui sent un cœur battre dans son sein, du sang couler dans ses veines! Oh! non. C'est une atroce raillerie, voilà tout!

— Faites attacher Melchior Requiem au poteau, dit don Ramon à Gongora en se détournant.

— J'y marcherai bien seul, répliqua fièrement le vieux pêcheur dont la fièvre faisait trembler les jambes amaigries.

— N'y allez pas, n'y allez pas, mon père, s'écria Joaquin en essayant de faire sourire ses traits tout crispés de la souffrance. Vous voyez bien que le commandeur se moque de vous! Jamais bourreau ne tortura ainsi un homme.

— Allez! ordonna don Ramon.

— C'est une action maudite, dit froidement le vieillard, et dont Dieu se souviendra, señor!

Puis, serrant les mains de Joaquin dans les siennes :

— Mais tu trembles, mon enfant, reprit-il d'une voix douce. Sois calme. Ce tyran veut te rendre lâche. Mais n'oublie pas que c'est moi qui t'ai appris à courir sur le sable, sans devoir laisser de traces; moi qui ai dressé ton bras à rester longtemps immobile sans fatigue, ton œil à viser mieux que celui du meilleur boucanier. Soutiens notre réputation, ne déshonore pas le surnom de ton père, Joaquin!

Et il s'avança avec calme vers le poteau, tandis que son fils se tordait les mains de douleur et de rage.

— Qu'on lui donne un fusil! dit le commandeur. Eh bien! mon garçon, renonces-tu encore à combattre le caïman?

— Mais ne voyez-vous pas que ma main tremble? murmura Joaquin en prenant l'arme.

— Elle redeviendra calme et sûre dès que tu apercevras l'ennemi. Melchior approchait du poteau.

— Une grâce, monseigneur, s'écria le pêcheur.

— Parle.

— Je vous en supplie, faites-moi attacher à ce pieu, et que ce soit mon père qui tire sur le monstre. Il est plus habile chasseur que moi : il est mon maître.

— Ton bras est débile, Joaquin. Je ne suis pas si cruel! Il pourrait te tuer.

— Mais il vivrait, lui!

— Gongora, attachez solidement le vieillard, cria don Ramon.

— Ignorez-vous donc qui je suis, répliqua Melchior. Je n'ai jamais connu la peur. Ne m'approchez pas, Gongora, ne me touchez pas.

Il s'appuya fortement contre le poteau, et croisa ses bras sur sa poitrine, le visage calme, mais sans affecter cette insouciance triomphante de l'Indien qui, pour braver son ennemi, hurle son chant de guerre en voyant le tomahawk tourbillonner autour de son crâne dépouillé.

Tout à coup on le vit frissonner de tous ses membres.

— Tu trembles déjà? dit don Ramon.

— J'ai la fièvre depuis trois jours, répondit-il en souriant. L'avez-vous oublié, maître?

Le commandeur se tut.

Il y avait alors un moment d'attente solennelle; les chasseurs s'étaient retirés sur la lisière du bois, le silence était profond.

Tout à coup l'eau s'agita, bouillonna avec bruit et rejaillit en écume. Le vieillard pâlit et ferma les yeux. Les flots qui venaient se briser autour du poteau se teignirent d'une nuance rougeâtre.

— Mon père! cria Joaquin éperdu. C'était un appel suprême, déchirant, dans lequel agonisait son cœur.

Dans la baie on eût entendu bruire les ailes d'un moustique.

— Sois calme, sois digne de moi, mon fils, répondit faiblement Melchior.

— Oh! mon Dieu, il n'est pas encore atteint, murmura le pauvre pêcheur en s'apprêtant à viser.

On vit en même temps glisser sur l'eau la cuirasse étincelante et diaprée du crocodile.

Joaquin ne tira pas, mais une grêle de balles vint rebondir sur les écailles humides de l'alligator.

Le monstre plongea aussitôt et disparut. Il avait été blessé, car son sang avait coulé en abondance et empourpré les flots; mais, volumineux comme il était, il pouvait résister aux plus terribles blessures.

Joaquin, en entendant la décharge de ses compagnons, avait été désespéré.

— Commandeur, s'écria-t-il, sont-ce là nos conventions? J'ai promis de vaincre, mais seul. Une poignée de balles lancées par vos chasseurs ne suffira pas pour exterminer un monstre défendu par une semblable cuirasse. Pour moi, je n'ai besoin que d'une seule balle.

— Que personne ne tire! je l'entends ainsi, dit sévèrement don Ramon.

Alors Joaquin aspira avec force, et se mit à siffler un air mélancolique et plaintif.

La tête hideuse de l'alligator surgit au-dessus des vagues; sa mâchoire formidable était entr'ouverte.

Joaquin, qui l'ajustait avec une profonde attention, tira enfin. La balle atteignit le monstre à l'œil. Le crocodile était tué. Il vint échouer sur la rive.

Joaquin, lui, se précipita vers le poteau et voulut saisir son père dans ses bras, l'embrasser, le regarder avec amour. Melchior poussa un cri terrible.

Horreur! une sueur froide baigna les tempes du jeune pêcheur. Son père lui montrait sa jambe sanglante, qui n'était qu'une plaie. Le caïman lui avait fait une effroyable blessure. Pour ne pas troubler son fils, le pauvre père avait eu le courage de ne pas pousser un gémissement, et de lui répondre et de l'encourager d'une voix calme et tendre quand il sentait sa chair mordue par les dents du monstre.

Tous les chasseurs, don Ramon lui-même, restèrent muets d'admiration et d'horreur. Fray Eusebio se rendit à la tente de dona Carmen pour l'engager à remonter à cheval.

Quant à Joaquin, il demeurait pétrifié. Un nuage sanglant voilait ses regards qu'il promenait autour de lui. Il voulut marcher; il tomba.

— Mais c'est un rêve! répétait-il. Non, les hommes ne sont pas si féroces. Ah! mon Dieu, comment pouvez-vous m'envoyer de pareils songes! Mais quand donc m'éveillerai-je? quand donc? disait-il avec une fureur croissante. Alors il se traîna sur ses genoux, en rampant à la suite des esclaves qui transportaient Melchior, disant d'une voix entrecoupée : — Mon père, mon pauvre père, tu te taisais, tu me regardais, tandis que ton sang et ta vie s'en allaient; et moi, misérable, j'attendais froidement l'instant favorable pour tirer! Mais comment donc me venger? et sur qui? sur qui! répétait-il en pressant son front de ses mains brûlantes : mais sur celui qui a ordonné le crime, sur le commandeur, sur lui seul.

Il poussa un cri de joie sauvage, saisit convulsivement son fusil, qu'il avait armé machinalement dans le paroxysme de sa colère, et coucha en joue don Ramon Carral.

Mais déjà, sur un signe du commandeur qui l'observait attentivement, Gongora et deux autres pêcheurs l'avaient terrassé et garrotté étroitement.

Don Ramon se pencha vers dona Carmen qui venait d'arriver, et lui dit froidement en lui montrant du doigt le cadavre du crocodile :

— Vous êtes obéie, señorita!

Immobile sur son cheval, dont les naseaux fumaient, dont les pieds inquiets creusaient le sable, la jeune fille regardait d'un œil morne cette scène lugubre.

Enfin elle dit à son despote : — Je vous avais pourtant demandé grâce pour Joaquin, señor?

— Vous êtes trop capricieuse, belle cousine, dit le commandeur. Vous aimez les gens courageux; je lui ai fourni l'occasion de faire briller son courage.

Elle ne put s'empêcher de lui jeter un regard empreint d'un si profond mépris, qu'il s'éloigna pour donner ordre de faire lever les tentes.

En ce moment Gongora s'approcha et lui dit : — Maître, avez-vous observé le ciel ?

— Eh bien, il est magnifique et le vent excellent ! répliqua Fray Eusebio.

— Je n'aime pas ce petit nuage pommelé qui pointe sournoisement à l'horizon, continua le batelier. Nous devons traverser le bois de mangles, et, si l'orage venait à nous surprendre, nous y serions embourbés comme dans un marais. De plus, vous savez qu'en pareil cas les marrons et d'autres gens, vous savez de qui j'entends parler, viennent souvent se réfugier à la cime de ces arbres.

Don Ramon parut comprendre parfaitement le motif des inquiétudes de Gongora et les partagea un instant, car il énuméra d'un coup d'œil les forces qu'il avait à sa disposition ; mais, rassuré par le nombre et l'air délibéré de ses chasseurs, il sourit, et ordonna seulement au batelier d'office de marcher en avant de la troupe, et d'examiner soigneusement tous les indices que pourraient lui offrir les feuilles, les pierres, les racines foulées ou brisées, et le sol humide qui nourrit les mangles.

Nos chasseurs suivirent cette fois un sentier plus long, mais moins rapproché de la mer que le premier. Ce sentier était simplement le bord d'un ravin dans lequel courait un ruisseau assez bourbeux. Gongora s'acquittait de sa mission avec beaucoup de zèle, mais avec peu de succès. Il finit par s'arrêter, et dit à voix basse au commandeur :

— Maître, je ne trouve pas la moindre trace, et pourtant je suis inquiet. Je flaire un danger dont je ne puis me rendre compte. Ah ! si seulement Joaquin voulait nous aider ! Ce n'est pas à lui que le plus fin Caraïbe pourrait dérober une piste.

Après un instant de réflexion, don Ramon se tourna vers le jeune pêcheur de perles, que deux robustes Indiens portaient sur un brancard auquel il était lié, et lui dit :

— Écoute, Joaquin, si tu veux nous servir d'éclaireur jusqu'au hatto, je promets de te pardonner et de ne pas te faire infliger le châtiment que tu as mérité.

Joaquin ne détourna pas la tête, ne parut pas entendre. Il restait absorbé, les yeux fixés sur son vieux père lié dans le palanquin, et les tressaillements soudains de ses muscles révélaient seuls que la vie ne s'était pas retirée de son corps.

— Parlez vous-même ici est entêté, sénora, dit alors don Ramon à sa cousine. Parlez-lui, je vous en conjure, je le veux.

Dona Carmen haussa les épaules avec dédain. Le commandeur feignit alors de ne plus s'occuper du pêcheur, et, s'adressant à Gongora, il lui dit à voix haute :

— Je te recommande la plus grande surveillance. Il s'agit de la sûreté de la maîtresse, de dona Carmen.

Joaquin entendit ce nom, et du regard il montra au commandeur ses pieds garrottés.

— Tu jures de ne pas te sauver ? demanda don Ramon.

Joaquin inclina la tête affirmativement. Ses gardiens coupèrent aussitôt les cordes qui serraient étroitement ses membres.

— Je me confie à toi ! dit le commandeur. Et tout bas il ajouta, en parlant à Gongora et à un autre chasseur : Ne le quittez point d'un pas. Vous répondez de lui sur votre tête.

Au bout de quelques minutes de marche, Joaquin s'arrêta, et, sans lever ses yeux attachés sur le ravin, dit très-doucement :

— Des chasseurs de taureaux ont passé ici il n'y a pas une heure.

— Allons, tu es fou où tu veux nous tromper, répliqua don Ramon en pâlissant. Il n'y a pas une racine aplatie, une branche brisée, un pas marqué devant nous.

— C'est vrai.

— Sur quelles preuves appuies-tu donc tes soupçons ? dit Fray Eusebio en ricanant. Les Français font-ils donc la chasse aux taureaux à travers les airs ?

— Non, répondit Joaquin avec calme, sans s'émouvoir de la raillerie du moine, mais ils emploient les ruses que leur enseignent leurs amis Caraïbes pour dépister les lanceros espagnols.

— Enfin quel signe de leur passage ont-ils laissé ?

— Les traces sont sous l'eau, reprit le pêcheur de perles avec un air de conviction profonde. Je connais ce ruisseau, et la marche de plusieurs hommes dans la vase de son lit a pu seule le rendre aussi bourbeux, lorsque depuis deux mois il n'est pas tombé une goutte de pluie. Du reste, voici que l'orage qui arrive pour réparer le temps perdu, et tout ce que nous pouvons faire, c'est de tâcher d'arriver à la clairière, où l'on pourra dresser les tentes.

La sagacité de Joaquin frappa de surprise les deux frères, ainsi que la sénorita et les chasseurs. Mais il n'y avait pas de temps à perdre en exclamations. Le ciel chargé de nuées, et la lourde chaleur qui régnait dans la forêt, indiquaient qu'il fallait profiter au plus tôt de l'avis du pêcheur. Dans les Antilles, les tempêtes se développent avec une activité prodigieuse, et, au moment où la troupe arrivait près de la clairière, déjà le vent, qui rugissait dans les profondeurs du bois, en faisant craquer les racines et les branches, avait fait place à de larges gouttes tièdes qu'absorbait le sol ardent ; déjà le fracas du tonnerre éclatait sur le crépitement de la pluie.

Mais quelle fut leur surprise, en débouchant sur la clairière, de voir que le terrain en était occupé par des vestiges matériels qui confirmaient incontestablement les prévisions de Joaquin.

— Un boucan ! s'écrièrent tous les chasseurs avec consternation.

Ce boucan était une loge couverte de taches ou queues de palmistes qui la fermaient tout autour. Vingt ou trente bâtons, gros comme le poing et longs de sept à huit pieds, étaient rangés sur des traverses environ à deux pieds l'un de l'autre. Sur ces claies reposaient des quartiers de sangliers, dont les peaux et les ossements servaient à faire dessous une épaisse fumée, bien préférable à celle du bois seul. En effet, le sel volatil contenu dans la peau et les os de ces animaux s'attache à la viande, tandis que celui du bois monte et s'évapore avec la fumée. Aussi les boucaniers mangeaient-ils cette chair vermeille comme la rose et d'une saveur admirable, sans avoir besoin de la faire cuire. Ils avaient pris cet usage des Caraïbes, indigènes des Antilles, qui faisaient ainsi rôtir leurs prisonniers de guerre sur des claies qu'ils nommaient dans leur langue barbacoa, comme ils appelaient boucan le lieu où ils exerçaient leur cruauté de cannibales. Les Espagnols, eux, désignaient leurs boucans sous le nom de materia, et leurs tueurs de bœufs et de sangliers sous celui de monteros ou coureurs du bois.

A l'aspect du boucan, don Ramon, furieux, cria à Joaquin :

— Misérable ! tu nous as trahis, tu nous as conduits dans un piége ! avoue-le ! tu es d'intelligence avec nos ennemis !

— Mais le boucan est désert, abandonné, dit Gongora en s'avançant. Il n'y est pas même resté, suivant l'habitude de ces hérétiques, un malade ou un engagé, pour apprêter le souper des chasseurs !

— Est-il possible ! dit joyeusement le commandeur. Ah ! les ladrones ont eu peur, et se sont enfuis à notre approche.

— Dites plutôt qu'ils nous suivent et nous surveillent, repartit Joaquin. Les boucaniers français et les coulierdiers d'Angleterre ne sont pas hommes à fuir devant nous et à laisser les Espagnols manger leur chasse, fussions-nous deux fois plus nombreux que leur bande. Mais je ne crains pas leur apparition, car ils ne sauraient être plus barbares que le commandeur don Ramon Carral, ajouta-t-il en entendant gémir le vieux Melchior et n'étant pas content par la présence de dona Carmen, qui s'était déjà réfugiée dans le boucan.

— Gavache ! à genoux pour ton insolence, s'écria don Ramon en se précipitant sur lui le bâton levé.

Mais, au même instant, un revers de crosse de fusil détourna le bâton.

— Lâche canaille ! qui vous a permis d'envahir le gîte d'honnêtes boucaniers ? dit d'une voix enrouée un nouveau personnage apparaissant hors d'un fourré, et qui s'avança vers le commandeur.

La foudre semblait avoir pétrifié les chasseurs. Ils restaient immobiles devant cet homme étrange, au costume sauvage. Il pouvait avoir quarante-cinq à cinquante ans. Quelques touffes de cheveux crépus grisonnaient sur son crâne. La colère gonflait ses larges narines. Ses yeux inquiets et subtils s'étaient injectés de sang. Sa figure, labourée par la petite vérole, eût semblé dure et inflexible, si ses lèvres épaisses n'eussent indiqué une vaillance téméraire, qui excluait tout sentiment de cruauté lâche et hypocrite. Rien en lui n'accusait une force et une vigueur redoutables : il était petit, et ses membres grêles ne pouvaient devoir qu'à des nerfs d'acier, à des muscles endurcis, à une volonté inébranlable, la puissance de résister aux fatigues d'un pareil métier. Certes, on pouvait être surpris de voir la crainte qu'inspirait ce tueur de bœufs.

En effet, au lieu de l'entourer, de s'emparer de lui, les chasseurs de don Ramon osaient à peine le regarder. Seul, Joaquin fixait sur lui des yeux où étincelait la provocation.

— Que pas un de vous ne bouge et ne touche à ses armes ! continua le boucanier ; sinon, il aura affaire à moi et aux miens !

Dona Carmen était restée immobile à l'entrée du boucan, car la vapeur compacte qui inondait cette hutte, l'intolérable odeur répandue par la combustion des cuirs, par le mélange de ces peaux et de ces chairs fraîches ou vieillies qui subissaient l'ardeur du feu, l'avaient empêchée de pénétrer plus avant.

Elle avait donc regardé le boucanier, et, quoique un peu émue elle-même, la jeune fille ne pouvait comprendre l'effroi que semblaient éprouver les chasseurs et le farouche don Ramon devant cet homme seul, dont la voix rauque commandait sous le boucan et dont l'aspect sauvage pouvait suffire à épouvanter une troupe nombreuse. Aussi fut-ce avec une profonde attention qu'elle regarda le premier de ces fameux boucaniers qu'elle eût jamais vus.

Le costume de ce personnage, destiné à jouer un si grand rôle dans le cours de cette histoire, était, en effet, aussi inculte que son teint cuivré par le ciel torri et son habitation enfumée.

Il avait pour vêtements deux chemises, un haut de chausse ou caleçon venant à moitié cuisse, et une petite casaque de grosse toile, primitivement blanche, mais depuis avait acquis des teintes de rouge-brun magnifique, en s'imbibant du sang de la chair des animaux que le chasseur avait l'habitude de rapporter sur ses épaules au boucan. Ses pieds étaient défendus contre les sentiers épineux des forêts par des souliers de peau de sanglier non tannée, qui n'empêchaient pas ces agiles vaincurs d'attaquer un bœuf à la course et de l'arrêter en lui coupant les jarrets.

A sa ceinture pendait un étui de peau de crocodile dans lequel étaient rangés quatre couteaux larges et tranchants, escortés d'une baïonnette. Cette ceinture qui se tordait autour de son corps, c'était une petite tente de toile fine, facile à dérouler, et sous laquelle le boucanier se couchait dans les bois, là où il se trouvait, à l'abri des moucherons, auxquels il ne voulait pas servir de souper. La barbe de cet être bizarre croissait sans doute depuis des années sans obstacle, tant elle était longue et touffue. Sur son front étroit s'enfonçait un bonnet fait d'un fond de chapeau, avec un bord seulement devant le visage, comme celui d'un carapoux.

Il s'appuyait nonchalamment sur son long fusil, et, après une courte pause, qui parut fort longue aux Espagnols, il dit brusquement :

— J'attends une réponse !

Voyant que don Ramon, encore tout étourdi de cet événement, ne se disposait pas à prendre la parole, Joaquin répondit avec fermeté :

— Le boucan paraissait abandonné. Nous avions été surpris par l'orage, et nous ne pouvions laisser cette jeune dame exposée à la tempête, ajouta-t-il en lui montrant dona Carmen, tandis que don Ramon remontait à cheval.

Le boucanier regarda avec une sorte d'intérêt mélancolique le jeune pêcheur, son visage s'adoucit, il répliqua :

— C'est différent, mon jeune maître ! Je vous offre donc l'hospitalité à tous, quoique j'aie un acte de justice à accomplir ici ; mais laissons d'abord passer la colère du ciel. En faveur de cette jeune dame et de toi, je suspendrai l'exécution de mon vœu...

— Bah ! interrompit arrogamment don Ramon, si tu ne l'avais pas offerte, l'hospitalité, nous l'eussions prise, sans tant de façons. Es-tu seul au boucan ?

— Non ! répondit le nouveau venu avec un sourire singulier, je suis gardé par deux bons compagnons.

— Où sont-ils ? demanda vivement le commandeur.

— En voici un, dit le boucanier en caressant son fusil de la main. C'est un vieux serviteur que Brachie de Dieppe a fabriqué exprès pour mon usage. Il est d'un calibre tirant une balle de seize à la livre ; le canon, long de quatre pieds et demi, pèse huit livres, le voyez. Et j'ai là vingt bonnes livres de poudre de Cherbourg, ajouta-t-il en frappant sur une calebasse bien bouchée avec de la cire, qu'il portait comme mes soldats leur giberne. C'est avec cette arme que nous abattons les oranges sans les toucher, en coupant proprement la queue avec la balle.

— Et ton autre compagnon ? répliqua don Ramon.

— Mon autre compagnon, dit le hardi aventurier avec une incroyable expression de dédain, c'est la peur que vous inspire, à vous autres Espagnols, le nom seul du boucanier ! Si vous me tuez, je sais comment je serai vengé par mes frères !

Dona Carmen et Joaquin ne purent s'empêcher d'admirer cet homme grêle et seul, qui, entouré d'ennemis, se croyait assez fort pour les repousser par l'audace qu'il puisait en son cœur, et par le renom terrible de ses associés. A voir le calme de son visage, on eût dit qu'il se croyait au milieu des siens.

— Ah ! tu nous braves, s'écria don Ramon pâle de colère, mais qui ne craignait plus d'avoir affaire à une bande de boucaniers, et qui venait de concevoir l'espérance de ramener un prisonnier au hatto. — Qu'on le saisisse ! continua-t-il en s'adressant à Gongora et à un autre pêcheur.

Nos deux braves s'avancèrent vers le terrible ennemi, mais avec une lenteur et une hésitation qui témoignaient assez du peu de plaisir qu'ils éprouvaient à exécuter une semblable mission.

Pour lui, il souriait d'un air de bonhomie peu rassurante.

— Vois ta puissance, noble commandeur, dit-il à don Ramon. Venez donc, je vous attends, mes courageux pêcheurs. Tenez ! que craignez-vous, je ne vous menace pas. Je laisse mon fusil ! je ne ferai pas la moindre résistance ! vous allez me prendre comme un agneau et me traîner aux pieds de votre maître ! Réjouissez-vous !

Mais cette facilité même, loin d'encourager Gongora et son compagnon, leur fit l'effet d'un piège, car ils s'arrêtèrent en se consultant du regard.

— Etes-vous fatigués, mes vaillants ennemis, continua bonnement le boucanier, et dois-je faire quelques pas au-devant de vous ?

Les deux pêcheurs eurent cordialement envie de reculer. Ils se contentèrent de rester immobiles, comme si leurs pieds eussent été soudainement scellés à la terre par quelque divinité malfaisante.

— Etes-vous devenus fous ! s'écria le commandeur. Obéissez ! ou sinon...

— Noble séñor, interrompit le boucanier, je te préviens seulement qu'à l'instant où tes esclaves me toucheront, tu tomberas mort à la place même où tu parles avec tant d'autorité.

— Que voulez-vous dire ? murmura don Ramon Carral.

Le boucanier, pour réponse, poussa un sifflement assez semblable au cri des maquais.

La pluie tombait toujours. Les éclairs zébraient de leur sillon de feu les vapeurs noires du firmament. Le bois tout entier frémissait.

Un autre sifflement, qui semblait venir du ciel, résonna aux oreilles du commandeur et de sa troupe.

— A moi ! à moi ! s'écria alors le boucanier. Vent-en-Panne, vise bien l'Espagnol ! casse-lui seulement un bras ! tayau, tayau, Caraçao ? Quant à toi, Gérondif, tu le garrotteras et tu l'attacheras à la queue de son cheval.

Une confusion et une terreur panique s'emparèrent des chasseurs. Plusieurs s'enfuirent. Joaquin se jeta au-devant de dona Carmen, prêt à la défendre au prix de sa vie.

Don Ramon, éperdu, suivit la direction du regard du boucanier, et aperçut entre les feuilles vertes de l'arbre au pied duquel il était le canon reluisant d'un fusil, et, penchée sur la crosse du fusil, une tête crépue, hérissée, aux yeux verts et fixes, et deux mains longues et velues qui accusaient une adresse de singe.

C'était Vent-en-Panne qui le visait.

Il tressaillit, et laboura les flancs de son cheval de l'éperon, voulant fuir. Son cheval ne bougea pas. A ces côtés grondaient deux de ces bracs ou venteurs formidables qui vont à la recherche du taureau et qui tiennent un sanglier en arrêt. Le commandeur resta confondu, stupéfait, terrifié, comme si les spectres d'un tableau fantastique l'eussent entouré. Il croyait voir les arbres, les chasseurs, les ennemis, tourner autour de lui dans une ronde infernale, à laquelle les éclats de la foudre, les sourdes rumeurs de la forêt, les aboiements des chiens servaient d'orchestre.

Le boucanier s'avança vers les deux pêcheurs chargés de l'arrêter ; de son poignet d'acier il les saisit, les courba, et les agenouilla à terre.

— Grâce ! s'écrièrent-ils tous deux.

— Vous n'êtes que des valets ! reprit l'étrange personnage. Retirez-vous ! Heureusement, vous ne m'avez pas touché, car autrement...

Ils se relevèrent, les mains jointes en signe de reconnaissance.

— Maintenant, allez droit à votre maître, reprit-il, allez, et saisissez-le !

Ils n'osèrent hésiter devant le regard de feu du boucanier, qui se croisa les bras.

— Maintenant l'acte de justice va s'accomplir, dit-il d'une voix haute et fière à don Ramon Carral. Je t'ai offert trêve et hospitalité. Ton insolence me l'a fait repousser. Tu as été lâche et cruel. Tu dois être humilié et châtié.

— Sainte mère de Dieu ! s'écria don Ramon qui commençait à reprendre ses sens, — sommes-nous atteints de vertige pour que vous souffriez, vous tous qui m'entendez, qu'un hérétique accable votre maître de pareils outrages ?

Et il ajouta avec un regard féroce :

— Je n'oublierai aucun de ceux qui m'auront abandonné !

Quelques-uns des pêcheurs et des esclaves commencèrent à se regarder et à se fuir.

Le boucanier reprit froidement :

— Séñor commandeur, je t'ordonne de garder devant moi un respectueux silence !

— Insensé ! Du respect à un ladron !

— Et d'écouter ton juge dans une attitude humble, comme il convient.

— Toi, mon juge ! répliqua en ricanant don Ramon.

— Vent-en-Panne, en joue ! dit laconiquement le boucanier.

Cette réplique péremptoire obtint un succès immédiat. Attiré par l'aimant invincible de la conservation, le commandeur leva les yeux vers la branche où était Vent-en-Panne, et, fasciné par le regard de son surveillant comme par celui d'un serpent, il se tut.

— Soyez tranquille, Léopard ! répondit la vigie.

A ce nom terrible et bien connu, un mouvement de curiosité et d'effroi fit moutonner toutes les têtes.

Don Ramon se sentit perdu, et répéta avec terreur : — Le Léopard !

Les Espagnols se pressaient pour mieux voir ce célèbre aventurier, chef de la boucanerie du port de la Paix, renommé pour ses stratagèmes et son audace, et dont la tête avait été mise à prix de deux cent mille piastres.

Joaquin et dona Carmen comprirent alors l'assurance de cet homme extraordinaire, dont on disait des ressources en lui-même, et de qui l'on citait des actions fabuleuses, comme d'avoir fait reculer, armé seulement de deux pistolets, deux cinquantaines de lanceros.

— Oui, dit froidement le Léopard, toi si longtemps juge et maître, tu vas trouver à ton tour un juge et un maître dans un hôte des forêts. Tu as abusé de ton pouvoir envers des créatures de Dieu, faites de la même chair et du même sang que ta chair et ton sang. Tu subiras la peine du talion. D'abord, descends du cheval, si tu ne veux pas que je te fasse aider par les deux écuyers qui sont à tes côtés.

Don Ramon mit pied à terre en frémissant de rage.

— Maintenant, rends-toi près de ton serviteur Joaquin Requiem, et de tes propres mains détache les cordes qui tiennent encore ses poignets liés.

— Jamais ! jamais ! plutôt mourir ! s'écria le commandeur en voyant le regard méprisant que lui jetait dona Carmen.

— Qu'on prépare les mèches soufrées, reprit le Léopard.

— Les mèches soufrées ! Ce mot rendit à don Ramon l'élasticité de ses membres et une parfaite souplesse de volonté. C'étaient deux mèches que l'on allumait entre les doigts de chaque main, jusqu'à ce que les doigts tombassent ou que le patient se soumît ; supplice généralement employé par les flibustiers pour savoir des Espagnols où ils cachaient leurs trésors.

Le commandeur détacha les liens de Joaquin ; puis il promena un regard sombre sur ses compagnons, cherchant à surprendre un sourire, à deviner ceux qui bénissaient dans le fond de leur âme ce boucanier, si noble avec ses haillons ensanglantés, en face de ce fier seigneur sans courage.

— Est-ce tout ? demanda-t-il enfin.

— Non vraiment ! dit le Léopard. Joaquin Requiem, toi, le pauvre pêcheur de perles, qui as un cœur si vaillant et si généreux, toi que cet homme a mis sous son pied, toi dont il a voulu briser l'âme, dont il a fait son jouet sans pitié, venge-toi de cet homme ! ton père qu'il a sacrifié est là, gisant dans ce palanquin, venge ton père !

Joaquin fit un pas en avant et mesura des yeux le visage pâle de don Ramon Carral.

— Oh ! fit ce dernier en tirant son épée, prends épée, esclave !

— Pas un geste de plus ! s'écria Joaquin qui, rapide comme la foudre, s'élança sur lui, arracha l'épée de la main tremblante, la brisa sur son genou et en jeta les morceaux à ses pieds, en ajoutant :

— Un homme d'honneur peut seul porter une épée. Voici la tienne convertie en poignard. Ce seront là des armes plus utiles à don Ramon Carral.

Puis, saisissant le bras du commandeur, il continua d'une voix sourde :

— Nous voici face à face maintenant, sans armes, avec notre seule force, sans bâton de maître dans ta main, sans liens qui garrottent mes membres, sans valets qui soient prêts à me châtier sur un signe de tes yeux, sur un mot de ta bouche. Eh bien ! frappe-moi donc, maître !

Don Ramon sentit ses cheveux se hérisser d'épouvante. Il regarda derrière lui.

Le vieux Melchior essaya de se soulever dans le palanquin, mais il retomba en laissant échapper un gémissement. Emu, troublé par ce cri de douleur, Joaquin leva la main sur le commandeur.

— Oh ! grâce pour lui ! pas de violence ! s'écria dona Carmen en tendant ses bras, comme une suppliante, vers le pêcheur de perles.

Cette voix si douce paralysa la colère du jeune homme. Il resta immobile.

— Allons ! fit brusquement le Léopard ; dépêche-toi, car j'ai affaire ailleurs. Juge ton maître. Le jugement sera exécuté sans appel, sur ma parole. Et toi, dit-il à don Ramon, agenouille-toi devant Joaquin et attends.

Cette fois encore le commandeur voulut résister.

— Le fronteau lui fera entendre raison, cria Vent-en-Panne.

Sur l'ordre du Léopard, Gongora et un de ses compagnons ceignirent le front du commandeur et firent tourner tout autour deux bâtons qui, peu à peu devaient comprimer plus vivement la corde.

Au second tour, il tomba à genoux.

— Prononce maintenant l'arrêt, dit le boucanier.

— Bah ! répliqua Joaquin en haussant les épaules, ne suis-je pas assez vengé, puisque j'ai vu ce lâche tomber et s'humilier devant moi !

— Bien, mon fils ! murmura Melchior.

— C'est une noble action, lui dit le regard reconnaissant de dona Carmen.

Le commandeur respira.

— Tu as tort, mon garçon, répliqua le Léopard. Il ne faut jamais écraser un serpent à moitié ! Prends garde ! Tu peux maintenant te venger. Si tu quittes la partie, lui prendra ta revanche. Mais enfin, ajouta-t-il avec un soupir de regret, tu le veux ainsi. Il sera fait comme tu as voulu. Relève-toi, don Ramon Carral.

Le commandeur se releva.

— Ecoute bien, lui dit alors le boucanier, et souviens-toi de mes paroles. Cet enfant est un fou, et je lis dans tes yeux comment tu comptes reconnaître sa générosité. Mais s'il lui arrive malheur, par suite de notre rencontre, c'est à nous que tu auras à faire, don Ramon ; dussions-nous faire passer la flamme sur les derniers débris de la Ranchería, dussions-nous te chercher jusque dans les entrailles de la terre, nous saurons t'atteindre. Jure donc par le saint nom de Notre-Dame-del-Pilar que tu pardonnes à Joaquin Requiem de t'avoir laissé la vie.

— Je le jure ! s'empressa de dire le commandeur avec un sourire sardonique.

— Je te relève de ton serment, interrompit Fray Eusebio, comme arraché par la contrainte.

— Mais moi je ne l'en relève pas, s'écria le Léopard irrité de cette escobarderie fanatique. Maintenant, vous pouvez partir. L'orage a cessé !

Pendant que le commandeur, le moine et dona Carmen remontaient à cheval, le boucanier prit à part Joaquin, et lui dit :

— Mon brave tireur, si tu as à te repentir de ta générosité, compte toujours sur le Léopard. Il ne te manquera pas au besoin.

Ils se serrèrent affectueusement la main, et le pêcheur de perles se hâta de rejoindre la troupe de don Ramon, qui s'éloignait dans un morne silence.

Quand ils furent disparus dans la profondeur du bois, le Léopard s'abandonna à un franc éclat de rire, qui trouva un joyeux écho sur l'arbre où gîtait le terrible Vent-en-Panne.

— Les niais et les poltrons ! dit-il enfin quand son rire homérique fut un peu apaisé, nous l'avons échappé belle ! A nous deux, mon pauvre engagé, nous les avons joliment gouaillés ! j'en rirai longtemps. C'est, à coup sûr, le meilleur tour que j'aie joué aux Espagnols !

— Votre : A moi ! à moi ! a été d'un excellent effet, repartit Vent-en-Panne.

— Oui, ils ont cru voir un boucanier caché sous chaque feuille de la forêt. Mais je me rappellerai toute ma vie l'effroyable grimace que ta figure a inspirée au vaillant don Ramon.

— N'importe ! dit Vent-en-Panne en dégringolant de son arbre comme un écureuil, cela ne vaut pas notre dos à dos en face des deux cinquantaines de lanceros, une fameuse danse tout de même.

— L'audace est la mère de la sûreté, garçon ! Quand ces Espagnols, à cheval, avec leurs lances, nous eurent enfermés dans ce grand cercle qu'ils formaient autour de nous, ils se crurent bien assurés de nous faire prisonniers.

— Mais, nous, répandant notre poudre et nos balles dans notre bonnet, nous nous mîmes dos à dos, en les attendant ; et ils eurent beau nous promettre de, loin, bon quartier, sans avancer, nous leur répondîmes toujours qu'il en coûterait cher aux premiers qui approcheraient.

— Si bien que pas un ne voulut se risquer à passer le premier et à payer pour les autres ! sans quoi, nous ne serions pas ici en ce moment. Mais il est temps de regagner notre barque, Vent-en-Panne, car je compte rôder autour de la Rancheria. Je me méfie de ce commandeur et de son hypocrite de frère, et je serais désolé qu'il arrivât mal à ce brave jeune homme, Joaquin Requiem. S'il court quelque péril, je tâcherai de le sauver et de l'enrôler parmi nous. Ce serait là une bonne acquisition !

Les deux aventuriers chargèrent sur leurs épaules cent livres de sanglier chacun, et gagnèrent la baie de la Hache, en continuant à rire et à causer de leurs hauts faits à l'endroit des Espagnols.

II

Le hatto et l'ajoupa.

Pendant la route, le commandeur n'adressa la parole à personne, pas même à son frère. Mais quand les chasseurs furent arrivés près le hatto, il leur fit signe de se disperser, puis il dit froidement au jeune pêcheur :

— Penses-tu que je tiendrai la parole que j'ai donnée à ce brigand, Joaquin Requiem ?

— Je le crois, répondit ce dernier.

— Et crois-tu aussi que j'oublierai que tu as menacé de ton fusil la poitrine de ton maître ?

— On n'oublie jamais que l'on a eu peur, señor don Ramon !

— Et pourtant tu espères que je ne me vengerai pas de toi !

— J'attends, maître. Le Léopard attend aussi !

— Insensé ! dit en ricanant le commandeur ; pauvre fou qui ignores qu'on peut faire saigner le cœur d'un homme sans le frapper d'un coup de poignard !

— N'avez-vous rien de plus à me dire, señor ? le vieux Melchior m'attend.

— Oui, ton père est mourant, n'est-ce pas, mon garçon ? Pour panser convenablement ses blessures, pour calmer sa fièvre brûlante, pour le disputer à la mort, pour le guérir enfin, les soins d'un médecin seraient nécessaires ! tu les payerais de ton sang !

— La science de Fray Eusebio ne fera pas défaut à un chrétien qui souffre, s'écria vivement Joaquin.

— Sans doute il est encore temps de le sauver ; si mon frère entre dans ton ajoupa, tu le peux y entrer avec lui ; mais Fray Eusebio va s'embarquer à l'instant pour le fort de la Paix, où il doit traiter d'un échange de prisonniers.

— Oh ! serpent maudit ! murmura le pauvre Joaquin.

— Ainsi, reprit le commandeur, le vieux Melchior n'aura d'autre médecin que son fils. A toi l'honneur de sa guérison, comme tantôt l'honneur de son salut.

Puis il rentra le pas lents dans l'intérieur du hatto. Joaquin n'avait rien répondu. Il ne voulait pas implorer la pitié de cet homme dont il jugeait la cruauté inexorable : mais il jura de se venger cette fois sans scrupule.

Aidé de Gongora, il transporta Melchior dans son ajoupa et veilla près de lui jusqu'au soir. Vers onze heures, quand il vit son père endormi ou plutôt affaissé dans sa souffrance, il se leva et glissa à sa ceinture sa mancheta, petit sabre de chasse en usage dans le pays ; il se disposa à sortir à pas légers ; néanmoins le moribond fut tiré de son assoupissement par ce faible bruit et murmura :

— A boire, Joaquin !

Le pêcheur de perles revint vers le grabat et versa quelques gouttes d'eau de Copal sur les lèvres pâles et sèches de son père. Melchior fit un nouvel effort pour soulever sa tête appesantie, et dit d'une voix inquiète :

— Ne me quitte pas, mon fils !

— Je reste là, mon père, répondit Joaquin.

Mais quand la respiration saccadée du vieillard eut annoncé qu'il retombait dans une sorte de demi-sommeil, le jeune homme jeta un regard attendri sur cette tête vénérable ; puis, sortant de l'ajoupa, il se dirigea vers la maison du commandeur. Les portes étaient fermées. Partout régnait un profond silence. Deux fois Joaquin fit le tour du hatto ; puis il revint en face du balcon moresque, à peu près résolu à l'escalader et à s'assurer si quelque fenêtre laissée entr'ouverte ne lui offrirait pas l'occasion de pénétrer jusqu'à la chambre de don Ramon Carral. Il allait mettre ce projet à exécution, lorsqu'il entendit comme un gémissement soudain, un cri de mort qui semblait provenir de l'appartement de doña Carmen où brillait encore une faible clarté.

Surpris, épouvanté, il prêta attentivement l'oreille, mais le silence ne fut plus interrompu.

Or, voici ce qui s'était passé au hatto pendant ce temps. Au retour de la chasse, doña Carmen, après avoir fait annoncer qu'elle ne recevrait personne de la soirée, s'était retirée dans sa chambre.

Cette chambre était meublée avec ce luxe seigneurial qui, aux Indes comme en Espagne, contrastait si étrangement avec les huttes misérables des esclaves et des paysans. Elle était tendue d'une tapisserie de velours cramoisi à fond d'or. Des nattes d'une merveilleuse finesse couvraient le plancher. Au milieu était placé un petit brasero d'argent, plein de noyaux d'olives. Des glaces de Venise étaient incrustées dans le mur avec leurs cadres d'argent bruni, admirablement sculptés, ainsi que les bordures des portes et les plinthes de chêne. Sous le ciseau de l'artiste s'étaient déroulés tous les incidents fantastiques de la tentation de saint Antoine, entouré par un cercle mouvant et tourbillonnant de chimères aux yeux louches, de sphinx à cheval sur des trompettes, de diablotins déguisés en sirènes à queues de poisson et en chauves-souris aux ailes velues. Une portière de velours cachait, au fond de la chambre, une cloison mobile de bois de senteur, seule entrée de l'escaparate, grande alcôve qui renfermait un prie-Dieu, un lit de damas blanc, doublé de brocart d'argent avec du point d'Espagne, et deux petites tables d'acajou chargées de branches de corail, de nacre de perles, de filigrane d'or, de pierres de bézoard et autres curiosités en vogue à cette époque.

C'est, enfermée dans cette chambre, où doña Carmen était habituée à rêver et à vivre depuis son enfance, qu'elle avait essayé de renouer dans son esprit les souvenirs confus de cette triste journée et de juger le maître et le serviteur. Le résultat de ses réflexions ne fut pas favorable à don Ramon, et elle se promit de nouveau de ne jamais donner sa main à un homme pour lequel elle ne trouvait au fond de son cœur que mépris et que haine.

La soirée s'était passée ainsi. Tous les bruits du hatto s'étaient éteints peu à peu, et la jeune fille ne s'en était pas aperçue. Le belon, à lampe à colonne d'argent suspendue aux corniches du plafond, ne jetait plus qu'une terne lueur. Tout à coup la porte de la chambre s'ouvrit brusquement, et le commandeur parut devant elle.

Doña Carmen, absorbée dans ses douloureuses méditations, ne le regarda d'abord qu'avec surprise.

Don Ramon s'inclina en souriant et referma la porte derrière lui.

La jeune fille secoua alors la torpeur qui semblait enchaîner sa volonté, et, reprenant toute sa dignité habituelle, elle se leva, et lui dit sèchement :

— Vous ici, sénor, à cette heure, et lorsque j'ai déclaré que je ne recevrais personne...

Don Ramon semblait s'attendre à cet accueil, et, loin d'en paraître déconcerté, il répondit doucereusement :

— Entre parents, est-il besoin de tant de cérémonies ! D'ailleurs, il s'agit d'une affaire sérieuse qu'il n'est plus temps de remettre au lendemain.

— Expliquez-vous plus clairement, commandeur, répliqua la jeune fille.

— Je veux parler de notre mariage, sénorita !

— Vous avez bien choisi l'heure et le lieu pour faire entendre de semblables paroles à une orpheline qui porte encore le deuil de son père, cousin Ramon !

— Ce mariage a été le dernier vœu de celui que vous regrettez, Carmen, et les circonstances veulent impérieusement que vous me fassiez connaître votre décision. Il le faut, vous dis-je !

— Vous êtes hardi, sénor, quand vous parlez à des femmes ! Vous savez alors vous faire craindre.

— J'attends votre réponse, belle cousine, répliqua froidement don Carral en s'asseyant dans un fauteuil.

— Vous devez la deviner, s'écria doña Carmen, qui resta debout devant lui en le regardant avec dédain.

J'ai donc un rival préféré ? demanda d'une voix douce et tranquille le commandeur.

— Un rival ! répéta doña Carmen. Vous savez bien que je vis ici comme une recluse, entre des esclaves et un tyran !

— Mille grâces, sénorita, interrompit don Ramon en s'inclinant avec une politesse ironique ; mais alors pourquoi rejetez-vous ma demande avec tant d'empressement et de hauteur ? Je ne suis pas un vieillard dont le front soit clair-semé de cheveux blancs et le visage sillonné de rides. Je ne vous apporte en dot ni le déshonneur ni la misère. De plus, je vous aime au point d'être jaloux de vous ! Qu'exigez-vous de plus, sénorita ?

Doña Carmen hésita un instant, puis elle répondit :

— Ce que j'exige, don Ramon ? ah ! vraiment vous allez me trouver bien difficile et bien romanesque ; mais je veux un mari qui sache me faire respecter.

Le commandeur ne put s'empêcher de tressaillir. Il reprit cependant bientôt d'une voix altérée :

— Qui donc ici manquerait de courtoisie envers la femme de don Ramon Carral? Le châtiment ne se ferait pas attendre.

— Oh ! je sais, continua la jeune fille, que vous êtes un maître colère et impitoyable ; mais, je vous le répète, je ne choisirai pour époux ni un hypocrite ni un lâche ! Vous m'avez entendu, sénor !

Et, d'un geste irrité, elle lui montra la porte de la chambre, semblable par sa pause hautaine et frémissante à la Diane antique.

Don Ramon ne bougea pas.

— Chère cousine, reprit-il d'un voix polie, mais railleuse, puisque nous sommes en train de nous expliquer en toute franchise sur cette affaire délicate, et que, la première, vous avez rejeté tous les ménagements, je vous poserai nettement la question. Il faut choisir entre l'obéissance aux dernières volontés de votre père et le couvent, qui vous offrira une cellule, une robe de bure et un cilice, en échange de vos richesses.

— Parlez-vous sérieusement ainsi à la fille de votre cousin don Juan de Zarates ? demanda Carmen.

— Très-sérieusement, sénorita, répondit le commandeur.

— Et vous avez pu croire que j'hésiterais un instant entre vous et Dieu ! répliqua Carmen.

— Vous me haïssez donc bien ! s'écria don Ramon, dont les lèvres tremblèrent d'émotion, et dont le visage se couvrit d'une pâleur livide à ces derniers mots ; mais, pauvre enfant, reprit-il en cherchant à maîtriser sa colère, vous ne comprenez donc pas que vous n'êtes point de force à lutter contre moi, et que ce que j'ai résolu doit être exécuté à tout prix ? J'ai besoin d'être maître absolu de la Rancheria, et la résistance opiniâtre d'une femme ne me fera pas plier ma volonté ou échouer mes projets.

— Ah ! voilà donc votre amour ! dit la jeune fille. Je savais bien que le masque finirait par peser à votre visage ! Oui, ce mariage est un marché où le cœur n'est compté pour rien. Vous m'aimez, parce que je suis maîtresse de cette pêcherie de perles ; vous m'aimez, parce que deux cents esclaves sont marqués à mon chiffre ; vous m'aimez, parce que je porte un nom plus noble et plus vénéré que le vôtre. Mais je préfère la haine à un pareil amour, sénor don Ramon, et nous verrons quel pouvoir me contraindra à subir chez moi une telle persécution !

En même temps elle étendit la main vers un cordon de sonnette, pour faire venir sa négresse.

— Vous prenez une peine inutile, sénorita ! Personne ne viendra, dit tranquillement le commandeur.

Doña Carmen poussa un cri d'effroi. Le cordon était coupé.

— Quel piège infâme ! s'écria-t-elle éperdue. Mais non ! vous n'auriez pas osé !

— Ne vous ai-je pas dit tout à l'heure, répondit don Ramon en souriant, que ce que j'ai résolu doit s'exécuter à tout prix ? Croyez-vous donc que je parle ainsi au hasard et sans prendre mes mesures !

— C'est un rêve, dit Carmen. Une sueur froide me confond ! Oh ! mais, prenez garde ! ma voix parviendra jusqu'à mes serviteurs. Retirez-vous ! il en est temps encore ! sinon, je vous ferai honteusement chasser par eux !

— Qu'ils viennent ! je les attends : ils serviront de témoins pour le contrat de mariage, ma chère Carmen, dit le commandeur en se levant et en essayant de saisir sa main pour la porter à ses lèvres.

— Misérable ! s'écria la jeune fille d'une voix étouffée, en reculant jusqu'au fond de la chambre et s'appuyant à la cloison de l'escaparate ; ne m'approchez pas !

— Comme vous voudrez, sénora !

Et don Ramon, la regardant d'un œil froid et insolent, se laissa retomber avec nonchalance dans son fauteuil.

— Maintenant, causons raison, farouche fiancée, reprit-il pendant qu'elle demeurait interdite et tremblante. Voici mon dernier mot : Il s'agit de choisir, non plus entre moi et le cloître, mais entre le mariage ou le déshonneur !

— Le déshonneur ! interrompit Carmen avec exaltation.

— Oui, continua don Ramon ; car je ne sortirai de cette chambre que devant témoins. Vous aurez pour vous votre conscience, soit ! mais le jugement des hommes se fonde toujours sur les apparences.

— O mon Dieu, mon Dieu! murmura la jeune fille en joignant les mains et en fondant larmes.

— Vous aurez beau affirmer, ajouta le commandeur, que je ne me suis introduit dans cette chambre que par surprise, par violence, contre votre volonté, on ne vous croira pas; on vous croirait même, que vous n'en seriez pas moins perdue, et trop heureuse que je veuille bien vous rendre l'honneur en vous donnant mon nom!

— Est-ce assez d'outrages, juste ciel! s'écria alors dona Carmen. Et vous avez espéré, reprit-elle avec plus de calme, que, parce que je suis seule, sans protection, abandonnée à votre merci, j'implorerais de vous mon salut comme une suppliante!

— J'en suis sûr, dit don Ramon: car dona Carmen de Zarates ne peut faire cesser notre entrevue sans hâter elle-même le scandale qui doit en résulter, tandis que la femme du commandeur sortira de cette chambre le front haut et le regard levé. Je suis généreux, cousine.

— Eh bien, vous vous êtes trompé, noble commandeur, répliqua aussitôt la courageuse enfant qui appela à son aide toute l'énergie de son cœur. A force de ne voir devant vous que des genoux pliés, des dos tendus sous le fouet, des paupières baissées et des bouches muettes; à force de remuer à votre fantaisie cette race dégradée d'esclaves, vous avez cru pouvoir dompter toutes les âmes. Eh bien! sachez-le, je n'hésiterai pas dans le choix ignominieux que vous m'offrez; je préfère le déshonneur même à la honte de porter un nom qui serait pour moi comme un stigmate d'infamie!

Cette fois don Ramon Carral se leva en laissant éclater sur son visage toute la fureur qui l'agitait. Il s'avança brusquement vers dona Carmen et lui dit:

— N'abusez pas de ma patience, sénorita! votre consentement! N'oubliez pas que je vous aime.

— N'approchez pas, au nom de Dieu! s'écria dona Carmen, tremblante comme une feuille.

Le commandeur n'était plus qu'à deux pas de la cloison.

— Au nom de mon père, qui a été votre ami, continua-t-elle d'un accent déchirant, tandis que son cœur battait avec une violence convulsive.

— C'est à votre père lui-même que vous résistez, répliqua don Ramon d'une voix sombre. Pourquoi donc implorer son nom?...

Elle, pâle comme une morte, la respiration haletante, à demi folle de terreur, poussa la cloison de l'escaparate pour se réfugier dans cette cachette inviolable.

Mais au même instant elle sentit la main du commandeur effleurer son bras. Il allait l'atteindre.

Alors elle se baissa, glissa derrière lui avec la souplesse d'une couleuvre, et, quand don Ramon se retourna, il vit frémissante, les joues empourprées d'indignation, les narines gonflées, et la main armée d'un de ces petits stylets à manche d'argent que portaient alors les femmes créoles, et dont la pointe était ordinairement trempée dans ces sucs vénéneux qui servaient à empoisonner les flèches des sauvages.

Le commandeur hésita un moment sur le parti qu'il devait prendre; mais, rougissant presque aussitôt de se laisser intimider par une femme, il voulut essayer de lui arracher son arme, en disant sourdement:

— Il ne faut pas laisser jouer les enfants avec de pareilles aiguilles.

Mais le poignard semblait scellé à la main de dona Carmen, tant elle le serrait convulsivement et, au geste brutal du commandeur, sentant sa voix mourir dans son gosier, ses yeux se voiler, en proie au paroxysme de l'épouvante, elle tendit ses bras en avant avec horreur pour le repousser.

Elle entendit aussitôt un cri de douleur terrible retentir à ses oreilles.

C'était le même cri que Joaquin avait entendu. Don Ramon Carral venait de tomber à ses pieds mortellement frappé. Comment cela s'était fait, elle n'en savait rien.

La malheureuse jeune fille resta dans une stupeur froide, sans voix, devant ce cadavre. Elle promena autour d'elle un regard d'épouvante. Sa chambre, à peine éclairée, lui parut un tombeau; il lui semblait qu'elle se resserrait autour d'elle invisiblement comme pour l'étouffer, sensation qu'éprouvent souvent les prisonniers dans leurs rêves. L'air manquait à sa poitrine; ses yeux étaient pris de vertiges, elle croyait voir les dragons des sculptures s'agiter et la menacer, les chimères aboyer contre elle par leurs triples gueules; le Christ semblait au-dessus du lit détourner d'elle son regard miséricordieux. Puis elle se sentait ramenée, comme par une fascination étrange, à contempler le cadavre étendu sur le tapis de l'escaparate.

Alors, pour échapper à cette vue sanglante, elle poussa d'une main convulsive la cloison, tira le rideau de velours, et se mit en chancelant jusqu'au balcon, sans oser regarder en arrière, et croyant à chaque pas sentir la main glacée du don Carral se poser sur son épaule.

Sur le balcon elle respira. La nuit était magnifique; les étoiles veillaient comme des yeux d'or sur la nature calme et silencieuse; des parfums pénétrants embaumaient l'air. La transition était si brusque, que dona Carmen se demanda si elle ne venait pas de faire un songe sinistre.

Tout à coup elle tressaillit en apercevant une ombre immobile sous le balcon. L'espérance que son esprit troublé venait de concevoir s'évanouit aussitôt. Sans doute ce témoin terrible avait entendu le dernier cri du commandeur et accuserait devant tous la meurtrière. La jeune fille se dit qu'elle était perdue; mais cette frayeur ne fut pas de longue durée. Dona Carmen était douée, comme nous l'avons dit, d'un caractère aussi résolu que fier: au lieu de se laisser abattre par cet incident, qui compliquait le danger de sa situation, elle résolut d'en profiter. Tête un peu romanesque, elle pouvait bien avoir peur des ombres et être dupe un instant de sa propre imagination: mais, cœur noble et hardi en face de la réalité, elle retrouva facilement cette énergie qu'elle avait déployée dans sa lutte avec don Ramon.

Emu et troublé, Joaquin était resté immobile comme une statue, car il avait reconnu dona Carmen dans l'apparition du balcon, et il craignait que le moindre mouvement ne fît disparaître la charmante vision.

Quelle fut donc sa surprise quand il vit la jeune créole se pencher sur la balustrade de fer ciselé, et d'un geste impérieux, sans prononcer une parole, lui faire signe de monter.

— M'aurait-elle reconnu? pensa-t-il. Ah! je suis fou. C'est impossible. Se doute-t-elle de mon dessein, et veut-elle me faire renoncer à ma vengeance?

Puis il obéit, sans conscience de ce qu'il faisait, se cramponnant à l'auvent de la porte d'entrée, au treillage, aux saillies de la pierre. Quand il fut parvenu au niveau du balcon, dona Carmen lui tendit sa main blanche et froide pour l'aider, et lui dit:

— Qui que vous soyez, avant d'aller plus loin, jurez par Notre-Dame-del-Pilar de ne jamais révéler ce que vous allez voir et entendre. Je ne marchanderai pas le prix de votre discrétion.

— Ai-je jamais eu besoin de pareils encouragements pour vous servir, sénorita? dit le pêcheur à voix basse en prenant pied sur le balcon.

— Quoi, Joaquin, c'est toi! répliqua dona Carmen avec surprise. Ah! Dieu a donc eu pitié de son humble servante! Tu as du courage, Joaquin, et c'est de ton courage seul que j'attends mon salut. Ce n'est pas toi qui voudrais me perdre!

— Pourquoi vous moquer de moi, sénorita? Je ne suis qu'un pauvre pêcheur à vos gages, et je n'ai le pouvoir de perdre personne! Eh! que peut craindre la maîtresse de la Bancheria, elle qui est aimée de tous et qui n'a pas un ennemi!

— Ah! dit dona Carmen, tes paroles m'accablent. Tu ne sais pas ce qu'a fait cette main de femme, habituée seulement à froisser un éventail ou à effeuiller un bouquet de fleurs! Mais, vieux, il n'est plus temps de reculer. Ce que la main n'a pas craint d'exécuter, la bouche doit oser le dire. C'est un secret mortel que tu vas connaître, Joaquin; bientôt ma vie sera en ton pouvoir, et, si tu as à te venger de la fille de tes maîtres, tu pourras la dénoncer et la traîner devant ses juges.

Elle s'avançait en même temps vers la chambre, suivie du pêcheur, dont le cœur commençait à s'oppresser dans l'attente de ce qui allait se passer. Arrivée devant la cloison de l'escaparate, dona Carmen sentit un frisson parcourir tous ses membres, et ses pieds rester attachés au plancher.

— Tire ce rideau! dit-elle d'une voix éteinte.

Plein de terreur, Joaquin obéit, poussa la cloison, et ne retint qu'avec peine une exclamation en apercevant le corps inanimé et sanglant du commandeur.

— Cet homme vous avait outragée, dona Carmen? dit le pêcheur après un instant de silence.

— Oh! répondit-il, je n'ai pas voulu le tuer, Joaquin; mais j'ai dû me défendre. Don Ramon a été sans pitié. Il m'a vue pleurer en lui disant que, ne pouvant plus ni l'estimer ni l'aimer, je préférais prendre le voile plutôt que de porter sa femme. Eh bien, il a osé porter la main sur moi et me menacer! Alors ma tête s'est perdue; l'effroi m'a donné, non pas du courage, mais du désespoir, et un crime m'a sauvée de lui.

— Bien, sénorita! Défendre son honneur n'est jamais un crime, répliqua vivement le jeune homme. Mais si on trouve ce cadavre dans votre appartement...

— Si on le trouve, je suis perdue, Joaquin; l'honneur ne peut survivre à un pareil éclat; on me demandera pourquoi je n'ai pas appelé au secours; on sourira d'incrédulité quand je raconterai comment tout s'est passé; qui sait! on m'accusera peut-être d'avoir été surprise par le commandeur dans quelque intrigue secrète, et de l'avoir fait tuer pour me débarrasser d'un témoin redoutable. La justice des hommes est si habile, vois-tu, Joaquin, qu'elle ne croira ni à mes paroles, ni aux battements de mon cœur, ni à mes serments! Ma vie est donc en tes mains; toi seul peux avoir pitié de moi.

— Cette prière était inutile, sénorita, dit le pêcheur. Don Ramon Carral était déjà condamné par moi; et, s'il n'eût péri de votre main, la mienne ne l'eût pas épargné.

— En effet, il a été pour toi bien cruel et bien injuste, ajouta Carmen.

— Oh! je lui aurais pardonné les affronts mêmes qu'il me faisait subir, reprit mélancoliquement Joaquin. Mais j'avais d'autres motifs pour le haïr mortellement...

— Et lesquels? demanda dona Carmen étonnée.

— Je le haïssais, reprit le pêcheur en hésitant, parce que souvent je l'avais entendu vous parler d'une voix impérieuse tandis que vous lui répondiez d'une voix douce et soumise ; parce que j'avais vu son regard ou son geste vous commander, et votre visage pâlir à son approche ; parce que je m'étais dit : Entre ces deux êtres il y a un bourreau et une victime.

— Et de quel droit faisais-tu de semblables remarques ? interrompit dona Carmen avec hauteur.

— De quel droit ! répliqua Joaquin en pâlissant. Ah ! pardonnez, señorita. C'est que dans ces moments-là j'étais fou sans doute ou je rêvais, car j'étais jaloux de don Ramon Carral, moi le pêcheur de perles.

— Et comptez-vous dans le prix de votre dévouement le droit de me faire entendre ces paroles insensées ? dit dona Carmen d'une voix altérée.

— Pardon, señorita, répliqua Joaquin. Je m'oubliais, et vous venez de me rappeler à la raison. Je puis donner ma vie pour vous, mais non laisser parler mon cœur. Ne craignez rien, dona Carmen de Zarates, ma folie a été de courte durée. Désormais je saurai défendre à mon cœur de battre en votre présence, à mes yeux de vous regarder, à mes lèvres de prononcer des paroles qui vous offensent.

Don Ramon.

— Le temps se passe ! murmura la jeune fille.

— Causons d'affaires sérieuses ! reprit ironiquement le pêcheur. Il faut que j'emporte ce cadavre, n'est-ce pas ? et que jamais on ne sache comment ni par quelle main il a été frappé.

— Et si on te surprend, si on te saisit, si on t'interroge, que répondras-tu ? dit-elle avec anxiété.

— Ce que je dirai ! que j'ai tué ce terrible commandeur. Oh ! rassurez-vous... non point parce que j'étais jaloux de lui, parce qu'il vous aimait... on rirait de moi... mais parce qu'il a eu moins de pitié de mon pauvre vieux père qu'un de ses chiens favoris, et qu'il a causé sa mort. La haine m'aura mis le couteau à la main. Voilà tout. Et les maîtres croient à la haine des serviteurs et des esclaves, señorita ! Ils savent comme elle fermente sourdement chez ces misérables dont la force, l'adresse, le cœur même, leur sont vendus, et à qui ils disent sans cesse : Soyez muets, soyez aveugles, soyez soumis, et pour récompense vous partagerez avec les chiens les coups de fouet, sans

partager avec eux les sourires, les caresses, et les miettes du repas ! Aussi cette haine rampe-t-elle comme la vipère, attendant l'occasion favorable pour répandre la mortalité dans une habitation, pour laisser tomber une goutte de poison au fond du verre où boit le maître, ou pour lui plonger la pointe d'un manchata dans la poitrine !

— Tais-toi ! tais-toi, Joaquin, dit Carmen. Mais sais-tu quel supplice t'est réservé, si tu t'avoues le meurtrier de don Ramon ?

— Un supplice moins cruel que les tortures de mon cœur, répondit-il avec exaltation. Je subirai la peine du garrot ; mais je mourrai heureux si je puis me dire : Grâce à ma mort, dona Carmen est libre, elle est heureuse , et personne ne la soupçonne ! Cette foule qui m'insulte par ses cris et ses huées s'écarte respectueusement sur son passage. Un mot de moi ! et peut-être ceux qui admirent sa beauté et sa fierté seraient les premiers à la maudire. Et Dieu m'a fait la grâce que dona Carmen me doive son honneur ! n'est-ce pas là bien mourir ?

Le cœur altier de la jeune fille fut ému par ces simples paroles :

— Mais dois-je accepter un pareil sacrifice ? dit-elle aussitôt. Non ! ce serait pour moi un remords éternel. Ne touche pas à ce cadavre, Joaquin. Je te le défends !

— Bien ! reprit le pêcheur. Et dans quelques heures , vos femmes entreront dans cette chambre ; dans quelques heures , vous serez une accusée, votre honneur sera livré aux langues empoisonnées de la calomnie, le nom de votre père sera flétri !

— Tais-toi, Joaquin ! s'écria Carmen. Je ne suis qu'une femme , et cette pensée me fait peur.

— Eh bien ! répondit-il en relevant le cadavre et l'enveloppant d'un de ces sacs de toile que tous les pêcheurs de perles portaient en bandoulière, ne me retenez pas un instant de plus, señorita, et laissez-moi faire mon devoir. Maintenant, je puis encore échapper à tous les regards.

Dona Carmen hésitait encore que déjà le jeune pêcheur avait disparu et descendait du balcon avec son étrange fardeau.

Il se dirigea vers le bois de mangles et il allait en atteindre la lisière, lorsqu'il entendit un bruit léger qui eût été presque imperceptible pour l'oreille d'un Européen.

Il s'arrêta aussitôt, mais il était trop tard. Deux hommes sortirent du bois avec précaution, et lui demandèrent à voix basse en espagnol :

— Où vas-tu, camarade ?

Joaquin ne répondit pas à cette question. Mais il essaya de se dégager des mains vigoureuses qui l'avaient déjà saisi et de se soustraire par la fuite à une fâcheuse reconnaissance. Il pensait avoir affaire aux serenos ou veilleurs de nuit, que le commandeur chargeait, dans les moments d'alarme, de garder les alentours de la Rancheria. Quand il eut reconnu que ses tentatives étaient impuissantes, il resta immobile, mais sans ouvrir les lèvres.

— Voilà un silencieux personnage ! dit un des nouveaux venus. Déchargeons-le toujours du fardeau qu'il porte sur ses épaules.

Joaquin frissonna de tous ses membres. Ils enlevèrent le sac de toile, et s'étonnèrent de le trouver si lourd.

— Que contient ce sac ? dit l'un. Des piastres ou des perles volées, sans doute.

— Allons ! reprit l'autre , nous aurons mis la main sur quelque esclave de la Pêcherie qui allait se faire marron !

Joaquin restait muet.

Les deux hommes délièrent et ouvrirent précipitamment le sac. Une incroyable habitude de prudence put seule retenir sur leurs lèvres un cri d'étonnement quand leurs mains touchèrent une tête froide et inanimée.

— Un cadavre ! murmurèrent-ils avec stupeur. Ah çà ! camarade, quel métier faisons-nous donc ?

— Ce cadavre , répondit hardiment le pêcheur, est celui de don Ramon Carral, le commandeur de la Rancheria. Maintenant, faites de moi ce que votre devoir vous ordonne !

— Le commandeur ! dit un des inconnus. Le coquin ne pouvait manquer de finir d'une façon tragique ! Ça se lisait sur son visage.

Cette fois, ce fut au tour de Joaquin d'être surpris de cette singulière oraison funèbre.

— Mais comment te nomme-t-on, l'ami ? Il me semble que ta voix ne m'est pas inconnue.

— Je crois aussi reconnaître la vôtre, dit le pêcheur.

— Mais oui vraiment, c'est Joaquin Requiem !

— Et moi, je parle au Léopard !

— Je ne croyais pas que nous nous reverrions sitôt, observa le boucanier ; mais, après un pareil coup, tu ne peux rester ici. Tu es bon pilote et bon tireur ; tu connais la côte ; viens avec nous !

— J'allais vous le demander, dit Joaquin. Mais mon père Melchior va mourir. Je veux lui dire un dernier adieu.

— Nous t'accompagnerons, répliquèrent les deux aventuriers.

— Hâtons-nous, dit le pêcheur.

— Faisons mieux , repartit le Léopard. Allons de ce pas , Joaquin, à ton ajoupa, et, pendant ce temps, Vent-en-Panne nous délivrera de cette proie de requins et de crocodiles ! puis il viendra nous rejoindre.

— Vent-en-Panne entra dans le bois, emportant le cadavre du commandeur, tandis que le boucanier et le pêcheur gagnaient la hutte de ce dernier.

L'ajoupa était lugubrement éclairé par une torche de résine qui fu-

mait dans un coin. Le Léopard s'arrêta immobile sur le seuil, de sorte que Melchior ne pouvait le voir. Joaquin s'approcha en tremblant, et, s'agenouillant auprès du grabat, regarda son père. Le vieillard luttait contre l'agonie. Une sueur mortelle baignait son front. Ses regards étaient glauques et effarés. Ses mains semblaient chercher quelque chose dans le vide. Quand Joaquin les serra dans les siennes, Melchior parut plus calme, et un sourire suprême rayonna sur son visage.

— Je vais bientôt mourir, mon fils! dit-il d'une voix éteinte; mais je suis tranquille, puisque je t'ai enseigné l'obéissance envers ceux que la Providence a mis au-dessus de nous. Pourquoi es-tu resté absent si longtemps, Joaquin?

— Un devoir à remplir, mon père! balbutia le jeune homme. Mais ne vous tourmentez pas. Je reste auprès de vous maintenant.

— Pourquoi ta voix est-elle si amère et si sombre, mon fils? Oh! garde-toi de caresser des pensées de haine et de vengeance! car ce sont là des passions qui troublent la vie entière!

— Mais quand on est outragé, mon père! interrompit Joaquin.

— Il faut pardonner, mon enfant! Ah! que l'on regrette souvent de ne pas avoir pardonné... Que je voudrais, moi, à cette heure où je vais paraître devant Dieu, ne pas avoir été, un jour, trop cruel, trop impitoyable! Mais, ajouta-t-il comme emporté malgré lui par un souvenir terrible, mais l'orgueil cuirasse les cœurs d'airain... L'honneur ne souffre pas de taches au blason d'un gentilhomme!

Puis, voyant la surprise de Joaquin, il reprit avec effort : — Ma tête s'égare... Nous qui sommes de pauvres gens, nous ne devons pas nous révolter contre les caprices d'un maitre!

Le crocodile.

— Désormais il n'aura plus de caprices! murmura sourdement le pêcheur.

— Que veux-tu dire, Joaquin? s'écria Melchior; me tromperais-tu? Puis apercevant les taches de sang qui rougissaient ses mains, il ajouta :

— Qu'as-tu fait, malheureux enfant? Réponds! qu'as-tu fait?

— Mon père!... répondit Joaquin troublé. Eh bien! oui, je dois l'a-vouer, ce sang est celui du commandeur. Votre bourreau est mort avant sa victime.

— Ainsi donc, reprit le vieillard en levant au ciel ses mains amaigries, c'est en vain que j'ai voulu te faire un bonheur humble et obscur, en soufflant loin de toi toutes les fumées de la vanité et de l'ambition. Mon sang a parlé dans tes veines! vous l'avez donc voulu, ô mon Dieu! et je n'ai plus le droit d'éteindre ma race et mon nom dans l'obscurité et l'oubli.

— Que voulez-vous dire, mon père? s'écria Joaquin, le pêcheur de perles.

— Ce que je veux dire, Joaquin Requiem, c'est que tu es gentilhomme par le sang! c'est que tu es par le cœur le digne descendant des marquis de Cossé! Le Léopard fit un mouvement de surprise.

Le jugement.

— Moi, noble! vous ne me trompez pas, mon père? dit le pêcheur foudroyé par cette révélation inattendue.

— Que Dieu me prête encore quelque force, et tu vas tout savoir! répondit Melchior.

L'impassible boucanier avait fait deux pas vers le grabat du vieillard, la respiration haletante; si Joaquin l'eût regardé, il l'eût vu essuyer ses yeux, humides pour la première fois depuis bien des années sans doute. Mais Joaquin ne pensait guère à lui. Il écoutait son père qui commença ainsi :

« Que les moindres détails de cette funeste histoire restent précieusement gravés dans ton souvenir, mon pauvre Joaquin. Mon père était un de ces rudes gentilshommes habitués à se croire seigneurs absolus de leurs domaines et à y exercer haute et basse justice, comme les anciens barons des temps féodaux. Il aurait donné sa vie pour le roi Louis XIII qu'il regardait comme son suzerain, mais il se croyait aussi noble que lui. Il avait un caractère altier et violent, et je ne crois pas l'avoir vu sourire deux fois dans toute ma jeunesse. Sa vie n'avait été marquée que par des chagrins. Il adorait ma mère, et elle était morte en donnant le jour à mon frère cadet Pétris. Aussi le marquis ne pouvait-il voir ce pauvre enfant sans que ses sourcils noirs se joignissent d'une façon menaçante, et sans qu'un tremblement nerveux agitât ses lèvres. Il n'était pas maître de cette impression de haine. Les enfants ne se trompent pas aux symptômes des sentiments qu'ils inspirent, et, les yeux fermés, devineraient bien vite ceux qui les aiment ou les

haïssent. Mon pauvre frère, qui avait le cœur naturellement fier, souffrait plus qu'un autre, et fuyait toujours, comme un coupable, la présence de notre père. Tandis que ce dernier me permettait de me suspendre à son cou, qu'il me berçait sur ses genoux, qu'il passait sa main dans les boucles de mes cheveux, croyant voir revivre sur mon visage les traits de ma mère, il exilait Pétris au bout de la chambre pour le punir des petits délits que nous avions commis ensemble. La vie solitaire du marquis avait changé peu à peu sa mélancolie en dureté et en humeur chagrine ; moi seul avais le don d'apaiser ses plus violentes colères. Je le vois encore, marchant dans la salle des Tableaux de famille, d'un pas à faire gémir les vieilles poutres du château, redressant sa haute taille, secouant de ses cheveux gris s'éméchant sur son large front, et son regard triste fixé sur la mer furieuse, qui bouillonnait contre les rochers, tandis que le vent rasait les bruyères et venait s'engouffrer dans la grande cour. La cloche du dîner le surprenait souvent dans cette contemplation où il s'oubliait des heures entières. Quelquefois il regardait les armes suspendues en trophée à la muraille et disait d'une voix mélancolique : Ces épées se rouillent ! elles ne sortiront plus du fourreau ! elles ne reluiront plus à mes mains ! — Pourquoi donc, mon père ! lui dis-je un jour. — Parce qu'elles ne sont plus à la mode actuelle, répondit-il avec un sourire amer, parce qu'elles ont vieilli comme leur maître, et que l'on rirait si j'allais montrer ma fraise gommée dans l'antichambre du Bas-Rouge. Il ne désignait jamais autrement l'ex-évêque de Luçon, alors cardinal de Richelieu. Puis, comme mécontent d'en avoir tant dit, il me tourna brusquement le dos et s'éloigna.

« Chose singulière ! mon frère ne semblait pas jaloux de la préférence que m'accordait notre père. Il m'aimait ; il subissait, par affection, tous mes caprices d'enfant gâté. La vieille femme de charge du château, qui ne pensait qu'à flatter tous mes désirs et à me parer comme un petit saint, négligeait souvent de remettre en état les vêtements que le vagabond, comme elle nommait Pétris, déchirait à tous les arbres et à tous les buissons de la campagne. Mais jamais ce bon garçon ne parut remarquer que j'avais une belle toque de velours, une collerette à tuyaux, un pourpoint de satin, tandis qu'il était couvert d'humble ratine. Quand notre père nous permettait d'aller ensemble aux fêtes des villages voisins, comme nous étions joyeux ! Je me rappelle toujours ce bon Pétris. Comme il me prenait délicatement dans ses bras pour sauter les traînes et les ruisseaux, de peur que je mouillasse le bout de mes bottines neuves ; car il était, quoique plus jeune, bien autrement robuste que moi. Comme il chantait gaiement, une fois en plein air ! Comme il aspirait avec délices les senteurs amères des ajoncs ! on eût dit un captif échappé d'une prison. Et au tir d'arbalète, quelle adresse ! toujours il remportait le prix. Ah ! le brave enfant ! Jamais il ne m'a dit qu'il m'aimait, mais voici ce qu'il fit une fois pour moi. Cela ne s'oublie pas, vois-tu, Joaquin. Nous revenions, vers onze heures, du bourg de la Tremblade ; le ciel était noir comme de l'encre ; tout à coup nous vîmes briller dans l'ombre comme deux charbons ardents. On parlait depuis quelque temps dans le pays d'une louve affamée à qui on avait tué ses louveteaux. Cela me revint en mémoire et j'eus peur. Nous nous tenions par la main, Pétris et moi, et nous tremblions tous les deux. Les deux yeux s'avançaient toujours. Alors Pétris lâcha ma main, me cria : Sauve-toi, petit frère ! et son bâton de cornouiller à la main, il marcha hardiment sur la bête. Je ne pouvais remuer, mes pieds étaient scellés au sol. Pétris, sans s'émouvoir, lui porta un coup terrible au flanc. La louve tomba, mais elle se releva aussitôt en hurlant d'une façon lamentable. Elle s'avançait par bonds irréguliers. Pétris alors lui glissa son bâton entre les dents et la força à rester ainsi muselée jusqu'à ce qu'elle perdît le souffle. Elle retomba sur son flanc déchiré. Pétris retira son bâton ; sa main était toute déchirée. Il acheva la bête tant bien que mal ; puis il vint à moi, et nous courûmes tout d'une haleine jusqu'au château, sans parler. Avant d'entrer, je lui dis : Tu dois bien souffrir ! — Un peu, dit-il en souriant. En vérité, je crois que j'aurais eu peur si j'avais été seul ! Je ne sais pourquoi, mais ce mot me fit pleurer. Il ajouta d'une voix inquiète : Ne dis rien de ceci à ton père, Bernard, car il ne te laisserait plus sortir avec moi, et il me gronderait de t'avoir ainsi exposé. J'ai gardé le secret, mais je n'ai pu m'empêcher d'être surpris qu'il eût si peur d'une réprimande de notre père, lui qui venait jusqu'alors enragée n'avait pu l'effrayer.

« Notre jeunesse se passa ainsi, un peu solitaire, mais heureuse. Je venais d'atteindre ma vingt-cinquième année. Un matin, mon père me fit appeler dans sa chambre et me dit : Bernard, est-ce que tu ne penses pas à l'avenir ? Est-ce que la vie que tu mènes te remplit tous tes désirs ? — Oui, monsieur, répondis-je respectueusement. — Et jamais tu n'as songé à ce qui se passe hors de ce petit coin de terre ? tu n'as souhaité embrasser une carrière où tu pusses être utile à ton pays ? — A cette demande je devins rêveur. Quelques images tumultueuses traversèrent mon esprit. Je répliquai : — Oui, monsieur, quelquefois je me réveille au sursaut la nuit, au milieu d'un songe, et il me semble vaguement entendre comme un appel de clairons, un choc d'armes qui se brisent, le hennissement des chevaux qui piaffent... mais je pense que c'est le vent qui agite les armures suspendues dans la grande salle, et, le jour même, j'oublie tout cela ! — Ecoute, Bernard, reprit le marquis en jetant sur moi un regard satisfait, moi, je suis vieux, et je ne dois plus penser qu'à me coucher bientôt dans la tombe de nos

aïeux. Mais toi, mon fils, tu dois ta dette de sang au roi et à la patrie. Il faut donc nous séparer. S. A. R. Monsieur daignera nous demander après-demain l'hospitalité. Je te présenterai à lui, et, si tu lui conviens il t'emmènera avec ses gentilshommes.

« Je restai la tête basse comme frappé d'un coup de foudre. Je voulus répliquer ; j'ouvris la bouche, mais il n'en sortit aucun son. Les sanglots me coupaient la parole. Mon père se faisait violence pour paraître ferme : Il le faut, mon fils, reprit-il d'un air sévère. Tu es un homme maintenant, et tu dois agir en homme. J'eusse mieux aimé te garder ici et perdre ton avenir que de te faire le page du Bas-Rouge, mais le prince Gaston d'Orléans est un noble maître.

« Avec quel trouble dans le cœur j'attendis le terrible jour ! Je ne pouvais dormir. Par moments je pensais à paraître maussade, sot, mal élevé devant le prince, pour qu'il me voulût pas de moi. Un instant après, j'allais tourmenter la vieille femme de charge pour qu'elle apportât le plus grand soin à ma toilette. Déjà l'ambition et la vanité m'avaient mordu au cœur. Quand les fanfares annoncèrent l'arrivée de Monsieur, je me sentis défaillir. Ce fut bien autre chose quand mes yeux, collés aux fenêtres, entrevirent toute cette cavalcade de gentilshommes, de pages et d'écuyers magnifiquement habillés, qui l'accompagnaient. Je n'éprouvai plus qu'une crainte, celle de lui déplaire. Mon père, le marquis de Cossé, ce seigneur si absolu, tenait humblement l'étrier du cheval de S. A. Rien au monde ne pouvait me donner une plus foudroyante idée de la grandeur d'un prince. Le marquis me présenta. Tous les regards se portèrent sur moi avec curiosité. Je devins rouge comme le feu. Les gentilshommes sourirent et chuchotèrent entre eux. D'un coup d'œil je compris qu'ils plaisantaient au sujet de mon costume à l'ancienne mode, qui contrastait avec mon air de jeunesse. Monsieur lui-même semblait me regarder avec quelque surprise. Ma vanité se révolta et je lui dis aussitôt en m'inclinant : — Monseigneur, mon pourpoint n'est pas taillé au goût de la cour, comme ceux de ces messieurs, mais il sera aussi bon que les leurs pour essuyer le feu au service de Votre Altesse.

« Ma réponse lui plut. Il se tourna vers les plus grands rieurs et leur dit : — Eh bien, Fontrailles, et vous, Montrésor, que pensez-vous de la riposte ? Peut-être mettrons-nous bientôt le jeune homme à même d'user sa défroque ! Tu viendras avec nous, petit !

« Sans attendre ma réponse, il dit à mon père : — Marquis, je ne vois pas votre autre fils ? Mon père se troubla. Il avait oublié Pétris jusqu'au dernier moment. On l'avait cherché partout, celle de lui ne le trouva pas. Humilié, pour la première fois de sa vie peut-être, du délabrement de ses vêtements, il s'était caché. Un nuage s'amassa sur le front de mon père, qui répondit laconiquement : — Monseigneur, il est malade.

« Je dois te l'avouer, Joaquin, de tout le jour je ne pensai pas à mon pauvre frère. J'avais la tête éblouie de la conversation des gentilshommes du duc d'Orléans. Ils parlaient de mille choses si nouvelles pour moi, de duels, de bals masqués, de jeux effrénés, de bons tours joués aux maris, de femmes qui devaient être plus belles que les anges d'après leur description ; et moi qui n'avais vu que nos paysannes bretonnes, j'ouvrais de grands yeux à leurs récits. Monsieur paraissait enchanté de mes questions, de mes naïvetés. Plusieurs de ses courtisans devenaient déjà les miens. Un monde inconnu troublait mon imagination, m'attirait vers l'avenir et me rendait ingrat pour mon passé. Le lendemain pourtant, je m'informai de Pétris au moment de partir ; mais mon père me répondit froidement : — Ne prononce plus ce nom, Bernard ! Ce méchant sujet n'est plus de la famille. Il s'est enfui, sans doute pour mener la vie d'un vagabond ! Je le renie à jamais.

« Je voulus implorer sa grâce. Mais le prince fit un geste. On donna le signal du départ. Je n'eus que le temps d'embrasser mon père, de monter à cheval et de partir. Je me retournai sur la tête vers les tourelles du château, de peur de me compromettre aux yeux de mes nouveaux compagnons. A un coude de la route, où on cessait de les apercevoir, des valets du prince se prirent de querelle avec un jeune gars qui était couché au pied d'un arbre, un fusil à la main, et qui ne voulait pas leur céder deux lièvres qu'il venait de tuer. Nous nous approchâmes. Je reconnus Pétris et je devins pâle. Quand il me vit, il cessa de résister et me regarda comme pour me faire juge du différend. J'aurais dû lui tendre les bras et l'appeler mon frère devant tous. Une mauvaise honte me retint ; il avait le visage et les mains hâlés : ses vêtements étaient presque des haillons. Je lui dis durement : Vous avez tort ! Je tremblai qu'il ne se laissât aller à un mouvement de colère et qu'il ne se nommât en me jetant un regard à fendre le cœur ! c'était un reproche si tendre, si douloureux, si résigné, que tout autre que moi eût rougi de la lâcheté que je venais de commettre. Je me contentai de dire aux valets : — Laissez-le aller ! Ne lui faites pas de mal.

« Il resta immobile, de grosses larmes roulaient dans ses yeux, et il nous regarda partir. Voilà les fautes que Dieu ne pardonne pas, mon fils. Hélas ! j'ai pourtant bien expié depuis cet accès de vanité féroce.

« Je devais revoir encore une fois Pétris, mais dans une des plus terribles circonstances de ma vie.

« Je passerai rapidement sur la vie de folies et d'intrigues que je menai à la cour de Monsieur. Le jour, j'écrivais les sonnets que l'on applaudissait chez Marion Delorme ; je faisais des armes à l'Académie ; j'allais rire à Tabarin ou aux joyeux sermons du petit père André ;

quand j'avais trop perdu aux dez, à la paume ou à la boule, je recourais aux usuriers Dobillon et Jacomeny, comme Montmorin, Blot, Villeneuve, de Suze et tous nos amis. La nuit, nous courions les rues déguisés, nous rossions le guet, nous brisions les lanternes, nous tirions les manteaux des bourgeois attardés. J'avais le cœur vide, mais la tête suffisamment occupée. Sous toutes nos folies couvaient sans cesse des intrigues qui rataient comme des fusées d'artifice mouillées par la pluie. Gaston d'Orléans passait six grands mois à racoler des conspirateurs ; puis il employait le reste de l'année à obtenir son pardon de l'éminence rouge, en livrant un à un tous ses complices à la hache du bourreau. Il fallait qu'il m'aimât véritablement, car jamais il ne voulut me laisser conspirer avec lui.

« Il y avait trois ans que j'étais à la cour, lorsqu'un soir, *Monsieur*, qui depuis plusieurs jours paraissait inquiet, taciturne, embarrassé comme chaque fois qu'il rêvait quelque grand projet, me retint pour lui faire la lecture, après la sortie de ses gentilshommes. C'était un prétexte. Dès que nous fûmes seuls, il me prit la main et me dit : — Tu m'es attaché, n'est-ce pas, Bernard? Tu n'es pas un de ces espions que le cardinal a chargés d'écouter remuer mon cœur et mes lèvres ? — Je faillis hausser les épaules. Il reprit : — J'ai trouvé moyen de faire pièce au Bas-Rouge, et si tu veux m'aider... — Ordonnez, monseigneur ! — Tu sais que le vieux chat a banni mon fidèle serviteur, le comte de Rochefort. J'apprends aujourd'hui qu'il lui a fait écrire par Chaviguy, son secrétaire. Il veut l'attirer dans son parti par de bonnes propositions. Il a entendu parler de la merveilleuse beauté de la fille du comte, il lui demande sa main pour un de ses partisans, le brave Schomberg, duc d'Halluin. Eh bien ! j'ai trouvé un victorieux rival à opposer à Schomberg ! — Et ce rival, monseigneur ? — C'est moi, reprit-il d'un air triomphant. Je tombai des nues à cette étrange nouvelle. Je voulus répliquer. Il m'interrompit. — Je n'écoute pas un mot, Bernard ! C'est une chose décidée. Je garderai un ami considérable, et je me serai marié sans la permission de mon frère, à la barbe de maître Gonin qui en enragera ! — Mais le mariage est cassé ! — C'est ce que nous verrons. Avant tout, il faut que je sois certain que la beauté de la jeune comtesse vaille les bruits qu'on en répand, et c'est toi que j'envoie à Bruxelles pour m'en assurer.

« À ces mots, je ne sais quel involontaire pressentiment m'agita. J'essayai de résister, mais inutilement. Quatre jours après j'étais chez le comte de Rochefort qui me reçut à cœur ouvert, sans se douter de ma mission. Mais quand je vis sa charmante fille... je sus devins-je ! Jusqu'alors je n'avais pas aimé. À son aspect, je me sentis interdit et tremblant. Je voulus parler et je ne pus que balbutier quelques phrases décousues et embarrassées. J'avais toujours ri de ces grandes passions qui nous surprennent le cœur comme un coup de foudre. Je les compris ; la beauté d'Adélaïde de Rochefort surpassait tout ce que j'avais rêvé. Je ne pus me faire à la pensée que moi-même je mettrais sa main dans la main d'un autre. Je connus la violence de mon amour par celle de ma jalousie soudaine. Le soir même j'écrivis à *Monsieur* qu'on l'avait trompé, que mademoiselle de Rochefort était tout au plus une belle statue ; qu'elle avait la taille roide, les yeux bleus et bien fendus, mais trop grands, la bouche vermeille mais trop pincée ; enfin, je calomniai autant que possible cette physionomie si touchante qui m'avait ébloui. À tout cela je joignais des raisons politiques. Sur ces entrefaites, Montrésor, qui arrivait de Nancy, fit entrevoir à *Monsieur* les avantages d'une union avec la fille du duc de Lorraine, qui deviendrait pour lui, en cas de besoin, un puissant allié ; si bien que Gaston d'Orléans renonça tout à fait à son premier projet.

« Mais ce n'était pas tout. Il fallait circonvenir habilement *Monsieur*, de manière à ce qu'il me donnât lui-même l'ordre d'épouser la belle Adélaïde, pour retenir par un lien de plus le comte de Rochefort dans son parti. Je feignis d'y consentir par pure obéissance, et comme si c'était un grand sacrifice. Je ne déplaisais pas à la jeune fille, le comte accorda sa main avec joie au duc de Gaston, et je passai alors à Bruxelles les trois plus beaux mois de ma vie. Mais bientôt une lettre de Montrésor m'annonça que *Monsieur*, ayant pitié de mes ennuis, me rappelait. Je vis alors la triste vérité. Il fallait m'arracher de ce paradis où j'aurais voulu passer tous mes jours. Quand j'annonçai ma résolution à Adélaïde, elle devint toute pâle, et me dit en fondant en larmes : — Vous ne m'aimiez donc pas comme vous le disiez, puisque vous me quittez ! — Rien au monde ne m'éteindra mon amour, lui répondis-je en l'embrassant. Mais puis-je trahir la confiance du prince, cesser de veiller à ses intérêts, de lui donner mes conseils et mon sang, si c'est nécessaire ? — Vous ne m'aimez pas, reprit-elle avec un son de voix profond. Vous ne pensez qu'à votre ambition. Le bonheur est ici. Le chercher ailleurs, c'est le fuir ! — Mais... — Mais croyez-vous que la pensée que vous servez le duc d'Orléans, pendant que vous êtes loin de moi, me console de ne plus vous voir ? Non, Bernard, vous ne m'aimez pas ! — Je vous jure... — Ne jurez pas. On ne fait ces serments que quand on veut les trahir. L'amour est égoïste, Bernard. Je voudrais, moi, vous posséder tout entier, et ne rien céder de vous ni à la politique des princes, ni à la fortune des armes. Croyez-vous donc que la joie de *Monsieur* et de tous vos amis à vous revoir saurait essuyer la moindre des larmes que votre départ me fera verser !

« J'étais ému. Je ne savais que répondre. Elle reprit d'une voix plus ferme : — Écoutez, Bernard, mon dernier mot. Il faut que vous m'accordiez la grâce de demeurer avec moi, ou que vous me permettiez de vous suivre !

Je n'eus plus d'autre parti à prendre que de lui révéler toute la vérité. Je pensai étouffer ainsi dans son cœur le désir de m'accompagner à Paris, et la rassurer complètement sur sa crainte de ne pas être assez aimée de moi. Elle écouta cet aveu avec un visage altéré et demeura rêveuse. Enfin elle me dit froidement : — Retournez à la cour, Bernard, je ne vous retiens plus. Je resterai dans cette ville qui, après votre départ, ne sera plus pour moi qu'une prison.

« Je cherchai à la consoler. Elle m'écoutait d'un air contraint, répétant quelquefois avec un sourire forcé : — Ainsi donc, peu s'en est fallu que je ne fusse duchesse d'Orléans ! Sans vous !... Et elle jetait sur moi un regard étrange ; puis elle ajoutait : — Certes, jamais je n'aurais osé souhaiter, même en rêve, une si haute fortune ! — Et maintenant la regrettez-vous, marquise de Cossé ? lui disais-je. — Non, en vérité, Bernard ! mais un instant après je la surprenais immobile et murmurant tout bas : — Duchesse d'Orléans ! Quel rêve ! Et puis elle cherchait à sortir de sa préoccupation, m'interrogeait sur les beautés de Paris, les splendeurs de la cour, sur les favoris du prince, mais elle n'allait pas plus loin. Alors je ne fis guère attention à tout cela. Plus tard je me rappelai ces infimes circonstances, qui devaient être de sinistres présages.

« Une année s'était passée depuis mon mariage, et mon beau-père venait de m'apprendre ta naissance, Joaquin, lorsque éclata la grande rébellion de *Monsieur* et de l'infortuné duc de Montmorency. Cette fois je fus du jeu, et je fis chaudement ma partie. Mais les irrésolutions de *Monsieur* nous perdirent. Le vaincu de Castelnaudary eut la tête tranchée à Toulouse, et Gaston d'Orléans épousa la fille du duc de Lorraine. Richelieu fut vindicatif : il sembla nous oublier.

« Pendant que nous nous ennuyions en exil, un peintre italien, nommé Giorgione, qui passait par Nancy, vint faire sa cour à *Monsieur*. Ce prince voulut, par désœuvrement, voir une galerie de portraits que l'artiste rapportait de France à son maître, le duc de Madère. Fontrailles, Blot, Villemore et moi nous l'accompagnions. Nous passâmes en revue quelques beautés de la cour, sur lesquelles notre méchante humeur d'exilés fit pleuvoir une grêle d'épigrammes. Mais de quel coup fus-je frappé, quand je vis *Monsieur* arrêté devant un portrait que je reconnus que trop bien.

« — Est-il possible ! s'écria-t-il enfin, que ce soit là une tête peinte d'après nature !

« — Oui, monseigneur ! répondis-je en coupant la parole à Giorgione et cherchant à me remettre, car c'est le portrait de ma femme. Mais si les autres dames étrangères ne sont pas plus ressemblantes, j'ose assurer Votre Altesse qu'il n'en est aucune dont le peintre ait pu connaître l'original par la copie.

« Le peintre resta fort surpris; mais, pensant que j'avais quelque motif pour parler de la sorte, il ne répliqua rien.

« J'observai *Monsieur*, sentant mon cœur battre dans ma poitrine. Il ne disait mot, mais il demeurait absorbé dans la contemplation du portrait, et je le voyais rougir et pâlir tour à tour.

« Enfin il me dit brusquement, et sans me regarder :

« — Parlez franchement, Bernard. Votre femme a-t-elle ces grands yeux bleus et fendus ?

« — Oui, monseigneur ! répondis-je tremblant comme un criminel.

« — Et cette bouche fine et rose ?

« — Oui, monseigneur !

« — Je me sentais mourir.

« — Et ce charmant tour de visage et ces beaux cheveux noirs ?

« — Il est vrai !

« Mon front était baigné d'une sueur froide.

« — Mais, repris-je, ce qui lui manque, c'est, comme je vous l'ai dit, ce charme de physionomie qui lie et anime de beaux traits naturels !

« Il garda le silence un instant. Puis il s'écria en me regardant fixement :

« — Je veux voir ce prodige ! Si madame de Cossé est laide avec un pareil visage, je ne sais rien au monde de plus rare que votre femme, Bernard. Nous partirons dans quelques jours pour Bruxelles, afin de la surprendre à l'improviste.

« Il m'eût enfoncé un couteau dans le cœur, qu'il ne m'eût pas fait plus de mal. Je cherchai mille moyens d'empêcher ce fatal voyage : je fis prévenir sous main la duchesse ; je gagnai des médecins, qui assurèrent qu'il régnait en ce moment à Bruxelles des fièvres épidémiques. On surprit des lettres qui faisaient croire à un projet d'enlèvement du prince, sur la route, par les agents du cardinal-ministre. Tout fut inutile. Comme dernière ressource, j'écrivis à Adélaïde pour la prévenir du malheur qui la menaçait. Je lui recommandais de paraître froide devant *Monsieur*, de s'habiller sans recherche, de lui parler d'un ton bref, d'afficher un air prude, ce qui déplaisait souverainement à ce prince timide et irrésolu. Hélas ! elle profita de mes conseils, mais pour paraître plus éblouissante que jamais aux yeux ravis de Gaston d'Orléans. Il n'eut pas causé quelques minutes avec elle, qu'il me jeta un regard que je n'ai jamais oublié, et vint à moi : — C'est là cette femme à qui tu ne trouves ni esprit ni beauté, Bernard ?

« Je frissonnai. Un sourire singulier se dessina au coin de ses lèvres. Il reprit : — Eh bien ! mon pauvre comte, je te plains !

« Et désormais il continua à me traiter avec sa bonté ordinaire. Ce pardon muet me rendit *Monsieur* plus cher que jamais. Adélaïde revint avec nous à la petite cour de Lorraine. Chaque jour je faisais de nouveaux progrès dans la faveur du prince. Je logeais au palais ducal, je dispensais toutes les grâces. Aimé de ma femme et de mon maître, je me croyais le plus heureux des hommes. Qui m'eût dit alors que je touchais à la catastrophe qui a décidé du malheur de ma vie entière !

« Je remarquais depuis quelque temps un changement d'humeur singulier chez ma femme. Tantôt elle recherchait ma présence, elle venait à moi comme si quelque pensée secrète l'eût oppressée, comme si elle eût eu quelque confidence à me faire ; tantôt elle m'évitait, comme si je lui eusse tout à coup inspiré une involontaire aversion. Je la voyais sourire, et, un instant après, devenir pâle sur un mot indifférent que je prononçais au hasard. Je l'interrogeais : — Qu'avez-vous, Adélaïde ? — Rien. — Peut-être n'aimez-vous plus la cour ? — Je l'aime, Bernard ; je suis heureuse !

« Mais elle restait mélancolique, et je ne savais que penser. Je l'observais, je l'épiais ; tout m'inspirait des soupçons. Une nuit je la vis, les cheveux épars sur ses épaules, blanche comme une morte, agenouillée à son prie-Dieu. Je lui dis : Que faites-vous, Adélaïde ? Elle se mit à trembler et à me regarder d'un air égaré. — Je prie, Bernard, vous le voyez ! — A cette heure, par cette nuit si froide ! vous vous ferez mourir.

« Les jours suivants, pour me rassurer, c'étaient d'étranges caprices de coquetterie. Elle portait ses plus magnifiques parures, elle resplendissait à tous les bals, à toutes les fêtes, aux chasses de *Monsieur*. Elle se livrait au plaisir avec un entraînement mortel, comme si elle eût voulu s'échapper à elle-même. J'étais alors inquiet, moi, de lui supplier d'avoir pitié de sa santé. Je lui disais : — Si vous voulez, Adélaïde, nous nous retirerons à la campagne ! — Oui, nous aurons un petit ermitage, Bernard ; nous y vivrons calmes et heureux ; j'aurai un jardin, des fleurs. Vous ne me quitterez pas, vous me le promettez ? L'air pur des champs me fera du bien. — Je l'espère, mon amie ; je regrette seulement de quitter *Monsieur*. — *Monsieur* ! répétait-elle. Et son visage rougit, ses yeux se baissèrent vers la terre. — Oui, c'est à la cour qu'on perd son âme. L'ambition, l'amour des plaisirs et des honneurs, les haines perfides, et les trahisons y dévorent la vie. Quittons la cour. Pourtant, il est vrai, *Monsieur* a tant d'amitié pour vous, Bernard. Que faire ?

« Alors elle se renfermait plusieurs jours de suite dans son oratoire, abattue, absorbée, sans recevoir personne.

« Un soir, au crépuscule, un grand orage éclata sur la ville. Je ne trouvai pas Adélaïde dans sa chambre. Ses femmes me dirent qu'elle avait voulu descendre seule au jardin. Inquiet, je la cherchai. Elle était immobile devant les fleurs brisées par le vent, et recevant la pluie sur la tête. — Quelle imprudence ! lui dis-je. Rentrez. Vous voulez donc vous tuer ?

« Elle ne bougea pas, elle leva ses mains vers le ciel. — Voyez, me dit-elle d'une voix si basse, qu'à peine je l'entendais, comme Dieu est irrité, comme les éclairs entr'ouvrent le ciel, comme le tonnerre gronde sur ma tête ! Les anges sont en courroux ! Laissez-moi, Bernard. — Adélaïde, revenez à vous. — Nulle part je ne saurais échapper aux regards de Dieu. Oui, j'ai mérité cette souffrance. Ayez pitié de moi ! Cachez-moi, Bernard !

« Et elle se pressait contre moi, puis elle me repoussait. Cependant elle était froide comme un marbre et elle avait les yeux égarés.

« Je ne comprenais rien à cette étrange maladie. J'étais devenu triste et sombre. Un jour que l'inquiétude m'avait déjà mal disposé l'esprit, j'entendis au cours un officier qui parlait de Gaston d'Orléans en termes fort légers. — Il était cardinaliste. La colère me monta au visage. Je me pris de querelle avec lui. J'étais heureux de donner à *Monsieur* une nouvelle preuve de mon dévouement. Comme tu le penses bien, je m'étais gardé de parler de cette rencontre à Adélaïde. Le rendez-vous était fixé à sept heures du soir. Il arriva que justement ce soir-là elle me dit qu'elle n'irait pas au cercle de la duchesse. Elle était agitée, les lèvres tremblantes. Elle essaya de me retenir près d'elle. — Assieds-toi près de moi, Bernard ; je suis bien malade ! — Pauvre amie ! — Ma tête est en feu ! Donne-moi la main, Bernard !

« Elle prit ma main et la plaça sur sa tempe. Je sentis battre l'artère avec violence. — Chère Adélaïde, que je voudrais souffrir à ta place ! lui dis-je. — Reste ainsi, cela me fait du bien ! — Non, il te faut du calme, du repos.

« Je me levai. Je pris mon manteau. Elle me demanda d'une voix sourde : — Où vas-tu, Bernard ? — Chez *Monsieur* ! — C'est faux ! Tu me trompes !

« J'hésitai à lui répondre. — Je sais tout, reprit-elle, et je ne veux pas que vous me quittiez !

« Je la regardai sévèrement. Je lui dis : — C'est la voix seule de l'honneur que j'écoute ; je dois venger un outrage fait à mon bienfaiteur, Gaston d'Orléans ! Est-ce à vous à m'en détourner ? — Votre bienfaiteur, ce prince faible et capricieux ! — Pas un mot de plus, Adélaïde ! — Elle voulut pleurer, mais ses yeux restaient secs. Je serrai la boucle de mon ceinturon, j'enfonçai mon chapeau sur ma tête.

Elle se jeta à mes pieds, et d'une voix brisée : — Toi, te faire tuer pour lui ! pour lui ! pour lui ! répéta-t-elle avec un accent extraordinaire. — C'est mon devoir ; rien ne saurait m'en dispenser. — Rien ! rien ! dit-elle avec une rage sourde. Tu ne sais donc pas... — Que voulez-vous dire ? — Elle ne put achever. Je fis un pas vers la porte. — Si tu mourais, que deviendrais-je ! s'écria-t-elle. L'horloge de Saint-Epvro sonna sept heures. Je tressaillis. — Chaque coup frappe sur mon cœur, murmura-t-elle. — Priez pour moi, madame, lui dis-je d'un ton farouche. Mais alors elle bondit comme une panthère, m'enlaça de ses bras et me cria : — Tu n'iras pas ! non, tu ne peux y aller, c'est impossible ! O mon Dieu ! donnez-moi de la force !

« Je la repoussai rudement. Elle resta agenouillée, les bras étendus, les yeux voilés de larmes. Je lui dis alors avec émotion : — Est-ce la femme qui porte mon nom qui voudrait le voir déshonoré ? Je ne sais quel sens elle attacha à ces paroles, mais elle tomba comme morte. Je m'éloignai après avoir appelé ses femmes. Je trouvai mon adversaire au rendez-vous. J'eus le bonheur de le blesser au bras droit.

« *Monsieur* me parla de ce duel le soir même, mais d'une façon contrainte, ce qui me surprit. Cette scène singulière me troubla pendant quelques jours. Je n'y pensais plus néanmoins quand arriva un grand événement.

« Le cardinal de Richelieu, se trouvant fort malade et ayant besoin d'arracher au roi quelques nouvelles concessions, résolut de lui procurer la surprise d'une réconciliation avec son frère. Pour ne pas trop s'avancer, il envoya à Nancy son secrétaire, M. de Chavigny, accompagné de quelques-uns de ses gentilshommes. Nous fîmes grand accueil aux cardinalistes, car nous commencions à nous lasser de l'exil et à désirer vivement revoir la cour de France ; il y eut, dès le lendemain, gala à l'hôtellerie des *Trois-Mores*, où Chavigny était descendu. J'étais chargé de traiter confidentiellement avec les Bas-Rouges des clauses de l'amnistie, et nous causâmes politique et nouvelles, tout en vidant force flacons. Sur la fin du repas, la conversation prit une allure plus variée ; les uns juraient tout haut, les autres parlaient à voix basse et mesurée ; ceux-ci chantaient et ceux-là ronflaient. Moi, je riais de ce mélange de gravité et d'étourderie, de propos équivoques et de langage précieux. J'étais vraiment de fort bonne humeur ; car je voyais avec plaisir *Monsieur* sur le point de rentrer en grâce.

« M. de Chavigny, en profond politique, voulut ménager de longue main la grande affaire.

« — Mort Dieu ! mon cher Cossé, me dit-il, la cour gagnerait beaucoup à un raccommodement. Il y a éclipse d'astres à cette heure, et l'on rapporte de merveilleuses choses de la beauté de madame la marquise !

« Je m'inclinai.

« — C'est Vénus en vertugadin ! cria de Suze.

« — Vous ne pouvez pas en avoir une idée par ouï-dire, monsieur de Chavigny, répliqua Villemor.

« — Mais vous la verrez à la chapelle du palais ducal demain matin, ajouta Fontrailles. Vous nous direz si vous avez laissé à Paris beaucoup de femmes qui puissent rivaliser avec elle !

« — N'obtiendrai-je pas la faveur de lui être présenté ? dit Chavigny en me regardant.

« — Oh ! la dame est prude et dévote en diable ! interrompit Montrésor.

« — Mais heureusement le marquis n'est pas jaloux comme un tigre, repartit un des Bas-Rouges en éclatant de rire.

« Il y eut un moment de silence. Mes amis semblaient embarrassés, je ne savais pourquoi. Je répondis en souriant à Chavigny :

« — Si vous voulez souper demain chez moi avec mes amis, monsieur, la marquise de Cossé vous recevra de son mieux !

« — C'est un trésor qu'une pareille femme pour un mari, dit avec un sourire sinistre M. de Laubardemont, assis à ma gauche. Belle et dévote !

« — De Cossé est sûr d'être heureux dans ce monde et d'aller ensuite tout droit en paradis !

« — Le royaume des cieux est aux maris ! ajouta un autre Bas-Rouge.

« Je ne compris pas bien le sens de cette singulière plaisanterie. Je me sentis comme un peu d'émotion au cœur.

« J'attribuai cela à nos trop fréquentes rasades, et, voyant tous les cardinalistes rire autour de moi, je ris avec eux. Mes amis devenaient de plus en plus taciturnes et je les surpris se regardant à la dérobée avec des symptômes d'impatience et de colère.

« — Assez sur ce sujet, dit Fontrailles, et causons de choses sérieuses, monsieur de Chavigny !

« — Allons donc ! Fontrailles, interrompis-je ; vous êtes pâle comme un déterré. Buvez et riez un peu avec nous !

« Il haussa les épaules et ne me répondit pas... Mais Chavigny se pencha à mon oreille : — Je vois, mon cher marquis, que vous êtes dans les bonnes dispositions où je désirais vous trouver. Son Eminence m'a chargé de vous faire des offres brillantes, si vous décidez *Monsieur* à accepter... vous m'entendez ? — Si les conditions sont honorables ?... — Honorables ! plus que honorables... vous pouvez tout sur lui. Il suivra vos conseils ! — Mais vous vous trompez, monsieur de Chavigny, je n'ai pas le crédit que vous me supposez ! — Allons, est-ce avec nous que vous voulez jouer au plus fin ?

« Et il accompagna ces derniers mots d'un petit sourire d'intelligence auquel je ne compris rien.

« — A quoi bon faire le discret! murmura alors à ma gauche le lugubre Laubardemont. Dites un mot à votre femme, et tout s'arrangera!

« Je le regardai avec surprise et un commencement d'impatience :
— Ah çà ! messieurs, que voulez-vous dire?

« — Vous êtes un maladroit, Laubardemont, s'empressa d'ajouter M. de Chavigny. Vous croyez toujours parler à des accusés.

« Mais le coup était porté et j'insistai pour que le mot du cardinaliste me fût expliqué.

« Allons, mon cher Cossé, ne vous fâchez pas, reprit mielleusement M. de Chavigny. Mais, après tout, cessez un instant d'être sourd et aveugle. Nous sommes entre nous : faites-moi l'amitié de me comprendre à demi-mort!

« Mon étonnement était au comble. Je regardai mes deux voisins avec de grands yeux surpris comme s'ils me parlaient par énigmes. Je me demandais si c'était une mystification, une plaisanterie de mauvais goût. Je ne savais ce que signifiaient ces paroles familières ; mais quelque chose me disait au fond du cœur qu'elles étaient insultantes. Une colère vague fermentait dans ma poitrine ; mais, craignant d'être entraîné par l'ivresse dans une querelle sans motif, je me contins, et, d'une voix grave et sévère, je répliquai :

« — Messieurs, je vous prie de vous expliquer plus clairement.

« — Ah çà! fit M. de Chavigny en regardant Laubardemont, est-ce que par hasard le marquis ne serait pas dans la confidence?

« — Impossible! répondit le juge en haussant les épaules.

« — Voulez-vous me rendre fou avec vos phrases à double entente! m'écriai-je avec force. Parlez, messieurs ; je vous écoute.

« On fit silence de tous côtés. Je pressentais quelque chose de funeste ; pourtant j'avais beau interroger ma conscience, elle était pure et à l'abri de toute accusation.

« — Écoutez, monsieur le marquis, dit Chavigny, et répondez-moi franchement.

« — Vous pouvez y compter, monsieur! tous mes amis savent si je suis un homme d'honneur, incapable de transiger à aucun prix avec mon cœur et ma conscience.

« Les Bas-Rouges regardèrent les gentilshommes de Monsieur. Tous baissèrent les yeux. Cette espèce d'abandon m'effraya. Étais-je donc enveloppé à mon insu par quelque fatalité sinistre!

« M. de Chavigny sourit et m'adressa de nouveau la parole.

« — Nierez-vous, monsieur, que vous ayez l'oreille du duc d'Orléans? N'êtes-vous pas son secrétaire intime, son conseil, son confident favori?

« — Oui, monsieur, et je m'en glorifie. Après?

« — Le dispensateur de ses grâces?

« — Oui, monsieur, achevez!

« — Ne vous a-t-il pas donné un appartement à côté du sien, au palais ducal?

« — Mais tout cela est public, monsieur!

« — Et depuis combien de temps êtes-vous attaché au service de Son Altesse?

« — Depuis quatre ans environ, monsieur de Chavigny!

« — Voilà beaucoup de chemin fait en quatre ans! observa le cardinaliste. Qu'en disent, messieurs de Fontrailles et de Montrésor? Enviez-vous la faveur de notre ami de Cossé?

« Tous les deux gardèrent le silence.

« — Eh bien! monsieur, où en voulez-vous venir?

« — Eh bien! répondit avant lui un des buveurs qui venait de se réveiller, cela suffit! à bon entendeur, salut!

« Je fixai les yeux sur cet homme, le cœur suspendu à ses lèvres. Il me regarda en ricanant : — Parlez, lui dis-je, parlez! Il laissa retomber, à moitié ivre, sa tête sur la table.

« Mille soupçons se croisaient dans ma tête. Des lueurs vagues passaient devant mes yeux éblouis. Enfin je saisis le bras de Laubardemont et le secouai avec force en lui disant : — Est-ce aussi l'ivresse qui vous a fait parler, monsieur, et vous empêchera-t-elle de répondre?

« — Non, répliqua le juge avec un regard oblique, et je vais être clair et précis comme si je siégeais à mon tribunal. Monsieur vous aime donc beaucoup, noble marquis; vous, pourquoi?

« — Pourquoi! répondis-je avec chaleur, vous me le demandez! mais parce qu'il sait qu'il y a en moi un serviteur loyal et dévoué, parce que chacun de ses bienfaits lui est compté dans mon cœur, parce que je mais je ne le trahirai, moi, et que je donnerais ma vie pour le sauver du moindre danger. Est-ce qu'il y a ici quelqu'un qui doute de tout cela?

« Mes paroles sincères et prononcées avec feu parurent faire impression sur M. de Chavigny. Mais mes amis restant muets, les autres cardinalistes continuèrent à rire.

« — Il nous laisse bonne avec son dévouement, dit l'un.

« — Ce n'est pas en si grosse monnaie que Monsieur a payé la fidélité de tous ces braves gentilshommes qui s'étaient attachés à sa fortune.

« — Ce n'est pas votre épée, monsieur le marquis, que Gaston d'Orléans a achetée si cher.

« — L'honneur rend les hommes clairvoyants, monsieur de Cossé, mais la faveur bouche les oreilles.

« Une grêle de sarcasmes me bourdonna ainsi autour de moi, tandis que je mesurai du regard tous les convives, souhaitant qu'ils n'eussent qu'un cœur et qu'un visage, pour pouvoir leur rendre d'un seul mot tant d'outrages, et d'un seul coup d'épée me venger de tous.

« Tous les gentilshommes de Monsieur s'étaient levés et avaient à moitié tiré les épées du fourreau, prêts à m'assister de leur courage, eux qui n'avaient osé m'assister de leur parole! Je sentais ma tête traversée comme par des fers rouges. Un soupçon étrange, inouï, venait enfin de se faire jour dans mon esprit si confiant, si crédule. A ce doute terrible, que j'essayai encore de repousser comme une crainte lâche et criminelle, je fis un geste impérieux pour calmer cette tempête et, d'une voix entrecoupée, éperdu, hors de moi, je demandai à M. de Chavigny :

« — Sur l'honneur, monsieur, dites-moi la vérité? Quelle est votre pensée? Ne me trompez pas! C'est mon arrêt ou mon salut que j'attends de vous.

« — Monsieur le marquis, répondit avec dignité l'ami du cardinal qui parut touché de mon émotion, je me suis trompé, je reconnais hautement que vous êtes un galant homme; car l'hypocrisie ne saurait imiter l'angoisse dans laquelle je vous vois!

« — Ce n'est pas cela, ce n'est pas cela ! repris-je d'un air farouche et avec un accent convulsif! soyez sincère! Parlez-moi hardiment comme on se parle entre gens de cœur! Dites-moi de quel crime je suis accusé, de quelle honte je suis soupçonné! Accusez-moi, mais parlez!

« — Eh bien! monsieur le marquis, tous nos amis ont cru tout à l'heure que vous jouiez la comédie, et que vous saviez comme nous, comme toute la cour...

« — Achevez, monsieur!

« — Que madame la marquise de Cossé est la maîtresse de Monsieur, duc d'Orléans !

« A ces mots foudroyants, je chancelai, mes yeux se fermèrent ; je m'appuyai d'une main défaillante à la table pour ne pas tomber. Mes lèvres remuèrent comme celles d'un idiot, et bégayèrent sourdement : — Une épée! une épée! tandis que de l'autre main je cherchais en tremblant mon épée que Villemore venait de m'enlever. Enfin, par un effort violent, je parvins à me tenir debout. Je promenai un regard vitreux sur les convives immobiles, et je leur criai : — Vous en avez menti! Oui, tous ! vous en avez menti!

« Mais au même instant un étranger, qui était entré depuis quelques instants dans l'hôtellerie, sans qu'on eût fait attention à lui au milieu du tapage, s'approcha de Chavigny et le frappa de son gant au visage.

« Le cardinaliste se leva, les yeux étincelants ; mais quand il eut remarqué le costume plus que modeste de l'inconnu, il lui dit d'un ton de mépris :

« — Êtes-vous gentilhomme, monsieur?

« — Petris de Cossé sera à vos ordres aujourd'hui même à l'étang de Saint-Jean, monsieur !

« Je restai frappé de stupeur à la vue de mon pauvre frère que Dieu semblait envoyer à mon secours dans ce terrible moment.

« M. de Chavigny le salua courtoisement, et lui répondit qu'il aurait l'honneur de se rendre à son appel avec deux seconds, à six heures.

« En quelques minutes, tous les convives disparurent. Fontrailles et Montrésor avaient serré la main de Pétris d'une manière significative.

« Je restai seul dans cette salle si tumultueuse un instant auparavant, vide, lugubre, silencieuse à cette heure. Pétris m'apprit qu'il avait voulu me voir une dernière fois avant de quitter la France, car il allait s'embarquer pour l'Amérique du Sud. Il m'accompagna jusqu'au palais, mais je le priai de me laisser monter seul chez l'appartement que m'avait donné le prince. Inflexible sur les questions qui touchaient l'honneur de la famille, il ne chercha pas à émouvoir ma pitié en faveur de ma femme; mais il me quitta pour aller me venger des hommes qui m'avaient jeté l'outrage au visage.

« Je montai l'escalier, parlant tout haut comme un insensé, puis m'arrêtant morne et silencieux. Je me rappelai mille circonstances qui étaient restées obscures pour moi, et qui acquéraient maintenant un sens terrible à mes yeux. Je frémissais en pensant que peut-être l'accusation des Bas-Rouges était vraie, que peut-être Monsieur avait voulu se venger par cette infamie. En vain je voulais douter encore, une voix intérieure me criait : Cette femme t'a trompé ! Enfin je résolus, avant de prendre une résolution dernière, d'être convaincu de la vérité et de la connaître par l'aveu de la coupable. Je savais Adélaïde incapable de mentir ; mais aussi je n'ignorais pas qu'elle était femme à résister aux menaces, aux violences, et à mourir plutôt que de livrer le nom de son complice. Mais Satan me vint en aide sans doute, et m'inspira pour le lui arracher un moyen infaillible.

« Je ne cherchai pas à déguiser mon agitation, et j'entrai brusquement dans la chambre d'Adélaïde, pâle tremblant. Il paraît qu'il y avait dans mon regard et l'expression de mon visage quelque chose de terrible et de résolu qui lui apprit que je savais tout. Elle essaya pourtant de se lever, et me dit : Qu'est-il arrivé, mon ami?

« — Votre ami ! repris-je avec ironie. C'est à votre maître que vous parlez, madame ; c'est à votre juge que vous allez répondre !

« — Que signifient ces dures paroles, Bernard ? me dit-elle en frissonnant et joignant les mains avec un regard suppliant, comme si elle eût espéré étouffer sur mes lèvres l'explosion de ma colère.

« — J'ai été insulté, madame, répondis-je durement ; car aujourd'hui l'honneur d'un homme répond de l'honneur d'une femme. C'est en vain qu'un homme se croit bien à l'abri de toute honte et de tout affront, parce qu'il a toujours mené une vie noble et pure. Le pauvre fou ! à quoi lui sert de ne jamais avoir tourné le dos à l'ennemi, refusé l'aumône au mendiant, calomnié un ami absent, vendu son maître ou sa patrie pour une pile d'or ou des honneurs, renié ses serments, marché sur ses rivaux pour atteindre quelque place éminente ? A quoi lui sert de n'avoir donné à aucun homme le droit de lui dire : Tu es un lâche, tu es un traître, tu es un hypocrite sans conscience ! mieux vaudrait pour lui qu'on l'eût surpris tremblant devant une épée nue, ou la main remplie, comme celle de Judas, du prix de la trahison, car il a une femme dont il n'a pas su garder l'honneur, et on rit de lui ! Et aux yeux de tous, lui, l'honnête homme, il est un lâche, il est un ambitieux, il est un hypocrite !

« — Bernard, au nom de Dieu, qu'est-il donc arrivé ? demanda la malheureuse femme.

« — Devant moi, continuai-je, on a nommé votre amant, madame de Cossé, pour sauver votre honneur, qui est le mien, j'ai dû commettre un crime...

« Elle tomba agenouillée, en répétant sourdement : Un crime !

« — J'ai dû provoquer l'homme qui avait été nommé, au milieu des verres brisés et des refrains bachiques, madame. Et, comme il refusait mon appel, j'ai dû frapper sans pitié votre amant...

« — Gaston ! s'écria-t-elle.

« A cet mot, la haine revint à mon cœur, et je saisis sa main glacée :

« — C'était donc lui. Ils ont dit vrai !

« Elle se débattit et cria :

« — Arrière, assassin, arrière ! Oh ! le fidèle serviteur qui a tué son maître !

« — Assassin, pas encore, madame ! repris-je avec un rire amer ; j'ai voulu seulement que votre bouche laissât échapper l'aveu de votre crime, le nom de votre complice, et cet aveu vous a condamnée.

« Elle me regarda avec une surprise pleine de terreur.

« — Oh ! tuez-moi, Bernard, prenez ma vie, je l'ai mérité, mais ne m'écrasez pas de votre mépris et ne me haïssez pas !

« — Ne craignez rien, madame, répondis-je froidement. Je ne tendrai pas à vos lèvres un verre de poison ; je ne laverai pas mon outrage dans votre sang. J'ai trop souffert depuis quelques instants, je vous ai trop aimée du premier jour où je vous vis, pour user de ces vengeances brutales ! Et tenez, je suis plus faible et plus tremblant que vous !

« Mes genoux chancelaient sous moi ; un peu de sang jaillit au bord de ma bouche. Je dus m'asseoir, la respiration me manquait. Je ne parlais plus qu'avec peine :

« — Oh ! la mort seule serait une expiation, murmura Adélaïde qui n'osait lever les yeux sur moi, car je sais que vous ne pouvez me pardonner !

« — Pardonner ! répétai-je avec effort, non. Si mes lèvres proféraient un tel mot, ce serait un mensonge. Si j'avais été un mari jaloux et impérieux, si j'avais espionné votre cœur, emprisonné votre jeunesse au fond de quelque triste manoir, si j'eusse tué votre amour, j'aurais provoqué votre haine, peut-être vous pardonnerais-je ! Mais non, mon crime a été de croire à vos sourires, à vos regards, à vos paroles. Mon crime a été d'être dévoué à un homme comme à Dieu, à un homme dont je vous croyais l'ami, pour qui j'eusse donné mon sang et ma vie, comme pour vous, Adélaïde. Et tous deux, pour prix de cette sainte confiance, vous m'avez trahi. Ah ! qu'il est beau, qu'il est grand de tromper quelqu'un qui vous aime, et de s'épanouir devant lui des sourires et des regards adultères !

« — Grâce ! grâce ! dit-elle d'une voix étouffée en se traînant à mes pieds. Je me soumettrai à tout pour vous faire oublier jusqu'au nom de la coupable, mais ne me maudissez pas !

« — Non, madame, repris-je, c'est moi seul que je punirai.

« — Vous, monsieur ! Que voulez-vous dire ? s'écria Adélaïde.

« — Oui, madame, il reste encore au fond de mon cœur quelque pitié pour ce prince que j'ai cru si longtemps noble et généreux. Et puisque je me sens assez lâche pour ne pas me venger sur lui de mon déshonneur, j'irai cacher loin de la France ma honte toujours vivante. Désormais le marquis de Cossé est mort, madame. Le nom, jadis vénéré, aujourd'hui insulté et raillé, mourra avant moi. Je partirai ce soir avec mon frère Pétris !

« La malheureuse femme était restée anéantie, n'osant me retenir ni d'une parole, ni d'un geste, ni d'un regard. Mais, au moment où j'ouvris la porte, elle me cria avec un accent de désespoir et d'agonie :

« — Et mon fils, monsieur !

« Je me retournai alors, et d'une voix implacable je lui répondis ces mots qui me vengeaient cruellement :

« — Je l'emmène avec moi, madame. Embrassez-le pour la dernière fois.

« Elle ne répondit pas un mot, mais ses yeux se dirigèrent vers [ton]

berceau avec une fixité effrayante, et elle s'y traîna en rampant sur ses genoux, et colla ses lèvres à tes petites lèvres roses, tandis que ses cheveux épars vous couvraient tous deux, la mère et le fils, comme un voile.

« Alors je te saisis dans mes bras, mais Adélaïde se releva cette fois comme une lionne, oubliant qu'elle était peu auparavant coupable et suppliante à mes pieds, pour se souvenir seulement qu'elle était mère et qu'elle voulait te garder.

« Ce fut une lutte horrible. Je ne sais quel vertige s'était emparé de moi. Tout le reste de cette scène n'a survécu dans ma mémoire que comme les souvenirs effacés d'un rêve horrible. Lorsque, t'emportant dans mes bras, je me vis hors de cette demeure, où je ne devais jamais rentrer, — j'y laissai la malheureuse étendue sur le plancher de sa chambre, sans mouvement et baignée dans son sang.

« Je ne revis pas Pétris. Il avait blessé M. de Chavigny, tué un de ses seconds, et mis l'autre hors de combat avec l'aide de Montrésor et de Fontrailles. Il fut obligé de s'enfuir et de se cacher jusqu'à son départ pour l'Amérique. Une lettre de lui m'annonça qu'il allait à la Jamaïque. Moi, je me rendis en Espagne avec toi, Joaquin, après avoir eu la précaution de changer de nom et de réaliser quelques valeurs. Plus tard, dans l'espoir de retrouver mon brave frère, je m'embarquai pour l'Ispaniola. Mais nulle part je n'eus de nouvelles de ce pauvre garçon, et, après diverses catastrophes, ayant usé mes dernières ressources, je me vis réduit à vivre de ma force et de mon adresse à la chasse et à la pêche. Dans cette condition misérable quelques jours heureux, où la fatigue m'a fait oublier les souvenirs toujours amers et douloureux du passé. Du reste, jamais je n'ai entendu parler de ta mère, jamais je n'ai interrogé à ce sujet aucun passager d'Europe. Et pourtant, à cette heure où la mort va me saisir, où je vais paraître devant Dieu, je te jure, mon fils, que je n'emporte qu'un regret, c'est d'avoir été ingrat envers mon bon Pétris, et de n'être montré indigne de son amitié. —

« — Et s'il te pardonnait, Bernard ? interrompit une voix brusque, mais émue.

« — Quelle voix ai-je entendue ! murmura le vieux Melchior en étendant ses bras débiles vers le seuil de l'ajoupa.

Joaquin surpris se retourna. Le Léopard s'avançait vers le grabat du moribond.

— Est-ce une ombre, un fantôme que Dieu m'envoie à ma dernière heure ! reprit avec stupeur le vieillard, tandis qu'une joie céleste rayonnait sur son visage.

— Non, répondit le Léopard, mais c'est ton frère lui-même, c'est Pétris de Cossé qui, lui non plus, ne t'a pas oublié, et qui t'aime comme le jour où il te défendit contre la louve, comme le jour où il se battit en duel avec M. de Chavigny.

— Mon frère ! mon bon Pétris !

Et Melchior se souleva par un dernier effort sur son grabat, et roidit ses bras pour attirer à lui le boucanier. Mais cette émotion fut trop forte pour son état de faiblesse ; et, quand le Léopard le serra sur son cœur, il n'étreignait plus dans son embrassement qu'un corps inanimé.

— Vous m'avez pris le dernier baiser de mon père, dit avec tristesse Joaquin en touchant de ses lèvres la bouche glacée de Melchior.

— Mais je le remplacerai désormais, et je fais le serment devant Dieu, répliqua le boucanier ; maintenant il s'agit de ne pas abandonner cette dépouille sacrée aux outrages. Nous allons creuser une fosse où elle reposera en paix, et où plus tard nous pourrons venir prier tous les deux !

En ce moment Vent-en-Panne arriva dans l'ajoupa. Avec son aide ils enterrèrent Bernard de Cossé dans un fourré du bois de mangles, dont ils curent soin de bouleverser le sol comme si quelque sanglier ou taureau sauvage l'eût traversé. Puis ils regagnèrent leur barque, cachée dans une petite anse sous un amas de branches vertes et de racines, et ils se dirigèrent rapidement vers le port de la Paix.

Le cœur de Joaquin se serra en voyant fuir le rivage : — O mon Dieu, murmura-t-il, je laisse derrière moi tout ce que j'ai aimé, mon pauvre père que je ne reverrai plus et vous, noble Carmen, dont je suis peut-être aussi séparé pour toujours ; chacun de nous sera mort pour l'autre, mais toujours votre image sera présente à mes yeux et à mon cœur !

— Mon neveu, dit brusquement le Léopard, ne sois pas faible comme une femme. D'ailleurs nous avons hâte de tout quitter. Dans huit jours peut-être tu reverras la Rancheria.

— Dans huit jours ! s'écria Joaquin le regard étincelant. Et dans quel but ?

— Chut ! mon garçon, reprit le boucanier en souriant d'un air mystérieux. C'est un secret d'État.

SECONDE PARTIE.

PEAU D'ÉBÈNE.

I

Le Léopard.

Les frères de la côte avaient adopté ce nom pittoresque pour témoigner de leur union entre eux et de l'indépendance de leur terrible association. Jamais le privilège ne fut plus complètement répudié que chez ces pirates, écume de héros qui rongea toutes les mailles du grand filet que l'Espagne avait étendu sur l'Amérique. Nous verrons plus tard pourquoi cette redoutable famille de corsaires et de chasseurs se divisait en quatre classes distinctes, les flibustiers, les boucaniers, les habitants et les engagés. Leurs habitations n'avaient ni clefs ni serrures. Chacun prenait chez son voisin la viande, la poudre, le haillon dont il avait besoin, à charge de revanche. En mer, sept ou huit flibustiers mangeaient au même plat, au hasard, capitaine, officier ou simple matelot. L'élection seule d'ailleurs faisait un amiral comme un lieutenant, du dernier aventurier. Les statuts très-rigoureux et fort bizarres, sur lesquels nous aurons occasion de revenir, avaient prévu tous les cas de rixe, de vol, de discorde ou de trahison. Gens de toute nation, ils ne subissaient l'influence d'aucune puissance européenne, influence qui eût coupé nécessairement de haltes stériles la guerre à perpétuité qu'ils avaient jurée à l'Espagne.

M. du Rossey, gouverneur de l'île de la Tortue, était Français, mais le général de Poincy, qui représentait la France à Saint-Christophe, n'avait guère plus de pouvoir sur l'île de la Tortue que le roi de Sardaigne n'en exerce sur ses royaumes *in partibus* de Chypre et de Jérusalem. C'est une royauté de médaille.

Ce rocher libre était donc comme une guérite en enclouée sur le bord de l'immense empire espagnol des Indes, avec son pavillon de guerre toujours flottant à l'horizon.

En vain les diplomaties de France et d'Angleterre avaient-elles cherché par de sourdes menées à devenir suzeraines de cette société de Titans maritimes. Quant à employer la violence, elles n'y avaient pas songé, car ce n'était pas la petite île de Tortuga qui leur semblait nécessaire, mais bien la force dont elle était l'asile et le château fort.

Au moment où se trouve engagé notre récit, un grand événement venait d'avoir lieu. Les Espagnols, de plus en plus alarmés des progrès des aventuriers, les avaient laissés s'enhardir dans leur téméraire confiance, en se résignant à une prudence presque poltronne et laissant à peine leurs petits navires raser les côtes.

Puis, tandis que les barques des flibustiers s'égaraient au loin à la piste des galions, ils avaient réuni leurs forces et capturé par un audacieux coup de main l'île de la Tortue que les aventuriers avaient négligé de fortifier.

Ceux des habitants qui n'eurent pas la tête tranchée furent pendus. Quelques-uns parvinrent à gagner, dans leurs canots, la pointe de Hispaniola où les boucaniers avaient établi le quartier général de leurs chasses.

Tels furent les détails que le Léopard donna à Joaquin avant d'aborder au port de la Paix.

A l'heure présente, les frères de la côte brûlaient du désir de reconquérir l'île de Tortuga.

Un déserteur catalan venait de leur annoncer une importante nouvelle.

Cromwell, lord protecteur d'Angleterre, secrètement désireux de l'alliance des aventuriers, avait envoyé une expédition en leur faveur, dans la mer des Antilles, sous les ordres du célèbre amiral Richard Blake, le vainqueur de Tromp et de Ruyter.

Mais cette expédition, chargée d'armes de chasse, d'objets d'é-change, de munitions, montée par trois cents soldats de marine et un grand nombre d'émigrants, battue et dispersée par une violente tempête, était venue s'engraver au port Margot.

Là, elle se trouvait bloquée d'un côté par une flotte espagnole, de l'autre par les canons de deux batteries élevées sur la côte.

Pour comble de malheur, les Anglais se voyaient privés de leur grand amiral, lequel était descendu avant la tempête dans une des embarcations qui ne s'étaient pas ralliées au reste de l'expédition.

Pris ainsi entre deux feux, découragés, les Anglais avaient déclaré aux Espagnols que, ne reconnaissant aucune autre autorité que celle de l'amiral, seul confident de la pensée de Cromwell, ils ne s'engageraient dans les terres sur la foi de nul autre, crainte de piège ou de trahison.

Ils promirent de plus que si, dans cinq semaines, sir Richard Blake n'avait pas reparu au milieu d'eux, ils repartiraient pour l'Angleterre sous une escorte supérieure de vaisseaux espagnols. A ces conditions, ils avaient obtenu des vivres.

De leur côté, les Espagnols avaient juré que l'amiral ne parviendrait pas au port Margot ; leurs croisières s'étaient multipliées, et ils avaient lancé de tous côtés des éclaireurs et des espions.

Le déserteur catalan offrait, du reste, de guider une troupe de trappeurs jusqu'au rivage où campaient les Anglais. On aurait pu suspecter sa véracité, si son rapport n'eût été confirmé par l'arrivée d'une chaloupe de l'expédition britannique, qui avait abordé au port de la Paix, montée par un lieutenant de vaisseau et six matelots.

Les flibustiers tinrent donc un grand conseil, après le retour du Léopard. Ils y admirent Joaquin qu'ils baptisèrent du surnom de Montbars, déjà illustre dans leurs traditions.

Il fut décidé, à la majorité des voix, que douze maîtres boucaniers entreprendraient une partie de chasse dans la direction du port Margot, et que, s'ils parvenaient à tromper la surveillance des Espagnols, ils entreraient en négociation avec les Anglais, et chercheraient à les décider à faire jonction avec les frères de la côte, qu'ils aideraient puissamment à reprendre Tortuga.

Quant au guide catalan, sa connaissance approfondie d'une route difficile à suivre, au milieu de savanes ardentes, d'immenses forêts, de rivières inconnues, rendait son concours indispensable. Mais il répondrait sur sa tête de la fidélité qu'il avait jurée sur le crucifix.

Pendant ce temps, les flibustiers devaient inquiéter la flotte espagnole avec leurs grandes barques.

Le Léopard fut désigné comme chef de la chasse. Cette décision n'eut pas plutôt été prise, que le gouverneur, M. du Rossey, lui demanda un entretien particulier qui dura plus d'une heure.

Joaquin veilla, par ordre de son oncle, autour de la tente de M. du Rossey, pour que leur conversation ne fût ni interrompue ni écoutée.

Il ne tarda pas à voir rôder, d'un air indifférent, le guide catalan qui essaya même de causer avec lui, pour se rapprocher insensiblement de l'entrée de la tente. Mais les réponses brèves et hautaines du jeune homme le décourgèrent, et il s'éloigna.

Deux fois des marins anglais coudoya Joaquin en passant avec précipitation, comme un homme très-affairé, et jeta un regard inquiet et furtif sur la tente. Mais, se voyant observé, il s'éloigna également.

Involontairement Joaquin se mit à réfléchir sur l'étrange contraste que présentaient ces deux hommes, en face desquels ne respiraient ni la joviale insouciance, ni la brutalité des frères de la côte.

Le marin avait une allure brusque et vulgaire, mais par moments, dans ses yeux bleus, on voyait rayonner un éclair de génie, dans sa voix se trahissait l'accent bref du commandement, dans ses gestes rares on devinait l'homme habitué à jouer avec le danger et à le dominer par son sang-froid. Il inspirait au jeune homme une sorte de respect involontaire.

Le guide, au contraire, déguisait mal des habitudes de fierté et d'orgueil. Son sourire forcé, en face des aventuriers, prenait une expression sarcastique et amère, dès qu'il se croyait seul. Ses regards inquiets et subtils observaient et saisissaient toutes choses, mais se baissaient avec une indifférence affectée au premier coup d'œil qui se dirigeait sur lui.

Quand le Léopard quitta le gouverneur, son front était soucieux, et Joaquin entendit M. du Rossey lui répéter à voix basse, sur le seuil :

— Je vous assure, maître, que les Espagnols ont ici des espions, et que toutes les délibérations du grand conseil leur sont connues.

— Je ne saurais le croire, monsieur, répondit le boucanier. Pour moi, j'ai toujours été accoutumé à traiter franchement les affaires. Il est dur à mon âge d'avoir pour mes frères un secret qui est le premier, mais enfin vous avez ma parole. Ou je périrai à la tâche, ou celui que vous savez parviendra sain et sauf au port Margot.

— Je me fie plus à votre parole qu'aux serments du rusé Catalan, qui a juré sur le crucifix de nous être fidèle.

— Ah ! c'est une terrible responsabilité que vous m'avez donnée là, monsieur du Rossey.

— Vous seul pouviez vous en charger, maître. Qui ne sait que le Léopard est le plus dévoué et le plus héroïque des frères de la côte ?

— Plaise à Dieu que je n'aie pas à me repentir de vous avoir écouté, monsieur le gouverneur. C'est peut-être mon devoir, mais c'est la première fois de ma vie que j'aurai cherché à éviter les Espagnols.

Puis, après avoir salué M. du Rossey, le Léopard s'éloigna avec Joaquin. Ce dernier lui demanda alors la permission de l'accompagner et de partager ses dangers.

— Non, répondit le boucanier. C'est là une trop rude besogne pour ton noviciat. Tu resteras ici ; je le veux.

— Mais, mon oncle, répliqua le jeune homme, ne m'avez-vous pas promis que je reverrais la Rancheria ?

— J'ai eu tort ! tu dois au contraire rompre avec tous tes souvenirs de servitude pour t'accoutumer à la vie libre et aventureuse que tu vas mener avec nous.

— C'est me traiter en femme que le péril épouvante et qui n'est bonne qu'à attendre le retour des guerriers, en dormant au soleil, mon oncle.

— Vous aurez des occasions plus glorieuses de vous signaler contre les Espagnols, mon neveu.

— Mais c'est m'exposer aux risées et aux doutes injurieux de mes nouveaux compagnons.

— C'est assez, monsieur, interrompit brusquement le Léopard. Ma volonté n'est pas une girouette qui tourne à tout vent. Vous resterez ici ; c'est entendu.

Joaquin vit bien qu'il était inutile d'insister davantage ; mais il jura au fond du cœur de ne pas obéir.

La soirée fut consacrée à fêter les aventuriers qui devaient faire partie de l'expédition. Ce fut une orgie triomphante, dans laquelle le guide catalan but et chanta avec les frères de la côte au succès de leur entreprise.

Le lendemain matin, au moment où la troupe des chasseurs, parmi lesquels figuraient les célèbres boucaniers Grammont, Michel le Basque et Pitrians, se disposait à partir, le Léopard vit accourir son engagé Vent-en-Panne, tout essoufflé et suivi des deux bracs Gérondif et Curaçao.

— Il y a longtemps que nous ne nous sommes séparés, mais nous nous reverrons bientôt, mon garçon, dit le chef d'un air mélancolique à l'engagé.

— Que voulez-vous dire, maître ? s'écria Vent-en-Panne confondu d'étonnement.

— Que tu attendras, cette fois, mon retour au port de la Paix, reprit le Léopard, et que j'ai fait choix pour cette expédition d'un autre engagé.

— Impossible ! murmura Vent-en-Panne qui crut rêver, car depuis six ans il n'avait pas quitté son maître, couchant sous la même tente, chassant avec lui, se battant avec lui, partageant sa bonne comme sa mauvaise fortune.

— Voici ton remplaçant, répliqua le Léopard en lui montrant un homme qui s'avançait vers eux assez lentement, car il boitait un peu du pied gauche.

Joaquin et Vent-en-Panne reconnurent avec surprise le marin anglais.

— Vous plaisantez, maître, s'écria l'engagé. Voudriez-vous avoir confiance dans ce lourd matelot qui ne saurait pas distinguer la trace d'un montero espagnol de celle d'un caraïbe ou d'un franc boucanier !

— Silence, Vent-en-Panne !

— Qui ne saurait faire un quart de lieue en deux heures dans un bois de raquettes avec ses pieds habitués à se tenir d'aplomb sur le pont d'un vaisseau.

— Silence, te dis-je, si tu tiens à ta peau! répéta le Léopard. Et toi, garçon, en route, ajouta-t-il en s'adressant au nouvel engagé ; tu es un traînard.

L'Anglais pressa le pas pour suivre le boucanier, et ils rejoignirent ensemble la troupe qui s'était déjà mise en marche, dans la direction des montagnes du côté septentrional de Hispaniola.

Vent-en-Panne demeura morne, accablé, immobile, les regardant s'éloigner ; mais il tressaillit tout à coup en entendant une voix prononcer tout bas son nom derrière lui. Il se retourna. C'était Joaquin qui lui dit brièvement :

— Ce soir, à la nuit tombante, nous partirons ensemble, si tu veux ; et quand nous les rencontrerons à moitié route, ils ne pourront plus nous renvoyer.

Pendant les deux premières journées de marche, les boucaniers ne tuèrent pas un ennemi dans les solitudes qu'ils traversèrent ; mais vers la fin de la troisième, Michel le Basque aperçut une légère fumée qui s'élevait du milieu d'un petit bois de palmistes épinés. Le guide demanda la permission d'aller à la découverte. Le Léopard refusa et se glissa lui-même dans le bois avec Grammont ; mais quelle fut leur surprise, quand ils furent à portée de vue, de reconnaître Joaquin Montbars et Vent-en-Panne, qui soupaient tranquillement d'un quartier de sanglier fumé, et qui, sans bouger, sans échanger un regard entre eux, sentant par instinct le poids des regards qui les observaient et l'inquiétude d'un péril quelconque, saisirent nonchalamment leurs fusils placés devant eux, comme pour un mouvement de distraction, sans but, et les armèrent le plus doucement possible.

Mais le vieux chef cria aussitôt : Léopard ! et s'avança vers eux avec Grammont. Joaquin l'attendit en baissant les yeux.

— Malheureux enfant, tu es donc fou ! lui dit le boucanier avec un accent plus tendre que courroucé. Est-ce ainsi que tu apprends à obéir ? tu mériterais d'être renvoyé à l'instant au port de la Paix, mais le danger serait encore plus grand que celui de venir avec nous.

— Mais, s'écria Grammont, voyez donc cette cargaison de ballots et de tonneaux, Léopard !

En effet une pile de ballots était entassée sous les palmistes avec trois ou quatre barils cerclés de fer.

— Vous voyez que je n'ai pas perdu mon temps en route, mon oncle, répondit Joaquin avec un sourire caressant. Nous avons trouvé cette pacotille abandonnée à la garde de quelques lanceros, qui ont voulu faire les méchants avec nous, et, ma foi, nous les avons mis en déroute, et les ballots nous sont restés.

— Bien travaillé ! dit Grammont.

Le Léopard fronça le sourcil.

— Imprudent ! répliqua-t-il, tu triomphes d'une folie qui va attirer sur notre troupe la surveillance des Espagnols et perdre peut-être notre expédition.

Puis il ordonna qu'il fît halte dans cet endroit, pendant le repos, il alla visiter, accompagné seulement de son engagé, la prise de Joaquin, afin d'en rendre un compte exact, suivant l'usage, lors du partage général. Elle consistait en cochenille, indigo, jalap, mecoachan et salseparille.

Tout à coup l'engagé, qui examinait le contenu d'un des tonneaux, s'écria : — Maître, voici quelque chose de plus lourd qu'il importe de vérifier.

Il renversa le tonneau et fit tomber à terre quelques saumons (lingots) de plomb.

— C'est étrange ! dit le Léopard. Et, tirant un de ses couteaux de chasse, il se mit à couper le lingot. Sous la croûte de plomb, il vit bientôt briller une couche d'argent massif.

— Joaquin a débuté par une magnifique prise, reprit-il. Ces tonneaux contiennent bien trois cents saumons d'argent environ. Nous n'en parlons pas à nos compagnons. L'inquiétude de perdre ce riche butin leur ôterait le courage d'aller en avant.

Au même instant, il prêta l'oreille, croyant entendre un pas léger bruire près d'eux, il crut même voir étinceler dans le feuillage deux yeux ardents fixés sur lui. Mais, dans le mouvement qu'il fit pour s'élancer, ses pieds s'embarrassèrent à des lianes pendantes, il tomba, et, quand il se releva, tout était tranquille autour d'eux.

— Je crois avoir reconnu le regard de notre guide catalan, dit le boucanier.

— Bah ! vous êtes trop défiant, repartit l'engagé. Pour moi, je n'ai rien vu ni rien entendu. Mais je crois qu'il est temps d'aller souper, et c'est à quoi le guide pense lui-même beaucoup plus qu'à nous épier, car je l'aperçois là-bas qui vide une outre avec beaucoup de dextérité.

Le Léopard secoua la tête d'un air de doute, mais ne répliqua rien.

Le jour suivant, nos aventuriers eurent à traverser une rivière dont le courant était assez fort. Le guide déclara qu'il connaissait un gué et demanda à aller à la découverte. Le chef y consentit quand l'engagé lui eut dit à voix basse : —En lui donnant deux gardiens robustes et bons nageurs, que risquez-vous ?

On confia le soin de le surveiller à Joaquin et à Michel le Basque. Mais, une fois au milieu du courant, les deux aventuriers se sentirent soudainement le cou serré par un poignet de fer, et, pendant qu'ils se débattaient, le guide plongea au fond de l'eau. Ce fut en vain que toute la troupe s'éparpilla le long de la rivière et que Joaquin et Michel fouillèrent la rive opposée : on ne put le retrouver.

Cet événement commença à inspirer quelques appréhensions. Mais ce fut bien autre chose quand, après deux autres journées de marche, nos aventuriers se trouvèrent égarés dans une savane d'une prodigieuse étendue. Déjà l'azur du ciel commençait à prendre une teinte plus sombre. Pourtant l'immense savane était encore éclairée par cette frange d'or et de pourpre qui étincelait à l'horizon. Pas un flocon de nuage ne pommelait la tenture bleue du firmament. La plaine, échauffée toute le jour par un soleil ardent, frémissait du bourdonnement des insectes. Les boucaniers, épuisés de fatigue, cherchant en vain un filet d'eau perdu sous le sable, une citerne à demi tarie, un bouquet d'arbres qui étendit sur leurs têtes son parasol de feuillage, commençaient à sentir leurs yeux éblouis par les fascinations du mirage. Ils croyaient voir au loin onduler de grands lacs, reluisant au soleil comme des miroirs d'acier, mais plus ils s'avançaient et plus ce rapide, plus ce bassin fuyaient devant leurs lèvres altérées et allaient creuser au loin leurs lits fantastiques. Puis c'étaient des mornes qui semblaient vouloir escalader le ciel et l'entr'ouvrir de la pointe de leurs crêtes sauvages, mais ces masses gigantesques se tardaient pas à s'évaporer comme un essaim de vapeurs. Enfin quelquefois un boucanier poussait un cri de joie : il venait de découvrir une ville ; il distinguait la flèche élancée de l'église, les remparts, les fossés, les terrasses des maisons embaumées par les orangers ; mais bientôt la flèche s'effilait au point de devenir imperceptible, les terrasses s'abaissaient, les remparts croulaient et le sable finissait toujours par combler les fossés. Le flair des chiens était comme l'expérience de leurs maîtres était inutile, car le sable, ainsi que le flot de la mer, ne garde aucune trace. Un souffle de vent y balaye l'empreinte d'une armée.

Le découragement troublait peu les cœurs de nos braves compagnons. Ils eussent aimé à rencontrer des ennemis : mais que peuvent le courage, le fer et le feu, contre des poignées de sable qui tourbillonnent autour d'eux, qui, à chaque pas, se creusent devant eux en sépulcres béants, ou menacent de les aveugler ! Pendant cette marche terrible, où toute minute les affaiblissait par la fatigue et les privations, ce guide, ou plutôt cet espion qui les a trahis, rassemble peut-être des nuées d'Espagnols. Eh bien ! ils aimeraient mieux voir apparaître une armée entière d'ennemis que de contempler ce ciel magnifique et sinistre. De tous leurs vœux ils appellent des nuages, une tempête, un ouragan, mais Dieu est sourd à leurs vœux, le crépuscule répand son ombre et les étoiles s'allument successivement, comme des lustres de fêtes, à la voûte céleste.

Enfin les boucaniers dressent leurs tentes d'après l'ordre du Léopard. Les chiens se couchent haletants sur le seuil et s'endorment, la langue pendante, le museau creusant le sable. Le vieux chef se retire, après avoir placé les sentinelles dont les yeux ne tardent pas à se fermer et qui s'assoupissent d'un sommeil fébrile. Le désert tout entier fait silence.

Dans la tente du Léopard se promènent lentement ce brave aventurier et son nouvel engagé. Mais tous deux ont quitté le rôle affecté pendant la journée. Le vieillard a le front découvert devant le matelot anglais, et lui dit d'une voix tremblante :

— Nous n'avons plus de provisions. Encore un jour de marche inutile, et nous sommes perdus. Et je n'aurai pas tenu ma parole.

— Cet infâme Catalan nous a trahis. Ce n'est pas votre faute, mon vieux Léopard. Qui peut vous accuser ? C'est ma folle confiance...

— J'ai eu tort, répond sourdement le boucanier ; je devais vous résister, je devais mieux le surveiller. J'ai été faible et crédule, je suis un homme déshonoré.

— Calmez-vous ! dit l'engagé. Demain, peut-être, nous parviendrons à sortir de cette savane.

— Jamais, peut-être ! murmure le Léopard. Mais, qui vient ! s'écrie-t-il en entendant le sable crier sous des pas précipités.

La portière de la tente se relève, et Joaquin entre brusquement en disant :

— Alerte ! mon oncle, nous avons été vendus, nous sommes cernés par une cinquantaine.

— Ah ! s'écrie le vieux boucanier en relevant fièrement sa tête basanée, et deux jets de flamme dans ses yeux. Voici donc des ennemis humains. Si nous devons mourir, ce sera sur les cadavres espagnols, sur un sable rougi de leur sang. Nous mourrons bravement, en gens de cœur et non en chiens malades. A moi, ma bonne arme, ajouta-t-il en serrant son fusil dans ses mains, viens encore un dernier service à ton maître. Tu ne te rouilleras pas, enterrée dans le désert.

Joaquin fut ému en voyant l'enthousiasme juvénile du Léopard. Mais le calme insouciant de l'engagé, dont le regard était resté terne, qui n'avait pas fait un geste ni prononcé une parole, l'indigna. Il allait lui adresser quelque sanglant reproche, quand cet homme singulier, se tournant du côté du boucanier, qui venait de faire deux pas vers l'entrée de la tente, lui dit simplement :

— Remember ! souviens-toi.

Jamais un changement si prompt ne s'opéra au coup de baguette d'une fée. L'ardeur du chef s'éteignit soudainement ; les rides de son front se creusèrent en plis plus profonds, et Joaquin crut voir pâlir ses joues cuivrées. Ses lèvres remuèrent, et, à coup sûr, une source de larmes n'eût pas été tarie sous ses paupières brûlées, il en eût versé. Tout son corps trembla comme la feuille, et il dut respirer bruyamment comme un cachalot asthmatique. Puis, poussant du pied, avec humeur, son fusil dans un coin, il dit froidement à Joaquin :

— Fais mettre le campement en défense, et d'abord envoie demander aux Espagnols ce qu'ils nous veulent.

Joaquin tomba de son haut en entendant la réponse du Léopard. Quelle magie secrète renfermait donc cette parole qui avait refroidi le courage de son oncle, comme une douche glacée saisit la tête chauve d'un fou ? Quelle influence mystérieuse pouvait courber sous son joug cet hôte indépendant des forêts ? Il ne put donc s'empêcher, dans son premier mouvement de surprise, de s'écrier :

— Ce qu'ils nous veulent ! Mais avons-nous jamais eu besoin de le leur demander ? Et eux ne savent-ils pas que notre but est de délivrer de leur tyrannie les pauvres Indiens et de les débarrasser de leurs trésors volés !

Mais son oncle l'interrompit par un regard impérieux et sévère :

— Nous sommes dans un guêpier, répliqua-t-il ; le guide catalan nous a trahis. Combien sont-ils, ces hidalgos de chasse ? Une cinquantaine pour commencer le fandango ! Mais toutes se tiennent par la manche, et une fois la danse en train, nous aurons une armée sur le dos.

— Qu'importe le nombre ! s'écria impétueusement Joaquin Montbars. Nous pouvons mourir, comme vous le disiez vous-même tout à l'heure, mon oncle !

— Nous ne pouvons pas mourir, dit sèchement le boucanier.

— La peur a-t-elle jamais compté dans vos calculs, mon oncle ?

— Est-ce ainsi que vous parlez au Léopard ? s'écria d'une voix farouche le vieux chef dont les dents se contractèrent avec force. Croyez-vous que l'âge ait glacé le sang dans mes veines, et que j'aie besoin de vos leçons, jeune homme ? Obéissez, vous dis-je !

Joaquin ne bougea pas.

Le Léopard, qui sentait la colère monter à son cœur, s'efforça de continuer doucement :

— Vous vous fiez beaucoup à ce que vous êtes le fils de mon frère, monsieur ! mais nos règlements me donnent le droit de châtier la désobéissance, ne l'oubliez pas ! Vous dois-je donc compte de ma conduite, monsieur ; et preniez-vous votre oncle pour un lâche quand il força don Ramon Carral à s'agenouiller devant vous ?

Ce souvenir émut Joaquin, et il s'inclina en murmurant : — J'ai eu tort, mon oncle !

— Les balles des Espagnols, reprit le boucanier en tirant familièrement la moustache de son neveu, peuvent siffler tant qu'elles voudront à mes oreilles, sans faire remuer un poil sur ma figure tannée, sans faire tressaillir mon vieux corps. Mais aujourd'hui... il faut bien rassurer un peu cet enfant, dit-il en regardant l'engagé. C'est un entêté, comme vous voyez, mais un cœur de fer dans le péril !

L'engagé sourit en guise d'acquiescement.

— Vois-tu, Joaquin, continua le Léopard, les Espagnols nous ont tendu ce piège dans un but facile à comprendre. Ils veulent nous faire tous prisonniers pour prouver aux Anglais qu'ils ne doivent plus conserver aucun espoir d'être dégagés par les frères de la côte. Si nous nous faisons tuer ou si nous nous rendons, c'est manquer également à notre mission !

— Le croyez-vous, en effet, mon oncle ?

— Oui, mon enfant. Je pense donc qu'il vaut mieux parlementer et user de ruse pour leur échapper. Si, en leur rendant le butin, et en leur faisant craindre un effort désespéré, nous obtenions des conditions honorables...,...

— Honorables !... une retraite ! dit amèrement Joaquin.

— Maintenant, monsieur, voulez-vous obéir à votre chef ? interrompit le boucanier.

Joaquin se retira en hésitant. Le Léopard et l'engagé se regardèrent. Ce dernier tendit sa main avec émotion au prudent aventurier.

— Mon vieil ami, lui dit-il, faites tous les sacrifices possibles pour éviter le combat ; mais, s'il fallait pourtant en venir à cette extrémité, ma main connaît le poids d'une épée, et vous me trouverez toujours à côté de vous.

— J'espère que nous n'en serons pas réduits là, répondit le boucanier. Mais j'entends le refrain guerrier de nos frères. Asseyons-nous, et restons aussi calmes que si nous assistions au grand conseil au Port de la paix.

Il alluma son cigare à celui de l'engagé, et tous deux s'accroupirent sur les nattes pour la gravité d'un pacha entouré de sa cour, de son bourreau et de son tigre favori.

Peu après Joaquin Montbars entra dans la tente, précédant un alferez (enseigne) et notre ancienne connaissance Fray Eusebio Carral. Le premier avait la main sur la garde de son épée, le second sur les grains d'ébène de son chapelet. Tous deux portaient la tête haute.

Le boucanier les regarda avec indifférence, et entre deux bouffées de tabac demanda laconiquement à Joaquin :

— Pourquoi amenez-vous ici ces prisonniers, monsieur ?

A ce début singulier, Fray Eusebio regarda avec inquiétude son compagnon ; mais l'alferez, poussant un éclat de rire :

— Les prisonniers ! ah ! ce diable incarné est toujours plaisant. Mais c'est vous, honnête gibier de potence, qui êtes notre prisonnier.

— Que veut dire ce fou, Joaquin ? dit le boucanier en haussant les épaules.

— Ce fou, répliqua l'alferez avec hauteur, vous déclare qu'il parle au nom de don Cristoval de Figuera, qui vous entoure à cette heure avec huit cinquantaines, prêt à exterminer tous vos bandits jusqu'au dernier, si vous n'acceptez pas toutes ses conditions.

Pour bien comprendre ce qui va suivre, il faut se reporter par l'imagination à cette époque, et s'identifier pour ainsi dire avec la terreur que le nom seul de flibustier inspirait aux Espagnols. La plupart de ces derniers regardaient presque les pirates comme des démons invulnérables que les flibustiers à l'épreuve des balles et des coups d'épée. L'audace de ces écumeurs de galions passait en effet les limites du possible. La prise de Granada et celle de Maracaïbo tenaient du fantastique.

Les Espagnols, en offrant aux ennemis surpris, et qu'ils se croyaient sûrs de vaincre cette fois, des conditions jugées inacceptables, avaient été dominés à leur insu par une secrète hésitation à tenter cette lutte désespérée ; et ils pensaient que si, pour hasard inouï, les frères de la côte se montraient lâches, leur triomphe à eux serait bien plus complet en laissant quelques-uns des aventuriers pour raconter cet honteux désastre.

Cette victoire, accomplie sans perdre de leur côté une seule goutte de sang, devait bien mieux détruire le prestige attaché à l'héroïsme de ces ladrones.

Le Léopard fit signe à Joaquin de relever la portière de la tente et d'appeler ses compagnons.

Les boucaniers entrèrent silencieusement. Quand le Léopard eut vu toutes les figures mâles et bronzées se tourner avidement vers lui, crispées à la vue des Espagnols, il demanda avec calme à leur grande surprise :

— Et peut-on savoir, senor alferez, quelles sont ces conditions?

L'alferez lui-même ne put maîtriser son étonnement, et regarda avec attention le visage du boucanier avant de répondre :

— Il faut d'abord que vous regorgiez tout le butin que vous avez volé depuis que vous avez quitté le port de la Paix.

Il se fit un profond silence.

— Pauvre butin! répondit le Léopard. Nous vous le rendrons volontiers, car il embarrasserait notre marche.

Les boucaniers se regardèrent les uns les autres, puis, retenant presque leur respiration, ils écoutèrent avec une anxiété croissante. Joaquin sentait une rougeur de honte enflammer son visage.

— En quoi consiste ce butin? reprit l'alferez avec un accent singulier.

— En cochenille, jalap, mecoachan et en indigo, je crois, répliqua insoucieusement le Léopard.

— Voilà tout? demanda l'alferez.

— Voilà tout, répéta le boucanier.

— Vous mentez! dit l'Espagnol d'une voix stridente qui ne sembla pas inconnue à Joaquin.

— Ah! je mens! s'écria le Léopard en pâlissant et saisissant son fusil d'une main tremblante, tandis qu'un éclair de rage luisait dans son regard.

Fray Eusebio, lui, reculait déjà de terreur. Mais, en se retournant, le boucanier vit la figure impassible de son engagé. Il lâcha son arme aussitôt, abaissa ses paupières sur ses yeux enflammés, et répéta doucement avec un sourire railleur :

— Ah! je mens. Pas un homme vivant ne saurait se vanter de m'en avoir dit autant que vous, jeune barbe.

Les frères de la côte se regardèrent encore avec fureur; puis l'un d'eux murmura :

— Le vieux Léopard raille! il s'amuse.

— Voyez comme il mord le bout de sa moustache grise! dit un autre. Il crève de rire, le sournois, avec son air calme.

— Le satané farceur médite quelque ruse diabolique.

— Le Léopard fait patte de velours. Ça ne lui arrive pas souvent.

Le moine devenait de plus en plus inquiet et regardait derrière lui. L'alferez conservait sa physionomie hautaine. Le cercle des boucaniers se rétrécissait autour d'eux. Quelques couteaux de chasse sortaient à moitié de leurs étuis de peaux de crocodile. Le Léopard reprit d'un ton presque jovial :

— Et Votre Seigneurie voudrait-elle m'expliquer en quoi j'ai menti?

— Dans votre compte vous avez oublié les trois cents saumons, vertueux chef, répliqua l'alferez avec le même son de voix qui avait frappé Joaquin.

— Les saumons! s'écria le Léopard fort surpris en jetant un regard perçant sur l'Espagnol. Ah! vous savez... Mais que voulez-vous faire de trois cents saumons de plomb?

— Vous mentez encore.

Le boucanier tressaillit comme un taureau piqué dans l'arène par une flèche ardente.

— Je parle de trois cents saumons d'argent, continua l'alferez.

— D'argent! répétèrent tous les aventuriers, dont la cupidité s'émut à cette étrange nouvelle. Impossible!

— Ah! mes braves, votre digne chef ne vous avait pas parlé de cette portion de butin, et pourtant il la connaissait bien, car je l'ai vu moi-même rogner un de ces saumons pour s'assurer de leur valeur.

Fray Eusebio lui fit signe de se taire, mais il n'était plus temps.

— Tu m'as vu! cria le Léopard d'une voix tonnante. Ah! je ne me trompais donc pas, misérable! c'est toi qui nous as trahis. Tu es le guide catalan? réponds, tu es le guide?

L'alferez pâlit, il reconnaît son fusil. — Oui.

— Eh bien! dit avec force Joaquin, tu n'es plus sous la sauvegarde de la mission. Les traîtres sont hors le droit des gens. Ah! c'est toi qui es venu te glisser parmi nous comme un reptile rampant dans les hautes herbes! c'est toi qui as bu dans nos verres et chanté le cri de guerre avec nous, et qui d'avance, en riant, au fond de ta pensée, désignais la place du poignard sur nos poitrines, et appuyais sur nos fronts les canons des fusils espagnols! Tu as vendu tes exploits, tes serments, ta conscience! Oh! lâcheté. Mais aucun de nous, que tu regardes comme des brigands, aucun, sais-tu bien, n'eût voulu faire ce métier infâme! Ces boucaniers impitoyables eussent frémi de presser une main qu'ils te devaient rendre froide et inanimée. Un espion! Et tu as osé entrer dans l'antre du Léopard! et tu as cru que tu en sortirais la tête haute! Mais nous sommes maîtres de ta vie, entends-tu?

— D'un seul mot, d'un seul cri, je puis vous faire écraser par quatre cents Espagnols, répondit fièrement l'alferez.

— Oui, dit gravement Joaquin; mais auparavant justice aura été faite! Ah! si tu étais bravement venu suivre nos traces, au péril de ta vie, écouter le bruit de notre marche, l'oreille collée au sol, épier l'empreinte de nos pas sur les feuilles humides qui tapissent les sentiers des forêts, alors tu aurais rempli loyalement ton devoir. Mais une trahison comme la tienne ne mérite aucune pitié. Léopard, ajouta-t-il en se tournant brusquement vers le boucanier, qui sera l'exécuteur de cet homme?

— Personne, répondit froidement le vieux chef. Senor alferez, les trois cents saumons vous seront rendus. Est-ce tout?

— Mais, mon oncle, s'écria Montbars, qui venait de se faire apporter un de ces lingots par un engagé, et de couper avec sa macheta la couche de plomb, ils sont véritablement d'argent massif.

— Je le sais, dit le Léopard.

Un bourdonnement singulier circula dans les rangs des boucaniers.

— Mais il faut les rendre, continua le chef.

On entendit quelques imprécations éclater sur le murmure général. Joaquin restait anéanti.

— Est-ce tout? demanda de nouveau le Léopard.

— Non, dit l'alferez avec un regard féroce.

— Parlez! s'écria le vieux boucanier dont le cœur trembla d'une indéfinissable émotion. C'était pourtant un homme que l'aspect d'un abîme s'entr'ouvrant sous ses pieds n'avait pas fait sourciller, et qui, suspendu à la corne d'un taureau par la manche de sa chemise de toile, n'avait pas daigné pousser un cri d'aide ou d'alarme.

— Vous nous rendez notre bien, que nous pouvions reprendre par la force, répliqua l'alferez; cela ne nous venge pas.

— Il faut que vous soyez punis du vol! ajouta Fray Eusebio Carral.

— Punis du vol... vous avez raison! balbutia le Léopard qui sentait sa gorge se serrer comme sous une main de fer, et un brouillard s'étendre sur ses yeux.

— Il faut que trois de vos bandits se rendent à discrétion pour être exécutés par la horca, l'un devant les tentes anglaises, au Port-Margot, les autres devant le hatto de la Rancheria! dit Fray Eusebio en regardant fixement Joaquin.

Ici, les frères de la côte poussèrent un éclat de rire formidable. La proposition du moine leur parut bouffonne. Le Léopard laissa tomber sa tête dans ses mains glacées; mais l'engagé, se penchant à son oreille, lui dit quelques mots. Aussitôt il releva son visage, où se peignait l'accablement, et ordonna le silence d'un geste absolu.

— Me laissez-vous le droit de choisir les victimes? dit-il à l'alferez avec anxiété.

— Tout à fait!

Les aventuriers ne comprirent pas le moins du monde le sens de cette question.

— Alors la condition est acceptée, reprit le Léopard. Vous pouvez l'annoncer à don Cristoval de Figuera, senor.

Cette fois les boucaniers avaient trop bien compris, quelle que fût leur confiance aveugle dans le chef héroïque qu'ils s'étaient donné. Ils restaient terrifiés, éperdus, muets silencieux. Enfin l'un d'eux, Grammont, prononça ce mot : Traydor!

Le Léopard lui dit froidement :

— Sortez des rangs, Grammont. Je vous pardonne l'insulte pour mon compte, mais elle mérite la mort. Vous serez livré. Une mort honorable, Grammont; vous mourrez pour vos frères!

Grammont croisa ses bras sur sa poitrine d'un air sombre et s'avança près des Espagnols sans prononcer une parole. Mais un autre aventurier, le fameux Michel le Basque, emporté par sa fougue méridionale, s'élança alors devant le Léopard.

— Tu peux me livrer aussi, j'y consens, mais tu ne m'empêcheras pas de parler. J'ai le droit fais-tu ainsi marché de notre sang et de notre vie, lorsque nous avons des armes? Crois-tu que nos yeux aient désappris à viser, et que le sabre vacille dans nos mains affaiblies? Le Léopard a-t-il peur pour la première fois de sa vie? Ne vaut-il pas mieux mille fois mourir en frères, les uns à côté des autres, que d'acheter un salut honteux par les tortures et l'agonie de nos compagnons? Mais non, c'est impossible! Avoue que tu as voulu bafouer l'Espagnol, et que tu as voulu à l'heure tu vas redresser la tête, pousser le cri de guerre et nous conduire bravement contre cette canaille. Ah! déjà ton œil brille, je reconnais mon vieux Léopard. Je me disais bien que mon matelot ne pouvait manquer de cœur.

— Oui, dit alors le Léopard en souriant avec calme et portant la main à sa longue barbe inculte, j'avais tort, et je viens de me donner une heureuse idée, Michel. Je remplirai mon devoir, et personne n'aura pu dire, du bout des lèvres ou même du fond de sa pensée, un seul instant, que j'étais un lâche!

— Vous vous rétractez donc? demanda Fray Eusebio avec inquiétude.

— Non, répondit le boucanier en se levant. Mes frères, continua-t-il en s'adressant aux aventuriers, qui suivaient cette scène avec l'intérêt attentif d'un savant qui cherche à s'expliquer le sens d'un hiéroglyphe, — mes frères, vous savez que, d'après nos règlements, je suis votre maître absolu jusqu'à notre retour au port de la Paix, et que je ne vous dois aucun compte de ma conduite. N'est-il pas vrai?

— C'est vrai! répondirent tous les compagnons avec l'expression d'un morne accablement.

— Mais, ajouta-t-il, comme il n'est pas juste de faire perdre à l'association les jeunes bras vigoureux, les cœurs pleins de sève, lorsqu'il y a des têtes ridées, des membres que l'âge roidit déjà, et des vieilles carabines dont la poudre est éventée, — c'est moi qui serai le compagnon de Grammont.

Et, tendant la main à ce dernier et à Michel le Basque, il leur dit :— M'en voulez-vous encore, camarades?

Grammont le regarda avec admiration, tandis que Michel s'écriait :
— Pour le coup, c'est trop fort, vieil entêté ! Ah ! voilà donc ce que tu appelais une heureuse idée !

Les aventuriers s'écrièrent alors : — Non ! non ! il ne partira pas ! nous ne le laisserons pas partir !

Le Léopard leur dit rudement : Silence !

Et ils se turent. Puis, se tournant vers son neveu : — Tu me remplaceras dans le commandement, Montbars, dit-il en regardant une dernière fois avec tendresse le mâle visage du jeune homme.

— Non ! répondit Joaquin.

— Monsieur !

— Non, pas dans le commandement, continua le brave enfant, mais à la potence !

— Jeune fou, tu n'y penses pas, dit le Léopard en lui prenant la main. Le jeune chêne vert doit-il tomber sous la hache avant le vieux tronc crevassé et rongé par la mousse ? Est-ce l'ordre de la nature ? A quoi suis-je bon maintenant, ajouta-t-il avec un sourire mélancolique, si ce n'est à mourir en plein air comme j'ai vécu, moi l'hôte sauvage des forêts de Hispaniola ?

— Non pas ! murmura Joaquin. Nos frères ont besoin de votre expérience. Vous seul connaissez les moyens de remplir le but de cette expédition et de les tirer du danger !

— Oui ! oui ! répéta toute la troupe : chacun de nous plutôt que le Léopard !

Cette réflexion frappa comme la foudre le vieux boucanier, qui échangea un regard de désespoir avec l'engagé, et, se frappant le front avec rage, s'écria : — Ainsi, je ne puis pas même mourir, moi !

— Je suis prêt à partir, senores, dit Montbars. Et il s'avança vers les Espagnols.

Un silence profond régnait dans la tente.

Le boucanier, qui avait souri, lui, à la pensée de se sacrifier, semblait n'avoir plus ni mouvement ni pensée depuis la proposition de Joaquin. Il le laissait s'éloigner. Mais quand le jeune homme fut à l'entrée de la tente, le Léopard souleva lourdement sa tête, et, le regardant d'un œil terne, comme s'il se réveillait d'un songe pénible, il lui dit ces seuls mots :

— Où vas-tu donc, Joaquin ?

Mais d'une voix si douce, si éteinte, si brisée, que Michel le Basque serra violemment le bras de l'alferez, et que tous les rudes frères de la côte baissèrent leurs yeux à terre, comme si, pour la première fois de la vie, ils y eussent senti rouler des larmes.

A cet appel si touchant, Montbars s'arrêta, sentant ses pieds se clouer au sol.

L'alferez sourit.

— Allons, vous avez peur, avouez-le. Laissez le vieux venir avec nous !

— Marchons ! dit fermement Montbars en haussant dédaigneusement les épaules. Et il avança encore.

Mais d'un bond le Léopard se trouva à son côté.

— Vous ne m'écoutez pas, vous ne daignez pas me répondre, monsieur. De quel droit parlez-vous ainsi sans ma permission, sans mon ordre ?

— Bien ! dit Michel le Basque, car c'est ton sang, cet enfant, le fils de ton frère !

— Oui, le fils de mon frère bien-aimé, murmura sourdement le boucanier. Pauvre frère ! je le vois encore courir dans les bruyères, sa main dans ma main. Comme tu lui ressembles, Joaquin ! son image vivante, en vérité ! Et je le livrerais à ces bourreaux, pour la douleur crispât ce noble visage, tachât de sang ces yeux bleus où je retrouve son regard ! Non quand Bernard t'a donné à moi, il a confiance en son frère. Et que lui dirai-je quand plus tard, là-haut, il me redemandera son enfant, quand sa voix me dira : — Frère ! qu'as-tu fait de Joaquin ? Je lui répondrai, n'est-ce pas, ajouta-t-il en éclatant d'un rire farouche, je lui répondrai : — Ton enfant, je l'ai livré pour épargner ces vieux matelots.

— Pourquoi me parler de lui en ce moment ? Vous êtes cruel ! répliqua Montbars d'une voix altérée.

— Le bon fils ! murmura ironiquement l'alferez.

— Père et mère honoreras, afin de vivre longuement, continua Fray Ensebio.

Le sang jaillit des lèvres du jeune homme. Il repoussa son oncle.

— Mais comprends donc, reprit le boucanier, que tu ne peux partir, toi... Tu es brave, mais ton cœur n'est pas endurci aux outrages que ces monstres prodiguent à leurs victimes. Pense qu'ils te présenteront aux baisers de tes lèvres un crucifix rougi au feu, et que, si tu recules, ils t'appelleront lâche ! Ne regardent-ils pas avec pitié l'Indien attaché au poteau, et qui voit sans pâlir fumer devant lui ses propres entrailles ? Tu es trop jeune, Joaquin, tu n'as pas mené comme moi la dure vie des forêts...

— Nous n'avons plus de temps à perdre, interrompit l'alferez. Hâtez-vous !

— Eh bien donc ! suivez-moi, dit Joaquin Montbars, et vous jugerez si mon courage faiblit devant le supplice, comme le craint mon oncle.

— Arrêtez, senores ! fit encore le Léopard.

— Mon matelot, lui cria Michel le Basque, une grâce !

— Parle, répondit avec stupeur le vieux chef.

— Laisse-moi partir à la place de ce jeune coq. Défends-lui de s'éloigner !

— Je vous le défends, monsieur, interrompit machinalement le boucanier.

— Mon oncle, mon oncle, prenez garde, répondit Montbars. Vous n'êtes donc plus le Léopard ? Voulez-vous le déshonneur de votre sang ? Si ni vous ni moi ne nous sacrifions, qui donc oserez-vous encore désigner pour la mort ?

— C'est vrai... le déshonneur ! Eh bien ! va-t'en, va-t'en, s'écria le Léopard en le repoussant du geste, comme s'il eût craint de faiblir dans sa nouvelle résolution. Puis se retournant vers les aventuriers : — Maintenant, plus un murmure, dit-il d'une voix tonnante. Ma vie n'était rien, mais je vous ai donné l'enfant de mon cœur !

Les Espagnols se retirèrent alors à pas lents, suivis de Joaquin Montbars, de Grammont et de Michel le Basque. Quand ils furent arrivés au camp de don Cristoval de Figuera, le moine demanda une escorte pour conduire deux des prisonniers à la Rancheria. Et, voyant Joaquin tressaillir à ce nom, il posa sa main sur l'épaule du jeune homme, et lui dit :

— Là a été commis le crime, là aussi il sera expié par la mort de l'assassin. Tu vois que ma vengeance a su te chercher même au milieu de ces terribles frères de la côte, et que leurs armes et leur courage ont été impuissants à te protéger. Que l'âme de don Ramon Carral se réjouisse, car je n'aurai pas laissé longtemps son meurtrier vivant sur la terre !

Puis il ajouta avec un sourire cruel :

— Et remercie-moi, Joaquin Requiem, car tu reverras pour la dernière fois la noble maîtresse, dona Carmen de Zarates !

Joaquin ne put s'empêcher de pâlir. Heureusement l'escorte se mettait en marche, et Fray Eusebio ne put jouir longtemps du trouble que ses dernières paroles jetaient dans le cœur du jeune pêcheur de perles.

Cependant les boucaniers étaient sortis de la savane après quelques heures de marche forcée. Ils gravissaient une petite colline couverte de cocotiers, lorsque le Léopard poussa tout à coup une des exclamations sourdes dont la prudence lui avait fait une loi dans les solitudes des forêts, et son visage sombre s'éclaira en même temps. Quand ses compagnons l'eurent rejoint, il leur montra d'un geste triomphant le panorama qui s'étendait devant eux. C'était le Port-Margot, occupé par les vaisseaux anglais, dont s'entourait comme d'une ceinture la flotte espagnole. Les tentes britanniques étaient dressées dans la plaine. Une foule de soldats et d'émigrants se pressaient en groupes confus autour d'une sorte de poteau que l'on discernait mal dans l'aube encore douteuse du matin.

Les regards de tous les boucaniers se dirigèrent vers cet endroit. Peu à peu le ciel devint plus limpide, le vent du matin chassa les vapeurs floconneuses dans lesquelles se noyaient les dernières étoiles.

Le poteau se détacha mieux sur le fond plus pur et plus azuré de l'éther. C'était un gibet, et le Léopard redevint sombre.

A ce gibet il vit pendre quelque chose. L'aurore perçait l'horizon de ses rayons roses. Ce quelque chose était un cadavre. Les aventuriers poussèrent un cri terrible. Ce cadavre était celui de Grammont.

Cette vue anima d'une expression menaçante leurs figures sauvages. Ils lancèrent sur le Léopard et sur l'engagé des regards farouches : puis ils se disposèrent à descendre la colline, comme une meute furieuse qui déborde une digue, pour aller conquérir ce cadavre, ou se faire tuer au pied du gibet.

Mais alors l'engagé se jeta au devant d'eux ; et, arrachant sa chemise de toile rougeâtre, son feutre râpé et son large caleçon, il leur apparut en uniforme de capitaine de vaisseau anglais et leur cria :

— Oui, mes amis, vous vengerez Grammont dans les flots de sang espagnol ! C'est moi, Richard Blake, amiral de la république d'Angleterre, qui vous le jure !

A ces paroles, les boucaniers s'arrêtèrent comme pétrifiés, répétant : Richard Blake ! et regardant avec une curieuse admiration ce grand homme de mer.

— Mais après tant de sacrifices, reprit l'amiral, il ne faut pas compromettre notre succès par une tentative insensée. Il faut, au contraire, que vous restiez cachés dans ce bois, tandis que je chercherai à pénétrer secrètement vers cet endroit et fixer jusqu'aux tentes de mes soldats et de mes marins. Cette nuit nous vous rejoindrons à la tête des premiers, sans bruit et sans bataille, et nous atteindrons l'endroit où nous attendent les barques de l'Olonnais, avant que les Espagnols ne se doutent seulement de notre départ.

— Et nous leur reprendrons la Tortue ! s'écria le Léopard. Comprenez-vous maintenant pourquoi j'ai cru pouvoir livrer trois de nos frères ? C'est que j'avais promis à M. du Rossey que tout prix sir Richard Blake parviendrait au Port-Margot et nous rendrait les alliés que nous envoie Cromwell. Douterez-vous encore de votre vieux compagnon ?

Les boucaniers serrèrent tous la main du Léopard, et Pitrians lui dit : « Tu vaux mieux que nous, car nul autre n'eût eu le courage de se laisser outrager et soupçonner de trahison pour sauver toute la famille des frères de la Côte.

— Mais Montbars et le Basque ? dit une voix.

Le Léopard resta immobile et murmura :

— Veut-on me faire regretter ce que j'ai fait ?

— Peut-être arriverons-nous à temps pour les sauver, eux aussi, reprit l'amiral. Suivez-moi donc, maître.

Et, entrant dans la tente du Léopard qu'on venait de dresser, ils prirent chacun le costume des *monteros* espagnols. Puis, se glissant dans les fourrés de mangles et de raquettes qui tapissaient ce flanc de la colline, ils ne tardèrent pas à disparaître aux yeux des aventuriers.

Le poignard.

Le lendemain de ce jour, Joaquin et Michel le Basque arrivèrent, de leur côté, à la Rancheria, sous la conduite de Fray Eusebio Carral, qui veillait sur sa proie avec un soin d'avare. On les renferma d'abord dans le cachot des esclaves, sorte d'*in pace* où les pieds des captifs s'engourdissaient dans une mare d'eau verte et glacée, où leur corps se ployait et leur tête se courbait sous une voûte trop basse, où un peu d'air chargé de miasmes infects ne leur parvenait que par un soupirail étranglé. Les deux aventuriers n'y échangèrent pas une parole.

Mais on ne tarda pas à les mettre en *capilla*, suivant l'usage observé par les pieux Espagnols envers les condamnés à mort. La chapelle est un gîte plus terrible que le plus lugubre cachot', car on n'en sort que pour aller au supplice. Michel le Basque sourit pourtant quand il y entra. La *capilla* se composait de deux chambres sans fenêtres : la première était meublée uniquement d'un banc et d'une lanterne accrochée au plafond ; la seconde, carré long de six pas et large de quatre, était ornée d'un autel, sur la nappe blanche duquel s'élevait un crucifix de bois et brillaient quatre grands cierges. Quelques images de la Madone étaient collées au mur. Des nattes couvraient le plancher.

Dès que les prisonniers furent seuls, le Basque jeta un regard satisfait sur la *capilla*, et dit à Joaquin :

— A la bonne heure ! Ici, du moins, nous ne resterons pas les bras croisés comme des grenouilles qui dorment au fond d'un marais. Ce moine croit que nous allons attendre son bon plaisir pour tendre bien docilement le cou au senor Verdugo. Imbécile ! il nous a laissé des armes pour nous venger, et, vive Dieu ! la vengeance sera belle !

— Quel est ton projet ? lui demanda le jeune homme étonné.

— C'est de célébrer notre mort par une magnifique illumination, mon brave Montbars, et de nous allumer un bûcher assez vaste pour

que le digne moine et une partie de sa séquelle puissent y périr avec nous !

En même temps, Michel le Basque saisit un des quatre cierges et continua froidement :

— Je vais mettre le feu à la *capilla*, et du diable si, avec le vent qui souffle aujourd'hui, le hatto n'est pas un château de cendres avant le temps de réciter cinq *Pater* et cinq *Ave* !

Il pencha en même temps ce cierge sur le crucifix de bois.

— Arrête ! s'écria Joaquin avec angoisse, car il pensa au danger que courait dona Carmen, et son cœur se serra d'épouvante.

— As-tu donc peur de mourir ? lui demanda dédaigneusement le Basque.

— Non, répondit Joaquin, mais je ne veux pas laisser croire à ces Espagnols que j'ai eu peur de leurs supplices, que j'ai craint de voir mon cœur faiblir devant leurs menaces et leurs outrages !

— Bien ! dit le Basque, tu es le digne neveu du Léopard. Et il replaça le cierge sur l'autel ; puis il garda, comme dans le cachot, un morne silence.

Dona Carmen savait que Fray Eusebio avait ramené deux boucaniers prisonniers ; mais elle devait ignorer jusqu'au moment de l'exécution que l'un d'eux était ce Joaquin Requiem dont le souvenir l'avait sans cesse poursuivie depuis la nuit fatale de leur dernière entrevue.

Le moine lui demanda si elle comptait assister à cette scène terrible. Un tremblement nerveux la saisit, et elle s'empressa de répondre : — Non ! non ! Voir mourir des malheureux, c'est un plaisir de juge ou de bourreau ! quand la présence d'une femme ne peut sauver les condamnés, elle est odieuse et infâme. Je ne veux pas même rester à la Rancheria pendant cette exécution, car je pourrais entendre le cri de la mort de ces hommes, et cela ne s'oublie jamais.

Dona Carmen.

— En ce cas, sénorita, répliqua Fray Eusebio, vous pouvez commander les chevaux pour votre promenade, car nous ne tarderons pas à exécuter cette justice, dans une heure au plus !

— Dans une heure ! répéta la jeune fille. Ainsi donc, de ces hommes qui parlent encore de passé et d'avenir, dont le cœur peut encore aimer ou haïr, dont la pensée peut embrasser le monde, dans une heure, rien d'eux ne restera, si ce n'est deux cadavres livides, sans regard et sans voix !

— Dieu lui-même l'a dit, sénorita, reprit le moine d'une voix amère. Celui qui a frappé par l'épée doit périr par l'épée.

— Oui, murmura dona Carmen, oui, Dieu l'a dit; Dieu a jugé et condamné tous ceux qui ont versé le sang!

Et elle demeura immobile et comme accablée dans une rêverie douloureuse devant le moine étonné. Enfin, il se retira en lui disant avec douceur : — Le temps se passe, sénorita!

— Oui, j'oubliais que je dois fuir l'aspect de ce supplice, dit-elle avec effort comme si elle se réveillait en sursaut; mais je serai bientôt prête.

Et elle sonna sa négresse, qui vint l'aider à revêtir son élégant costume de chasse.

Quand sa toilette fut terminée, elle descendit dans la cour du hatto, monta son cheval alezan, et, suivie d'une douzaine de ses esclaves chasseurs en pourpoints verts et en larges pantalons blancs, elle frôla du talon les flancs de l'animal et partit au galop.

Mais à la porte d'entrée du hatto, le cheval s'arrêta soudainement devant un spectacle lugubre.

La *horca* (potence) venait d'être dressée. Elle se formait d'une épaisse solive fixée horizontalement dans deux poutres perpendiculaires assujetties au sol par d'autres pièces de bois qui lui servaient de base.

Deux escaliers montaient de front à la solive horizontale et s'y cramponnaient fermement.

Entre deux haies de *lanceros* s'avançaient les deux boucaniers, le corps enveloppé du *saco*, blouse de toile blanche; la tête coiffée du *gorro*, calotte d'un vert pâle, et cachée sous un long voile noir. Ils étaient suivis d'une foule de pêcheurs, d'Indiens et d'esclaves presque nus, qui les accablaient d'imprécations et de huées.

Le moine, debout au pied de la horca, chantait d'une voix forte les paroles consacrées :

— Vierge miséricordieuse, prenez pitié de ces malheureux qui vont mourir, et priez votre fils bien-aimé de leur pardonner dans l'autre vie!

Le premier des condamnés allait bientôt passer devant dona Carmen. A mesure qu'il s'approchait, la jeune fille se sentait plus violemment agitée d'une terreur instinctive. Le boucanier, qui tenait sa tête baissée, ne l'avait pas aperçue. Mais quand il se trouva devant la porte du hatto, le moine interrompit sa psalmodie sinistre pour lui crier :

— Assassin de mon frère! tu oublies que je t'ai promis que tu reverrais dona Carmen de Zarates, la maîtresse de la Rancheria!

La malheureuse jeune fille poussa un cri d'effroi à ces terribles paroles qui lui firent deviner la vérité.

Le condamné s'arrêta et releva vivement la tête.

Dona Carmen, la noble Espagnole, si belle avec son magnifique corsage de velours aux agrafes d'or, aux boutons de diamants, restait pâle et tremblante devant ce boucanier vêtu d'avance de son linceul, et qui allait mourir sous ses yeux.

Le jeu.

Le condamné avait rejeté son voile noir en arrière; sa figure s'était comme éclairée de l'expression d'une joie suprême; puis il s'inclina respectueusement, et, calme, il reprit sa marche assurée, comme s'il n'eût pas su que chaque pas le rapprochait du supplice.

Ni l'un ni l'autre n'avaient prononcé une parole. Mais elle, immobile, suivait Joaquin du regard, sentant dans son propre cœur toutes les angoisses de la mort, et ne pouvant ni parler ni agir, si profonde était sa stupeur.

Mais Michel le Basque, à son tour, s'était arrêté devant elle, et contemplait avec admiration la beauté divine de la pauvre enfant.

Dans ce moment les mains de dona Carmen avaient lâché les rênes. Le cheval, déjà effrayé à la vue de cette triste procession, se cabra dès qu'il ne se sentit plus retenu. Le Basque s'élança, d'une main saisit la bride, de l'autre entoura la taille fine et souple de la jeune fille, l'enleva brusquement, et, avec la hardiesse brutale qui lui était habituelle, il imprima ses lèvres sur la joue glacée de celle qu'il venait de sauver.

Cet outrageant baiser la rappela à elle. Au moment où deux *lanceros* saisissaient l'audacieux boucanier, dona Carmen le frappa au visage du pommeau d'argent de son fouet de chasse, en s'écriant :

— Misérable! en suis-je venue à ce point qu'un bandit qu'attend le gibet ose m'insulter publiquement! ne suis-je plus la fille de don Juan de Zarates! qu'y a-t-il donc de changé dans ma destinée?

Ses yeux se portèrent alors vers la horca. Un nègre d'une taille athlétique, nu jusqu'à la ceinture, les jambes emprisonnées dans un étroit caleçon rouge, montait lestement les un des escaliers. C'était l'esclave chargé de l'office de bourreau, el Verdugo.

Joaquin montait l'autre escalier. Quand tous deux furent parvenus au dernier degré, ils se regardèrent.

A chaque pas de cette ascension formidable, dona Carmen avait souffert comme si ce bourreau lui eût marché sur le cœur. Quelque chose de terrible s'agitait dans son esprit, et deux fois elle fit un pas vers la horca. Sans doute elle voulait révéler la vérité, elle voulait braver cette honte publique, s'humilier devant ses esclaves, elle

mot abaisser la barrière qui se dressait entre le rang de la noble dame et l'abjection des condamnés, arracher sa brillante parure et s'ensevelir sous le saco funeste!

Mais quand elle eut vu la main noire et nerveuse du bourreau se poser, comme une flétrissure vivante, sur l'épaule du jeune homme, sa pudeur de femme l'emporta, elle sentit sa faiblesse, la peur s'empara de son âme, et, demandant pardon à Dieu, voulant échapper aux pensées tumultueuses qui tourbillonnaient dans sa tête en feu, elle sauta sur son cheval, et s'éloigna à toutes brides, suivie de ses chasseurs.

Quand Michel le Basque, le visage pâle de l'affront qu'il avait reçu, arriva devant Fray Eusebio, le moine lui dit en ricanant :

— Bien touché, n'est-ce pas, braves frères de la côte! Les lâches qui se rendent aux hommes sans combattre et qui insultent les femmes méritent d'être frappés par elles !

— On se venge d'une femme aussi bien que d'un moine! répondit le Basque en posant le pied sur l'escalier de la horca.

Monté à califourchon sur son gibet, le nègre bourreau préparait ses cordes.

Puis il redescendit, passa au cou de Joaquin un nœud coulant qu'il affermit très-soigneusement. Il fit subir la même opération à Michel le Basque, et attendit que le moine recommençât sa psalmodie pour remonter à reculons, en soulevant par les épaules ses victimes qu'il devait traîner après lui.

— Espères-tu encore te venger? demanda alors Fray Eusebio à Michel le Basque d'une voix ironique :

— Entre le verre et la bouche, il y a la mort ou la vie, dit tranquillement Michel qui crut entendre comme l'aboiement lointain d'un venteur de boucanier.

— Pour toi ce sera la mort, répliqua Fray Eusebio. Et il entonna le chant terrible :

— Vierge miséricordieuse, prenez pitié des malheureux qui vont mourir...

Mais il fut interrompu par les aboiements qui devenaient très-distincts et que les Espagnols commençaient à écouter.

Le bourreau souleva Joaquin. Le moine continua : « Et priez votre fils bien-aimé de leur pardonner dans l'autre vie. »

Au même instant un Indien accourut tout haletant et s'écria :

— Les flibustiers viennent d'aborder dans les anses du bois de mangles, à la baie de la Hache, partout. Dans quelques minutes, ils seront ici. Alerte! alerte!

— Qu'importe ! s'écria le moine en voyant sourire Michel le Basque; qu'importe ! pourvu que nous ayons le temps d'achever notre besogne!

Mais ses paroles se perdirent dans le tumulte. Le bourreau s'était enfui. Les lanceros se précipitèrent dans le batto, les Indiens et les pêcheurs dans la campagne; les esclaves restaient stupidement immobiles, peu soucieux de changer de maîtres.

Fray Eusebio hésita lui-même quelques instants sur le parti qu'il avait à choisir. Enfin il se décida à suivre la direction qu'avait prise dona Carmen, dans l'espoir de la prévenir à temps et de l'empêcher de tomber aux mains des aventuriers.

Les boucaniers arrivèrent presque aussitôt et détachèrent les liens des deux condamnés, au milieu de cris de joie et de triomphe. A peine libre, Michel le Basque promena un regard fauve autour de lui, tandis que le Léopard serrait son neveu sur sa poitrine et que l'amiral disait à voix haute :

— Quelle récompense voulez-vous, mes amis, pour votre noble dévouement? Parlez! j'engage ma parole que vous obtiendrez ce que vous me demanderez.

Alors Joaquin, qui, lui aussi, pensait au salut de dona Carmen et qui devinait les secrets desseins de Michel le Basque, répondit d'une voix fière et calme :

— Nous ne voulons tous deux pour prix de notre conduite que l'honneur d'annoncer les premiers le succès de notre entreprise à nos frères du port de la Paix.

Michel regarda son compagnon avec surprise, mais il dut se résigner au départ en entendant les hourras qui accueillirent la noble réponse de Joaquin. Il murmura seulement : Oh ! tôt ou tard je retrouverai cette noble châtelaine, et alors je ne serai plus le criminel qu'attend la potence, mais peut-être serai-je le maître absolu à mon tour !

Les boucaniers mirent la Rancheria au pillage et firent une battue dans les environs.

Ils chargèrent sur leurs barques un énorme butin et réunirent un grand nombre de prisonniers, parmi lesquels se trouvait Fray Eusebio Carral. Il ne sortait de son accablement que pour parler à voix basse à une jeune négresse d'une rare beauté, sur laquelle il veillait avec un soin inquiet, et qu'il cherchait surtout à protéger contre l'attention des aventuriers.

Mais dans ce moment les dignes frères de la côte s'occupaient fort peu de leurs captifs, et, sauf quelques Anglais hérétiques qui lançèrent en passant quelques brocards sur le moine et sa compagne qu'ils nommèrent, en plaisantant, jolie peau d'ébène, nul des vainqueurs ne fit grande attention à eux. On les laissa rêver tranquillement au sort misérable qui les attendait. Le moine se rappelait les menaces prophétiques de Michel le Basque, et la jeune fille frémissait en pensant que la mort seule pourrait l'arracher au honteux esclavage qui lui était destiné.

Les aventuriers mirent enfin à la voile et entrèrent triomphalement, après huit heures de traversée, au port de la Paix avec l'amiral Richard Blake et plus de six cents Anglais.

II

La chasse-partie.

A l'instant du débarquement, ce fut une horrible angoisse que celle de la malheureuse compagne de Fray Eusebio, traînée ainsi au milieu de ce butin dont elle faisait partie; car maintenant elle était une chose. Il est de ces malheurs si grands, si complets, si implacables, qu'ils aveuglent et étourdissent la pensée et domptent momentanément les âmes les plus fières. La jeune fille n'écoutait plus les consolations du moine. Elle regardait autour d'elle et se croyait éblouie par un rêve étrange. A ses yeux s'offrait un affreux tableau ; car les farouches aventuriers s'amusaient aussi brutalement qu'ils se battaient. Ils célébraient largement l'orgie du triomphe sur la plage calcinée par le soleil. Ils auraient craint de l'étouffer entre les quatre murs d'un cabaret. A la débauche de ces Titans de la mer, il fallait un cadre gigantesque, le flot grondant sous leurs pieds, le ciel cuivré des tropiques resplendissant sur leurs têtes. Leurs habits de fêtes, c'étaient leurs haillons sanglants. Les verres et les couteaux étaient à leurs mains.

Quand les prisonniers furent arrivés devant la tente de M. du Rossey, sous la conduite du Léopard, le vieux boucanier, se tournant vers la pauvre fille, lui dit brusquement :

— C'est ici qu'il faut s'arrêter, ma jeune peau d'ébène.

La malheureuse marchait toujours.

— Allons ! m'entends-tu ?

Elle s'arrêta.

— L'enfant est docile, murmura le Léopard. Elle rêve sans doute à son pays où elle ne reverra plus !

— Joli pays, dit un autre. Du sable rouï au soleil sous les pieds et des moustiques !

— Et des fiancés à caleçons noirs, ajouta Michel le Basque, qui vous mettent un jour un collier de verre au cou, et le lendemain des noces vous vendent au facteur. La lune de miel n'est pas longue en Guinée.

En ce moment, la négresse poussa un petit cri plaintif et recula, comme touchée par un contact venimeux. Le terrible Michel venait de serrer brutalement sa main pour l'entraîner dans une farandole effrénée qu'une vingtaine de frères de la côte venaient de commencer autour du butin avec des femmes de couleur. On eût dit une ronde de damnés à voir haleter tous ces visages noircis par la poudre et le soleil, et perlés de sueur. La jeune fille jeta donc un regard si suppliant et si désespéré au Léopard, que ce dernier dit aussitôt à son matelot :

— Laisse cette mijaurée du Congo, Michel. Elle n'est pas encore adjugée!

— Puisque tu le veux, répliqua le Basque avec une résignation inaccoutumée, au lieu de me délier les jarrets, je vais boire.

Et il court se mêler à un groupe d'aventuriers rangés en cercle autour d'une citadelle de tonneaux remplis de vins de Xérès et de Jota.

A un signal donné, d'un coup de hache il enleva la bonde d'un baril, et un jet de liqueur dorée se versa en pluie pailletée dans les coupes grossières tendues de tous côtés. Les plus proches n'avaient d'autres coupes que leurs lèvres. Quand un ivrogne tombait, c'étaient des éclats de rire formidables; et un autre se hissait sur son corps pour recueillir sa part du déluge. Ces exploits bachiques allumèrent bientôt chez les aventuriers une gaîté violente. Ici deux frères de la côte s'embrassaient avec effusion. Là, d'autres se défiaient avec fureur. Des bouteilles volèrent en éclats sur les tables, sur les tonnes ; quelques-uns s'égarèrent sur les têtes des buveurs. Les chiens des boucaniers commençaient à hurler.

La jeune captive tremblait de tous ses membres. Elle sentait qu'elle n'avait aucune pitié à attendre de ces hommes, et qu'un miracle pouvait seul la sauver. Elle se tourna vers le moine, et lui dit d'une voix brève :

— Fray Eusebio, avez-vous encore votre poignard ?

Il répondit sourdement : Non !

— La mer est une vaste tombe ! répliqua-t-elle en croisant ses bras sur sa poitrine avec désespoir.

Mais Michel le Basque, qui avait quitté la farandole, l'entendit prononcer ces paroles.

— Vous aimez les bains d'eau salée, ma petite reine, dit-il en ricanant. N'y comptez pas trop. Nous en avons dompté de plus fières que vous.

Et il fixa sur elle un regard insolent et curieux.

Le moine avait raison, murmura-t-elle en promenant autour d'elle des yeux mornes et éteints, — il n'y a pas un cœur d'homme dans la poitrine de ces réprouvés : ce sont des démons !

Tout à coup son regard s'arrêta comme fasciné à la vue d'un flibustier qui, indolemment appuyé sur sa carabine, contemplait cette scène sans la voir. Un cri s'échappa de ses lèvres. Elle avait reconnu Joaquin, et, dès ce moment, son cœur avait été déchargé d'un poids énorme. Sa destinée lui parut moins implacable, moins dépourvue de tout espoir. Il lui sembla qu'elle sortait d'une nuit profonde et que le soleil brillait tout à coup à ses yeux. Tout à l'heure elle était moins qu'une esclave, un corps dont l'âme était absente. Elle crut redevenir doña Carmen. Car c'est là une vérité singulière que les volontés les plus altières, les orgueils les plus obstinés, subissent malgré eux la loi des circonstances extérieures les plus futiles, et s'abattent et se relèvent au gré du hasard. Les aventuriers eux-mêmes parurent moins sinistres à la jeune Espagnole. Dans leur foule, en effet, il y avait une âme à elle, une voix qu'elle avait entendue suppliante et dévouée, un regard dont le rayon s'était posé sur elle, une pensée complice de la sienne. Elle n'était plus seule au milieu de ces bandits. Un instant elle se crut sauvée.

Mais quand elle vit, au cri jeté par elle, Montbars tressaillir, la chercher, et son visage sombre s'éclaircir d'un doute soudain, alors elle fut troublée d'une nouvelle épouvante. Ce jeune homme l'aimait, et si l'humble pêcheur de perles avait osé faire parler son amour, quel langage tiendrait donc le flibustier ? L'orgueil espagnol fit naître dans le cœur de Carmen une lutte que déroba aux regards la couleur noire qui masquait son visage.

Pendant que ces réflexions s'agitaient dans son esprit, Joaquin s'était avancé, pâle, interdit, presque honteux de son émotion. Arrivé devant le groupe des prisonniers, il ne vit qu'une jeune fille de Guinée, morne et tremblante sous ses yeux avides. Mais l'amour ne se laisse pas tromper à de pareils stratagèmes ; mieux que la haine, il lit dans le regard, la voix et les gestes. Ce que le Basque n'avait fait que soupçonner vaguement tout à l'heure, Montbars en était déjà certain. D'ailleurs, le visage de la prétendue négresse n'a rien du type africain, ni les lèvres saillantes, ni le nez épaté, ni cette laine crépue qui pousse comme un buisson sur les têtes noires. Ce sont bien là, au contraire, les beaux cheveux de la créole, doux, soyeux si fins, croisés sur sa nuque, ses pieds mignons qu'eût divinisés un sculpteur grec. Non, il est impossible qu'il s'abuse, qu'une illusion fatale l'éblouisse et le trompe. Il s'approche, et lui dit d'une voix émue :

— Sénorita, me reconnaissez-vous ?

La jeune fille hésite encore. Elle jette un regard humilié sur son misérable costume ; la puissante dame a disparu pour faire place à la pauvre esclave, et elle rougit de se voir ainsi abaissée devant son ancien serviteur.

— Parlez, parlez ! reprend Joaquin. Je n'ai pas besoin de prononcer votre nom, moi ! Je sens battre mon cœur, qui n'a pas tressailli quand le bourreau m'a touché : c'est lui qui vous a reconnue.

Carmen comprit bien au son de voix du jeune homme qu'il l'aimait toujours, et elle savait aussi qu'une femme est toujours reine sur le cœur de son amant, soit qu'elle porte une couronne ducale à son front, soit qu'elle porte à son cou l'anneau de la servitude.

— Il faut donc que je reconnaisse un ami parmi ces brigands ? répondit-elle enfin.

— Le reproche est injuste, dit Montbars à voix basse, de manière à n'être pas entendu de Fray Eusebio. Ces brigands sont vos frères, sénorita. Avez-vous donc oublié déjà que j'ai versé un sang précieux aux Espagnols, et que notre terrible association offre seule un refuge aux criminels qui ne sont pas des lâches ?

— Vous vous vengez cruellement, Joaquin ! Mais je pense que vous aurez pitié de moi, cependant. Vous l'avez vu, vous ne pouvez, comme les hommes, avoir renoncé à tout sentiment d'humanité.

— J'ai déjà bien souffert pour vous, sénorita, mais, cette fois, le sacrifice même de ma vie ne saurait vous être utile. Oui, je puis vous sauver, mais, hélas ! il n'est qu'un seul moyen.

— Parlez, dit doña Carmen avec angoisse.

— La femme de Montbars serait respectée de tous ! murmura le flibustier avec douceur.

L'Espagnole sourit dédaigneusement.

Mais Montbars, sans s'en apercevoir, continua :

— Ce serait là la réalisation d'un beau rêve, sénorita. Sur cette terre libre, chacun est son propre roi. Plus de préjugés, plus de rangs, plus d'orgueil ! Où est maître de sa vie et de son cœur. Votre existence n'est point garrottée à l'avance par de vieilles coutumes. Vous ne passez pas vos jours à renier les dons de Dieu, l'air, la liberté, la nature, pour poursuivre des hochets ou vaincre des obstacles créés par la vanité et la sottise des hommes qui ont vécu avant vous. Les désirs de quelques privilégiés ne sont pas exaucés au prix de l'abnégation de tous. Dans votre monde, tous les penchants, tous les rêves secrets du cœur, tous les désirs de l'esprit sont contrariés et mis sous les verrous. Ici, nous cacherions notre bonheur au fond d'une forêt. Vous êtes accoutumée aux besoins du luxe, mais ici nous battons monnaie avec nos carabines, et j'irais vous chercher jusqu'au milieu de la Vera-Cruz les pierreries, les nattes, les basquines, les mantilles qu'un caprice vous ferait désirer.

— Ce seraient là de sanglants caprices, interrompit froidement doña Carmen. Je ne m'attendais pas à ce que Joaquin le pêcheur me fît de telles conditions pour me sauver !

— Le pêcheur de perles n'existe plus, sénorita, répliqua Montbars. Aujourd'hui je suis un homme libre. Sur cette plage, au milieu de ces cris, de ce tumulte, frère de ces hommes en haillons qui jettent à la mer ou qui brûlent, pour s'amuser, les riches étoffes de l'Inde, et qui couchent sur la terre nue, sans prendre seulement une pierre pour oreiller, je suis plus fier que le planteur de Hispaniola, qui dépend de ses esclaves, de son confesseur, et de son roi !

— Vous êtes libre, dit Fray Eusebio, mais vous n'avez pas le pouvoir de sauver une femme.

— Nous sommes tous égaux, répondit Montbars en hésitant. Je subis la loi commune, je ne puis rien par moi-même. Croyez que sans cela je n'aurais pas osé offrir à doña Carmen une pareille voie de salut. Songez seulement, sénorita, ajouta-t-il d'une voix lente et troublée, que rien au monde ne saurait empêcher les conséquences du partage qui va avoir lieu.

— J'attendrai ! dit-elle avec fermeté.

Ils furent alors interrompus par des cris qui s'élevaient de toutes parts :

— La chasse-partie ! le serment ! le serment !

Ces clameurs, qui donnaient comme une sanction terrible aux dernières paroles de Montbars, émurent doña Carmen, qui regarda avec une attention avide les aventuriers qui allaient décider de son sort.

Ils se réunissaient en ce moment pour le partage, un des épisodes les plus importants de leur métier. Chaque classe se distinguait facilement, moins par le costume que par l'allure du corps, la démarche, l'expression de la physionomie.

Nos captifs se trouvaient derrière la troupe des boucaniers. Ceux-ci, presque tous immobiles appuyés sur leurs fusils, avec le calme de l'immobilité particulière aux chasseurs, conservaient un air de gravité rude et sauvage auquel leur équipement sévère prêtait quelque chose d'imposant. Leurs bracs, couchés à leurs pieds, les regardaient languissamment.

À droite, au contraire, les flibustiers, misérablement accoutrés d'un caleçon et d'une chemise de toile, agrafée chez quelques-uns au moyen d'un diamant magnifique, remuaient comme une fourmilière autour de l'Olonnais et de Vau-llorn, deux de leurs principaux chefs.

Les aventuriers, qui devaient leur nom au mot anglais *flibuster* (corsaire), étaient lestes, agiles, inquiets et pleins de feu. Ils avaient l'air moins sombre que les solitaires boucaniers, mais le cœur encore plus dur et plus impitoyable, grâce à leur constante communauté qui provoquait souvent les querelles. Habitués, de plus, à s'entendre vainement supplier, lorsqu'ils grimpaient à l'abordage des vaisseaux espagnols, ils avaient l'affreux courage de plaisanter en égorgeant. Quand ils partaient pour une expédition, tous les gens de l'équipage s'associaient deux à deux, afin de se secourir l'un l'autre, s'ils étaient blessés ou s'ils tombaient malades. Voici en quoi consistait le célèbre *matelotage*. Ils se passaient un écrit sous seing-privé, en forme de testament, par lequel ils mettaient tout leur avoir en commun, le laissant au survivant en cas de mort. Jamais cet engagement ne fut trahi, jamais la cupidité ne fit oublier à un flibustier son *matelot* blessé et gisant au lieu du combat. Quelquefois l'accord n'était que pour un voyage, quelquefois pour toute la vie. C'étaient bien de véritables frères.

Derrière eux affluaient les *habitants*, cultivateurs du sol et trafiquants, qui étaient vêtus de larges hauts-de-chausses et de pourpoints de toile blanche. Les gens les moins aventureux, les plus travailleurs ou les plus rusés, embrassaient cette vie de colons. À l'instar des boucaniers et des flibustiers, ils s'*emmatelotaient* deux ou trois, au préjudice des héritiers d'Europe, et obtenaient du gouverneur un terrain de quatre cents pas géométriques de large et de soixante de long ; puis ils se bâtissaient des cases couvertes de feuilles de canne à sucre et fermées de planches de palmiers ou de roseaux, qu'ils nommaient palissades. Ces habitations étaient toujours situées près de la mer, ou d'une rivière, ou d'une source. Ils cultivaient des patates, du manioc, des bananiers, des figuiers, puis ils plantaient du tabac qu'ils envoyaient en France ou qu'ils échangeaient contre des marchandises. Leur vie paraissait n'y avoir qu'un intérêt de curiosité ; tout ce butin devait pourtant tomber dans leurs mains, car les flibustiers ne se remettaient pas en mer qu'ils n'eussent tout dépensé.

Enfin le fond du tableau était occupé par les groupes lugubres des *engagés*. Ces pauvres diables restaient accroupis sur le sable, silencieux, inertes, la tête rase, presque nus. C'étaient des malheureux que les *habitants* allaient engager en Europe et amenaient aux Antilles pour les servir pendant trois ans. C'était un rude exercice ! Au point du jour, le commandeur les sifflait comme des bêtes de somme, et les menait au travail journalier d'abattre du bois ou cultiver le tabac. Il les surveillait, et si l'un d'eux se reposait une minute, il le frappait avec sa lienne comme un argousin frappe un forçat. Parfois l'engagé était si cruellement battu, qu'il ne se relevait pas ; alors on le mettait dans un trou à un coin de l'habitation, et il n'en était plus parlé. Après leur dîner, composé de patates hachées avec de la viande, ils éjambaient le tabac, fendaient le mahot, écorce d'arbre qui sert à le lier, et à minuit on leur permettait de se coucher. Beaucoup devenaient insensibles à ce point qu'on pouvait les piquer sans qu'ils le sentissent. Les engagés des

Anglais servaient sept ans, après quoi le maître les enivrait de guilledine, puis leur faisait signer un nouveau contrat.

Cependant un profond silence venait de succéder au tumulte. M. du Rossey, gouverneur de la Tortue, le Léopard et l'Olonnais s'étaient placés debout devant les tonneaux, les ballots et tout le butin entassé pêle-mêle sur la plage.

Le gouverneur avait un livre à la main.

— Vous savez, dit-il d'une voix forte, qu'avant de rien partager, vous devez tous apporter ce que vous auriez pu garder, jusqu'à la valeur de cinq sous?

— Oui, crièrent tous les aventuriers.

— Eh bien! Léopard, commencez l'appel, dit le gouverneur.

— Montbars, approchez, ordonna le vieux boucanier.

Joaquin fit un pas.

— Allez me dénoncer, murmura la jeune fille avec une expression de mépris.

— Ne craignez rien, répondit-il. Ce n'est pas moi qui vous perdrai.

Il se sentait mourir en pensant à ce qui allait se passer, cherchant, mais en vain, quelques moyens d'empêcher cette catastrophe inévitable, voyant un rival dans chaque frère de la côte.

Quand il se trouva devant M. du Rossey, le gouverneur parut surpris de son agitation; néanmoins il lui dit avec bonté, en désignant le livre qu'il tenait:

— Posez votre main sur le Nouveau-Testament, Montbars.

Joaquin obéit.

— Et maintenant jurez que vous n'avez rien détourné du butin.

— Je le jure, dit-il d'une voix forte.

— Et de plus, que vous n'avez caché sciemment la valeur d'aucun objet, le nom d'aucun prisonnier?

— Useras-tu te parjurer à ce point? dit une voix à son oreille. Il leva la tête, c'était Michel le Basque. Il devina en lui un rival, avec cet instinct attentif et sûr de l'amour, et, lui lançant un regard plein de haine et de défi:

— Je le jure, répondit-il encore.

— Tu sais que le frère qui fait un faux serment perd sa part, qui est distribuée à ses compagnons ou offerte à quelque chapelle? reprit Basque.

— Je le sais, dit Montbars en rejoignant le groupe des prisonniers, tandis que l'on continuait l'appel.

Michel le suivit.

— Espères-tu sauver cette femme qui te méprise?

A ce mot, Joaquin regarda Michel le Basque au cœur, comme on regarde un adversaire sur lequel on va faire feu, dans un combat sans merci.

Ils étaient arrivés près de Fray Eusebio et de dona Carmen.

— Mais moi aussi je l'ai reconnue, cette femme, continua le boucanier, et j'ai à me venger d'un outrage.

— Tais-toi! dit Montbars. Si tu veux une querelle, je ne te la ferai pas attendre, mais il faut que le partage ait eu lieu.

— Tu es fou, reprit Michel. Tu sais pas ce qui t'attend si tu veux arracher cette Espagnole des mains et la sauver?

— Ce qui t'attend, interrompit le moine, c'est la gloire d'avoir eu pitié des victimes et trompé les bourreaux!

— Non, s'écria Michel en jetant sur le moine un regard impérieux, mais l'opprobre d'être regardé par ses frères comme un traître et un parjure!

— Qu'il vienne à Hispaniola avec nous, poursuivit le moine avec exaltation, et il sera riche sans être un voleur.

— Qu'il parte avec vous, et nous lui ferons la chasse comme à un lâche déserteur; il sera marron.

— Taisez-vous tous deux! murmura Montbars en pâlissant et ne pouvant détacher ses yeux du visage de la captive.

— Il n'est jamais trop tard pour déserter le crime, reprit Fray Eusebio. Joaquin, sauve dona Carmen!

— Aucun service n'excuse une trahison, dit Michel. Montbars, sois fidèle à tes serments.

— C'est Dieu qui t'a inspiré cette bonne pensée, Joaquin, continua le moine. Viens, et tu seras loué de tous, ton nom sera séparé de celui de ces bandits.

— Écoute-le, ajouta Michel en ricanant, et cet homme sera le premier à se moquer de toi; et les petits enfants de la Rancheria jetteront des pierres et des huées au lieu qui se sera laissé couper les griffes!

Montbars tressaillit et regarda le vieux Léopard qui continuait l'appel, et auquel tous les aventuriers semblaient ne parler qu'avec une sorte de vénération.

— Ton oncle te reniera, il ne se consolera pas de ta honte! dit Michel.

Le moine sentit qu'il perdait l'avantage.

— Et pense, Joaquin, que tous ces brigands sont damnés, et que si tu les abandonnes, tu peux espérer l'absolution de tes fautes.

— L'absolution! interrompit Michel; voilà ta récompense, Montbars, elle est économique; mais n'aspire pas plus haut.

— N'écoute pas ce réprouvé, Joaquin, tu gagneras ton salut dans l'autre monde; une noble action rachète tous les péchés.

— ... te les fera aussi racheter par l'humilité. On te recevra dans les antichambres, les riches planteurs hausseront les épaules en te voyant quand tu te trouveras sur leur passage, et si tu ne t'écartes pas assez vite, tu entends... n'ont-ils pas des fouets de chasse? Oui, oui, je m'en souviens, moi, ajouta, avec un éclat de rire féroce, Michel le Basque.

Joaquin, les bras croisés, les regardait avec un sourire amer. Enfin, pâle, frémissant, indigné, il éclata:

— Vous me croyez donc bien faible et bien vil, que vous vous disputiez ainsi, devant moi, mon âme et ma volonté! Je vous ai laissés parler assez longtemps, mes maîtres! A mon tour! Allez, je vous ai bien compris, et vous m'avez révélé en quelques secondes le fond de votre cœur: sans cela, je vous aurais bien plus tôt imposé silence. Ainsi donc, toi, moine, tu as pu penser qu'une cupidité avide et folle m'engagerait à sauver dona Carmen; et toi, Michel le Basque, tu m'as cru assez lâche pour me faire renoncer à contrarier ta vengeance, en m'inspirant une frayeur puérile. Ah! si les dangers d'une pareille tentative ne devaient menacer que moi, plus ils seraient grands et plus je bénirais le ciel!

— Eh bien! que comptes-tu faire, Montbars? dit Michel d'une voix sombre. Hâte-toi de parler, je vais être appelé à prêter serment.

Le jeune homme trembla de tout son corps. L'appel continuait rapidement. Il cherchait quelque moyen de soustraire la pauvre jeune fille à cet horrible sort; mais des projets insensés lui venaient seuls à l'esprit. Plus il voulait retrouver son sang-froid, et plus son cerveau brûlait. Il était comme un homme endormi qui se voit, en rêve, poursuivi par une bête sauvage, et qui veut lui échapper en gravissant à la hâte quelque côte escarpée: mais plus il fait d'efforts et plus ses pieds s'alourdissent, plus le souffle lui manque. A chaque bond de la bête il devient plus pesant; enfin il reste immobile ou sent ses genoux plier sous lui, quand l'haleine de l'animal fume déjà sur ses épaules.

— Si le nom de dona Carmen est prononcé, il n'y a plus d'espoir de salut, reprit vivement Fray Eusebio à voix basse.

— Si tu m'engages ton honneur de n'employer ni la violence ni la ruse pour la délivrer, si tu laisses subir à l'Espagnole le sort que lui feront les clauses de la chasse-partie, je ne la nommerai pas, dit à son tour Michel le Basque avec un sourire singulier.

Montbars restait éperdu en face de cette alternative terrible. En vain il consulta dona Carmen du regard; son visage calme et pâle comme la mort ne trahissait plus aucun sentiment, aucune impression, même fugitive.

En ce moment le Léopard appela Michel le Basque.

— Décide-toi, dit rapidement ce dernier à Joaquin.

— Promets, promets toujours, il faut gagner du temps! murmura le moine avec angoisse.

— Mais il ne s'agit plus d'un serment banal, répliqua le malheureux jeune homme. Ma parole d'honneur est sacrée!

— Aussi j'y aurai foi entière, dit le boucanier. Mais hâte-toi!

— Michel le Basque! cria de nouveau le Léopard. Tous les yeux se tournèrent vers le groupe des prisonniers. Joaquin regarda dona Carmen: il retrouva la même immobilité dédaigneuse. Pas un geste, pas un coup d'œil, pas un soupir qui ressemblât à une prière!

Le Basque s'éloigna.

— Une esclave vulgaire eût pu facilement s'échapper, observa amèrement le moine, mais les frères de la côte surveilleront tous comme des geôliers jaloux la maîtresse de la Rancheria.

Joaquin leva brusquement la tête.

Le Basque s'avançait avec lenteur vers les trois chefs qui présidaient à l'appel. Le jeune homme n'hésita plus. Emporté par le mouvement instinctif de son cœur, il rejoint le boucanier et lui dit d'une voix éteinte:

— Ni ruse, ni violence! je t'engage ma parole.

Michel prêta serment et ne dénonça pas dona Carmen.

Quand l'appel fut ainsi terminé, le gouverneur se tourna vers le Léopard et lui remit un parchemin scellé d'un triple sceau en disant:

— Maître, avant de procéder au partage, lisez à haute voix la chasse-partie, signée par les chefs de l'expédition avant leur départ et dont les clauses doivent être rigoureusement observées.

Les aventuriers battirent des mains et se rapprochèrent pour mieux écouter.

Le Léopard rompit les sceaux, et, déployant le parchemin, commença à lire au milieu d'un profond silence:

— Chasse-partie: Article 1er. Le maître boucanier, chef de l'expédition du port Margot, aura en partage, outre son lot comme les autres, tous les esclaves de condition.

Michel le Basque sourit, Joaquin comprit ce sourire et pâlit.

— Je me suis laissé duper comme un enfant, murmura-t-il en pâlissant. Si dona Carmen avait été dénoncée, elle tombait en partage à mon oncle; je le pouvais espérer. — En voulant la sauver, est-ce donc moi qui l'aurai perdue!

— Écoutons! écoutons! dit Fray Eusebio.

Le Léopard continuait:

Art. 2. Le capitaine des barques aura le premier bâtiment qui sera pris, et deux lots.

Art. 3. Celui qui découvrira la prise, aura cent écus

Art. 4. Pour la perte d'un œil, cent écus ou un esclave; pour la perte des deux, le double.

Art. 5. Deux cents écus ou deux esclaves à celui qui aura perdu la main droite ou le bras droit.

— Hélas! dit Montbars, je n'ai pas même été blessé, moi; je n'ai pas eu le bonheur de voir couler mon sang; pourtant, j'aurais été heureux de racheter sa liberté au prix de quelque horrible souffrance!

Le Léopard poursuivait:

Art. 6. L'aventurier qui se sera signalé par son dévouement, soit en montant le premier à l'abordage, soit en acceptant une mission qui l'exposait à une mort presque certaine, pourra demander une récompense.

Montbars avait écouté cette clause avec une attention profonde. Sa figure s'éclaira aussitôt et il poussa un cri de joie. Le ciel s'ouvrait devant lui! Il n'eut que la force de murmurer: Oh! merci, mon Dieu! et s'élançant vers le Léopard, il s'écria:

— Mon oncle, j'ai le droit de faire une demande, n'est-ce pas? c'est juste et loyal. Vous venez de le dire vous-même. C'est écrit. C'est signé de vous tous. Et vous savez si j'ai vu la mort de près, si j'ai été sous la main du bourreau! mais vous ne me répondez pas!

Quelques murmures s'élevèrent dans la foule. On ne devait jamais interrompre la lecture de la chasse-partie.

Art. 7. Pour la perte d'un pied ou d'une jambe, deux cents écus, continua le Léopard sans avoir l'air d'entendre les paroles de Montbars.

— Mais vous me faites mourir, mon oncle, reprit impétueusement le jeune homme. Je vous parle au nom de nos statuts; c'est votre devoir de les faire observer; vous ne pouvez me refuser ma demande, ni vous, monsieur le gouverneur, ni vous, brave Olonnais. Dites-moi que vous m'avez entendu!

La voix du Léopard reprit froide et impassible:

— Art. 8. Si quelqu'un n'a pas entièrement perdu un membre, et qu'il soit simplement privé de l'action, il ne laisse pas de d'être récompensé également.

— Mais, mon oncle, êtes-vous donc devenu sourd ou aveugle, interrompit Montbars se contenant à peine, car il voyait déjà rire quelques-uns des aventuriers.

— Art. 9. ajouta froidement le Léopard. C'est au choix des estropiés de prendre de l'argent ou des esclaves.

. Et maintenant que notre lecture est terminée, reprit-il sévèrement, quelle demande adresse Joaquin Montbars, qui paraît si empressé d'obtenir le prix de son dévouement?

L'attention redoubla.

— Je demande ces deux esclaves, répondit le jeune aventurier d'une voix altérée, en désignant la prétendue négresse et le moine. Ma vie ne vaut-elle pas un pareil salaire?

La surprise se peignit sur tous les visages. On s'attendait à quelque exigence exorbitante. Après un moment de silence, M. du Rossey dit aux deux chefs:

— Il me semble que rien ne s'oppose...

— Avant tout, écoutez-moi, interrompit Michel le Basque d'une voix tonnante.

La foule continua à faire silence, pressentant quelque incident curieux. Tout public veut un spectacle.

— Parlez! dit M. du Rossey.

— Tout ceci est mensonge et tromperie, mes frères, répliqua Michel. Et, saisissant la jeune fille par le bras, il la traîna tremblante devant le gouverneur. Les regards de la foule la dévoilèrent pour ainsi dire. La pauvre enfant laissa tomber sa tête sur sa poitrine, demandant à Dieu la grâce de mourir.

— Que veut dire mon matelot? s'écria le Léopard.

Michel le Basque hésita un instant en voyant l'angoisse de son vieil ami. Mais Joaquin, à peine revenu de sa surprise, l'ayant vivement repoussé pour se placer fièrement devant dona Carmen comme un bouclier vivant, la rage remonta au cœur du Basque, et il dit froidement:

— Cette négresse que vous allez donner à Montbars, c'est une puissante dame, une noble Espagnole!

Des imprécations, des cris de fureur éclatèrent de tous côtés.

— Nommez-la! dit le gouverneur.

— T'acharneras-tu aussi lâchement à la perte d'une femme, vaillant Michel! s'écria Joaquin.

Le Basque haussa les épaules et reprit:

Montbars a demandé une négresse pour esclave; moi, je réclame dona Carmen de Zarates, maîtresse de la Bancheria!

— Trahison! trahison! crièrent les aventuriers.

— Ainsi, tu trompais tes frères, malheureux, dit le Léopard à son neveu, foudroyé par cette révélation publique.

Mais, sentant que tout était perdu s'il faiblissait comme un coupable, il résolut alors d'affronter le danger en face, et répliqua:

— Eh bien, oui, mon oncle! et j'en appelle à vous tous qui m'entendez! et j'y a en vous quelque chose d'humain, vous m'approuverez. La voilà devant vous, cette terrible ennemie! regardez-la! vous voilà tous autour d'elle, vous êtes nombreux, vous êtes braves, vous êtes armés; elle est seule, elle, faible, sans défense, sans autres armes que sa frayeur qui la fait frissonner devant vous, comme un pauvre oiseau qu'un vautour emporte palpitant et saignant sous sa serre. Il est donc

beau, il est donc courageux de faire trembler et pleurer une femme!

— C'est une Espagnole! dit l'inflexible Léopard.

— A Michel le Basque l'Espagnole! crièrent quelques voix.

— Eh bien! oui, repartit Joaquin désespéré, c'est la maîtresse de la Rancheria, mais c'est une enfant innocente. Quel crime a-t-elle commis? voyons! écoutez-moi! ne soyez pas si durs envers elle. Hélas! Dieu lui-même ne trouverait pas une faute à absoudre dans un cœur si pur! La punirez-vous de crimes qu'elle ne connaît pas! Mais regardez-la donc? aurez-vous le cœur de meurtrir d'infâmes liens ces faibles bras? Une créature si douce, élevée dans la prière et la piété! Quel mal a-t-elle fait? De ses blanches mains elle pansait les plaies de ses esclaves, savez-vous! Si vous l'aviez vue, tout enfant, élever sa petite voix pour implorer la grâce des coupables! et personne ne prierait maintenant pour celle qui priait pour tous! et vous voudriez que je restasse muet devant sa douleur, gardant au fond de mon cœur tout mon désespoir! Si vous interrogiez les ajoupas de la Rancheria! mille voix en sortiraient pour bénir dona Carmen, pas une pour l'accuser! c'était un ange pour ces pauvres gens, et sa vue leur faisait oublier leurs maux!

— C'est en vain que tu chercherais à nous attendrir sur le sort de cette jeune fille! Nos statuts ne peuvent être enfreints, et ils ne connaissent pas la pitié, interrompit le Léopard.

— Le partage! en un finisse! ajouta la voix d'un impatient.

Les autres se taisaient, mais aucun n'accorda à Montbars l'approbation d'un geste ou d'une parole.

— Ainsi donc, reprit-il avec accablement et comme s'il déroulait à ses propres yeux les scènes d'un rêve impossible, vous voulez faire rougir de larmes amères les yeux de cette noble fille qui ne savaient que sourire! vous voulez que ses pieds s'écorchent aux dures racines des forêts, vous voulez écraser ses frêles épaules sous de lourds fardeaux et durcir ses mains délicates à l'horrible besogne des engagés! Rassurez-vous, mes frères, il n'en faudra pas tant pour la tuer; on ne déchire pas à coups de fouet une fleur que le moindre vent peut briser sur sa tige. Dona Carmen sera morte avant que vous ayez posé à ses lèvres la pâture de vos esclaves, et jeté leurs haillons sur son corps! Mais c'est impossible, tout cela, impossible! ajouta-t-il avec un accent déchirant.

— Silence, enfant! lui dit rudement le Léopard qui entendit les murmures courir plus violents chez les flibustiers.

— Oh! reprit Joaquin, penser que ces hommes ne souffriront pas en voyant cette belle jeune fille tomber de lassitude et d'épuisement sur le sable, qu'ils resteront calmes quand elle leur dira: J'ai faim! j'ai soif! je ne puis souffrir davantage! Lève-toi et va au travail! qu'un commandeur pourra la menacer de sa lienne, elle, elle, dona Carmen! Non, en vérité, je ne le souffrirai pas! Mais qui donc a pu vous donner un pareil droit? ajouta-t-il en s'adressant vers les trois chefs d'une façon menaçante.

Cette fois, ce fut une explosion de fureur chez les aventuriers ainsi bravés. D'un geste, le Léopard le retint encore; mais, saisissant les mains de son neveu dans les siennes comme dans un étau, il lui dit avec colère:

— Ne te joue pas plus longtemps de notre patience, mon garçon. Voici notre dernier mot. Les aventuriers de la Tortue ne jetteront pas au vent les statuts qui sont la base de leur association pour complaire à la folie d'un jeune homme. Écoutez-moi bien, cette femme est d'une nation maudite: elle doit subir sa destinée. J'ai juré, en devenant boucanier, de n'avoir nulle pitié des Espagnols. A leurs yeux, nous sommes des bêtes fauves. Pourquoi donc serions-nous cléments et généreux pour nos implacables ennemis? Ils ont fait dévorer par leurs dogues les malheureuses peuplades des Indiens; les femmes espagnoles peuvent bien être des esclaves et des travailleuses.

— Mais celle-ci, mon oncle, murmura Montbars à voix basse et convulsive, ne voyez-vous pas que je l'aime!

— Tu l'aimes, toi! dit le Léopard en tressaillant. Tu aimes une femme de cette race tyrannique, toi, le fils de mon frère, de Melchior qu'ils ont tué! Ne me répète pas cela! ne m'avoue pas que tu as à ce point oublié le deuil de ton cœur!... Moi, je n'ai jamais aimé, Joaquin, mais tu sais ce que ton père a gagné à connaître cette terrible passion! Michel, reprit-il à voix haute, tu as demandé cette femme pour esclave, je te l'accorde.

— Enfin, s'écria le Basque qui jusqu'alors était resté calme et immobile, elles sont fières et hautes les señoras de la grande île! mais ici nous les assouplissons!

Et les aventuriers applaudirent bruyamment la décision rendue par le Léopard.

Ce fut comme un coup de foudre pour Joaquin. Le but où tendaient tous ses rêves était renversé. Un frisson mortel courut dans ses veines en voyant livrer à un farouche aventurier cette enfant qu'il était habitué à respecter depuis son enfance, à adorer presque comme une déesse dans le secret de son cœur, qu'il eût voulu, comme un mystérieux ange gardien, entourer sans cesse de protection et de bonheur. Il se répétait à lui-même: Une âme si noble et si fière ne pourra se soumettre à la servitude. Cette infâme ne s'accomplira pas!

Quand il eut senti son impuissance contre la volonté brutale des frères de la côte, le courageux jeune homme ne put retenir deux grosses larmes qui tombèrent de ses yeux sur ses joues brunes.

Dona Carmen vit ces pleurs.

Alors elle regarda Joaquin avec un sourire mélancolique et résigné, et lui dit doucement comme doivent parler les anges :

— Rassure-toi, Joaquin. Tu as prophétisé la vérité à ces hommes. Je serai morte avant que ce ladron, qui est mon maître, ait pu effleurer du geste la fille de don Jouan de Zarates. Le malheur ne peut avilir que les cœurs timides. Mes mains sont liées, mais mon âme immortelle est libre. Jamais dona Carmen ne s'agenouillera sous la lienne d'un aventurier.

— Quant à toi, Montbars, dit en ce moment le gouverneur, choisis dans la prise ce que tu voudras pour ta récompense.

Un rire amer crispa les lèvres de Joaquin. Mais il voulut faire une dernière tentative, et s'approchant de son rival :

— Ecoute, Michel, lui dit-il; choisis, si tu veux, à ma place. Je t'offre ma part entière pour la rançon de dona Carmen ; argent, denrées, esclaves, prends tout.

— Tu es fou, mon garçon! répliqua le Basque. Tout cela vaut-il une bonne vengeance!

— Fou! répéta Montbars. Eh bien! moi, reprit-il avec un accent insultant, je regarde comme un lâche tout homme qui ose vouloir se venger d'une femme!

Une sueur froide mouilla le front du Basque.

— Tu es le neveu de mon matelot; aussi quand tu auras recouvré la raison, dit-il froidement, si tu me crains pas de renouveler cette injure, nous viderons la querelle suivant nos usages!

Montbars s'éloigna, la tête perdue et sans but se laisser tomber au pied d'un rocher, le regard atone et hagard, les bras convulsivement croisés.

Le partage venait de commencer.

M. du Rossey fit diviser la troupe des boucaniers et l'équipage des flibustiers en lots de dix hommes.

Chaque dizaine donna sa marque, un poignard, une Bible, un bonnet, une calebasse de poudre à un enfant dont les yeux étaient bandés, et qui jeta ces marques au hasard sur chaque lot.

Puis on commença à partager ces lots en dix parts.

Cela terminé, on devait vendre à l'enchère, au moins offrant, les pierreries, les hardes, les marchandises et l'argent fabriqué, pour faire un nouveau partage des sommes provenant de cette vente.

Dona Carmen ne prêtait aucune attention à ces scènes singulières. Tout était dit pour elle. Elle attendait, immobile et comme insouciante, la fin du partage. On l'eût prise pour une vraie fille de Guinée, morne, sans pensée, indifférente à son sort, une cariatide vivante.

Le moine, tout à fait abattu, tressaillait par moments sous sa longue robe.

A cet instant, le regard vague et sans but de Montbars fut involontairement attiré par un spectacle étrange. Il venait d'entendre dans l'air une frémissement d'ailes.

C'était, en effet, une chasse bizarre, quoique familière à sa vue, et qui avait quelque chose de comique dans ses détails.

Deux oiseaux se détachaient sur l'azur pourpre du ciel.

Le premier, celui qui fuyait, était gros comme un canard sauvage. Son bec, semblable à celui d'une grue, était très-piquant par le bout et dentelé en scie par les côtés, ce qui empêchait que le poisson, une fois pris, ne lui échappât. C'était un de ces fous, ainsi nommés parce qu'ils se laissent étourdiment prendre à la main.

Le fou volait alors poursuivi par une frégate qui l'avait fait lever du haut d'un rocher où il était perché.

Montbars prit comme un plaisir insensé à suivre de l'œil cette chasse aérienne et à prendre intérêt au pauvre fou.

Le danger de ce dernier augmentait à chaque instant.

La frégate, on donné à l'espèce de l'autre oiseau à cause de la subtilité de son vol) filait dans l'air comme une flèche, sans qu'on vît ses ailes battre, ses plumes remuer, sa tête s'allonger ou se replier.

En vain le fou s'agitait désespérément; la frégate avançait sans cesse, comme la marée baigne le talon du pêcheur attardé sur la grève. Le fou était perdu. Montbars arma son fusil et visa machinalement la frégate.

Déjà, en volant, elle battait le fou du bout de ses ailes. Alors le pauvre oiseau entr'ouvrit son bec. Etait-ce pour jeter un dernier cri de détresse. Le doigt de Montbars allait presser la détente; mais presque aussitôt il laissa retomber son fusil à terre.

Le fou avait vomi, pour ainsi dire, deux des poissons qu'il venait de pêcher. La frégate, distraite par cette proie inattendue, l'engloutit avidement. Le fou s'éleva en l'air!

Quand la frégate reprit son vol, le fugitif laissa tomber d'autres poissons. Quand la gloutonne fut repue, le fou avait disparu.

Un demi-sourire éclaira alors le visage sombre de Montbars. Cet oiseau me donne une leçon, pensa-t-il.

Il se leva et vint se mêler aux groupes des boucaniers.

Il entendit la voix rauque de Michel le Basque crier : Allons! en marche! à son engagé qui chargeait sa part de butin sur les épaules de ses colonés.

Mais Joaquin ne regarda pas dona Carmen; et, tendant son gobelet de cuir bouilli à Pitrians qui, une bouteille à chaque main, versait à tous de larges rasades, il lui cria joyeusement : A boire, Pitrians, n'oublie pas les amis!

En se voyant abandonnée de celui qui était son dernier espoir, elle ne put s'empêcher de frissonner, et murmura : J'ai peur !

Et qu'on ne nous accuse pas de mettre ici notre héroïne en contradiction avec elle-même. La faiblesse humaine ne le permet pas, même aux cœurs les mieux trempés, de résignation si complète, de détachement si absolu des illusions de la vie, qu'ils ne puissent souffrir encore, au milieu des plus grands désastres, du moindre nouveau malheur qui les surprend à l'improviste. Et peut-être est-ce celui-ci qui les torture le plus, qui leur fait pousser le cri terrible du moribond oublié sur le champ de bataille, et dont le chirurgien vient sonder la plaie après la mêlée. C'est la goutte d'eau qui fait déborder le vase. L'homme qui se laissait stoïquement mener au bûcher ou à l'échafaud, calme au milieu des insultes, pleure en se voyant renié par quelque ancien ami accouru sur son passage.

Mais Montbars ne détourna pas la tête vers elle, et vida gaiement son gobelet.

L'engagé du Basque venait de délier les mains de dona Carmen et celles des autres esclaves.

La jeune fille leva les yeux au ciel avec un sourire amer et triomphant à la fois ; puis, se penchant vers Michel le Basque, elle tira promptement sa manchetta du fourreau ; et la lame effleurait la poitrine de la pauvre enfant, quand le boucanier lui saisit le bras avec la rapidité de l'éclair et lui arracha l'arme en disant :

— Vous risquez de vous piquer, ma petite reine !

Les mains de Montbars s'étaient presque involontairement tendues vers elle, ses lèvres s'étaient entr'ouvertes ; pourtant il eut la force de ne pas bouger, de ne pas pousser un cri.

— Cette fois, je suis véritablement perdue, dit la jeune Espagnole.

— Pas encore, murmura Montbars qui s'approcha pendant que le boucanier donnait des ordres. Cet homme aime à la vengeance , mais, heureusement, Dieu a mis aussi une autre passion dans son cœur!

— Venez-vous, sénorita? cria Michel le Basque qui faisait partir ses esclaves et son lot de prise.

— Suivez-le ! ne résistez pas ! dit Montbars. Il ne partira pas avec vous, j'en suis sûr.

En ce moment, M. du Rossey appela le boucanier qui se rendit près de lui.

— Mais quel est votre dessein, demanda rapidement dona Carmen, que méditez-vous ? un crime peut-être ! votre perte !

— Mieux que cela, répliqua Joaquin avec exaltation. Un crime ne vous sauverait pas. Mon dernier espoir, le voici. Cet aventurier est un de nos plus forcenés joueurs. Dieu soit loué de m'avoir donné cette part de butin, que je méprisais tout à l'heure parce qu'elle ne pouvait me servir à racheter votre liberté. Entendez-vous déjà résonner les dés sur ces tonneaux, sur ces tables, autour desquels affluent les flibustiers. C'est là un son qui me réjouit le cœur, comme le son de votre voix, sénorita, quand vous avez demandé un service au pauvre Joaquin. Le tintement de ces dés est magique, voyez-vous ; il donne la fièvre, il ôte la raison à ces intrépides frères de la côte qui ne baissent pas leur paupière sous une pluie de balles. Ces dés valent mieux pour vous que le fer et que l'or. Qu'ils me soient propices dans le duel hasardeux que je vais engager avec votre maître et dont Dieu seul juge !

— C'est là, je crois, un espoir bien frivole, Joaquin !

— Frivole ! répéta-t-il. Ah ! vous ne connaissez pas Michel le Basque. Cet homme rirait devant une épée nue. A quoi bon le menacer ? Je lui ai offert ma part de prise. Il a haussé les épaules. Mais quand il perdra son butin ballot par ballot, piastre par piastre; quand chaque coup de dé le vaincra, l'étourdira, le ruinera, quand son cœur sera martelé par une rage accablante, alors Dieu sait quel sera mon maître de lui ! de son bonheur, de son courage, de sa vie, de sa vengeance ! Ce brave me demandera sa revanche avec prière comme un enfant. Ce prodigue pleurera sur son dernier jacobus d'or ! Mais silence ! le voici.

Le Basque revenait vers son esclave.

Montbars, se tournant avec insouciance vers Pitrians, lui dit : Eh bien! vieux satrape , maintenant que nous avons assez bu, veux-tu jouer?

— Jouer ! bégaya Pitrians. Je te volerais ton argent. Après le train que tu viens de faire, tu n'es pas assez calme.

— Bah ! Il faut s'étourdir, répliqua Montbars. D'ailleurs tu sais le proverbe : Malheur d'amour, bonheur au jeu !

Le Basque les écoutait.

— Tu fais de moi ce que tu veux, dit Pitrians. Jouons.

Ils s'attablèrent à un baril, sur lequel les dés de poche de Pitrians ne tardèrent pas à rouler. Mais ce dernier n'était pas en veine. Quand il eut perdu une centaine d'écus il se retira. Les yeux de Michel le Basque étaient restés attachés sur les joueurs, comme fascinés.

— Qui prend la place ? cria Montbars.

— J'ai refusé la part du jeune homme comme rançon, pensait Michel. Mais si je pouvais garder l'esclave et gagner l'or de cet amoureux ! Il s'approcha en hésitant et dit à Joaquin :

— Es-tu homme à jouer avec moi, sans rancune?

Montbars leva froidement les yeux sur lui et répliqua :

— J'étais fou tout à l'heure. Tu l'as dit : je jouerais maintenant avec le diable.

— Merci, frère! dit presque en riant le Basque trompé par cette brusquerie apparente.

Il y eut bientôt galerie d'aventuriers autour d'eux. Le jeu était la passion dominante des flibustiers. Ils s'y livraient avec un acharnement plein de violence. C'était comme une guerre factice qu'ils se réservaient pour les temps de repos. Le plus riche devenait pauvre en quelques minutes. Tout à l'heure il pouvait équiper une flotte. Maintenant il était réduit à emprunter son souper.

Tous les regards étaient fixés sur les deux joueurs, comme attirés par un aimant magique.

— Quelle mise? demanda le Basque.

— Ce que tu voudras! répond Montbars, dont les lèvres sèchent d'impatience.

— Cinq cents écus!

— Va pour cinq cents écus!

La main de Montbars tremble d'une sueur froide en secouant le cornet : il jette les dés, il n'ose regarder.

— Onze! s'écrie la galerie.

Il se rassure avec la facilité du joueur heureux. La fortune lui sourit : il la croit enchaînée. Michel n'amène que sept!

— Le reste de mon lot! propose le vaincu.

— Contre tout le mien, j'y consens! répond Joaquin. Et de nouveau les dés se choquent dans le cornet. Cette fois le jeune homme a confiance, il lui semble que ces dés doivent lui obéir; et en effet, cette fois encore, la galerie stupéfaite répète le même chiffre : — Onze.

Michel amène *six*.

Le Basque se fait verser à boire deux gobelets de Xérès par son engagé, donne un coup de pied à son brac qui se retire en gémissant, et promène un regard farouche autour de lui. Il cherche un sourire, un geste, un coup d'œil qui puisse provoquer sa colère. Mais rien ! le silence est profond. Enfin, il contemple le visage de Montbars, qui reste froid et indifférent, et lui dit d'une voix sourde :

— Si je te proposais de jouer mes esclaves (il appuie sur ce mot) contre tout ce que j'ai perdu?

Si Joaquin laisse dans ses yeux un éclair de joie et d'espérance, le Basque se lève et s'éloigne avec ses esclaves. Il est résolu à n'être pas dupe du jeune homme; mais Montbars a pris son parti : il écoute avec calme l'offre de son adversaire, et il parvient à sourire.

— Tes esclaves contre ce que tu as perdu? réplique-t-il; mais ils ne valent pas plus de six cents écus !

Sa voix n'a pas tremblé. Pourtant le Basque hésite encore. Joaquin se tourne vers les spectateurs, et s'écrie : — Allons ! qui veut la place de Michel ! je n'ai pas de temps à perdre, je tiens ce qu'on veut !

Le Basque se rassure; s'il se fût levé, c'était un homme mort.

— Au fait, cela m'amuse! reprend-il.

— Ah! c'est heureux, dit Montbars d'une voix douce. Alors, continuons !

— Mes esclaves contre six cents écus, soit !

Dona Carmen sent l'espoir revenir à son cœur. Elle approche de Montbars. Il ne bouge pas ; il ne voit que les dés secoués par Michel le Basque, qui se heurtent, roulent et s'arrêtent :

— *Huit* ! s'écrie le boucanier.

Le jeune homme pâlit. La chance a tourné. Il amène *cinq*. Michel gagne. Les oreilles tintent à Joaquin, ses yeux se voilent ; il veut garder son sang-froid, jouer lentement, avec calme. Il perd encore. Il agite le cornet avec rage, et renverse bruyamment les dés. Il perd toujours ; son gain glisse comme l'eau entre ses doigts. Vainement il s'acharne au jeu, comme le naufragé se cramponne à la planche ballottée par la vague, comme le couvreur précipité du toit s'accroche à une gouttière qui se replie sous ses doigts crispés. Le vertige du jeu l'a saisi. Il lui semble que toutes les figures qui l'entourent le raillent, que les dés mêmes ricanent en tombant. Il joue sa part de prise, il joue ses armes, il joue ses chiens. Le Basque gagne toujours, jusqu'à ce que le malheureux jeune homme soit tout à fait dépouillé.

— Tu n'as plus rien. Partons ! dit Michel en se levant.

Carmen sentit ses membres se glacer et ses genoux chanceler. Une larme non de rage, mais de douleur profonde, roula dans les yeux de Montbars.

— Partir ! il va partir avec elle, murmura-t-il en frémissant, et je ne puis rien pour l'empêcher. J'ai tout perdu, jusqu'aux armes avec lesquelles je me serais vengé ! Ô misérable que je suis !

Tout à coup une idée terrible lui vint.

— Rassieds-toi, s'écria-t-il avec fureur en étreignant le bras de Michel le Basque, jouons encore ! jouons toujours !

Il y avait sur son visage quelque chose d'égaré.

— Mais que jouerons-nous? répondit le boucanier en ricanant ; tu es ruiné, tu es pauvre, ne le sais-tu pas !

— Oui, mais je suis encore libre, moi, ne le sais-tu pas à ton tour? dit-il amèrement.

— C'est vrai. Eh bien? demanda son adversaire.

— Écoute, reprit Joaquin, me regardes-tu comme un homme adroit et brave? as-tu jamais douté de mon courage?

— Jamais ! répondit le Basque qui pensa que Montbars cherchait quelque sujet de querelle.

— Mes membres sont-ils assez robustes à ton gré? continua le mal-

heureux ; sais-je bien viser le gibier? puis-je valoir à tes yeux le chien qui rapporte la proie à son maître? enfin, suis-je digne d'être un valet ?

— Que veux-tu dire? s'écria Michel qui crut que Joaquin devenait fou.

— Ce que je veux dire, répliqua avec feu le jeune homme d'une voix haletante et le regard rayonnant, c'est que je vais te proposer une partie chanceuse et magnifique, que je te demande revanche, que, contre toute ta part et la mienne, argent et esclaves, je te joue trois années de ma vie, pendant lesquelles je serai ton engagé !

Carmen ne comprit pas parfaitement le sens de cette proposition désespérée, mais elle en devina l'horreur en entendant le frémissement qui courut parmi les spectateurs. Le stoïque Léopard lui-même en fut effrayé, et dit à son neveu :

— Joaquin ! prends garde !

Mais Montbars, pâle comme la mort, impatient, éperdu, répondit d'une voix obscure : — C'est vous qui l'avez voulu ! Si je dois tomber dans l'abîme, il n'est donné à aucune personne de m'en retirer !

Le silence devint solennel. Chacun attendait avec anxiété les paroles de Michel le Basque. Après avoir réfléchi un instant, il repartit :

— Bah ! tu veux rire, mon garçon. J'ai sommeil ; d'ailleurs, c'est une folie. Dois-je risquer de perdre...

— Je vous prends tous à témoin, interrompit vivement Montbars, que Michel n'ose pas continuer loyalement cette partie fatale, qu'il a peur du hasard et du jeu. Lui ai-je refusé une revanche, moi? ou bien pense-t-il que je ne vaux pas quelques sacs d'écus et quelques esclaves ?

Michel le Basque regarda autour de lui. Cette proposition bizarre et hardie avait plu aux aventuriers, justement par ce qu'elle avait d'inouï et d'insensé. Tous semblaient admirer Montbars, et quelques-uns l'encouragèrent du geste et de la parole.

Michel resta assis.

— Tu m'as bien compris, n'est-ce pas? reprit lentement le jeune homme. Si je perds, mon bras et ma tête sont à toi ; je t'obéirai fidèlement, ma chasse sera la tienne, tu auras sur moi droit de vie et de mort !

Le Basque n'osa reculer. — J'accepte, dit-il ; puis il saisit le cornet et le secoua. On entendait le cœur de Montbars battre dans sa poitrine. Sa force était à bout.

— *Trois* ! s'écria Michel avec un sourire inquiet et farouche, après avoir renversé les dés.

Le Léopard tressaillit. Joaquin espérait, et ses mains glacées tremblaient comme celles d'un agonisant.

— Que Dieu le protège ! pensa-t-il, et les dés tombèrent sur le baril. Il avait détourné les yeux. Toutes les bouches restèrent muettes. Montbars eut froid au cœur.

— Drôle de hasard ! s'écria Michel le Basque. Le malheureux jeune homme n'osait encore regarder le chiffre fatal.

— Allons ! suis-moi, Joaquin, dit son adversaire en se levant.

— Ce n'est pas possible ! balbutia Montbars, et il regarda : il avait amené *deux*.

Il ne répondit rien, se leva en chancelant au milieu de la stupeur générale, et rejoignit la troupe des esclaves que l'engagé de Michel faisait mettre en marche vers la tente du maître.

— Vous le voyez, Joaquin, lui dit alors dona Carmen, je suis funeste à tous ceux qui m'aiment !

— Le sort nous a trahis jusqu'à la fin, sénorita, répondit tristement Montbars. Mais votre maître est aussi le mien, et l'engagé sera peut-être plus utile à l'esclave de Michel que ne l'eût été le libre boucanier ! Grâce à la perte de ma liberté, nous ne sommes pas séparés, et vous pouvez encore compter sur un protecteur !

— Mais un tel pacte peut-il être réellement exécuté? reprit Carmen.

— C'est un engagement volontaire dont la mort ou le terme du bail peuvent seuls me délivrer, dit Montbars. Désormais, je suis le valet de mon ancien compagnon, je porterai son fusil et sa chasse ; il a le droit de châtier ma paresse, ma désobéissance, d'un mot, d'un regard, sans que j'aie le droit de me plaindre, sans que personne ait celui de me prendre en pitié et de me défendre !

— Pauvre Joaquin ! murmura dona Carmen. Mais Michel le Basque n'osera pas....

— Me frapper de sa lienne peut-être, me priver de nourriture et de sommeil, me jeter au fond de quelque trou infect, me torturer enfin comme les autres, c'est possible ; mais je n'en souffrirai pas moins. Un ordre impérieux, un geste outrageant, des humiliations qu'il me faudra subir sans cesse, voilà quel sera mon véritable supplice. Croyez-vous, sénorita, que quand une vieille créole d'Hispaniola brise son chassemouches sur la joue de son esclave favorite, à qui elle permettrait tout à l'heure de jouer comme sœur avec elle, croyez-vous que ce soufflet d'éventail lui soit plus léger avec les coups de rotin ne le sont à la plante des pieds d'un nègre grossier et fainéant?

Dona Carmen n'osa rien répliquer.

Pendant qu'ils s'éloignaient, le Léopard dit à Michel le Basque qui les suivait d'un regard joyeux :

— L'enfant avait besoin de cette leçon, mais ne le pousse pas à bout, mon *matelot* ! n'oublie pas que c'est le fils de mon frère !

— Sois tranquille, vieille carabine! répondit Michel. Tu sais que je ne hais pas Joaquin. Mais, quant à la donzelle, je ne saurais oublier la manière dont nous avons fait connaissance, et quand le diable s'en mêlerait, il faudra bien que je me venge!

Et le Basque reprit, en sifflant, le chemin qui conduisait à sa tente.

III

Le tremblement de terre.

Michel le Basque n'était pas ce que l'on appelle vulgairement un méchant homme. Il passait même parmi ses compagnons pour un *bon enfant*; mais il avait le caractère violent, entêté, rancuneux, des gens du peuple dans les provinces du Midi. Son orgueil froissé pouvait le porter à des cruautés grossières. Il était possédé de cette haine sourde, mais vivace, que le paysan contre les *messieurs*, haine qui le rend impitoyable quand il trouve occasion d'écraser par une force supérieure et brutale ceux devant qui il tire d'ordinaire son bonnet. Il ne put donc faire le sacrifice de la joie mesquine qu'il éprouvait à se faire obéir en maître par une noble Espagnole. Mais il resta mécontent quand il vit que dona Carmen se résignant à son sort avec dignité; car la jeune fille, ayant engagé la vie de Joaquin, croyait n'avoir plus le droit de se soustraire à l'esclavage par la mort.

Le Basque comprit alors instinctivement qu'il ne pouvait la faire souffrir que dans la personne de son rival; et chaque jour, presque sans s'en rendre compte, il devint plus rude pour son ancien camarade.

Un maître a beau jeu pour faire éclater sans cesse sa colère. Sa tyrannie n'a besoin ni de logique, ni de prétextes. Mais Joaquin, qui ne voulait pas quitter dona Carmen, restait impassible à tout.

C'était donc une lutte continuelle entre les défiances méticuleuses, les provocations même du maître, et la résignation absolue des deux jeunes gens.

Eh bien! qui le croirait? jamais Joaquin n'avait été plus heureux.

Ce fut sous le poids de cette surveillance jalouse que grandit son amour, et que la fière jeune fille elle-même ne put s'empêcher d'entendre les battements de son propre cœur.

Joaquin était accablé de travail; mais, tandis que ses bras se fatiguaient à fendre le mabot, son âme rêvait à dona Carmen, et parfois, quand ses yeux plongeaient au fond de quelque allée sombre du bois, il voyait une robe blanche y glisser comme une apparition, et cela lui donnait du courage.

Entraînée par la pitié et la reconnaissance, la jeune fille osait donner au malheureux engagé des preuves de sympathie naïve que n'eût jamais obtenues le frère de la côte.

Que de petits bonheurs timides et ignorés Joaquin recueillait alors dans son cœur, qui devait en garder le souvenir comme le cristal garde le parfum d'une essence précieuse!

Souvent elle passait à côté de lui, comme par hasard, et, sans lever la tête, il la voyait. Il lui semblait que l'air qu'il respirait était plus doux et plus suave; il frémissait si elle l'avait effleuré légèrement; et si aucun regard curieux ne l'observait, il prenait plaisir à marcher lentement sur les feuilles rouges jonchées le sentier, et sur lesquelles dona Carmen venait de poser ses petits pieds. Doux enfantillages de l'amour, heureux qui vous a connus! Le fait de leur égalité forcée avait amené dans leurs relations une sorte de charmante familiarité. Ils se protégeaient l'un l'autre, ils avaient des secrets communs, ils épiaient le sommeil du Basque pour causer de fuite et de liberté, mais sans se soucier beaucoup de réaliser ces vagues projets. Ils désiraient, au fond du cœur, que cette vie heureuse durât toujours.

Quand la noble esclave revenait de la citerne, sous la chaleur de midi, la jarre gracieusement posée sur l'épaule, et qu'elle voyait Joaquin courbé et haletant sur sa besogne, elle s'approchait doucement, à pas bien légers, et appuyait sur ses lèvres sèches et altérées le bord de la jarre. Alors Joaquin buvait lentement, goutte à goutte, pour mieux regarder son aimable échanson, et dona Carmen baissait timidement les yeux, et ses joues pâles s'animaient d'une teinte de pourpre éclatante. Un peintre eût envié l'aspect de cette scène, au milieu d'une nature puissante, d'une forêt dont le soleil criblait de ses lozanges d'or le terrain tapissé de feuilles, de fleurs et de lianes verdoyantes.

Ainsi le malheur les unissait. Chacun d'eux s'attendrissait sur les souffrances de l'autre. Ils ne sentaient plus le poids de la servitude; l'amour leur adoucissait tous les maux extérieurs; plus Michel le Basque multipliait les entraves autour d'eux, et plus tous les efforts de leur pensée et de leur cœur tendaient à se réunir. Ils s'aimaient davantage de chaque obstacle qu'ils devaient vaincre.

La nature entière devenait la complice et l'instrument de leur secrète intelligence.

Dans un refrain indifférent qui semblait s'échapper sans but des lèvres de dona Carmen, il y avait un sens mystérieux que Joaquin seul devait comprendre.

Il savait interpréter un geste, une fleur jetée à terre, une branche brisée par mégarde dans la forêt, un bout de ruban enroulé autour de quelque coquillage au bord de la mer, sous les yeux du maître, sans qu'il pût lui deviner de ce chiffre merveilleux inspiré par l'amour.

Et tous deux, l'engagé et l'esclave, étaient fidèles aux rendez-vous indiqués par ces signes furtifs. Chaque soir ils concertaient vingt plans chimériques de fuite, puis ils en énuméraient les difficultés insurmontables, puis ils se disaient : Il faut chercher un autre moyen; et, sous ce prétexte, donné de bonne foi, ils restaient des longues heures à voir mourir les flots sur le sable et à ne rien trouver de mieux. Et, quand les étoiles pâlissaient dans l'azur moins foncé du ciel, ils se séparaient en disant : A demain! Et dona Carmen permettait à Joaquin de porter sa main à ses lèvres.

Ainsi se passèrent huit jours, huit de ces jours dont le ciel est trop avare pour les hommes, et qui résument le bonheur pour les âmes d'élite.

Michel le Basque s'aperçut enfin qu'il n'avait pas réussi à avilir Joaquin aux yeux de la jeune fille, en le lui présentant sans cesse dans l'humiliant abaissement de sa condition servile.

Dona Carmen n'oubliait point que c'était pour elle que le jeune pêcheur de perles était devenu un engagé, et qu'elle-même était esclave.

Cependant le désir de vengeance du boucanier s'était insensiblement converti en amour, mais en amour soupçonneux, rude et jaloux, comme chez presque tous les hommes de cet âge qui n'osent plus guère espérer la réciprocité.

Alors il ne voulut plus que la pauvre enfant quittât sa tente enfumée. Il lui demanda compte de sa tristesse, de son silence, de ses rêveries. Il n'osait encore lui parler du changement qui s'était fait en lui, mais parfois il se sentait pris comme d'une rage folle en la regardant, et en pensant qu'il ne pourrait jamais être aimé d'elle.

Un jour, en revenant de la chasse, il la trouva debout sur le seuil de la tente et regardant la mer.

— Que faites-vous là, Peau d'ébène? lui dit-il brusquement, car il continuait à lui donner le nom qu'elle devait à son inutile orgueil.

— J'admire cette mer calme et unie comme une glace, répondit-elle.

— Oh! je sais les pensées qui naviguent dans les têtes folles, reprit-il de son ton bourru. On regarde la mer, on se dit en soi-même : Elle est belle et bien vaste. On pense qu'une barque pourrait se trouver là sur le bord, un beau soir, par hasard; qu'il se rencontre toujours quelque damoiseau pour avoir pitié d'une jeune fille.

— Maître Michel! interrompit l'esclave.

— Que le maître peut s'absenter pour quelques jours, poursuivit le Basque. Toutes les idées trottent dans la cervelle. On regarde involontairement si l'horizon est pur, et on espère. Si le maître tarde à revenir de la chasse, on pense qu'il a peut-être éprouvé quelque accident, et on espère. Si un engagé passe et nous regarde, on soupire et on espère, et si le vent est favorable, il n'y a plus qu'à vouloir et à fuir.

— Certes, vous êtes un bon devin, répliqua ironiquement dona Carmen, puisque vous lisez dans le cœur des esclaves un tel aspirant après la liberté.

— Vous l'avouez donc? s'écria Michel le Basque. Ainsi vous souffrez beaucoup ici? Vous me trouvez un maître bien impitoyable? Que peut être pour vous, il est vrai, un boucanier à cheveux gris? Une sorte de bête sauvage, voilà tout!

Elle ne répondit rien.

— En effet, continua-t-il, nous savons nous battre, mais nous ne savons pas, comme vos jeunes seigneurs de Hispaniola et de Cuba, faire ondoyer des panaches sur nos chapeaux, faire briller des bagues à nos doigts, parfumer et lisser nos cheveux, et parader tout le jour comme des fainéants, en offrant des bouquets et des cédrats confits aux sénoras! Ah! misérables que nous sommes!

Dona Carmen resta silencieuse, mais un sourire se dessina au coin de ses lèvres, et son expression de sarcasme rappela au boucanier un souvenir terrible :

— Ah! ceux-là ne reçoivent pas de coups de fouet de chasse, ajouta Michel en serrant les poings; mais si nous autres, aventuriers, ne savons pas faire faire de beaux compliments, nous savons donner des ordres à nos esclaves. J'ai faim, sers-moi à souper, Peau d'ébène, dit-il brutalement en entrant dans la tente et coudoyant Joaquin, à qui il commanda de tourner la meule pour aiguiser sa hache.

Un instant après, il jouit de son triomphe et vit la noble enfant apporter dans ses mains blanches, et déposer sur un baril qui servait de table, un quartier de sanglier fumé, enveloppé dans des feuilles de bananier. Puis elle resta devant lui, les yeux baissés et le cœur palpitant; une grosse larme roula même sur sa joue. Le Basque se repentit presque de sa grossièreté et reprit d'un ton plus doux :

— Allons, assieds-toi là, sénorita !

Et il lui montrait deux ou trois carreaux de velours rouge qui contrastaient singulièrement avec l'aspect sale et enfumé de la tente.

— Assieds-toi à côté de ton maître, je te le permets !

Elle demeura debout. Il fronça ses épais sourcils :

— Je te l'ordonne !

Elle ne bougea pas.

— Que signifie cette désobéissance? dit-il avec colère.

— Le hasard m'a rendue votre esclave, répondit dona Carmen avec un accent plein de dignité; mais Dieu n'a pas voulu que je sois votre égale. Je dois subir le malheur que m'a fait la destinée; mais je me mépriserais moi-même, si un acte de ma volonté me faisait accepter de pareilles faveurs.

— Assieds-toi, répliqua-t-il exaspéré, ou de gré ou de force !

Et il s'avança vers elle.

— Vous devez me tuer, je le sais ! dit-elle avec hauteur.

En proie à un accès de fureur terrible, hésitant néanmoins entre sa colère et l'amour qu'il éprouvait pour son esclave, semblable au taureau irrité par les banderilles enflammées, et dont les yeux rouges de sang cherchent sur quel ennemi il doit d'abord s'élancer, Michel jeta un regard rapide autour de lui.

Il aperçut Joaquin, à qui il avait commandé de tourner la meule, et qui, ému, tremblant à la vue de cette scène, avait suspendu son travail pour entendre et contempler ce qui allait se passer.

Un affreux sourire de sarcasme et de vengeance illumina la figure du boucanier.

— Lâche! paresseux! s'écria-t-il.

Et d'un bond il sauta sur la hache, la saisit, et après l'avoir fait tournoyer dans sa main avec la rapidité de l'éclair, il la lança de toute sa force sur le jeune engagé.

Mais heureusement la colère avait mal dirigé sa main. La hache alla s'enfoncer dans le tronc d'un des arbres auxquels la tente se trouvait accrochée.

Joaquin n'avait pas sourcillé. Il n'avait pas cessé de regarder dona Carmen, qui poussa un cri d'horreur et tomba agenouillée, tendant ses bras vers le boucanier.

Alors, Michel le Basque eut honte de son injuste emportement; mais il ne voulut pas laisser voir son repentir, et dit rudement :

— Reprends ta besogne, malheureux ! Tu as bien fait de ne pas bouger, sinon...

— Oh ! vous ne frappez que moi, dit à son tour Joaquin avec une fermeté dédaigneuse, sinon...

— Une menace ! rugit le Basque en relevant sa lienne qui était à terre.

— Qu'allez-vous faire? murmura Carmen.

— Je puis le tuer comme un chien, continua Michel. Pitrians fait bien travailler les engagés malades, et, s'ils résistent, il les assomme à coups de crosse. Il en est quitte ensuite pour déclarer qu'ils sont morts de paresse.

— Horreur! non, vous n'oserez pas imiter ce monstre! s'écria Carmen.

— Qu'il cesse de me braver, repartit Michel en brisant un escabeau sous ses pieds, ou je ne réponds plus de moi !

— Depuis quand Michel le Basque est-il devenu un bourreau? interrompit une voix étrange qui surprit les trois personnages.

Ils tournèrent leurs yeux vers l'entrée de la tente, et aperçurent une femme singulièrement vêtue qui venait d'être spectatrice de cette scène.

Elle ressemblait plutôt à un fantôme qu'à une créature vivante. Sa haute taille laissait ressortir son excessive maigreur. Elle avait parlé lentement et d'une façon saccadée : son visage un peu égaré avait pris en même temps une expression de solennité et de fierté extraordinaires. Ses vêtements étaient à la fois sordides et somptueux. Une mante de laine blanche à capuchon l'enveloppait tout entière, mais elle s'était entr'ouverte et laissait voir une sorte de basquine de satin noir à larges franges de dentelles, toute trouée et rapiécée. Des cordons de perles s'enroulaient autour des tresses de ses cheveux argentés çà et là. A l'un de ses doigts amaigris étincelait un anneau de diamant; sur sa poitrine, sur son cœur, tombait un médaillon d'or renfermant deux petites boucles de cheveux blonds, et qu'elle portait souvent à ses lèvres par un geste convulsif et machinal.

— La Seigneuresse! s'écria Michel le Basque avec stupeur, après avoir entendu la réprimande de cette femme bizarre.

Joaquin et Carmen la regardèrent avec une attention profonde : car tous deux avaient entendu parler de Margaret la Seigneuresse. C'était pour ainsi dire la cantinière de ces farouches frères de la côte. Comme si elle eût eu besoin d'une prodigieuse activité physique pour s'échapper à elle-même, cette créature singulière courait sans cesse à travers les forêts, pour porter assistance à tous les aventuriers qui la réclamaient. Elle soignait les blessés, veillait les malades et les consolait, priait sur le grabat des morts, ne se rebutant de rien, prête à toutes les fatigues et à tous les dangers, noble sœur de charité qui semblait

expier par cet épouvantable sacrifice quelque faute cachée dans le secret de son cœur. Jamais on ne vit son visage riant. Jamais elle n'apparut au banquet des orgies, au milieu des chants de victoire et du partage du butin. Mais elle pénétrait sous les tentes d'où s'échappaient des cris de douleur, sur le champ de bataille abandonné où des braves mutilés avaient été oubliés pêle-mêle avec les cadavres. Tout attestait en elle une origine distinguée. Elle abhorrait les familiarités vulgaires, et lorsque quelque nouveau venu, parmi les aventuriers, se permettait de lui parler un peu cavalièrement, on voyait une vive rougeur monter à ses joues pâles et creuses. Son regard flamboyait alors. Une dignité imposante se révélait dans le port altier de sa tête et la crispation dédaigneuse de ses lèvres. La grande dame se réveillait tout à coup devant le frère de la côte qui avait cru avoir affaire à une espèce de folle. C'est ce qui lui avait valu ce surnom : la Seigneuresse.

Donc, tous ces hommes farouches et inaccessibles à aucune crainte aimaient comme une mère la hautaine Margaret, et à leur affection se mêlait une sorte de terreur superstitieuse. Ils la regardaient comme privée de jugement; car ils la voyaient souvent, après être restée de longs jours entiers dans ses réflexions silencieuses, pousser soudainement des éclats de rire sombres et amers, puis leur dire d'un ton impérieux : Avez-vous vu mon fils, dites, l'avez-vous vu?

Pourtant ils attribuaient à la folie de la Seigneuresse des priviléges presque divins, et, au lieu de mépriser sa faiblesse d'esprit, ils la vénéraient comme un don du ciel et consultaient souvent Margaret sur l'avenir, sur les tempêtes, leur disaient les résultats de leurs chasses ou de leurs entreprises, avec une foi entière.

Michel le Basque était un des plus superstitieux partisans de Margaret.

La Seigneuresse s'avança vers Joaquin et le regarda avec une sorte de curiosité tendre et mélancolique; puis elle murmura en baisant son médaillon :

— Lui aussi, il aurait cet âge! il serait beau et robuste comme ce jeune homme ! il serait brave comme lui, comme son père ! mais hélas ! il ne me reconnaîtrait pas, car il n'a pas été bercé sur les genoux de sa mère, il n'a pas souri à ses sourires, grandi sous ses baisers et ses larmes, bégayé son nom pour première parole !

Elle resta plongée dans ses souvenirs sans qu'on osât l'interrompre. Enfin, elle posa sa main sèche et cuivrée sur l'épaule de l'engagé, et lui dit doucement :

— Sois docile, mon enfant, et Margaret veillera sur toi ! Il ne faut jamais résister à son maître.

Joaquin se sentit involontairement ému du ton d'autorité avec lequel la Seigneuresse lui parlait et qui semblait provenir de quelque intérêt réel et mystérieux qu'elle prenait à son sort. On ne se trompe pas aux accents qui partent du cœur. Le jeune homme trouvait une expression à la fois imposante et attendrie dans le regard de cette femme extraordinaire qui ne pouvait se détacher de lui.

— Sois sage, je te le répète, ajouta-t-elle d'une voix de prophétesse. L'avenir est bien grand.

Ces paroles ranimèrent le courage de l'engagé, quoique Margaret ne parût guère en état de le tirer du sort misérable qu'il avait cherché. Puis, se tournant vers dona Carmen, la Seigneuresse ne put cacher un frisson d'émotion subite, en s'adressant au boucanier :

— Quant à toi, Michel le Basque, respecte cette enfant comme si elle était le sang de mon sang, si tu ne veux pas que nous soyons en guerre. Et tu sais ce que vaut le courroux de Margaret !

— Cette voix ne m'est pas inconnue ! pensa Carmen qui depuis quelques instants observait avidement les traits et les gestes de la Seigneuresse, cherchant à rassembler des souvenirs confus et lointains.

Michel, qui deux fois avait dû la vie à Margaret, répondit en même temps à cette femme étrange :

— Soyez tranquille, ma bonne mère. Nous traiterons de notre mieux la jeune Peau-d'ébène. Et on ne touchera plus à ce damoiseau, pourvu qu'il fasse docilement sa besogne !

— Écoute-moi, Michel, reprit la sauvage Margaret, et n'oublie pas une seule des paroles que je vais prononcer. La vie de tout homme est à la merci du maître qui veut la prendre, en faisant bon marché de la sienne. Ne te fie jamais à la force brutale. La main de l'esclave vaut le bras du maître.

— Mais, dit Michel, à quel propos prends-tu un si vif intérêt à un étranger, à un jeune gars que tu vois pour la première fois?

— A quel propos ? répondit-elle d'une voix altérée, tandis qu'elle pressait son front de ses mains et que ses yeux devenus brillants semblaient poursuivre dans l'air une ombre visible pour elle seule. C'est que ce jeune homme me rappelle mon enfant qui vit peut-être encore et qui a son âge et sa noble figure, si douce et si fière !

— Allons ! grommela Michel. Voilà qu'elle va retomber dans son idée fixe : sa folie va prendre le mors aux dents !

— Folie ! interrompit Margaret avec un accent farouche et terrible, tandis que Carmen et Joaquin tressaillaient, pleins d'une anxiété pénible. Qui a prononcé ce mot ? Folie ! ne vois-je pas toutes les nuits l'enfant m'apparaître et toucher de son frais visage mes joues flétries ! Folie ! ne l'ai-je pas entendu la dernière nuit s'écrier : Ma mère, pourquoi m'as-tu abandonné ! On est bien dur pour ton cher fils ! que fais-tu pendant qu'il pleure et qu'il souffre ! O ma mère, si tu savais qu'on me fait travailler sans cesse et que je ne puis dormir, et que je mange un pain noir trempé de larmes ! Voilà ce qu'il m'a dit. Et croyez-vous donc que je prenne les soupirs lamentables du vent dans la forêt pour les plaintes de mon enfant ? Folie ! ah ! c'est donc parce que je suis folle, que mes paupières sont brûlées de pleurs, que mes cheveux sont blancs, et que j'erre comme une sorcière vagabonde dans ces solitudes !

— Oh ! c'est bien elle ! se dit dona Carmen. Et, prenant la main de la Seigneuresse, elle voulut lui parler ; mais celle-ci, revenant à la raison et la regardant avec tendresse, posa un doigt sur la bouche entr'ouverte de la jeune esclave, et lui dit :

— Ne désespère pas, ma fille, nous nous reverrons.

— Adélaïde ! murmura dona Carmen.

— Silence ! interrompit sèchement la Seigneuresse. Margaret vous dit adieu à tous pour quelques jours. Mais toi, Michel, tu lui réponds de ces deux infortunés.

Et cette femme bizarre s'éloigna rapidement sans retourner la tête, tandis que les spectateurs de cette scène restèrent silencieux, absorbés par les pensées diverses qu'elle leur avait inspirées et qu'ils ne se communiquèrent pas.

Cependant le Léopard n'était point resté indifférent au sort de son neveu, comme celui-ci le lui reprochait intérieurement.

Peu après le départ de Margaret, il entra dans la tente de son matelot et s'assit par terre les jambes croisées, comme s'il fût venu dans un simple but d'amitié, en bon camarade. On eût dit qu'il se croyait dans sa propre habitation.

Suivant la coutume des frères de la côte entre eux, il prit de la poudre et du plomb dans le bahut de Michel, car ils s'empruntaient ainsi réciproquement l'un à l'autre ce dont ils avaient besoin.

Le Basque demeura d'abord interdit en voyant le vieil aventurier agir ainsi froidement et sans même regarder son neveu qui continuait à tourner la meule.

Au bout d'un quart d'heure seulement, le Léopard prit la parole et lui dit :

— Tu es un franc boucanier, Michel. Tu n'as pas oublié notre amitié. Tu te souviens qu'un jour tu me demandas toi-même grâce pour Joaquin. Tu sais aussi combien j'aime le fils de mon pauvre frère !

— Où veux-tu en venir ? demanda le Basque.

— J'espérais, continua le Léopard, que mon matelot ne traiterait pas comme un noir de Guinée, ou comme un esclave espagnol, un brave enfant qui a été son compagnon.

— Je suis le maître de mes engagés, dit brusquement Michel, et je ne dois compte à personne de ma conduite.

— C'est vrai, répliqua l'oncle de Joaquin. Aucune loi ne t'oblige à être humain et généreux. Mais, si tu ne l'es pas, rien ne m'empêche aussi de te dire : Michel, le Léopard te méprise !

Le Basque pâlit. Il se leva en s'écriant :

— Eh bien, soit ! il en sera ainsi puisque tu le veux. Je hais maintenant ce jeune gars, qui me brave sans cesse. Il est mon engagé, et, certes, je ne l'affranchirai pas.

— Fort bien ! reprit froidement le Léopard. Alors nous allons nous battre, Michel ; car tu ne peux frapper mon neveu sans qu'il me semble que ma propre chair frémisse et se révolte sous la tienne. C'est mon sang qui coule dans les veines de ce jeune homme. Je me sens insulté en lui !

— O mon oncle ! interrompit Joaquin ému en cherchant à saisir la main du Léopard.

— Silence ! dit sévèrement ce dernier en mordant sa lèvre. Engagé ! à la besogne ! Laisse le boucanier faire la sienne !

Pourtant Michel le Basque hésitait à accepter la proposition de son vieil ami.

Le Léopard se mit à déboucher sa calebasse, en à retirer la poudre qu'il venait de prendre et à l'éparpiller à terre en signe de renonciation d'amitié et de matelotage, la plus cruelle injure qu'un aventurier pût faire à un autre.

— Pas cela ! pas cela, mon matelot ! ne put s'empêcher de murmurer Michel.

Cette action avait coûté un grand effort de courage au Léopard.

— Tu veux donc que je me serve de ta poudre et de ton plomb contre toi, Michel ? lui dit-il. Eh bien, j'y consens. Oui, je t'aime encore assez pour y consentir. En revanche, je compte que tu te battras bravement, sans faiblesse, sans hésitation, comme si tu avais affaire à un lancero espagnol !

Le Basque ressemblait à ces dogues fidèles, mais hargneux, qui déchirent la main de leur maître en le caressant. Il tremblait en chargeant son fusil.

Mais il vit Carmen et Joaquin échanger un regard, un regard d'espoir peut-être. Sa rage jalouse reprit le dessus, et il s'écria :

— Non, point de faiblesse ! l'œil de ton matelot ne te baissera pas, sa main ne tremblera pas, Léopard ! Oh ! je ne suis pas encore enterré, mes bons serviteurs !

Le duel des frères de la côte était réglé par des statuts spéciaux. Ils vidaient toujours leurs différends à coups de fusil.

Les deux boucaniers s'enfoncèrent dans la forêt avec Joaquin, Vent-en-Panne et le chirurgien des flibustiers.

Ayant trouvé une petite clairière fort convenable pour leur combat,

ils se placèrent en face l'un de l'autre, à une distance de quarante pas.

Le Léopard étant l'agresseur, Michel le Basque devait tirer le premier. S'il manquait son coup, son adversaire était libre de tirer quand il voulait.

Le chirurgien devait assister au duel pour visiter les blessures. Lorsque la balle était entrée par derrière ou trop de côté, le coup était imputé à trahison. Les témoins attachaient le vainqueur à un arbre et lui cassaient la tête à coups de fusil.

Michel le Basque était d'une adresse renommée.

Il visa longtemps le vieux chasseur qui restait aussi calme, aussi immobile que s'il eût lui-même guetté quelque bête fauve près de glisser au bout de son fusil.

— Envoie-moi ta dragée sans façon, cria-t-il enfin à son adversaire. Tu sais que moi je n'y vais pas de main morte !

Au même instant le coup partit, et Michel poussa un cri de triomphe. Le Léopard était atteint au poignet droit. Le Basque n'avait voulu que le mettre hors de combat, et il avait réussi.

— Mon pauvre neveu ! dit seulement le vieux Léopard.

Mais Michel, le confiant aux soins du chirurgien et de Vent-en-Panne, ordonna à Joaquin de revenir avec lui à la tente.

Irrité par les obstacles qui s'opposaient à sa passion, oubliant presque les promesses faites à Margaret, le Basque ne fut pas plutôt de retour qu'il s'écria :

— En chasse maintenant ! en chasse pour tout le jour ! señorita, vous nous suivrez !

Joaquin et dona Carmen pâlirent tous deux en entendant cet ordre ; mais il n'y avait pas à répliquer. Michel imposa une forte corvée à son engagé qui devait garder la tente.

Le jeune homme se promit de ne pas obéir et de suivre, à tout risque, les chasseurs. Il vit avec joie que le Basque emmenait les deux venteurs que son oncle lui avait donnés, et que les dés lui avaient fait perdre, Gérondif et Curaçao. Il se remit donc joyeusement à la besogne, tandis que Michel l'observait et trahit le projet qu'il avait conçu.

Dona Carmen vit une telle expression d'assurance sur le visage de Joaquin qu'elle n'opposa aucune résistance à la volonté du boucanier.

Michel se mit en marche, précédé du venteur Curaçao, et suivi de deux valets et d'une meute de chiens.

Il veilla d'abord sur son esclave avec une sollicitude gauche, mais empressée. Il lui préparait pour ainsi dire le chemin. Il brisait les branches d'arbres qui pouvaient, dans les étroites avenues, la blesser ou seulement la gêner.

Il ne lui parlait pas. Il semblait préoccupé.

Il y eut un moment où elle resta un peu en arrière. Il s'approcha d'elle et lui dit avec une douceur inaccoutumée :

— Vous êtes fatiguée, señorita ?

— Ai-je le droit d'être fatiguée ? dit-elle avec un sourire amer. Vous marchez, je marche. L'esclave suit le maître.

Elle essaya de continuer sa course ; mais ses petits pieds étaient tout alourdis. Le Basque resta immobile, la regardant :

— Oh ! je suis bien cruel en effet, murmura-t-il. Mais dites-moi seulement une bonne parole ! J'aurais tant de joie à satisfaire le moindre de vos désirs ! Voulez-vous que nous nous arrêtions ici ! Vous n'avez qu'à parler !

— Maître, marchons ! reprit froidement l'esclave.

— Oh ! toujours cet implacable orgueil espagnol ! s'écria le Basque avec rage. Elle aimerait mieux mourir que de me demander par grâce ! N'importe ! Je serai généreux, comme je l'ai promis à la Seigneuresse ! Et il dit aux valets : Allez en avant ! je vais vous rejoindrai. Je garde deux chiens et Curaçao, pour ne pas perdre votre piste.

— Je ne suis plus fatiguée, maître, reprit aussitôt Carmen, effrayée à la pensée de demeurer seule avec l'aventurier.

— Non, reposez ! répliqua-t-il d'une voix tremblante. Et il s'assit au pied d'un papayer.

Les valets et la meute eurent bientôt disparu, et un silence profond régna dans la forêt. Dona Carmen sentait sa tête appesantie par l'épuisement de la marche et les enivrantes émanations de ces solitudes. Les oiseaux moqueurs ne sifflaient plus ; les singes ne se balançaient plus aux branches ; tous s'endormaient, à cette heure, dans leurs hamacs de lianes entrelacées. Enfin quelques ardents filets de soleil tremblaient comme des flèches d'or dans l'ombre d'épaississaient autour de nos deux personnages comme les murs verdoyants d'arbres, de racines et de mignes herbes. Des bruissements d'ailes, des stridulements d'insectes se mêlaient au monotone frémissement d'un ruisseau qui courait au fond d'un ravin, tout voilé de plantes de banille.

Des profondeurs de la forêt grondaient quelques bruits confus, souffles lointains du vent dans les clairières, rugissements étouffés des bêtes fauves, cris perdus des chasseurs et abois des chiens.

Dona Carmen sentait son cœur oppressé comme si elle eût été enfermée entre les murs d'une prison gigantesque, et cacha sa figure dans ses mains, par un geste de terreur naïve, en voyant étinceler les yeux de Michel le Basque fixés sur elle.

— Je vous fais donc toujours peur ? dit-il tristement. Cependant ici nous sommes seuls, et il faut que vous m'écoutiez. J'ai tant de choses à vous dire, señorita ; mais quand je vous vois ainsi trembler devant moi, j'oublie toutes mes bonnes pensées, et je redeviens grossier et brutal; car je ne puis comprendre pourquoi vous haïssez tant un homme qui donnerait sa vie pour vous voir heureuse!

En ce moment Curaçao commença à s'agiter d'un air inquiet; puis, sautant par dessus le ravin, il se mit à courir en avant dans un épais fourré d'arbustes et de racines. Mais il ne tarda pas à revenir vers son maître, en poussant des abois terribles.

— Le *Brac* a flairé du gibier de haut goût, s'écria Michel qui prêta l'oreille avec une attention profonde, après avoir fait signe aux deux autres chiens de partir.

Presque aussitôt dona Carmen entendit un bruit rapide et singulier se rapprocher de plus en plus de l'arbre auquel elle était adossée. Elle distinguait déjà le craquement de branches qui se brisaient sous une course furieuse, et voyait les feuilles tourbillonner!

— C'est un sanglier qui fait sa trouée, dit le boucanier en s'avançant au-devant d'elle.

En effet, un énorme sanglier, à la hure sanglante, apparut comme un éclair, reçut au bout de ses défenses les chiens qui allaient se dresser à sa gorge, et fixa ses yeux rouges sur la jeune esclave.

Michel le Basque pâlit en sentant son fusil trembler dans ses mains. Il se disait avec rage: C'est moi qui l'ai exposée ainsi! et il tira; mais la balle effleura à peine la cuirasse de soies hérissées qui couvrait l'épaule de l'animal.

Curaçao, contre l'habitude des venteurs, s'était jeté entre dona Carmen et le sanglier, mais la bête féroce fit sonner ses terribles défenses l'une contre l'autre, et, à la vue de ces crocs tranchants et couverts d'écume, le chien intimidé recula en gémissant.

La jeune fille s'écria d'une voix faible:

— Joaquin! et s'affaissa comme morte au pied de l'arbre.

Heureusement après le coup de fusil le sanglier s'était retourné vers Michel le Basque. Le boucanier jeta derrière lui son arme inutile, et, tirant un de ses couteaux de chasse, attendit bravement le choc de la bête; il lui enfonça d'une main ferme le fer dans la gorge. Le poids et l'impétuosité du sanglier l'entraînèrent encore sa perte, si bien que son dernier coup de boutoir n'égratigna pas même le chasseur.

Ce dernier mesura alors avec sang-froid la longueur de l'animal; puis il attacha avec un bout de corde Curaçao à un arbre, et lui donna sa part de curée. Ensuite il s'approcha de dona Carmen avec un air de satisfaction farouche et lui dit:

— Cette fois du moins c'est moi seul qui vous ai défendue.

A cette parole amère qui exprimait une si terrible jalousie, dona Carmen put comprendre toute la passion qui torturait le cœur du boucanier, et elle le remercia avec un de ces regards doux et tristes qu'on jette sur un insensé dont on a pitié. Hélas! ce regard la perdit et ralluma toute la violence de Michel.

— Je ne suis pas un infant qu'on mène avec un sourire, reprit-il en frappant la terre du pied. Je ne veux pas qu'on me plaigne. Pour vous j'en suis venu à haïr Joaquin, à rompre toute amitié avec mon matelot; pour vous... Non: qu'on me craigne, qu'on m'abhorre plutôt! mais je ne serai pas dupe des simagrées d'une femme.

Et il voulut saisir la main de dona Carmen qui s'écria: — Misérable! en le repoussant avec une expression de mépris.

— Ah! le geste du-de la Ranchería, dit sourdement Michel dont le visage devint livide. Bien! vous me rendez service, sénorita. Tout à l'heure j'étais ému, interdit devant votre frayeur; maintenant je redeviens Michel le Basque, votre maître, en face de tant d'orgueil et de haine; nous verrons si la noble Espagnole l'emportera toujours sur le pauvre boucanier.

Egarée par l'épouvante en entendant ces paroles, en voyant le regard étincelant que le chasseur fixait sur elle, dona Carmen recula devant lui, et essaya instinctivement de fuir. Mais il étreignit rudement son bras et lui dit d'un ton bref et saccadé:

— Ecoutez-moi! c'est en vain que j'ai voulu vous haïr ou vous oublier: il m'a été impossible de ne pas songer à vous sans cesse. Depuis que vous avez dormi sous ma tente, il me semble que mon cœur a changé, que tout s'est transformé autour de moi. Pourquoi. Je l'ignore. Le savez-vous?

Elle ne répondit rien. Il continua:

— Autrefois j'étais heureux quand j'avais fait une bonne chasse ou obtenu une large part de butin. J'aimais mes compagnons. Je me laissais vivre. Quelquefois, avant de m'endormir, je pensais à mon pays natal, voilà tout. Maintenant j'oublie la chasse et reste pendant de longues heures appuyé sur mon fusil, vous contemplant dans ma pensée, rêvant tout éveillé. Je suis comme un homme qu'on aurait enivré d'un philtre mystérieux et dont la raison serait troublée. Mes camarades me semblent grossiers et importuns. Et dois-je vous avouer une dernière faiblesse? je suis jaloux de tous ceux qui ne sont pas vieux comme moi! J'envie le front jeune de Joaquin, sa voix douce, l'éclat de ses regards. Je sens qu'il est honteux d'aimer pour la première fois à mon âge. Je souffre de ce que cet amour qui a rajeuni mon cœur n'a pas effacé les rides de mon visage, comme le soleil du printemps fait reverdir chaque année les vieux arbres de nos forêts!

— Oh! pourquoi ai-je consenti à vivre? murmura la jeune Espagnole.

— Comme vous me haïssez! reprit amèrement Michel. Et pourtant tout mon crime envers vous, sénorita, c'est de vous demander un peu

de pitié pour cette passion aveugle dont je ne suis pas maître. Oui, j'ai besoin de vous voir toujours. Loin de vous je ne souffre. Ma pensée vous suit. Il me semble que la vie me manque quand je cesse d'entendre votre voix qui résonne à mon oreille comme un chant de mon pays. Mon cœur recommence à battre quand je distingue le bruit de vos pas. C'est de la folie peut-être, mais une folie dont on meurt!

— O mon Dieu! vous me punissez cruellement de mes fautes en me condamnant à écouter un pareil langage, dit dona Carmen qui leva ses yeux au ciel.

— Ah! c'est trop me braver, reprit le boucanier. Vous vous raillez du maître qui tremble et soupire comme un écolier. Mais je me lasse à la fin d'un semblable rôle.

Il promena alors un regard inquiet autour de lui, croyant avoir entendu comme un froissement de feuilles non loin de l'endroit où ils se trouvaient. Mais, bientôt rassuré, il revint vers la jeune créole qui s'écria, par un dernier sentiment d'angoisse:

— A moi! à moi, Joaquin!

— Vous comptez sur lui! vous l'aimez donc, sénorita? dit Michel le Basque après un moment de silence.

L'ombre commençait à envahir la forêt. Au bout d'une ligne de vertes arcades la lune apparaissait déjà, répandant une lueur sereine et mélancolique.

— Nous sommes seuls, vous le voyez, répéta le boucanier avec un accent plus amère; et il serra dans ses mains celles de la pauvre enfant qui tressaillit.

— Joaquin! Il est encore.

— Il est près de vous! s'écria aussitôt une voix tremblante de colère.

Et le jeune engagé s'élança hors du fourré d'où il épiait silencieusement cette scène depuis quelques instants. Fray Eusebio l'accompagnait vêtu de sa robe de moine.

Michel le Basque les regarda d'abord avec stupeur; puis une expression de joie intense se peignit sur son visage.

— Trahison! s'écria-t-il, vous vous entendez! C'était un complot. Je devais m'y attendre. Eh bien! tant mieux. Cette fois du moins nous allons en finir. Arrière, valet! continua-t-il en marchant vers Joaquin. Ah! tu oublies qui je suis!

L'engagé resta immobile, mais répondit fièrement:

— Si ta hache m'avait blessé ce matin, tu n'aurais pas vu ma main se lever contre toi, tu n'aurais pas entendu ma bouche te maudire et t'insulter. Mais, puisque tu adresses tes outrages à une femme sans défense, elle trouvera son défenseur, non dans l'engagé de Michel le Basque, mais dans Joaquin Montbars!

— Soit! dit le boucanier en frémissant; mais défends-toi bien, car je n'épargnerai pas le traître qui parjure ses serments.

— Je respecte mon maître, répliqua avec un sourire ironique le jeune homme. Il ne s'agit pas de duel entre nous. Je veux seulement te mettre hors d'état de nuire.

Au même instant, avant que le Basque fût revenu de la surprise que lui causaient ces paroles, Joaquin saisit avec la promptitude de l'éclair un de ces grands filets de corde dont les monteros se servaient pour arrêter la course des taureaux, et il portait sur son épaule.

Le boucanier se précipita déjà sur lui; mais l'engagé fit deux pas en arrière, et lança le filet avec tant d'adresse qu'en un moment le Basque fut enveloppé de ses mailles serrées. Et alors il eut beau se tordre comme un serpent et faire mille efforts furieux pour se délivrer, il finit par se trouver couché à terre, dans l'impuissance complète de bouger.

— Tu vois que je ne te veux pas de mal, Michel, dit Joaquin en le regardant avec calme.

— Eloigne-toi, éloigne-toi! s'écria le vaincu grinçant des dents. C'est une honte, entends-tu, Joaquin, d'insulter ainsi le vieux compagnon de ton oncle! Il fallait me tuer, mais non pas me traiter comme une bête fauve. C'est une honte et une lâcheté indignes! Un Espagnol même ne se serait pas conduit ainsi.

Et le Basque humilié ne put retenir deux larmes qui roulèrent sur ses joues cuivrées. Il reprit avec rage:

— Tu pourras te vanter de m'avoir vu pleurer, et me rendre la risée de mes frères, Joaquin. La jeunesse est arrogante et présomptueuse, mais Dieu sait aussi la châtier.

— Nous ne nous reverrons peut-être jamais, répondit le jeune homme d'un air sombre.

— Quoi! s'écria le boucanier en s'agitant avec désespoir dans ses liens; je ne pourrai donc pas me venger! Songe, Joaquin, si tu me fuis maintenant, au sort que tu t'es réservé, à tes serments!

L'engagé l'interrompit.

— Mon maître, lui dit-il, tu t'es fait un jeu de mes souffrances; tu as broyé mon cœur sans pitié. Ma vengeance est douce et tu as tort de te plaindre. Adieu.

— A moi! à moi! se mit alors à crier Michel le Basque de toute sa force.

— Fuyons! dit Joaquin à dona Carmen et au moine qui restaient surpris du dénoûment singulier de cette rencontre. Les cris de ce pauvre diable peuvent attirer l'attention des autres chasseurs, et nous serions poursuivis. Il faut nous hâter,

Il prit le fusil et la calebasse à poudre du boucanier, donna un de ses couteaux de chasse à Fray Eusebio, et, saisissant la main de la tremblante jeune fille, il l'entraîna du côté opposé à celui par lequel il était venu. Ils marchèrent avec courage pendant un quart d'heure et ne tardèrent pas à ne plus entendre les appels désespérés de Michel le Basque ; mais tout à coup Joaquin ralentit sa course, et s'écria en se frappant le front :

— O mon Dieu ! quel oubli ! je n'ai pas pensé à détacher Curaçao et à l'emmener avec nous. C'est le *brac* que m'avait donné mon oncle et que j'ai perdu contre ce damné Michel.

— Eh bien ! comment cet oubli augmente-t-il notre danger ? demanda le moine découragé.

— Mais ne comprenez-vous pas, répondit Joaquin avec impatience, qu'ils vont le lâcher sur notre piste, et que le flair de Curaçao ne l'a jamais trompé ?

Dona Carmen s'arrêta épuisée de fatigue, et les trois fugitifs se regardèrent avec consternation.

— Je ne puis aller plus loin, dit-elle. Abandonnez-moi, laissez-moi.

Fray Eusebio.

— Ne pouvez-vous essayer un dernier effort ! lui demanda le moine. La jeune fille fit douloureusement signe que non.

— Alors attendons ici les chasseurs, dit tranquillement Joaquin. Nous ne les attendrons pas longtemps.

Et il s'appuya contre le tronc d'un papayer, les bras croisés sur sa poitrine.

— Vous ne m'avez pas comprise, s'écria avec feu dona Carmen. Je resterai, moi, mais vous, Joaquin, partez, fuyez avec Fray Eusebio. Moi, je puis attendre sans crainte les boucaniers. Quel mal voulez-vous qu'ils fassent à une pauvre femme ? Vous seul êtes coupable. Le Basque sera satisfait d'avoir retrouvé son esclave. Ils s'arrêteront ici, ils vous oublieront, ils ne vous poursuivront pas. Joaquin, vous serez sauvé !

— Est-ce un rêve ? répliqua vivement l'engagé. Vous laisser entre leurs mains ! Mais que m'importent alors la fuite, la liberté, la vie, si vous êtes, vous, prisonnière et exposée aux outrages de cet homme ? Où voulez-vous que j'aille sans but et sans espoir ? Non, je serai mort avant que vous ne retombiez au pouvoir des frères de la côte.

En ce moment ils crurent distinguer au loin les abois de Curaçao.

— Pauvre chien ! reprit Montbars dont le front se couvrit d'une sueur froide. Tenez, senorita, il se réjouit de se rapprocher de son maître.

— S'il en est ainsi, dit la jeune créole en essayant de marcher, je vous suivrai tous deux, je vous suivrai de mes pieds en sang jusqu'à ce que je tombe de faiblesse.

— Ecoutez, dona Carmen, répliqua Joaquin avec émotion, et ne rejetez pas la prière de votre serviteur. La force ne me manque pas à moi. Laissez-moi seulement vous porter, et je réponds que nous atteindrons bientôt la grande rivière. Je connais un gué. Ils perdront peut-être là notre trace. D'ailleurs c'est notre seule chance de salut.

— Emportez-moi ! répondit Carmen.

L'engagé la prit dans ses bras et la porta comme un enfant endormi, sentant son ardeur se ranimer plutôt que s'éteindre sous ce gracieux fardeau. La course de nos fugitifs était alors haletante et presque convulsive, car ils comprenaient le prix de chaque minute, et les abois des chiens devenaient de plus en plus distincts et éclatants. Par moments ils jetaient un regard épouvanté derrière eux, se croyant déjà sur le point d'être atteints par les chasseurs auxquels ils frayaient eux-mêmes le chemin. Une fois le moine, qui ne se traînait plus qu'avec des efforts inouïs à travers les souches et les racines d'arbres, sur lesquelles Joaquin semblait glisser d'un pied sûr et agile, lui cria :

— Nous avons des armes, tournons le visage à ces brigands et mourons bravement.

Mais le jeune homme, sans s'arrêter, lui répondit :

— En mourant nous laisserions dona Carmen esclave de Michel le Basque.

Et Fray Eusebio dut continuer sa pénible marche.

Ils arrivèrent enfin, épuisés de fatigue, sur une colline que couronnait la lisière de la forêt, et d'où ils descendirent rapidement jusqu'au bord de la grande rivière ; mais là un nouveau malheur les attendait, et Joaquin ne put retenir un cri de surprise et d'effroi en montrant d'un geste désespéré à Fray Eusebio les flots qui s'épandaient, jaunes, buileux, troublés, hors de leur lit.

— Impossible de passer ! ajouta-t-il sourdement. La rivière a monté de quinze pieds au moins.

— Nous sommes donc perdus ? dit le moine consterné en s'agenouillant sur le sable de la rive ainsi que dona Carmen.

— Sauvés peut-être, qui sait ? repartit Joaquin en interrogeant du regard le ciel, dont l'horizon bleu se cendrait de plus en plus, tandis que le vent rasait la terre par lourdes bouffées.

Tout à coup ils tressaillirent tous trois en entendant éclater de joyeux aboiements dans la forêt, et ils virent bientôt accourir en bondissant Curaçao.

Le brave venteur vint se rouler, la langue tirée, les flancs haletants, aux pieds de Joaquin.

— Déjà ! murmura ce dernier.

Et il lui tendit sa main à lécher.

— Pauvre Curaçao, continua-t-il, tu ne te doutes guère que ton amitié fidèle a trahi ton maître.

Le chien se dressa sur ses pattes de derrière, appuya celles de devant sur les genoux de l'engagé et le regarda d'un œil intelligent et doux.

Joaquin arma en tremblant son fusil. Dona Carmen caressait de ses mains blanches le cou moite de sueur de la pauvre bête.

— Retirez-vous, senorita ! dit doucement le jeune homme.

— Pourquoi donc ? demanda avec surprise l'Espagnole. Qu'allez-vous faire ?

— Mon devoir ! répliqua Joaquin en soupirant.

Le chien se mit à pousser de petits jappements pour attirer l'attention de son maître. Ce dernier le regarda avec tristesse et continua :

— Ceux qui nous chassent ne sont plus qu'à un quart d'heure de marche. Les abois de Curaçao les guident et nous perdent.

— Je vous comprends, mais c'est affreux, s'écria Carmen.

Joaquin fit signe de la main à Curaçao de s'éloigner un peu. Il obéit en gémissant.

— Ne faites pas cela ! je ne le veux pas, je ne le souffrirai point ! dit la jeune fille.

Joaquin visa en frissonnant le venteur dont le regard semblait le caresser.

— Hâtez-vous, dit froidement Fray Eusebio.

— C'est ridicule, n'est-ce pas ? Je tremble malgré moi ! répliqua l'engagé. Que voulez-vous ? Ce chien commençait à m'aimer ! Mon oncle me l'avait donné comme le présent le plus précieux qu'il pût me faire !

— Et vous seriez assez cruel, interrompit dona Carmen avec un accent de prière, pour tuer sans pitié ce pauvre animal ?

— Pas de lâche faiblesse ! dit Joaquin. Il s'agit de votre salut !

Le coup partit. Curaçao tomba, frappé à la tête, sans pousser un cri, le regard tourné vers son maître, qui restait immobile comme une statue. Le moine s'approcha du corps tout palpitant du venteur, et du pied le fit rouler dans le fleuve. Dona Carmen détournait les yeux avec horreur.

L'atmosphère devenait de plus en plus lourde et accablante.

— Je ne sais ce que j'éprouve, dit Fray Eusebio en revenant vers

Joaquin, mais il me semble que mes jambes chancellent et que ma vue se trouble !

— Et moi, reprit la jeune fille, j'entends bruire à mes oreilles des rumeurs étranges comme celles qui vous poursuivent dans la fièvre.

— Je ne m'étais donc pas trompé ! s'écria l'engagé. Nous allons être témoins d'une scène terrible, à laquelle nous devrons peut-être notre salut, car les vengeances de l'homme ne peuvent lutter contre les colères du ciel !

— Que voulez-vous dire ? demanda le moine.

Joaquin.

— Préparez votre cœur et priez, répondit Joaquin. Dieu veuille que nous ne soyons pas victimes du tremblement de terre qui s'annonce !

— Un tremblement de terre ! répéta dona Carmen, surprise par un premier mouvement d'épouvante. Disons-nous alors un dernier adieu !

— Vous êtes plus en sûreté ici qu'au fond de votre hatto, sénorita, repartit Joaquin. Mais suivez mes conseils. Il faut vous coucher dans ces hautes herbes et attendre ainsi avec le plus de calme que vous pourrez le sort que Dieu nous garde !

D'un seul coup d'œil les fugitifs saisirent l'imminence du danger. Déjà tous les arbres de la forêt frémissaient, sans être agités par le moindre souffle de vent. La rivière commençait à bouillonner comme si son lit eût été une fournaise ardente, et ses flots plus rapides se couronnaient d'une crête d'écume. Les nuages semblaient se coller les uns aux autres et descendre lentement sur la terre comme un voile opaque. On n'apercevait plus le moindre coin bleu du ciel. Quelques bêtes fauves se mirent à errer çà et là, comme prises de vertige, et glacèrent le cœur de nos fugitifs de leurs sinistres hurlements.

Ce fut en ce moment même que le boucanier parut avec ses chasseurs sur le haut de la colline où se terminait la forêt. Il poussa un hourrah de triomphe en apercevant Joaquin encore debout, et lui cria :

— Rends-toi ! tu auras la vie sauve, toi et tes compagnons !

— Nous vous attendrons, répondit froidement l'engagé.

— Tu ne nous échapperas plus maintenant, continua Michel le Basque. Tu es à notre merci !

— Et vous à celle de Dieu ! répliqua Joaquin d'une voix solennelle.

Il peut aveugler vos yeux et briser vos armes à l'instant où vous croirez nous atteindre !

— En avant ! cria Michel.

Mais les chiens qui guidaient la troupe tremblaient de tous leurs membres et refusaient de marcher.

— Qu'on les fouette jusqu'au sang ! ordonna le boucanier.

— Insensé ! reprit Joaquin. Ecoute le conseil que te donne l'instinct de ces animaux au lieu de les châtier. N'avance pas davantage, car déjà la colline a tremblé et vacillé sur sa base !

— Tu as peur, enfin ! avoue-le plutôt que de me faire des contes d'enfant, répliqua Michel d'un ton de mépris, et il fit un pas en avant.

Mais il recula bientôt avec terreur, les cheveux hérissés sur la tête. La colline venait de se crevasser sous ses pieds. Un pas de plus et le boucanier eût roulé dans le gouffre béant qui venait d'engloutir le sentier conduisant à la grande rivière. Il se trouvait séparé des fugitifs par un obstacle infranchissable.

Joaquin se pencha vers la jeune créole, et lui dit d'une voix éclatante :

— Dona Carmen, vous êtes libre !

Mais l'aventurier, furieux, désespéré, serra convulsivement son fusil dans ses mains et s'écria en ricanant :

— Ah ! tu crois triompher de Michel le Basque !

Il n'eut pas le temps d'accomplir son dessein. Le ciel acheva de s'obscurcir sous une pluie de cendres que traversait à peine de loin en loin le rayon rouge des éclairs

Les deux esclaves.

Deux fois, à cette lueur, Joaquin entrevit le boucanier immobile, penché sur son arme, et guettant un instant favorable pour tirer.

Mais, chaque fois, le jeune homme referma les yeux avec épouvante en voyant s'entr'ouvrir les profondeurs enflammées du ciel, et tout l'horizon s'illuminer d'horribles teintes. Il entendait les arbres se déraciner ou se fendre à grand bruit. Il sentait les convulsions de la terre qui se tassait en monticules ou se creusait en abîmes au hasard. Bientôt il n'eut plus conscience de ce qui se passait autour de lui.

Nos fugitifs restèrent immobiles, prosternés, anéantis, pendant toute la durée du tremblement de terre, car nul courage humain ne saurait assister sans faiblir à ces luttes, à ces déchirements de la nature. Plus d'une fois l'eau de la grande rivière débordée vint fouetter leur visage et glacer leurs membres, mais ils ne s'en aperçurent même pas. La nuit entière se passa dans ces terribles angoisses.

Quand le jour parut, il éclaira un nouveau paysage. Ici la rivière, détournée de son cours, avait changé une savane en étang; plus loin des mornes, ébréchés par leur chute, s'étaient écroulés dans le lit du fleuve et faisaient jaillir ses flots en cascades.

Joaquin ne put découvrir nulle trace de Michel le Basque et de ses compagnons. La lisière de la forêt n'offrait plus aux regards qu'une ligne d'arbres tordus sur pied et de racines calcinées par la foudre. On eût dit des débris d'un immense brasier à peine éteint.

Les fugitifs contemplèrent avec stupeur ce tableau de bouleversement, et chacun d'eux exprima d'une manière différente le sentiment que cette vue lui faisait éprouver.

— Dieu a puni la violence et protégé la faiblesse, dit Fray Eusebio.

— Pauvre Michel! reprit Joaquin, c'était un rude compagnon ! mais il cachait un bon cœur sous cette écorce grossière. Et le jeune homme ajouta à voix basse: — Maudite soit la passion qui lui a inspiré cette ardeur de vengeance !

— Prions pour lui! dit doucement dona Carmen. Et que le ciel nous continue son aide !

Joaquin la regarda avec émotion. Puis il se dirigea vers la grande rivière, et, après en avoir exploré quelque temps le bord avec anxiété, il revint en disant d'un air presque joyeux:

— Sénorita, j'ai trouvé le gué grâce auquel nous arriverons sains et saufs dans une retraite dont je connais seul le secret, et où nous pourrons braver toutes les poursuites pendant quelques jours !

Dona Carmen et le moine suivirent sans réserve leur généreux guide, et parvinrent, au bout de trois heures de marche, à l'entrée d'une grotte, creusée par la nature dans un rocher qui se trouvait isolé comme un écueil, de l'autre côté du fleuve.

TROISIÈME PARTIE.

LA SEIGNEURESSE.

I

L'Oby.

La grotte à l'entrée de laquelle nous avons laissé nos trois fugitifs était d'une beauté singulière, grâce aux innombrables stalactites qui en tapissaient les parois. Comme nous l'avons dit, elle était creusée dans un rocher, dont la base, sans cesse fouettée par le fleuve, s'était comme affaissée et amincie. Une cascade jaillissant d'un morne voisin s'épanchait, comme l'eau d'une urne renversée, sur le rocher échoué au milieu des vagues, à quelques pas de la rive. Quand le soleil diaprait de son prisme étincelant cette pluie de flots, c'était un spectacle magique. Une fissure naturelle formait l'étroite entrée de la grotte, sous une voûte très-basse. Encore était-elle cachée par un rideau de lianes vertes et fleuries dont les derniers anneaux trempaient dans le fleuve.

Lorsque nos fugitifs furent entrés dans l'intérieur, Joaquin s'écria:

— Remercions Dieu maintenant, car nous n'avons plus rien à craindre!

— De la part des ladrones, c'est possible, reprit le moine, mais êtes-vous sûr que nous pourrons échapper à un autre danger tout aussi redoutable !

— De quel nouveau péril voulez-vous parler, mon père ? demanda dona Carmen.

— De la faim, continua Fray Eusebio, de la faim qui paralyse le courage et la force, et qui vous permet de compter minute par minute les progrès de votre lente agonie !

— Allons! plus de ces terreurs chimériques, dit gaiement le jeune homme. Nous savons que le courage n'est pas la qualité dominante des gens de votre robe.

Le moine jeta sur lui un regard oblique et plein de haine.

— Mais rassurez-vous, Fray Eusebio, ajouta Joaquin. Partout où la terre ne manque pas sous nos pieds, où les flots bruissent à nos oreilles, où l'espace s'étend sur nos têtes, il y a quelque ressource pour nous autres aventuriers, car Dieu a donné l'oiseau à l'espace, le poisson à la vague, la bête fauve aux forêts et aux montagnes !

— Fort bien ! répliqua gravement le moine; mais si le chasseur doit trahir le fugitif, qu'aurons-nous gagné à suivre vos conseils ?

— Fiez-vous donc à moi, mon père, et cessez de vous livrer à ces inquiétudes puériles. Oubliez, si c'est possible, que vous portez une robe de moine, pour vous souvenir que vous êtes un homme. Imitez dona Carmen. Voyez! elle est épuisée de fatigue, mais elle ne tremble pas, comme vous, à la seule pensée de périls imaginaires.

Le moine tressaillit, mais il reprit d'une voix plus calme et plus douce :

— Que voulez-vous, Joaquin! comme vous disiez, le courage n'est pas la qualité dominante des gens de ma robe; mais, ajouta-t-il tout bas, il n'en est pas de même de la vengeance.

— Apprenez donc, poursuivit le jeune aventurier, que ce rocher est entouré de prairies sous-marines, où viennent paître les meilleures tortues de Hispaniola. Et dès que la nuit sera venue, vous pourrez vous-même pêcher un excellent souper avec les harpons qui sont cachés sous ces lianes sèches, au fond de la grotte.

— Que ne nous donniez-vous tout d'abord ces explications, Joaquin ?

— Maintenant, mon père, il s'agit d'allumer un bon feu avec toutes ces broussailles pour réchauffer les membres engourdis de la sénora. Nous avons passé une rude nuit, et je vous avoue que moi-même, par instants, je suis près de céder au sommeil.

Un sourire étrange passa comme un éclair sur le visage du moine, et il répliqua :

— Rendons grâce à la Providence, Joaquin! j'ai justement conservé sur moi une fiole qui renferme le meilleur cordial du monde contre le sommeil. Vous savez que ma profession m'oblige à être un peu médecin. Quelques gouttes versées sur vos lèvres vous rendront votre force!

— Volontiers, mon père, volontiers. Quoique nous soyons en sûreté ici, je ne serai pas fâché de veiller, tout en entretenant le feu, pendant que vous prendrez quelque repos.

Tandis que Montbars réunissait un amas de feuilles desséchées et de lianes flétries, le moine tira d'un petit sac de peau suspendu à sa ceinture une fiole qu'il regarda avec une expression de joie mystérieuse.

La jeune créole, vaincue par la fatigue, s'était endormie depuis quelques instants. A peine avait-elle pu prêter une vague attention aux paroles échangées entre ses deux compagnons.

Le moine versa cinq à six gouttes de son prétendu cordial dans un gobelet de cuir qu'il tendit à Joaquin, puis il se retira au fond de la grotte, et là il observa froidement ce qui allait se passer.

L'aventurier venait d'allumer un grand feu et regardait avec émotion la pâle dona Carmen à la lueur des flammes qui formaient de bizarres entrelacements sur les parois, étincelantes comme des murailles de diamants.

Le silence était profond. On n'entendait que la respiration douce et lente de la jeune Espagnole, le pétillement des branches sèches dans le brasier.

Tout à coup Joaquin, penché sur cette flamme qu'il attisait sans cesse, sentit avec surprise un frisson parcourir tout son corps, ses paupières se fermaient alourdies par un irrésistible besoin de sommeil. Ses pensées devenaient confuses et flottantes comme les vagues images d'un rêve. En vain il cherchait avec force cette torpeur, lui, habitué à résister aux plus violentes fatigues; en vain il essayait de fixer ses regards sur la jeune fille qu'il avait sauvée et qu'il devait encore protéger. Malgré lui, il sentait le froid engourdir ses membres. Ses mains laissèrent échapper le gobelet de cuir du moine, et en même temps il se rappela le cordial que ce dernier lui avait versé, et il pensa que Fray Eusebio était le frère de don Ramon Carral. Alors seulement il soupçonna quelque horrible vengeance, fit un effort désespéré et se leva pour aller vers le moine fanatique. Mais celui-ci s'avançait à son tour. Les genoux de Montbars chancelèrent.

Le moine le regarda fixement. Les yeux de Montbars se voilèrent. Alors le malheureux voulut pousser un cri pour réveiller Carmen, mais le cri expira dans son gosier. Il comprit qu'il était perdu, et, quand le moine arriva près de lui, il tomba à ses pieds comme privé de sentiment. Mais, chose étrange, son corps seul était immobile et glacé du froid de la mort. Sa pensée restait active comme celle d'un homme frappé de léthargie. Il entendait la voix du moine.

— Enfin ! dit Fray Eusebio avec un accent de joie, le voilà à ma merci! Insensé qui croyait avoir vaincu son ennemi ! Quand ton regard et ta voix m'insultaient, je restais impassible. Mais dis-moi maintenant, qui de nous deux l'a emporté?

Joaquin essaya de se soulever. Il entendit battre son cœur avec violence. Voilà tout.

— Tu aimes dona Carmen, reprit le moine en souriant, et tu es là sans voix, sans regard, sans force pour la défendre du moindre danger ! Qu'elle t'appelle maintenant à son aide ! tu resteras froid et inmobile. A quoi donc t'a servi ton courage, ton dévouement ? Tu as cru étouffer dans mon cœur le souvenir de la mort de mon frère ! Mais la vengeance est le seul bien de ceux qu'on a offensés et qui n'ont pas de courage, entends-tu, Joaquin ?

Et il passa ses doigts dans les cheveux de l'aventurier qui ne se hérissèrent pas à ce contact.

— Eh bien ! Joaquin, continua-t-il en ricanant, comme tu restes calme à m'écouter ! Tu me maudis dans ta pensée ! tu donnerais la meilleure part de la vie afin de pouvoir te venger de moi ! et cependant tes lèvres sont muettes ! ton cœur bat sous ma main, mais pas assez pour la repousser ! Oh ! comme tu dois me haïr !

Il garda un instant le silence pour laisser à ses insultes le temps de s'enfoncer plus profondément dans l'âme de Joaquin, puis il continua :

— Pourtant tout n'est pas fini entre nous ! Je te garde un plus cruel supplice ! Ah ! tu m'as compris, je le devine, car ton cœur bat si violemment, et si tes yeux pouvaient s'entr'ouvrir, ils me foudroieraient, n'est-ce pas ? Du calme, Joaquin, commande aux battements de ton cœur, si tu ne veux pas mourir trop tôt ! Tu crois peut-être, tu es même certain, n'est-il pas vrai, que cette fière Espagnole, dona Carmen de Zarates, n'est point tout à fait insensible à ton amour ! orgueilleux ! tu vas le savoir !

Et le moine s'approcha de la jeune fille endormie et l'appela doucement :

— Sénorita ! sénorita !

La créole ne se réveilla pas. Joaquin entendait toujours le doux murmure de sa respiration.

— Qu'elle est belle ! dit à haute voix Fray Eusebio.

A cette parole, le jeune homme crut tressaillir comme frappé d'une secousse électrique. Il voulut faire un effort terrible pour se délivrer de l'étreinte glacée de la léthargie. Hélas ! il resta aussi immobile qu'une statue de marbre.

— Dona Carmen ! répéta fortement le moine.

Elle se réveilla cette fois et lui demanda aussitôt d'une voix basse et troublée :

— Y a-t-il du danger, mon père ?

— Voyez comme nous sommes bien gardés, répliqua Fray Eusebio en montrant du geste Joaquin. L'aventurier s'est endormi.

— Oh ! une minute de force et de vie, mon Dieu ! pensa Montbars. Donnez-moi un instant pour me trouver seul avec cet homme, face à face, lui armé et moi sans armes, peu m'importe !

— Pauvre Joaquin ! dit doucement la jeune Espagnole. Que de fatigues il a endurées pour nous sauver ! Tant mieux, s'il repose quelques heures ! s'il oublie tant de souffrances dans le sommeil, Dieu soit loué !

— Oui, Dieu soit loué ! continua le moine d'une voix éclatante, car c'est lui qui le livre ainsi en notre pouvoir, sénorita.

— Plus bas ! plus bas, mon père, vous le réveilleriez ! mais je ne vous ai pas bien compris, ajouta-t-elle en le regardant avec étonnement

— Ah ! que ne donneraient pas nos frères les Espagnols, poursuivit le moine avec exaltation, afin de tenir en leurs mains celui qui a hérité de ce surnom funeste, Montbars l'exterminateur !

— Vous m'effrayez, mon père, interrompit la créole de plus en plus surprise.

— Écoutez, dona Carmen, répliqua Fray Eusebio d'un air sombre. Il s'agit à cette heure de prendre une résolution décisive. Si vous regagnez la Rancheria en compagnie de cet aventurier, dont la tête est mise à prix, dont le nom seul est une insulte vivante pour l'Espagne, vous serez perdue aux yeux de tous les habitants de Hispaniola. On ne croira pas qu'il vous ait sauvé de l'esclavage, au péril de ses jours, sans quelque motif secret, sans quelque folle ambition !

— Mon père ! vous êtes cruel, s'écria la pauvre jeune fille dont le visage se couvrit d'une vive rougeur.

— A leurs yeux, continua froidement le moine, vous aurez acheté votre salut en ne repoussant pas l'amour d'un *frère de la côte.*

— Mais vous savez, vous, Fray Eusebio, dit encore dona Carmen en joignant les mains comme une suppliante, que jamais...

— Voilà ce que tous penseront, sénorita. Et croyez-vous donc, et pouvez-vous donc me jurer qu'il n'y aura que mensonge et calomnie dans ces accusations !

La jeune fille devint pâle et tremblante et n'osa répondre. Joaquin sentait sa vie suspendue aux lèvres de dona Carmen.

— Voulez-vous donc, ajouta Fray Eusebio, braver la rumeur méprisante qui accueillera votre retour, rumeur sourde d'abord, puis bientôt publique ? Consentirez-vous à subir la moitié de la haine qui s'attache à ce brigand ?

— Ce brigand ! répéta la créole avec une profonde stupeur. Parlez-vous bien, mon père, de ce généreux jeune homme qui s'est dévoué pour nous ?

Joaquin remercia le ciel. Oh ! comme il eût voulu pouvoir se jeter aux pieds de dona Carmen et baigner sa main des larmes qui gonflaient ses paupières.

— Oui, ce brigand, répéta à son tour le moine, car ne l'oubliez pas, pour les Espagnols c'est un *ladron* qui les a pillés, incendiés ; en un mot, c'est Montbars. Les mères effraient leurs enfants mutins en leur disant à voix basse ce nom terrible : Montbars ! Mais chez les *frères de* la *côte*, c'est un cri de mort, c'est un nom qui force les murailles et fait pâlir nos soldats derrière leurs canons !

— Mais que conseillez-vous donc ? dit dona Carmen. Où voulez-vous en venir, mon Dieu ?

Le moine sourit, et de nouveau lui montrant l'aventurier comme pétrifié dans son insensibilité apparente :

— Ne voyez-vous pas, sénorita, comme en ce moment ce misérable dort calme, abattu, sans défiance !

— Eh bien ! dit machinalement Carmen.

— Eh bien ! un enfant pourrait garrotter sans peine ces mains robustes et vaillantes ! répondit durement Fray Eusebio.

Dona Carmen écarta de ses mains frémissantes les longs cheveux qui tombaient épars sur son front et sur ses épaules, et regarda le moine en face, ne pouvant croire qu'elle avait bien entendu. Il y eut un moment de silence. Puis la jeune créole se leva, et, debout devant Fray Eusebio, elle s'écria avec un sourire amer, plein de doute et d'effroi :

— Ainsi, ce n'est pas une épreuve, une raillerie ? Vous me conseillez !... vous avez eu la pensée que je consentirais !... Sans doute vous savez comment on nomme une pareille action !... et vous m'avez crue digne de la commettre !...

Elle ne put achever. Sa voix tremblait.

— Il s'agit de votre honneur, dit le moine.

— En effet, reprit dona Carmen en paraissant réfléchir, on ne croira pas que j'aie pu aimer l'homme que j'aurai livré ! La calomnie elle-même se taira devant cette preuve éclatante ! Qui donc pourrait demander davantage ! Dona plus haute vertu que de vendre à ses bourreaux un homme qui a tout sacrifié pour vous, non pas son sang et sa vie, mais son orgueil et ses serments ! Ainsi nous le récompenserons par la mort de son dévouement et de sa confiance. Mais du moins, vous me promettez, mon père, de garder à jamais le silence sur l'amour insensé de ce brigand !

Le cœur de Joaquin bondit à briser sa poitrine.

— Elle consentira ! pensa le moine.

Et il répondit à voix haute :

— Je me tairai, sénorita. Cette folle passion sera ignorée de tous. Vous reviendrez la riche et noble maîtresse de la Rancheria. On admirera le courage que vous aurez déployé dans votre fuite. Vous resterez honorée. Et, ce bandit une fois livré, vous ne craindrez pas que jamais un regard audacieux vienne vous faire tressaillir, une voix insolente vous rappeler vos jours d'esclavage et vous demander le prix de votre liberté.

— Mais, reprit encore la jeune fille, si, malgré la richesse et les honneurs, je me trouve méprisable à mes propres yeux ! si, parfois je me sens pâlir au milieu des fêtes en pensant à ce malheureux dont le fantôme s'attachera à mes pas ; en vain essayerai-je de cacher ma terreur sous un sourire, mes remords sous les fleurs et les diamants, qui me sembleront tachés de son sang !

— Qu'importe, si votre sourire et vos diamants suffisent pour éblouir les yeux des hommes ! dit le moine avec impatience.

— Mais Dieu, lui, du moins, on ne peut le tromper, s'écria-t-elle avec angoisse. Il soulève le masque hypocrite du visage et lit au fond des cœurs.

— Dieu sera muet comme le monde, sénorita, répliqua Fray Eusebio. Vous serez bénie par l'Église.

— Épargnez-moi, mon père, dit la jeune fille éperdue. Non, une vie entière de repentir et d'expiation ne saurait racheter une telle lâcheté !

— Lâcheté ! répéta le moine, une action qui fera honorer votre nom dans toute l'Amérique espagnole !

— Dites plutôt qui le fera mépriser dans le monde entier, Fray Eusebio !

— Mais toutes les mères voudront baiser à genoux les mains qui auront enchaîné Montbars l'exterminateur, sénorita !

— Mais Joaquin n'est que l'héritier de ce nom fatal, vous le savez comme moi, dit Carmen. Jamais il n'eût voulu ressembler à ce féroce flibustier !

— Chez les frères de la côte, sénorita, Montbars ne doit jamais mourir, vous le savez comme moi ; et, je vous le répète, son nom seul est la terreur de nos compatriotes et le plus magique prestige des *ladrones.* Que celui qui porte maintenant devienne prisonnier et soit accroché à une potence espagnole, et le prestige n'existera plus !

— Ainsi, mon père, reprit dona Carmen avec une hésitation singulière, vous n'avez pas d'autres motifs pour m'encourager à cette trahison ?

— Elle va consentir, pensa Fray Eusebio, et il reprit plus bas : — Je ne vous parle pas, sénorita, des magnifiques récompenses que nous sommes en droit d'attendre du gouverneur de l'île.

— C'est juste. La trahison sera payée, interrompit la jeune créole avec la même accent étrange. L'or ne garde pas l'empreinte du sang, n'est-ce pas, mon père ? Quand vos lèvres auront baisé ce front rayonnant et pur de rides, qui songe à s'enquérir si votre âme est calme ou flétrie par un remords ? D'ailleurs, ne m'avez-vous pas promis la paix du cœur, et je dois vous croire, car vous êtes un homme de Dieu !

— Malheureuse enfant! se dit en lui-même Joaquin, pénétré d'horreur en l'entendant céder ainsi peu à peu aux suggestions du moine. Et il se demandait avec désespoir : — S'abaissera-t-elle à cette infamie? Son cœur est-il devenu d'airain à la voix de cet homme?

— J'ai triomphé, disait de son côté Fray Eusebio. Et, saisissant la main froide de dona Carmen : — Oui, s'écria-t-il, nous aurons tout pour nous. Dieu et les hommes, honneurs et richesses, tout enfin !

Mais alors dona Carmen le regarda sans trouble et sans colère, et lui dit d'une voix douce et singulièrement calme :

— Écoutez, mon père, croyez-vous qu'il m'aime?

— Non ! dit sèchement Fray Eusebio après un moment de silence causé par la surprise.

— Cependant, tout à l'heure, vous sembliez penser le contraire, répliqua la créole.

— S'il vous aimait véritablement, continua le moine en regardant l'aventurier, serait-il ainsi tranquille, endormi, sans inquiétude, lorsqu'il devrait veiller sur vous?

— Infâme! infâme! pensa encore le malheureux jeune homme, qui essaya vainement d'entr'ouvrir ses lèvres pesantes et glacées.

Dona Carmen écoutait Fray Eusebio avec un sourire mélancolique.

— Pourquoi ce brigand nous a-t-il sauvés alors? demanda-t-elle au moine.

— Ce qu'il aime en vous, répondit celui-ci, c'est la distance qui vous sépare l'un de l'autre. Le pêcheur de perles élève son cœur jusqu'à la grande dame. Etes-vous dupe d'un pareil amour, señorita, et vous laisserez-vous toucher de pitié pour la vanité insensée de cet ambitieux?

Dona Carmen s'avança lentement vers Joaquin, et se plaçant devant lui :

— Vous voulez une réponse décisive, mon père, dit-elle froidement, la voici : votre proposition est celle d'un lâche et d'un traître. Ne m'interrompez pas ! Ce que j'estime plus que la considération du monde, moi, c'est la noblesse de cœur. Cet homme qui dort à mes pieds, je l'ai traité avec dédain et dureté lorsque mon honneur et mon salut étaient en son pouvoir. Rien ne l'a découragé. Alors il n'a pu deviner, ni par un de mes regards, ni par une de mes paroles, si je lui devais gré de son dévouement sans bornes. Mais à cette heure qu'il est là endormi, sans défense, calomnié dans son amour, menacé dans sa liberté et dans sa vie, je le protège à mon tour comme il m'a protégée! Comme il m'a aimée, je l'aime!

Entendre de telles paroles et ne pouvoir laisser éclater l'effusion de son cœur! Joaquin crut mourir.

— Prenez garde, señorita ! s'écria enfin Fray Eusebio, qui était d'abord resté frappé de stupeur; prenez garde ! Tout à l'heure vous sembliez consentir ; vous me tendiez donc un piège!

— Comment ne l'avez-vous pas compris! répliqua dona Carmen avec indignation. Mais Joaquin saura tout!

— Eh bien donc! tremblez vous-même, noble héritière, car malgré vous il sera livré, et tous deux vous aurez votre part, lui le supplice, vous la honte.

— Ce sont là de vaines menaces, répondit-elle en se penchant vers Moulhars. Prenez garde vous-même, Fray Eusebio, que j'éveille Joaquin, qu'il se lève irrité devant vous, et qu'il ne soit plus temps de vous repentir de vos criminels desseins !

Le moine sourit dédaigneusement.

La jeune fille secoua alors le bras de Joaquin et prononça son nom à demi-voix. Le malheureux l'entendit, le sang afflua à son cœur, mais pas un muscle ne remua sur son pâle visage.

Dona Carmen le regarda vivement, et, épouvantée de cette immobilité terrible, elle se pencha à son oreille et cria deux fois : Joaquin! Joaquin!

Des larmes gonflèrent les paupières de l'aventurier, mais il ne bougea pas.

Dona Carmen resta agenouillée devant lui, anéantie, stupéfaite, contemplant avec des yeux hagards le moine qui souriait toujours. Ce ne fut qu'au bout de quelques minutes qu'elle put lui dire d'une voix sourde et haletante :

— Malheureux! avez-vous commis ce crime horrible? Ces mains froides, que je ne puis réchauffer dans les miennes, sont-elles déjà les mains d'un cadavre? Répondez, répondez par pitié!

— Rassurez-vous, répliqua le moine, Joaquin existe.

— Merci, mon Dieu! murmura la jeune fille.

— Joaquin vous entend, poursuivit Fray Eusebio ; il sait que vous l'aimez !

Dona Carmen laissa retomber les mains de l'aventurier qu'elle étreignait dans les siennes.

— Mais nulle puissance humaine, ajouta l'implacable moine, ne saurait lui rendre avant douze heures la chaleur de la vie et la force de la vengeance ! Il est perdu, vous dis-je, car nous ne sommes pas éloignés des habitations espagnoles.

Et, portant à ses lèvres un petit porte-voix qui était caché sous sa robe, il en tira un son triste et prolongé comme le cri du Maquais.

Presque aussitôt une sorte de hurlement sauvage et sinistre répondit à l'appel de Fray Eusebio.

— Misérable ! murmura Carmen.

Mais le moine ne l'entendit pas. Il paraissait inquiet et écoutait avec attention.

Pendant quelques instants, rien ne troubla le silence. Mais cinq minutes ne s'étaient pas écoulées que le rideau de lianes qui masquait l'entrée de la grotte se souleva, et que nos fugitifs virent apparaître un bizarre personnage, sans doute fort inattendu, car le moine reprit vivement son porte-voix ; mais sur un signe menaçant du nouveau venu, il le laissa tomber à ses pieds.

— Un Caraïbe ! s'écria aussitôt dona Carmen ; peut-être sera-t-il moins impitoyable que vous, Fray Eusebio Carral?

Le Caraïbe était resté immobile, à regarder le moine pâle d'épouvante. Son aspect sauvage eût intimidé des gens plus hardis. Sa peau était frottée de rocou, ce qui donnait à ses membres robustes une teinte rouge. Un pagne de toile coloriée descendait de sa ceinture jusqu'à ses genoux. Ses cheveux étaient partagés d'une oreille à l'autre ; ceux de devant lui venaient jusqu'au milieu du front ; ceux de derrière, coordonnés et retroussés, formaient une espèce de chignon. Il portait un collier de cristal et de plus un *caracoli*, croissant d'un métal particulier qui couvrait la moitié de sa poitrine. Enfin sa tête était couronnée d'un petit cercle de bois d'acajou, garni d'une seule plume rouge. Mais tout ce luxe indien ne servait qu'à rendre la physionomie du Caraïbe encore plus féroce et plus terrible.

— Qui es-tu ? que viens-tu faire ici ? lui demanda enfin Fray Eusebio d'une voix tremblante.

— Je suis l'Oby des *Indios Bravos*, répondit froidement le sauvage en mauvais espagnol.

— L'Oby ! répéta le moine avec consternation.

Nos lecteurs comprendront facilement l'effroi de Fray Eusebio, s'ils ont gardé souvenir de l'entretien du moine avec son frère don Ramon Carral, au commencement de cette histoire. Le nouveau venu était, en effet, l'Oby ou le sorcier de cette peuplade, à laquelle Fray Eusebio avait si cruellement imposé le tribut et les sacrements, l'Oby dont il avait fait vendre la fille comme esclave, châtiant la rébellion du père dans l'enfant innocente. Dona Carmen n'avait pas oublié ce récit cruel, et, loin d'être épouvantée à la vue du farouche Caraïbe, elle le compta involontairement sur lui comme sur un protecteur envoyé par le ciel. Elle prêta donc une avide attention à la lutte de ces deux ennemis, qui devaient se haïr de toute la rivalité de leur fanatisme.

L'Oby ne faisait pas un mouvement. Il regardait le moine avec cette gravité calme, caractéristique chez les Indiens, quand ils ne sont pas immodérément excités par l'abus de l'*eau de feu*. Il savourait, pour ainsi dire, la joie cruelle qu'il éprouvait à voir son ennemi tombé si complètement en son pouvoir. Il eût cru déroger à sa dignité en se hâtant de parler.

Enfin, après quelques minutes d'un silence effrayant, que le moine n'osa interrompre, l'Indien lui dit de sa voix lente et gutturale :

— Le serviteur du Dieu blanc s'est écarté du sentier de ses frères ! Pourquoi n'a-t-il pas eu recours à son Dieu ! Le crucifié lui aurait escorté le bon chemin.

— Sage Oby, répondit Fray Eusebio avec un calme affecté, comme s'il ne comprenait pas le sens d'ironie amère caché sous les paroles emphatiques du Caraïbe, — tu es sage miséricordieux, n'est-ce pas ? Tu nous serviras de guide jusqu'aux habitations ?

L'Oby hocha la tête en poussant un ricanement équivoque ; puis il répondit :

— Je ne suis pas à prêcher la miséricorde, moi ! Je ne suis pas le serviteur du Dieu cloué sur la croix ! Nos fétiches veulent du sang ! ils nous ordonnent de tuer nos ennemis !

— Mais je ne suis pas ton ennemi, interrompit vivement le moine. Si tu consens à ce que je te demande, tu pourras choisir toi-même ta récompense !

— Rendras-tu à ma peuplade ce que tu lui as volé ? répliqua l'Indien dont le visage devint plus sombre. Te rappelles-tu à quel point tu as rendu mes frères misérables, comme tu as brûlé sans pitié nos fétiches !

— Sois généreux, reprit Fray Eusebio, envers un homme sans défense, envers une jeune fille, faible et innocente de ce que tu as souffert !

L'Oby regarda avec une vague curiosité dona Carmen, puis il continua du même ton solennel et inflexible :

— Ma fille aussi était innocente. Tu l'as fait vendre comme esclave... Elle s'est enfuie et a rejoint son père. Nous sommes restés cachés bien des jours dans les marais, comme des reptiles malfaisants ! elle grelottait dans mes bras et mon souffle glacé ne pouvait la ranimer... Puis l'Esprit s'est retiré d'elle... je ne l'ai plus entendue prononcer que des paroles insensées... Elle ne me reconnaissait plus, et elle serait morte sous mes baisers, si un ange blanc ne nous avait découverts dans notre retraite et ne nous avait sauvés.

— Eh bien ! au nom de cet être inconnu et bienfaisant, dit encore le moine, ne sois pas impitoyable !

— Pourquoi êtes-vous venus, toi et les tiens, poursuivre ma peuplade au fond de ses forêts, et lui imposer la violence un Dieu étranger ! continua l'Oby sans paraître l'avoir entendu. Ignoriez-vous qu'il est bien dur d'abandonner les tombes de ses pères aux profanations des hommes blancs, et d'aller chercher un autre soleil que celui qui a brillé sur les hamacs de nos enfants ! Que nous apportiez-vous donc en échange de nos terres et de notre liberté ?

— Un nouveau Dieu ! un Dieu de paix et de miséricorde ! répliqua Fray Eusebio entraîné par son fanatisme, et oubliant qu'il allait ainsi raviver toute la haine du sorcier idolâtre.

— Mais ce Dieu qui vous a sauvés, qu'a-t-il fait pour nous ? dit l'Oby avec une fureur contenue. Chaque fois que nous avons imploré nos fétiches, ils nous ont donné bonne pêche, bonne chasse, et les chevelures de nos ennemis ! Oh ! il est bien inventé ! En son nom, vous venez nous arracher des tributs, vous nous faites esclaves, vous nous condamnez aux supplices ! Puis, si un jour nous nous révoltons, si un jour nous sommes les plus forts, c'est en son nom que vous nous criez : Grâce et pitié ! que vous nous demandez miséricorde ! Non pas ! non pas ! C'est mon fétiche qui m'a conduit ici ! vous mourrez, c'est justice ! L'ange blanc dira comme moi : C'est justice !

A ces dernières paroles néanmoins un rayon d'espérance se glissa dans le cœur de Fray Eusebio. L'Oby s'était en même temps dirigé vers l'entrée de la grotte, mais il ne tarda pas à reparaître, accompagné de la créature mystérieuse qu'il venait de désigner sous le nom de l'ange blanc, et qui n'était autre que la *Seigneuresse*.

Margaret ne put retenir une exclamation de surprise en reconnaissant le moine et dona Carmen qui se précipita vers elle et resta étroitement pressée sur son cœur.

— Oh ! vous ne nous abandonnerez pas, vous, bonne mère, s'écria la jeune fille.

— Non, vous ne mourrez pas, dit Margaret en redressant sa haute taille avec dignité ; et, se tournant vers l'Oby, elle ajouta :

— Pour prix de la vie de ta fille, accorde-moi celle de ces malheureux.

L'Indien la regarda avec stupeur, puis il lui répondit en lui jetant un sourire d'intelligence :

— Ah ! c'est que tu ne sais pas, Margaret, cet Espagnol, c'est mon ennemi, celui qui a brûlé mon carbet, celui qui a fait vendre ma fille... J'ai promis à mes fétiches qu'il mourrait, tu comprends !

— Margaret, vous êtes chrétienne, s'écria le moine terrifié. Arrachez-nous des mains de cet idolâtre.

La Seigneuresse haussa imperceptiblement les épaules. Mais elle reprit avec force en s'adressant au Caraïbe :

— Écoute, si tu me refuses, je t'abandonne aux fétiches qui sont irrités contre toi. Un feu intérieur te brûlera tout vivant, et ton esprit sera condamné à errer éternellement dans les mornes de la lune, qui sont tapissés de glaces et entourés d'un brouillard épais.

L'Oby tressaillit, mais il s'avança vers le moine d'un air si résolu, que ce dernier recula pâle comme la mort.

Margaret, sans l'arrêter d'un geste ou d'un regard, continua froidement :

— Si tu me refuses, ta fille redeviendra glacée comme le jour où je l'ai trouvée mourante dans tes bras.

L'Oby devint immobile et attentif. Margaret poursuivit :

— Elle a le même âge que cette jeune Espagnole. Elles ont toutes deux la même étoile au ciel. Elles doivent ressentir les mêmes souffrances.

Ces paroles, prononcées avec un accent inspiré, parurent frapper vivement l'esprit superstitieux du Caraïbe. Après un instant d'hésitation il répliqua gravement :

— Cette jeune fille t'appartient, Margaret. Mais, quant à cet Oby du dieu crucifié, crois-tu aussi que ma vie soit attachée à la sienne ?

La Seigneuresse regarda le moine et lui dit à voix basse :

— Le mensonge est-il quelquefois pardonnable, mon père ?

— Toute parole qui donne la vie est sainte, murmura Fray Eusebio.

— J'attends, reprit l'Indien.

— Vous avez tous deux la même destinée, lui répondit Margaret.

— C'est bien, dit l'impassible Oby, dont un sourire étrange éclaira aussitôt la physionomie farouche.

Fray Eusebio ne se sentait pas rassuré. Pourtant le Caraïbe semblait avoir étouffé toute idée de haine et de vengeance, tant sa confiance était aveugle dans les prophéties de celle qu'il appelait l'ange blanc.

— Comment avez-vous pu fuir du port de la Paix ? demanda alors la Seigneuresse à dona Carmen.

La jeune créole lui montra Montbars près du brasier presque éteint.

— Voilà notre libérateur, ma bonne mère !

— Noble jeune homme ! dit Margaret en le regardant avec une expression mélancolique. Mais que signifie ce profond sommeil ?

Dona Carmen lui répondit quelques mots à voix basse. La Seigneuresse ne put retenir un geste d'horreur, jeta un regard d'indicible mépris sur le moine, puis elle reprit vivement :

— Il faut maintenant que vous songiez au départ. Nous descendrons le fleuve jusqu'à la mer dans le canot d'écorce de l'Oby, et nous trouverons sans doute au cap Gracia à Dios quelque barque espagnole pour vous transporter à la Rancheria. Quant à Joaquin, je le laisserai sous la garde du Caraïbe jusqu'à mon retour.

Dona Carmen porta à ses lèvres les mains ridées de Margaret. Puis, après avoir jeté un dernier regard plein d'émotion sur l'héroïque aventurier, elle suivit la Seigneuresse qui sortit de la grotte et monta dans le canot d'écorce que la vague berçait doucement au pied du rocher.

Le moine marchait derrière elles et se disposait à les imiter, lorsque tout à coup il poussa un grand cri qui glaça d'effroi les deux femmes. Elles retournèrent la tête et virent un affreux spectacle.

L'Oby venait d'enlacer Fray Eusebio dans ses bras nerveux.

Certain, d'après la prophétie de Margaret, que le moine périrait en même temps que lui, il s'était dévoué à la mort pour accomplir inexorablement sa vengeance.

Il voulut donc se précipiter dans le fleuve avec son ennemi. Mais, dans ce brusque mouvement, son pied glissa sur le granit humide, et il resta comme accroché par sa ceinture à une saillie du rocher.

Alors il se retourna comme un serpent blessé, le visage contracté, les lèvres en sang, faisant des efforts inouïs pour parvenir à tomber dans les flots avant que ses forces fussent épuisées. Mais il ne pouvait se détacher de cette tenaille de granit ; et, plus il voulait étreindre le moine, plus il sentait, à chaque seconde, ses mains crispées se roidir. Enfin il se trouva pris de vertige et de faiblesse, il croyait voir les vagues monter jusqu'à ses lèvres et lui remplir la bouche : il lui semblait qu'elles le menaçaient de leur bruissement, et le fouettaient de leur écume pour lui faire lâcher prise. Il ne résista plus. Ses bras se détendirent tout à coup, et le moine tomba dans le fleuve.

Mais alors même le Caraïbe rouvrit les yeux et regarda au-dessous de lui. Il vit Fray Eusebio nager vers le canot et y aborder, il poussa un hurlement de rage et de désespoir, et s'écria d'une voix brisée : Mensonge ! mensonge ! Puis il jeta un dernier regard de reproche et de menace à la Seigneuresse. Au même instant la ceinture du malheureux acheva de se déchirer sous les efforts convulsifs de son agonie ; il tomba, et les vagues refermèrent sur lui les plis de leur linceul mouvant.

Mais déjà le canot d'écorce descendait rapidement la grande rivière, le moine ayant tout de suite détaché l'amarre, et quelques minutes après le rocher de l'Oby était hors la vue des fugitifs.

II

La grande pirogue.

La précipitation de Fray Eusebio à monter dans le canot et à détacher l'amarre pour fuir au plus vite jeta les trois fugitifs dans une situation terrible. Une vague était tombée à l'eau, et le canot, n'étant plus dirigé, commença à filer en plein courant avec une rapidité effrayante :

— Malheureux, qu'avez-vous fait ? dit Margaret au moine lorsque, sortant des réflexions dans lesquelles son esprit s'était égaré, elle promena ses yeux autour d'elle et vit le canot emporté comme une flèche entre les deux rives. A leur tour Fray Eusebio et dona Carmen levèrent la tête, et la respiration faillit leur manquer. Tout à coup les falaises des deux rives, dorées par les rayons du soleil, fuyaient sous leurs regards comme les danseurs d'une valse fantastique. Le fleuve se trouvait alors resserré entre ces murs de feu, et l'eau courait battre et écumant les crêtes de rocher autour desquelles serpentaient des algues verdoyantes, et qui étincelaient, semblables à des montagnes de cuivre en fusion.

La Seigneuresse, qui savait que le frêle canot d'écorce pouvait être déchiré comme une voile par la première pointe de granit qui se dresserait sur son passage, ne prononçait plus une parole. D'un signe impérieux elle avait ordonné à ses compagnons une immobilité absolue. Puis, saisissant la seconde rame restée dans le canot, elle essaya, avec une vigueur dont le moine ne l'eût pas crue susceptible, de faire dévier la barque vers la rive gauche, qui était bordée d'une prairie d'algues, de nénuphars et de plantes marines. Si le canot s'engageait au milieu de cette corbeille fleurie couchée au pied des rochers, l'espérance pouvait renaître dans leurs cœurs. Deux ou trois fois les efforts de Margaret furent sur le point de réussir ; mais, avant que les mains de Fray Eusebio et celles de dona Carmen eussent pu s'accrocher désespérément aux plantes fugitives, le courant était devenu plus large et les emportait plus violemment encore. Enfin les deux rives s'écartèrent formant une courbe gracieuse. Le canot n'était plus entraîné par le courant impétueux d'un fleuve ; il se trouvait au milieu d'un golfe, et devant lui s'étendait une nappe d'eau, immense, sans limites visibles,

Margaret alors se leva, et, dirigeant sa main ridée vers l'horizon, dit d'une voix creuse :

— Ceci est la mer, Fray Eusebio !

— La mer ! serait-il possible ? répliqua le moine. Mais heureusement elle est calme, unie comme une glace. Pas une ride !

— Et pas un nuage dans le ciel ! ajouta dona Carmen. Pas un souffle de vent !

Le canot filait toujours.

— Oh ! maintenant que le courant va s'éteindre dans la mer, reprit le moine, nous ne serons pas entraînés bien loin.

— Nous ne sommes guère qu'à deux lieues de la côte, n'est-ce pas, Margaret ? demanda Carmen.

— A quatre lieues déjà, ma fille, répondit la Seigneuresse. Mes yeux affaiblis ne l'aperçoivent plus.

Le canot filait toujours.

— Si on ne nous découvre pas de l'île, reprit le moine, il est impossible que d'ici à quelques heures il ne passe pas une barque, un bâtiment, une flibuste même ; n'est-ce pas, bonne mère ?

— Peut-être ! répondit froidement Margaret.

— Ainsi nous ne courons d'autre risque, continua dona Carmen, que de rester immobiles pendant plusieurs heures sous ce ciel ardent, ballottés dans notre canot comme dans un berceau !

— Dieu veuille, ma pauvre enfant, s'écria alors la Seigneuresse en embrassant Carmen, que ce canot ne soit pas notre cercueil à tous trois !

— Mais cela est impossible, n'est-ce pas, dit la jeune fille en souriant, quoique troublée involontairement jusqu'au fond du cœur.

— Hélas ! hélas ! ce calme est terrible, Carmen, répartit Margaret en laissant tomber deux grosses larmes de ses paupières flétries. Oh ! si je pouvais voir poindre un nuage sur ce ciel éclatant et pur ! Si la mer cessait enfin de dormir et secouait les plis de son manteau qui semble pailleté d'argent ; alors je craindrais moins pour toi !

— Est-ce à dire, interrompit le moine, que dans votre langage de prophétesse vous nous souhaitez une tempête qui engloutisse le canot !

— Plût à Dieu, s'il ne contenait que toi ! répondit Margaret en lui lançant un regard écrasant de mépris. Mais je ne veux pas que Carmen meure, entends-tu ? Je ne veux pas la voir mourir cette enfant que j'ai élevée avec tant d'amour, jusqu'au moment où ton digne frère, don Ramon, m'a fait chasser de la Rancheria. Et moi non plus, je ne veux pas mourir, car j'ai encore un devoir sacré à remplir sur la terre.

Le canot s'était arrêté, bercé doucement par la mer. Le soleil flamboyait toujours, et la chaleur devenait déjà insupportable pour les fugitifs. Nul moyen de se mettre à l'abri. Le moine commença à comprendre les craintes de Margaret et s'épouvanter de ce calme sinistre. Il jeta au loin des regards inquiets, mais une voile ne blanchissait à l'horizon. En ce moment la jeune fille baissa ses yeux éblouis par l'éclat du soleil, et baissa la tête comme pour se soustraire à l'ardeur de ses rayons.

— Pauvre Carmen ! elle n'ose pas proférer une plainte, murmura la Seigneuresse, mais elle souhaiterait bien déjà un souffle de vent qui rafraîchit son front brûlant.

Puis Margaret ôta sa mante, en couvrit les épaules de la jeune Espagnole, et, la faisant asseoir sur ses genoux, se mit à la bercer comme un enfant, en lui chantant un de ces refrains monotones et mélancoliques familiers aux noirs des colonies.

Dona Carmen ne se sentait plus la force de parler ni d'agir. Tant de secousses avaient épuisé son énergie depuis quelques jours, que sa tête affaiblie s'abandonnait aux langueurs d'un demi-sommeil. Sa pensée rêvait pour ainsi dire. Les visions du passé tourbillonnaient dans son cerveau ; devant ses yeux fermés elle voyait passer tour à tour les figures du Basque, de Montbars et de l'Oby Caraïbe. Margaret toucha ses mains, elles étaient moites et brûlantes.

— La fièvre a allumé le sang dans ses veines, dit la Seigneuresse. Elle ne pourra jamais résister aux souffrances qui nous sont sans doute réservées, grâce à vous, Fray Eusebio !

Mais le moine, sans l'écouter, fixait toujours ses regards vers la vaste nappe de la mer, qui restait ironiquement calme, unie comme un miroir ardent.

Cependant dona Carmen continuait, dans son rêve douloureux, à remonter ainsi toutes les heures de son passé, lorsque soudainement elle vit se dresser devant elle le fantôme de don Ramon Carral. Elle l'entendit pousser son cri d'agonie. Elle sentit sa main glacée se poser sur son épaule. Alors elle-même, en un grand cri, et, rouvrant les yeux avec effort, prise de vertige et d'épouvante, elle regarda fixement le moine qui s'était retourné vers elle ; et, croyant voir son rêve se réaliser, prise de vertige et d'épouvante, elle s'écria :

— C'est lui, lui, toujours lui ! ce spectre me poursuivra-t-il toujours ?

— Que dites-vous, senorita ? répliqua le moine surpris en s'avançant.

La Seigneuresse étendit les mains vers lui.

— N'approchez pas, je vous le défends, dit-elle ; et, s'adressant à dona Carmen : — Calme-toi, mon enfant ! tu souffres, n'est-ce pas ? tu as fait quelque rêve terrible.

Mais dona Carmen, comme si elle ne la comprenait pas, les yeux toujours attachés avec terreur sur le visage de Fray Eusebio, étreignit Margaret de ses deux bras, tremblant de tout son corps comme un pauvre oiseau effaré sous la serre d'un vautour.

Le moine, de son côté, se trouvait ému d'une curiosité singulière par les paroles vagues de la jeune fille. Aussi, quoique un instant interdit à la voix digne et imposante de Margaret, il finit par s'approcher des deux femmes.

— Oh ! empêche-le de venir ainsi près de nous, s'écria Carmen en embrassant la Seigneuresse. Vois, bonne mère, il vient me demander compte, compte du sang versé ; oh ! ne me livre pas à lui. Dois-je toujours voir cette ombre sanglante attachée à mes songes, et la retrouver présente à mon réveil !

Fray Eusebio effleurait de sa main la mante de la jeune fille.

— Le vois-tu, le vois-tu, Margaret, reprit-elle, là, devant moi, sombre et irrité comme cette nuit ?...

— Cette nuit ! répéta le moine.

Elle ne put achever, et détourna la tête avec horreur.

— Malheureux ! dit la Seigneuresse profondément émue. Cette enfant a le délire ; comment osez-vous troubler si cruellement le repos dont elle a besoin.

— Femme, répliqua durement Fray Eusebio, dona Carmen est ma pénitente. Ne vous placez pas entre elle et celui qui répond de sa conscience à Dieu.

— Mais le prêtre doit-il être un espion et un bourreau ? dit Margaret avec dédain.

— Non, mais un juge, repartit le moine.

— Votre vue est une torture pour cette enfant, poursuivit Margaret. Vous la tuerez !

— Si elle meurt, répondit l'inflexible moine d'une voix tonnante, voulez-vous qu'elle meure maudite et damnée ! l'aveu seul d'une faute peut la faire absoudre.

— Mais ne craignez-vous pas d'égarer à jamais la raison de dona Carmen en abusant ainsi de son état de faiblesse !

En ce moment le visage de Fray Eusebio s'éclaircit. Il sembla respirer plus librement, et ses yeux brillèrent sous ses sourcils dilatés. La Seigneuresse ne s'aperçut pas de ce changement soudain. Si elle s'était retournée, elle eût vu poindre au bout de l'horizon, là où les vagues indolentes se confondaient avec la frange bleue du ciel, un point blanc semblable à une plume d'alcyon.

Ce point blanc, c'était l'espoir, c'était la vie, c'était même la vengeance pour Fray Eusebio Carral. Il avait deviné une voile ! Une voile, c'est l'univers pour un homme qui tout à l'heure se trouvait presque condamné à la mort, à une mort lente, stérile, inconnue ; car il était plus séparé du monde par les flots de l'Océan que par les murs de pierre d'une prison.

Aussi reprit-il avec plus de douceur :

— Abuser de la faiblesse de dona Carmen dans un moment où peut-être nous devons nous résigner à mourir à paraître devant le juge éternel ? Non, Margaret, vous ne me connaissez pas. Je veux sauver son âme et la préparer à la mort ; c'est mon devoir.

— Oui, il est l'heure de mourir ! dit la pauvre jeune fille, qui, au milieu du chaos de pensées qui se pressaient dans sa tête, avait écouté machinalement les paroles du moine. Et, se laissant glisser des genoux de la Seigneuresse, elle se prosterna aux pieds de Fray Eusebio et ajouta : — Aussi bien ce secret était pour mon cœur un poids terrible, et je dois m'humilier en avouant toute la vérité, en avouant mon crime !

La Seigneuresse se leva aussitôt, et, saisissant sa main :

— Que vas-tu dire, malheureuse enfant ? Ton crime ! mais, chère innocente qui prononces un pareil mot avec tes lèvres d'ange, te doutes-tu seulement de ce que c'est qu'un crime ? Pas un mot de plus, Carmen. Et vous, Fray Eusebio, ne voyez-vous pas que la fièvre seule peut mettre ces aveux dans une bouche si pure ?

— Femme, laissez-la parler, dit froidement le moine.

— Je suis coupable, je suis criminelle, murmura Carmen d'une voix brisée.

— Non, non, interrompit Margaret en la serrant dans ses bras et en essayant de la relever. Non ! quand vous avez commis un crime, quand votre cœur garde comme une tombe des morts sans linceul, des morts dont la plaie reste toujours ouverte, dont le souvenir est pour vous un remords, votre visage se ride comme le mien, vos cheveux blanchissent comme les miens, vos pensées s'égarent comme les miennes ; car souvent on m'a dit que j'étais folle, ô mon Dieu !

— Je suis coupable ! répéta Carmen.

— Coupable ! dit Margaret. Tes paupières n'ont-elles plus de larmes ! tes nuits sont-elles d'horribles rêves sans sommeil pour que tu sois coupable ! reviens à toi, mon enfant, et ne joue pas avec de semblables paroles.

— Je vous écoute, senorita, interrompit Fray Eusebio en jetant un regard avide sur la mer.

La voile grandissait et se découpait nettement entre le ciel et l'eau.

— Pardonnez-moi ! pardonnez-moi ! reprit Carmen dont l'égarement augmentait de plus en plus, et qui, brûlée par la fièvre, croyait toujours voir devant elle don Ramon Carral. Puis, promenant autour d'elle des yeux hagards, elle ajouta avec un sourire affreux à voir :

— Oui, je vous ai trompés tous ! Vous me croyez innocente, et si je vous disais la vérité je vous ferais horreur, ou plutôt vous ne me croiriez pas.

— Carmen, reviens à toi, murmura la Seigneuresse en frissonnant.

— J'ai versé du sang, moi que vous appeliez votre enfant, bonne mère, dit-elle, en cachant sa figure de ses mains tremblantes.

— Ne l'écoutez pas, dit Margaret au moine, ne l'écoutez pas.

— Silence, femme, reprit-il d'un ton farouche. Laissez éclater l'horrible vérité !

Et, arrachant Carmen des bras de la Seigneuresse, il lui cria :

— Quel sang avez-vous donc versé, dona Carmen de Zarates ?

L'Espagnole le regarda d'un air insensé. Mais bientôt, comme fascinée par les yeux ardents du moine, elle répondit avec soumission :

— J'ai laissé accuser un autre. J'ai eu peur, pardonnez-moi ! Les femmes ne sont pas courageuses, voyez-vous ! J'ai eu peur de la honte, de la mort, que sais-je, moi ?

— Le nom ! le nom de celui qui a été frappé ? demanda Fray Eusebio dont les soupçons croissaient à chaque instant.

— Tais-toi, Carmen, tais-toi ! dit Margaret.

— Mais ne voyez-vous pas, bonne mère, répondit la malheureuse, que celui que je croyais mort, le voilà revenu. Comme son visage est menaçant et terrible ! Il me semble parfois qu'il ne m'a jamais quittée depuis cette nuit. Oh ! mais il vient maintenant me maudire et tout révéler. Cachez-moi ! sauvez-moi !

— C'est le sang de mon frère qui crie vengeance, s'écria Fray Eusebio en foudroyant les deux femmes d'un regard de haine. Dona Carmen de Zarates, que sur toi seule retombe le châtiment de la mort de don Ramon Carral !

A ce nom la jeune créole tressaillit comme réveillée en sursaut, recula sur ses genoux, terrifiée, éperdue. Puis elle répéta de ses lèvres tremblantes : — Ramon Carral ! Ramon Carral !

Et tomba évanouie au fond du canot.

La Seigneuresse se leva alors et dit avec indignation au moine implacable :

— Et vous êtes un ministre de notre divin Maître, Fray Eusebio ?

Le moine regardait la mer.

— Mais du moins ce secret périra avec nous, continua Margaret. Dieu est juste. Nous seuls aurons entendu l'aveu de Carmen, et nos lèvres seront bientôt muettes pour l'éternité.

Le moine sourit, et, étendant sa main vers les flots qui commençaient à se rider sous une brise naissante :

— Il ne faut jamais désespérer de la Providence, répondit-il avec une ironie amère. La justice humaine vient l'aider. Elle vient chercher sa proie au milieu de l'océan.

La Seigneuresse effrayée se retourna et poussa un cri de terreur.

Elle voyait s'avancer assez rapidement une de ces grandes pirogues à voiles et à rames, inventées par les Espagnols d'Amérique pour naviguer dans ces parages et défendre les petits navires contre les flibustiers dans les débouquements.

— Oh ! s'écria aussitôt Margaret en s'avançant comme une insensée vers Fray Eusebio, vous n'abuserez point de l'aveu que cette pauvre enfant a laissé échapper dans son délire, n'est-ce pas ?

Le moine la repoussa et agita en l'air, comme signal, la mante qu'il venait d'enlever à dona Carmen.

— Répondez donc ! répondez, dit avec un accent de colère la hautaine Margaret, ou, je vous le jure, avant une minute, j'aurai fait chavirer le canot.

A cette menace, le moine ne put s'empêcher de pâlir. Il connaissait assez Margaret pour être sûr que l'action suivrait de près la parole.

— Tu hésites ? reprit-elle en appuyant un de ses pieds sur le rebord du fragile canot.

— Non, dit-il. Je te promets de ne pas te dénoncer comme la meurtrière de mon frère.

— Si tu me trompais ! insista la Seigneuresse en paraissant réfléchir.

Le moine recommença à agiter la mante au-dessus de sa tête. Dans ce moment les gens de la pirogue aperçurent le signal. Ils entrevirent le canot bercé dans un sillon de lumière et mirent une chaloupe à la mer. Fray Eusebio regardait venir la chaloupe. Margaret regardait le moine, épiant sa pensée sur son visage, prête à faire chavirer le canot au moindre soupçon ; mais il resta impassible.

Quand la chaloupe fut à portée, le moine et la Seigneuresse montèrent. Les matelots, après s'être inclinés sous la bénédiction du premier, transportèrent dona Carmen hors du canot délicatement possible et firent force de rames. La brise augmentait et l'immobilité de la mer avait disparu sous une grande agitation des vagues. La chaloupe eut bientôt regagné la grande pirogue ; Fray Eusebio ne put retenir une exclamation de joie lorsqu'il eut reconnu dans le capitaine, debout sur le pont et la porte-voix à la main, qu'il avait accompagné, peu de temps auparavant, par ordre de don Cristoval de Figuera, dans la tente du Léopard, pour le sommer de rendre son butin et de livrer trois de ses compagnons. Il avait obtenu, comme récompense de sa hardiesse, le commandement de cette pirogue destinée à protéger les galions contre les flibustiers.

Fray Eusebio, qui connaissait la haine du jeune capitaine pour les frères de la côte, alla gravement à lui, et lui tendit la main que l'autre serra cordialement, tout en jetant un coup d'œil perçant sur Margaret et sur dona Carmen. Cette dernière, pâle et froide comme un marbre, les cheveux dénoués, les paupières baissées, semblait encore plus charmante.

Les rameurs restaient immobiles pour la regarder. Les rudes matelots s'empressaient gauchement, mais avec émotion, autour d'elle, car chacun d'eux, en la voyant, pensait à sa femme, à sa sœur, à sa fiancée qui l'attendait au port. Les plus dévots croyaient presque à une apparition de la madone, tant le caractère de ce noble visage était virginal et céleste. Mais le capitaine Esteban était un homme ambitieux et résolu, dont la volonté inflexible ne se laissait jamais surprendre ou détourner par de semblables émotions. Il demanda donc froidement au moine :

— Quelles sont ces femmes ?

— La vieille, dit du même ton Fray Eusebio, est une sorte de sorcière qui sert d'espionne aux flibustiers !

Un cri d'horreur sortit de toutes les bouches. Les matelots reculèrent. Les gobelets d'eau que l'on tendait de tous côtés à la Seigneuresse roulèrent sur le pont. Grâce à ce tumulte, personne ne s'aperçut du sourire qui avait un instant illuminé la figure du capitaine. Celui-ci reprit vivement :

— Et la jeune, Fray Eusebio ?

Margaret regarda fixement le moine, se demandant s'il tiendrait sa promesse, car sa réponse allait décider du sort de dona Carmen. Le moine répondit avec indifférence :

— Je ne la connais pas. J'étais prisonnier des ladrones depuis le pillage de la Rancheria. Pour assurer ma fuite, j'ai dû partir avec ces deux femmes. Voilà tout.

— Bien ! fit le capitaine qui se mit à donner tranquillement quelques ordres.

La Seigneuresse respira, et, s'approchant du moine, lui dit à voix basse : — Merci, Fray Eusebio, de votre générosité ! Maintenant je puis mourir tranquille.

Le moine lui montra d'un geste insouciant le capitaine qui s'avançait vers elle, et répliqua : — J'ai tenu ma parole, mais tu m'as remercié trop tôt, Margaret !

En effet, don Esteban, s'étant approché brusquement de la Seigneuresse, lui dit :

— Ainsi la réponse que m'a faite Fray Eusebio est exacte ? Tu es l'espionne des flibustiers ?

— Pourquoi démentirais-je un homme dont la parole est sacrée ? dit-elle avec hauteur.

— Tu n'as donc rien à dire pour ta défense ? poursuivit le capitaine Esteban.

— Rien.

— Et tu sais le sort qui t'attend ?

— Celui qui vous attendrait vous-même au port de la Paix ou à l'île de la Tortue, répondit-elle simplement. N'êtes-vous pas un Espagnol ? et moi, ne suis-je pas celle que les frères de la côte appellent leur mère, celle qui panse leurs blessés et veille à leur agonie ? Qu'y a-t-il de commun entre la Seigneuresse et le capitaine Esteban ? Une vieille femme comme moi est-elle bonne à autre chose qu'à mourir ? Porte-t-elle des diamants à ses doigts ridés pour tenter la cupidité d'un Espagnol ? Ses yeux noirs n'ont-ils pas été trop ternis par les larmes pour lancer de ces flammes qui enivrent comme des philtres d'amour ? Ai-je donc conservé une voix si douce qu'elle puisse remuer un peu de pitié au fond de tes cœurs d'acier ? D'ailleurs, je ne sais plus prier, moi, capitaine Esteban ; je ne sais plus que maudire, et je vous hais, vous autres Espagnols, de toute l'affection que je porte à ces vaillants frères de la côte qui vengent les pauvres Indiens !

Un murmure de colère courut dans les rangs pressés des matelots. Un signe du capitaine les fit taire et les dispersa.

— Ainsi tu ne crains pas la mort ? reprit-il.

— La mort ! il y a longtemps que je l'attends, répondit-elle d'un air sombre ; que je la cherche comme un bienfait, que je la brave en affrontant mille dangers ! J'ai soigné des malheureux atteints de maladies contagieuses et mortelles, je les ai enveloppés de ma mante, et la mort n'a pas roidi mes vieux membres. J'ai pansé des blessés au milieu d'un abordage et sur le champ de bataille ; les balles sifflaient à mes oreilles, mais aucune ne m'a couchée morte sur le pauvre diable que je venais de rappeler à la vie ! Que m'importent donc tes menaces de mort ? Ce jour devait venir !

— Vraiment ! insista le capitaine, tu ne regrettes rien dans ce monde ? tu as brisé tous les liens qui pouvaient t'y rattacher ?

Margaret l'avait écouté attentivement ; mais, quand il eut fini de parler, son regard parut s'abîmer dans une pensée inconnue, et elle murmura comme se parlant à elle-même : — J'espérais cependant le revoir, lui, avant de mourir ! Oh ! combien j'eusse été heureuse de toucher son front de mes lèvres, fût-ce pendant son sommeil ! S'il m'avait été donné d'entendre le son de sa voix, m'eût-il parlé comme à une étrangère, comme à une mendiante vagabonde ! Mais je n'ai pas mérité tant de bonheur ! Je le reverrai plus tard, là-haut seulement, ajouta-t-elle avec un triste sourire en regardant le ciel. Mais ce sera pour toujours. Je serai sa mère pour l'éternité !

— Vous voyez que je suis patient, dit le capitaine à Fray Eusebio.

Margaret parut revenir à elle, et dit froidement : — Je suis prête, capitaine.

— Nous allons te traiter en femme aguerrie, à la flibustière, reprit Esteban.

— J'attends, capitaine.

— Comme nous n'avons pas de bourreau à bord de notre pirogue, continua-t-il, nous te prierons d'exécuter toi-même ton arrêt. Penses-tu que ces vagues qui commencent à s'agiter soient un assez splendide linceul pour une espionne ?

— Je vous comprends, capitaine.

Et Margaret, sans montrer la moindre émotion, s'avança d'un pas ferme vers le bord de la pirogue, après avoir donné un dernier baiser à doña Carmen, toujours évanouie.

Mais aussitôt Fray Eusebio se pencha à l'oreille du capitaine, et lui dit :

— Je ne vous reconnais plus, señor Esteban. A quoi vous servira cette stérile vengeance ?

— Que voulez-vous, mon père ? puisqu'on ne peut rien obtenir de cette femme bizarre ! Il y a dans son langage quelque chose de hardi et d'élevé qui impose !

— D'un mot vous pouvez briser tout son courage, répondit le moine, et il ajouta quelques paroles à voix basse avec son sourire habituel.

Le capitaine inclina la tête en signe d'approbation, puis il cria à un de ses matelots :

— Ramenez-moi cette femme !

Et à un autre :

— Apportez ici quatre boulets !

— Quatre boulets, capitaine ! répéta machinalement la Seigneuresse.

— Oui, je suis plus humain que tu ne penses, digne mère ! nous ne voulons pas faire d'un acte de justice un amusement de sauvages, en te laissant débattre contre la mort, sous nos yeux ! Je ferai même plus : je te donnerai une compagne. Remercie-moi !

— Une compagne, capitaine ! dit-elle stupéfaite.

— Oui, señora, reprit-il avec indifférence, on va vous jeter toutes deux à la mer !

— Toutes deux ! je ne vous comprends pas, capitaine, répliqua la malheureuse femme d'un air éperdu.

— Par Notre-Dame-del-Pilar ! s'écria Esteban, tu parais trop aimer cette belle évanouie pour que je t'impose la douleur de la quitter.

Et lui montrant doña Carmen :

— Vous ferez le voyage de compagnie, ajouta-t-il. Remercie-moi.

A cette menace, les matelots espagnols eux-mêmes se sentirent émus de terreur. Quant à Margaret, elle voulut retenir un cri d'angoisse ; mais, au frissonnement convulsif de ses lèvres, Esteban devina qu'il avait frappé juste. Elle eut cependant la force de balbutier avec une sorte de calme :

— Oh ! vous voulez rire, mon bon capitaine. Je sais bien que c'est une plaisanterie. On ne tue pas les siens. Vous me condamnez, moi : c'est bien juste. Je suis votre ennemie. Je ne puis pas vous en vouloir. C'est le droit de la guerre. Mais cette enfant, c'est une Espagnole. Elle est des vôtres ! vous lui devez secours et protection. Vous ne pouvez pas la faire mourir. Vous souriez, capitaine ! mais quand je vous dis que c'est une Espagnole ! Je ne sais pas mentir, moi !

— Une Espagnole, reprit Esteban en haussant les épaules, que tu aimes, que tu protèges, que tu défends, toi, notre ennemie, comme tu le disais hautement tout à l'heure. Mais elle a donc renié sa nation pour mériter ta tendresse, et elle doit alors partager ton châtiment.

— Je vous jure qu'elle est des vôtres, capitaine, et qu'elle hait les frères de la côte, interrompit Margaret en joignant les mains.

— Mais Fray Eusebio a dit qu'il ne la connaissait pas, répliqua Esteban. Tu l'as entendu, et tu as confirmé la vérité de ses paroles.

Prise au piège, et sentant ses idées devenir confuses, sa faible raison chanceler, la Seigneuresse se tourna vers le moine et lui dit d'une voix basse, saccadée :

— Ce serait là une infâme vengeance, mon père ! proclamez la vérité.

— La vérité ! répondit le moine, croyez-vous que ce soit un moyen de sauver cette jeune fille ? Je ne puis réclamer doña Carmen de Zárates que comme la meurtrière de mon frère don Ramon Carral, et je ne puis l'arracher à la justice du capitaine Esteban que pour la livrer à celle du gouverneur de Hispaniola.

— Silence ! silence ! s'écria Margaret. O mon Dieu ! que faire ? que faire ? Mais c'est impossible que je laisse périr cette enfant !

Les matelots apportèrent sur le pont les boulets et les chaînes de fer qui devaient les attacher aux pieds des deux malheureuses femmes.

Margaret les regardait d'un air insensé. Elle se baissa, et se meurtrit les doigts à soulever ces lourdes masses de fer. Puis elle posa sa main sur les petits pieds de doña Carmen, et se mit à ricaner sourdement.

— Oh ! oh ! le capitaine a voulu rire. Les jolis pieds mignons ! qui donc oserait les charger de ces horribles boulets ? On a cru me faire

peur ; mais je ne suis pas si crédule. Ne crains rien, Carmen ! Dors tranquille, mon enfant ; on ne te fera pas de mal.

— Commencez par la jeune ! ordonna le capitaine Esteban aux matelots.

La Seigneuresse se leva d'un bond, les yeux secs, les mains crispées, et leur dit d'une voix menaçante : — Avancez donc, lâches !

Et plus bas : — Ne crains rien, Carmen. Je suis là pour te défendre !

— La vieille fée vous fait-elle peur ? dit d'un ton bref le capitaine.

Les matelots s'approchèrent résolûment. Margaret jeta un regard désespéré autour d'elle, et, ne voyant pas une figure amie, toute son énergie fondit en larmes. Elle se laissa tomber auprès de Carmen, qui commençait à se ranimer et qui alors seulement entr'ouvrit ses yeux vagues et étonnés. Puis elle l'enveloppa de son corps comme si elle eût espéré la cacher ainsi à tous les regards.

— Oh ! tu vas me maudire, s'écria-t-elle d'une voix entrecoupée. C'est moi qui te perds. C'est moi qui t'entraîne dans mon malheur. Toi si jeune, si belle, si aimée, étais-tu donc destinée à une mort si affreuse !

Les matelots essayaient de la détacher le plus doucement possible de la jeune fille qu'elle étreignait toujours.

— Eh, quoi ! reprit-elle avec un accent sauvage, rien ne peut donc vous fléchir, capitaine ?

— Rien.

— Ma mort ne vous suffit-elle pas ? Mais qui vous oblige donc à être si cruel ? Qu'est-ce que cela fait au roi d'Espagne que vous laissiez vivre ou mourir une pauvre jeune fille dont tout le crime est d'être aimée par moi ?

Le capitaine frappa du pied avec impatience.

— Mais c'est que je l'ai élevée, voyez-vous, continua la Seigneuresse avec angoisse, et, comme sa mère était morte, et que je n'avais plus d'enfant à aimer, je n'ai pu m'empêcher de la regarder comme ma fille. C'est naturel, mon bon capitaine. Et dire cependant que c'est pour cela qu'elle va mourir ! Ah ! je dois donc porter malheur à tous ceux que j'ai aimés !

— Quel bavardage ! Allons, faites vite, interrompit le capitaine, qui, malgré lui, se sentait troublé.

Les matelots avaient enfin arraché Margaret des bras de Carmen. Voyant son impuissance à résister, elle dit d'une voix douce et éteinte :

— Ainsi il faut renoncer à toute espérance ! il faut prier Dieu et mourir. Il n'est aucun moyen de la sauver !

— Aucun ! répéta le capitaine.

Elle laissa tomber ses bras inertes le long de son corps et chancela comme frappée d'un étourdissement subit. Mais, dès que don Eusebio l'eut vue plongée dans cet état d'anéantissement suprême, et regardant avec une sorte de stupeur hébétée les matelots qui se préparaient à attacher les boulets aux pieds de doña Carmen, il murmura comme en hésitant :

— Cependant à la rigueur... on pourrait.... cette pauvre femme ne vous fait-elle pas pitié, Fray Eusebio ?

Margaret se redressa de toute sa hauteur, ses yeux brillèrent.

— Avez-vous trouvé un moyen ? dit la Seigneuresse. Oh ! non, ce serait trop cruel. Mais parlez ! dites, par quel sacrifice puis-je racheter sa vie ?

— Bah ! je me décide, poursuivit Esteban. Eh bien ! vieille boucanière, il s'agit tout simplement de retourner au port de la Paix...

— C'est un rêve, une raillerie.

— Et d'annoncer aux frères de la côte que tu as vu un vaisseau espagnol doubler le cap Gracia a Dios. C'est la vérité.

— O mon Dieu ! voilà tout ce que vous exigez ? s'écria Margaret, folle d'espoir et de joie. Et ce n'est pas un piège...

— Quelle nécessité pour moi de te tendre un piège ? répliqua Esteban en haussant les épaules. Voyons, consens-tu ?

Elle le regarda fixement, comme si elle eût encore conservé quelque doute et voulu pénétrer au fond de sa pensée.

— Hâte-toi de répondre, de te décider ! reprit le capitaine. Tu leur diras que tu as rencontré dans ces parages un vaisseau espagnol, un galion lesté de lingots et de piastres. Cela seulement. Pas autre chose. Répète mes paroles.

La Seigneuresse jeta un regard rapide, mais perçant et sagace comme celui d'un loup de mer, sur la grande pirogue, et répliqua :

— Oui, je leur dirai, mon bon capitaine, que j'ai vu une forte pirogue, portant deux cents braves marins, et nageant à soixante-dix avirons, doubler le cap Gracia a Dios.

— Non pas, mais un galion chargé pour Cadix, interrompit Esteban.

— Un galion ! reprit-elle en hochant la tête d'un air incrédule ; un galion bourré d'armes, de poudre et de boulets ! un galion armé de six pierriers servant à l'abordage, et, sur le devant, de trois canons de neuf pieds de long !

— Non pas, non pas, interrompit encore le capitaine ; mais un galion chargé de lingots et de piastres. Me comprends-tu, maudite sorcière?

— Pourtant, dit-elle en lui montrant les gueules béantes des canons, je ne suis pas aveugle! je ne dis que ce que je vois.

— Mais tu ne dois rien voir, repartit Esteban. Nous sommes un galion; le scorbut a réduit des deux tiers notre équipage; nous sommes hors d'état de nous défendre contre une poignée de flibustiers. Pas de dangers pour eux! un gain immense! Voilà ce que tu dois leur dire. Comprends-tu, maintenant?

— C'est un mensonge! c'est une trahison que vous me demandez! s'écria, en tombant à genoux devant lui, la fière Margaret. Mais songez donc, mon bon capitaine, que si ces malheureux ont confiance en moi, ils seront perdus, et tomberont dans un piège infâme!

— Cela ne te regarde pas, folle! dit durement don Esteban. Nous voulons combattre ces terribles frères, nous venger de nos défaites ou leur fournir la plus belle occasion de déployer leur courage! Veux-tu nous aider dans ce projet, oui ou non?

— Un pareil guet-apens... jamais, jamais! répliqua-t-elle en se relevant avec indignation. Ce serait là un crime que Dieu ne pardonnerait pas, et je serais séparée pour l'éternité de celui que je dois attendre là-haut!

— Attachez les boulets aux pieds de la jeune fille, commanda froidement le capitaine.

Un des matelots posa de nouveau ses mains rugueuses sur les épaules de la pauvre Carmen pour comprimer sa résistance. Elle se souleva en frissonnant sous ce rude contact grossier, et gémit douloureusement:

— Au secours! ma bonne Adélaïde, au secours!

La Seigneuresse voulut s'élancer vers elle. Deux mains de fer la retenaient clouée à sa place. Elle ne put résister à cet appel suppliant, et cria au capitaine:

— Je dirai tout ce que vous m'ordonnerez, señor Esteban.

Et elle se mit à trembler de tous ses membres.

— Tu le promettras sur l'Évangile, sur ta patronne, au nom de tous ceux que tu as aimés?

— Sur l'Évangile, sur ma patronne, au nom de tous ceux que j'ai aimés, bégaya-t-elle d'une voix défaillante.

— Vous voyez que nous avons confiance en vous, Margaret, observa Fray Eusebio.

— O mon Dieu, pardonnez-moi, vous qui lisez au fond des cœurs! s'écria la misérable femme.

— Maintenant, une chaloupe à la mer, ordonna le capitaine. Tu seras conduite par quatre drôles à face noire, qui ne nous trahiront pas, en cas de surprise, car ils ne savent pas deux mots d'espagnol. Ils te débarqueront le plus près possible du port de la Paix.

— Viens, viens, Carmen, dit alors la Seigneuresse en la soulevant dans ses bras. Tu es sauvée, entends-tu? Nous allons retourner au port de la Paix.

— Jamais! jamais! dit tout bas dona Carmen. Je n'ai point oublié Michel le Basque. Je suis libre, n'est-ce-pas? Eh bien retournons à la Ranchería.

— Es-tu folle, Margaret? s'écria le capitaine. Cette jeune fille reste avec nous; embrasse-la et dis-lui adieu. Tu sais qu'il ne tiendra qu'à toi de la revoir.

— Elle reste avec vous? répéta la Seigneuresse terrifiée.

— Certainement, répondit don Esteban. Si elle est Espagnole, comme tu l'assures, il est beaucoup plus naturel qu'elle reste avec ses compatriotes que de retourner au milieu des ennemis de sa nation.

— Mais, mon bon capitaine...

— Mais, digne Seigneuresse, reprit-il d'une voix plus forte, si tu nous trompes, si tu changes un mot du message que tu es chargée, si tu hésites dans la trahison, et que tu nous inspires le plus léger soupçon, les boulets seront attachés aussitôt aux pieds mignons de ta protégée.

— C'est un démon qui vous a soufflé une pareille idée! s'écria Margaret au désespoir. Mais le hasard peut détruire les plans les mieux combinés, señor Esteban. Quelque hypocrisie que j'impose à mon visage et à mes paroles; les flibustiers peuvent ne pas me croire... Et ne vous ai-je pas dit que j'aimais cette jeune fille comme mon enfant?

— Aussi est-ce le meilleur otage qui puisse nous répondre de ton dévouement; car, je te le répète, à ta tendresse et à nous servant fidèlement; car, je te le répète, d'un signe ou d'un mot, tu peux la perdre ou la sauver.

Margaret resta pétrifiée, sans mouvement, sans regard, et se laissa transporter dans la chaloupe, où on l'étendit sur quelques nattes, brisée, anéantie, répétant sans cesse comme dans le délire:

— O mon Dieu, ai-je donc mérité de tant souffrir? L'expiation d'une faute ne doit-elle finir qu'avec le dernier souffle de la coupable? Votre justice est trop rigoureuse, ô mon Dieu!

Les quatre nègres firent force de rames, et la chaloupe s'éloigna rapidement de la grande pirogue, suivie des vœux de l'ambitieux capitaine et du vindicatif Fray Eusebio.

Le lendemain matin, la Seigneuresse fut silencieusement débarquée à peu de distance du port de la Paix.

III

Le guet-apens.

La matinée était charmante et pleine de fraîcheur. L'aube blanchissait la cime des mornes lointains, où s'étageaient des bouquets de gaïacs et de palmistes. Comme les aventuriers avaient repris, avec l'aide de l'amiral Blake, l'île de la Tortue, il ne restait au port de la Paix qu'un petit nombre de flibustiers et de boucaniers. Les feux allumés çà et là, pour rôtir le gibier, indiquaient la place des habitations, cachées la plupart derrière de petits bois de tamariniers et de goyaviers.

Margaret, en se retrouvant sur cette plage connue, en voyant disparaître la chaloupe espagnole, crut sortir d'un rêve. Elle respirait avidement la senteur parfumée des arbres et des fleurs, marchait au hasard pour bien s'assurer qu'elle était libre, se demandait s'il était bien possible qu'elle eût prêté l'affreux serment dont le souvenir la torturait. Mille projets insensés roulaient dans son esprit. Elle avouait tout aux frères de la côte, elle les guidait contre les Espagnols, elle revenait triomphante avec sa bien-aimée Carmen. Mais, hélas! c'était là un projet irréalisable, puisque, don Esteban ne devait-il pas prononcer l'arrêt de mort de la malheureuse enfant. Margaret se tordait les mains de rage et de terreur. Mais les instants pressaient. Elle restait immobile à regarder les feux des aventuriers brillant dans les dernières brumes du matin, et à écouter les chants des engagés.

— Et penser, murmura-t-elle, que si j'obéis à cet Espagnol, demain ces habitations seront désertes! demain plus de joyeuse fumée qui tourbillonne au milieu des goyaviers! plus de chants! mais le silence de la mort.

Enfin elle s'approcha lentement, et aperçut une troupe d'aventuriers qui venaient de quitter leurs hamacs et vidaient en riant quelques verres de genièvre. Leur joie lui causa une impression de tristesse profonde. Elle tressaillit en les reconnaissant, et, soit effet de la lueur douteuse de l'aube, soit erreur lugubre de son imagination, il lui sembla qu'elle était séparée d'eux par une sorte de voile transparent, barrière invisible qu'elle ne pouvait franchir. Ses pieds restaient cloués au sol; sa voix s'éteignait dans son gosier, et elle cacha même son front sous ses mains glacées, croyant tout à coup que les joyeux buveurs allaient y lire sa trahison.

En ce moment, Pitrians l'aperçut et s'écria:

— Hourra! voici Margaret! Eh! la mère, arrivez donc! Il y a toujours place pour vous au foyer!

— Et à la table, dit Jean David en riant.

La Seigneuresse ne bougea pas; elle eut envie de pleurer, mais elle dévora ses larmes.

— Elle est gaie comme la nuit! reprit Pitrians. D'où diantre peut-elle venir avec une figure renversée comme ça?

Margaret frissonna, et répéta d'une voix rauque:

— D'où je viens? d'où je viens!... L'ont-ils deviné?

— On dirait d'un fantôme! s'écria Pitrians.

— Elle est dans ses humeurs noires, laissa-la tranquille, dit brusquement le Léopard. Tu sais qu'elle n'aime pas la plaisanterie.

— Allons, un doigt de genièvre, Seigneuresse, continua Pitrians, ça vous remettra le cœur.

Et, s'étant avancé vers elle, il effleura de son gobelet les lèvres de Margaret. Mais elle le regarda avec une expression si grave et si triste, qu'il recula tout surpris en disant:

— Ah çà! vous avez donc sérieusement du chagrin, la mère? Auriez-vous à vous plaindre de quelqu'un des nôtres, Margaret? lui demanda le Léopard.

— Je ne me plains qu'au ciel, répondit-elle amèrement. Je suis triste, parce qu'un pressentiment m'a avertie que beaucoup de vos frères périraient bientôt!

Ces mots lui échappèrent malgré elle, comme arrachés par une force inconnue.

Les aventuriers l'avaient écoutée dans un profond silence.

— Plus de ces prophéties-là, Margaret, répliqua le Léopard; ça énerve l'âme. Souhaite-nous plutôt une bonne occasion de prise. Depuis quelque temps, les gavaches se tiennent à l'écart, et nous ne trouvons plus un hatto ni un galion à surprendre.

— Il ne se passera pas deux jours sans qu'il y ait bien du sang de répandu, Léopard, dit-elle toujours immobile.

— Parle plus clairement, Margaret.

— J'ai appris en route de bonnes nouvelles, ajouta la malheureuse en pâlissant.

— De bonnes nouvelles?...

Ce ne fut qu'un cri. Et tous les aventuriers se levèrent et entourèrent la Seigneuresse.

Avant de continuer, elle jeta un regard éperdu sur eux. Une idée soudaine l'avait mordue au cœur. Elle avait tout à coup entrevu au fond de sa pensée Joaquin Montbars, ce brave jeune homme si dévoué, si généreux, vers lequel elle s'était sentie attirée par une inexplicable sympathie. Elle le vit pâle, sanglant, mourant par elle! et, sans savoir pourquoi, sentant tout son cœur tressaillir, elle rejeta loin d'elle l'image plaintive de doña Carmen, et se dit : — Jamais! jamais, si Joaquin doit être livré avec les autres!

Mais le jeune engagé n'était pas encore revenu au port de la Paix; on l'attendait, ainsi que Michel le Basque. Margaret respira. Elle continua :

— Oui, mes enfants, hier soir un galion a doublé le cap Gracia a Dios, et maintenant il longe timidement la côte pour retourner à San-Fernando à cause de ses avaries.

— Un galion! Tu ne te trompes pas? c'est bien un galion? s'écria Pitrians.

— C'est-à-dire, reprit en hésitant Margaret, que, pour mieux vous échapper, quoiqu'ils vous croient tous occupés à la Tortue, les gavaches ont lesté de lingots une de leurs grandes pirogues.

— Un pirogue! alors nous ne sommes pas assez nombreux pour l'attaquer, observa Pitrians d'un air de doute.

Ces paroles inspirèrent à la Seigneuresse quelque doute sur le succès de son entreprise; et, songeant à doña Carmen, elle poursuivit froidement, mais avec un accent d'ironie :

— Pas assez nombreux, Pitrians! C'est la première fois que je vous entends parler ainsi. Mais, rassurez-vous, ce terrible navire est avarié; il a souffert d'une effroyable tempête qui le force à rentrer au port; le scorbut a diminué son équipage des deux tiers; ils ont perdu leurs voiles et ne vont plus qu'à force de rames; ils ont jeté leurs pierriers à la mer pour conserver leurs barres d'argent, et, à moins qu'ils ne chargent leurs canons d'avant avec des lingots, ils ne pourront guère se défendre. Pensez-vous être assez nombreux maintenant?

Et elle se tut, épuisée, haletante.

— Nous irons à l'abordage, s'écrièrent les frères de la côte avec exaltation.

— Tu as froid, bonne mère, reprit affectueusement le Léopard en pressant les mains glacées de Margaret dans les siennes.

— Sois tranquille! dit Pitrians, nous accrocherons bravement la pirogue, et tu auras ta part de prise, Margaret!

— Ma part! répéta-t-elle d'une voix brisée. Ma part!

Ce mot la frappa comme un coup de foudre. Sa part! elle l'achetait chèrement, en effet. Sa trahison se retraça alors plus nettement que jamais à sa pensée; elle songea au compte rigoureux que Dieu lui demanderait de la vie de tous ces hommes qu'elle condamnait impitoyablement, et que pourtant elle aimait. Ces aventuriers si farouches avaient tant de confiance en elle; ils la regardaient si crédulement comme leur ange gardien, comme leur mère! Et c'était cette confiance qui allait les perdre et les faire tomber dans un piége mortel! Elle redit encore avec un sourire forcé : — Oui, j'aurai ma part!... puis resta immobile et silencieuse.

Cependant les frères de la côte se séparèrent pour s'occuper des préparatifs de leur expédition.

Une heure après, ils se jetaient dans quatre méchantes barques, les seules que monsieur du Rossey eût laissées au port de la Paix en partant pour l'île de la Tortue. Quarante aventuriers formaient tout l'équipage de cette escadre de hasard; mais c'était l'élite de l'association, la troupe du Léopard et de Pitrians.

Trois barques se dispersèrent en mer, comme des bateaux de pêcheurs, avec ordre de former un grand cercle autour de la pirogue, afin de la surprendre de tous côtés, de manière à ce qu'elle ne pût s'échapper. La quatrième, montée par Pitrians, devait rejoindre les autres un peu plus tard.

Le Léopard ordonna à ses compagnons de se coucher à plat ventre au fond de leurs barques, car le succès dépendait de la rapidité et de l'audace de l'abordage.

La grande pirogue, de son côté, après avoir recruté une cinquantaine de lanceros au cap Gracia a Dios, avait marché toute la nuit. Aussi, au bout de deux heures, le Léopard, dont la barque côtoyait le rivage, à moitié cachée sous les mangles qui s'avançaient dans la mer, découvrit-il le navire espagnol à l'aide de sa longue vue.

Il se mit à l'examiner attentivement, tandis que Margaret, debout à ses côtés, épiait avec angoisse l'expression de sa physionomie.

Enfin, il se retourna vers elle, et lui dit d'un air satisfait :

— Tu ne t'es pas tro pée, ma mère! La pirogue a perdu ses ailes et se traîne comme une limace engourdie. Le pont est désert; c'est un hôpital flottant; nous en aurons bon marché. Nous t'achèterons une belle croix d'or, Margaret!

Le cœur de la Seigneuresse se serra. Le remords fit presque jaillir un aveu, une révélation de ses lèvres; elle se sentit heureuse en pensant qu'il était encore temps de parler. Comme une reine, elle pouvait

faire grâce d'un seul mot à tous ces hommes condamnés d'avance, les ressusciter à la vie et empêcher de couler des flots de sang, horrible rançon d'une seule existence!

Mais, pendant ces réflexions, le Léopard avait de nouveau examiné la grande pirogue, et il s'écria tout à coup avec humeur :

— Si je ne me trompe, Margaret, je vois sur le pont une basquine de señorita... Eh ça! est-ce que nous aurions affaire à des amazones, par hasard? A quoi diable pensent ces gavaches? se croient-ils si fort à l'abri de tout danger que le pont de leurs pirogues puisse devenir une promenade de dames?

— Une basquine? répéta d'une voix sourde la Seigneuresse en joignant les mains.

— Tu ne nous avais pas parlé de ce renfort d'équipage, dit le Léopard en souriant.

— Il sourit, le malheureux! pensa-t-elle en le regardant comme une insensée. Il peut sourire!

Elle reprit : — En effet, j'avais oublié... Oui, c'est, je crois, la fille du capitaine... don Esteban!

— Allons donc! quelle folie! don Esteban est un jeune homme.

— Un jeune homme... pardonnez-moi, Léopard, répondit-elle comprenant que son trouble la trahissait, et qu'elle en était venue à commettre des maladresses. — Vous savez, j'ai des moments où ma mémoire s'égare... La fille du capitaine! j'étais folle, en effet... c'est sa sœur qui devait retourner en Espagne, à Cadix...

— C'est singulier! interrompit le Léopard. Elle a pour toute compagnie deux matelots qui ne la quittent pas de l'œil.

— Deux matelots! répéta Margaret.

— Drôles de cavaliers servants, n'est-ce pas, la mère? On dirait plutôt de deux guichetiers veillant sur un prisonnier.

La Seigneuresse frissonna de tout son corps. Dès ce moment, le sort des flibustiers fut décidé. A son tour, elle regarda Carmen avec la longue-vue. Elle se rappela son enfance, quand elle la berçait toute petite sur ses genoux, et qu'elle tenait dans sa main les deux pieds roses de la mignonne créature. Elle se rappela que la pauvre chère fille ne s'apaisait et ne s'endormait, dans ses nuits de souffrance, qu'après avoir entrevu au-dessus de sa tête brûlante le sourire de sa bonne Adélaïde, et qu'elle lui fermait les yeux par un long baiser bien tendre.

Dès lors elle resta muette et inflexible; la voix du remords se tut dans son cœur. Elle ne pensa plus à tenter le moindre effort pour enrayer la marche des événements.

Le Léopard lui dit qu'il était décidé à aborder la pirogue, et qu'il l'engageait à se retirer à terre pour ne pas courir de dangers inutiles.

Margaret lui pressa silencieusement la main, se laissa transporter dans le bois de mangles qui bordait le rivage, et là, s'agenouillant, elle se mit à murmurer des prières, interrompues seulement par ses sanglots convulsifs et les regards éperdus qu'elle jetait de temps en temps sur la mer.

Aussitôt après, la barque du Léopard s'avança dans la direction de la grande pirogue.

Celle-ci ne parut prendre nul souci de son approche. Elle paraissait démâtée, parce que les Espagnols avaient couché les deux mâts sur des chandeliers, fourches de fer plantées au milieu du vaisseau. Don Esteban n'avait pas même chargé un mousse de remplir le rôle de vigie.

— La paresseuse canaille! s'écria le Léopard. Mort Dieu! la pirogue fait donc la sieste?

— Vous verrez, répliqua son engagé Vent-en-Panne, que ces gavaches nous tendront l'échelle pour monter à leur bord!

— Ce calme n'est pas naturel, mon garçon, dit le Léopard.

Et son visage redevint sombre.

— A quoi pensez-vous, maître? lui demanda Vent-en-Panne après quelques instants de silence.

— N'as-tu pas remarqué l'air triste et embarrassé de la Seigneuresse? répondit le Léopard. Quelle crainte un pareil combat pouvait-il lui inspirer?

— Bah! la vieille fée nous aime tant, dit l'engagé. C'est naturel, maître. Elle a eu pour la plupart de nous des soins de mère. Nous sommes sa famille à cette bonne Margaret. Ça lui remue le cœur de penser que nous ne reviendrons peut-être pas tous de la partie. Idée de femme! C'est comme s'il lui arrivait malheur, à elle, il n'y a pas un de nous qui ne risquerait son cou pour la sauver, n'est-ce pas, Léopard?

Le vieux boucanier regardait toujours la grande pirogue.

— Au diable les pressentiments! s'écria-t-il enfin. Tu as raison, Vent-en-Panne. Ce sont des billevesées de vieilles femmes. Faisons notre devoir, d'autant plus que la pirogue a l'air de se réveiller en sursaut et de vouloir nous jeter des bois morts en passant.

En effet, quelques matelots s'étaient groupés sur le pont. Des ordres sortaient du porte-voix du capitaine, et presque aussitôt trois ou quatre boulets vinrent ricocher dans la mer, à peu de distance de la barque audacieuse, comme pour lui intimer l'ordre d'amener.

Les flibustiers gardèrent le silence, restant couchés à plat ventre; et, Vent-en-Panne dirigeant le gouvernail, la barque s'avança rapidement au devant de la pirogue, dont la marche semblait toujours aussi nonchalante.

En ce moment les autres embarcations des frères de la côte se rapprochèrent à leur tour. Alors le Léopard, oubliant toutes ses inquiétudes, ne pensa plus qu'au combat, et, se trouvant presque bord à bord de l'Espagnol, poussa ce cri terrible : — A l'abordage !

— A l'abordage ! hurlèrent tous ses compagnons en se relevant, le fusil à la main.

Ils jetèrent les grapins de fer et commencèrent un feu si terrible que les rameurs de la pirogue lâchèrent leurs avirons et abandonnèrent le pont ainsi que les matelots. Les uns se dispersèrent en tumulte par les ouvertures de l'avant, les autres se cachèrent derrière les canons, après avoir demandé quartier avec les signes de la plus grande terreur.

Le Léopard, qui eût tenu pour lâcheté de ne pas prendre pied le premier sur un vaisseau ennemi, voyant arriver déjà deux des autres barques flibustières, sauta dans la pirogue, et fut suivi de tous ses compagnons, brandissant les haches d'abordage.

Ils se croyaient déjà maîtres de ce navire, et la plupart jetèrent leurs fusils sous les bancs des rameurs pour se livrer plus facilement au pillage.

Aussi quel fut leur étonnement lorsque tout à coup un amas de planches qui s'élevaient au milieu du pont, adossées aux deux chandeliers de fer, s'écroula et leur laissa voir les gueules béantes des pierriers de la pirogue s'allongeant vers leurs poitrines, et les fusils d'une centaine de soldats et de matelots immobiles, braqués sur eux.

Au milieu de cette troupe, le capitaine Esteban se tenait l'épée haute et il leur cria :

— Ladrones, rendez-vous !

Jamais certes le Léopard n'avait connu là peur. Il ne recula pas ; mais il s'arrêta de surprise.

— Joaquin du moins n'est pas ici ! telle fut sa seule pensée en ce moment terrible. Sus aux gavaches ! s'écria-t-il aussitôt d'une voix tonnante, et il s'élança sur la barricade de planches qui le séparait des Espagnols, un pistolet d'une main et le couteau de chasse de l'autre.

Les Espagnols firent feu. Les pierriers criblèrent d'une pluie de mitraille les braves compagnons. Huit flibustiers tombèrent autour de leur chef.

En ce moment les deux autres barques abordèrent la pirogue. Mais des bouches du pont montaient sans cesse de nouvelles troupes de soldats et de marins qui étaient restés cachés jusqu'alors.

— Il ne s'agit plus de vaincre, mais de bien mourir ! dit le malheureux Léopard en voyant un éclat de mitraille frapper mortellement son engagé Vent-en-Panne.

Il venait d'être lui-même blessé au bras. Il se laissa tomber sur les cadavres de ses frères et resta immobile, comme saisi du froid de la mort.

La partie était gagnée par les Espagnols. Cependant quelques aventuriers se battaient encore en désespérés sur le tillac, et attiraient toute l'attention des vainqueurs.

Le Léopard profita de cette circonstance, et, le visage taché du sang de ses compagnons, les yeux à demi fermés, il se mit à ramper imperceptiblement du côté de la sainte-barbe.

Au bout de quelques minutes, de cadavre en cadavre, il y arriva. Alors, il se releva avec un sombre sourire, et chercha du regard s'il apercevrait un ennemi.

A deux pas de lui, devant l'entrée de la sainte-barbe, il entrevit une femme, une jeune fille pâle, éplorée, tremblante, mais plus belle encore de sa pâleur et de son effroi. C'était comme une vision rayonnante au milieu de ces flots de sang, de ce fracas de mousqueterie, de cette fumée, de cette odeur de poudre.

La pauvre enfant poussa un cri de terreur à la vue de cette figure menaçante qui apparaissait dans l'asile où elle s'était réfugiée. Le Léopard la reconnut.

— Dona Carmen ici ! murmura-t-il. Ah ! je comprends tout maintenant, nous avons été trahis. Margaret, Margaret, qu'as-tu fait de ceux qui te nommaient leur mère ?

Il saisit le bras de la jeune fille et lui dit :

— C'est donc pour toi, malheureuse, que tant de braves aventuriers ont été sacrifiés ! mais, Dieu soit loué ! la trahison ne t'aura pas sauvée !

Dona Carmen n'avait plus ni voix, ni regard, ni pensée. Elle écoutait sans les comprendre les paroles de l'implacable boucanier. Cependant les deux matelots chargés de veiller sur elle, et qui s'étaient écartés un instant pour assister à l'issue du combat, accoururent au cri qu'elle venait de jeter. Ils s'avancèrent vers le Léopard, fort surpris de voir encore un flibustier debout.

Mais celui-ci, la main posée sur l'épaule de la jeune créole, leur cria :

— Si vous faites encore un pas, elle est morte !

— Bah ! elle n'est pas des nôtres, répondit un des matelots qui s'avança hardiment.

D'un coup de pistolet le Léopard l'étendit roide mort.

Les yeux de dona Carmen se fermèrent. Sa tête se renversa en arrière, et tout son corps plia agité d'un frisson convulsif. Le couteau de chasse du Léopard effleurait déjà sa poitrine.

Tout à coup un cri d'horreur poussé par une voix bien connue vint faire trembler le bras du farouche boucanier. Puis il entendit résonner à ses oreilles ces mots prononcés avec un accent déchirant :

— Grâce pour elle ! grâce !

Le Léopard jeta un regard rapide sur la mer, et vit la quatrième barque des flibustiers prête à aborder la pirogue, et, debout à côté de Pitrians, il reconnut son neveu Joaquin, le fils de Bernard.

A cette vue il demeura terrifié ; puis il se sentit tressaillir d'un mouvement de rage et de colère.

— Joaquin, lui aussi, tombé dans ce guet-apens ! Oh ! Margaret, ce dernier coup me manquait !

Une réflexion subite traversa son esprit : — Il n'y a qu'un moyen, pensa-t-il, de l'empêcher de monter à l'abordage, de le forcer à s'échapper.

Il enleva dans ses bras robustes la jeune Espagnole sans connaissance, et cria à Joaquin d'une voix forte :

— Tiens, voici la belle pour laquelle tu t'es fait l'engagé de Michel le Basque.

— Grâce, grâce pour elle ! répéta Joaquin éperdu.

— Voici l'Espagnole pour laquelle les meilleurs compagnons de la Tortue sont venus mourir dans ce guêpier, continua le Léopard.

Et en même temps il précipita froidement dona Carmen dans les flots en ajoutant : — Que ce soit une expiation !

Mais il se dit en lui-même : — La mer les sauvera tous deux, tandis que les planches de cette pirogue s'éparpilleront tout à l'heure comme les cendres d'un brasier au gré du vent.

En effet Joaquin se jeta aussitôt à la mer pour sauver la jeune fille.

Tout ceci s'était passé en beaucoup moins de temps que nous n'en mettons à le raconter. Néanmoins les Espagnols, qui avaient compris le terrible dessein du vieux boucanier, allaient se précipiter en foule sur lui, mais déjà il avait jeté une mèche allumée sur les poudres de la sainte-barbe. Puis il s'écria en remontant sur le pont :

— Sauve qui peut, gavaches ! la pirogue va sauter.

Presque au même instant se fit entendre un fracas épouvantable, début d'un de ces spectacles que l'imagination peut à peine se représenter, et que la plume doit renoncer à décrire.

Le vaisseau, enlevé par l'explosion des poudres à plus de deux cent cinquante toises, formait comme une gigantesque montagne d'eau, de feu, de débris divers, où tous les bruits se confondaient, craquement de la charpente de la pirogue, bouillonnement des vagues, clameurs désespérées des hommes meurtris, écharpés, brûlés par les éclats de bois enflammés.

Mais l'incident le plus remarquable de cette affreuse scène fut le salut extraordinaire du Léopard, incident que l'on regarderait comme invraisemblable s'il n'était formellement constaté par OExmelin dans son *Histoire des aventuriers*.

Le vaillant boucanier fut enlevé si haut de dessus le pont que, d'après son propre aveu, cela seul l'empêcha d'être mêlé parmi les débris qui l'auraient certainement écharpé. Il tomba donc tout étourdi dans la mer, où il resta quelque temps sans pouvoir revenir à lui. Enfin, l'instinct le forçant de se débattre comme un homme qui craint de se noyer, il s'accrocha à une pièce de mât, et commença à regarder autour de lui. Ce qui le surprit le plus, ce fut de voir deux Espagnols dans l'un desquels il reconnut le capitaine Esteban, qui, ayant encore conservé quelque reste de vie, après avoir perdu les deux jambes, se soulevèrent deux ou trois fois sur l'eau, et laissèrent la vague qui les engloutit teinte de leur sang.

Il continua à nager et aborda enfin au rivage. Là, sa première pensée fut consacrée à son neveu. Il jeta un regard inquiet sur la mer, mais il eut bientôt lieu de penser que Joaquin et Carmen avaient été recueillis, ainsi que les compagnons de Pitrians dans une grande chaloupe espagnole qui suivait la pirogue à quelque distance.

Alors il s'enfonça dans le bois de mangles en disant :

— A la Seigneuresse maintenant ! nous allons avoir un doigt d'explication ensemble. Quant à mes frères, ils doivent être contents des funérailles que je leur ai données !

IV

L'aveu.

La Seigneuresse était restée en prières pendant l'horrible combat. Chaque coup de canon l'avait fait tressaillir comme s'il eût résonné dans sa poitrine Du reste, elle priait machinalement. Ses mains froides et mates pressaient toujours le médaillon suspendu à son cou. Quand l'explosion eut lieu, elle se leva toute droite et s'écria : — Mon Dieu ! mon Dieu, vous me punissez.

Le filet.

Puis, épouvantée du plus profond silence qui succédait à ce bruit formidable, elle essaya de fuir, mais elle ne put faire que quelques pas, et tomba, comme épuisée de fatigue, sur une racine de mangle. Elle resta ainsi un quart d'heure, les yeux levés vers le ciel toujours bleu et pourpre, ayant horreur d'elle-même, écoutant avec effroi les moindres murmures de la mer et de la forêt, comme s'ils la menaçaient. Enfin elle revint un peu à elle et murmura :

— Tout est fini maintenant ! Mais où donc est Carmen ? Peut-être plongée au fond de la mer avec tous les autres, tous les autres ! Oh ! si seulement je l'avais sauvée, il me semble que je souffrirais moins. Il

faut que je la revoie, que j'aille la chercher, que je sente ses bras se nouer autour de mon cou. Alors peut-être ne verrai-je plus passer devant mes yeux les visages livides et sanglants de tous les autres.

Au même instant elle poussa un grand cri. Elle venait d'entendre un froissement de feuilles. Elle vit luire un regard ardent à travers les mangles. Elle reconnut le Léopard qui s'avançait vers elle, affaibli, exténué, blessé, rampant sur ses genoux. Elle étendit ses deux mains en avant comme pour le repousser, et dit d'une voix sourde :

— Les morts reviennent-ils ? reviennent-ils des abîmes de la mer pour se venger ?

Elle détourna la tête et de nouveau voulut fuir ; mais le boucanier lui cria :

— Margaret !

La caverne.

Jamais elle n'avait désobéi à l'appel du Léopard. Elle s'arrêta involontairement. Il reprit avec plus de douceur :

— Margaret, j'ai soif !

La Seigneuresse oublie tout ce qui s'est passé. Elle n'a plus peur de l'aventurier. Sans doute il ne soupçonne rien. Elle redevient la cantinière des frères de la côte. Elle débouche la gourde qu'elle porte toujours sur elle. La pitié l'emporte sur la terreur. Elle s'approche à pas lents du boucanier et pose sur ses lèvres sèches le bord de la gourde. Le Léopard boit avidement. Il se sent ranimé. Une de ses mains caresse toujours le couteau de chasse attaché à sa ceinture. Cependant le sang coule encore de ses blessures.

— Margaret, dit-il, je crains de perdre bientôt mes forces, et j'ai besoin de vivre encore une heure.

La Seigneuresse reste glacée jusqu'au fond du cœur. Sans répondre, elle arrache le mouchoir qui couvre son cou hâlé et l'écharpe qui se noue autour de sa taille. Elle les déchire et s'en sert pour bander les blessures du brave aventurier.

— J'ai besoin de vivre, car j'ai à me venger, continua-t-il d'une voix calme. Pourquoi trembles-tu, Margaret? tu es une bonne et courageuse femme, toi.

La Seigneuresse respire. Elle lui demande :

— Le combat a donc été terrible?

— Terrible! je reste seul de mes frères.

— Seul! est-il possible?

— Seul de tous mes frères et de tous les Espagnols de la pirogue, ajoute le Léopard avec un sourire farouche.

Elle pense à Carmen. Ses mains se joignent comme celles d'une suppliante, et ses lèvres frissonnent de douleur.

— Oui, reprend le boucanier, tous ces braves gens que tu aimais... car tu les aimais, n'est-ce pas, Margaret?

Et il la regarda fixement.

— Morts, ô mon Dieu, tandis que je priais...

— Pour eux, n'est-ce pas? et tu avais raison, Margaret. C'étaient de hardis compagnons, si gais, si loyaux, si insouciants. Te rappelles-tu ce jour où mon pauvre Vent-en-Panne te trouvant dormant au pied d'un palmiste un serpent enroulait ses anneaux diaprés autour du tronc élevé de l'arbre, et déjà sa tête plate s'allongeait en sifflant vers toi, lorsque d'un coup de la baguette d'acier de son fusil Vent-en-Panne décapita bravement le monstre. S'il avait mal visé, c'est lui que le serpent dévorait. Ne t'endors plus si imprudemment, Margaret, car Vent-en-Panne ne serait plus là pour te rendre un pareil service. Il est mort à mes côtés.

— Mort! répéta-t-elle machinalement.

— Te souviens-tu, continua froidement le boucanier, de cette partie de chasse où nous nous égarâmes dans une forêt du territoire espagnol? Les gavaches, pour venir à bout de nous, mirent vaillamment le feu à la forêt. Quel embrasement! Sur nos têtes un dais de fumée noire frangée de flammes; sous nos pieds des brasiers d'herbes pétillantes, des marais en ébullition; dans l'air une pluie de branches s'envolant comme des fusées et retombant en flots de cendre rouge et blanche. Chacun alors ne pensait qu'à soi. Déjà nous étions tous hors de la forêt incendiée. Toi seule étais restée en arrière. Quand nous nous arrêtâmes pour nous compter, et que Pitrians s'aperçut que tu manquais à l'appel : — Il ne sera pas dit, s'écria-t-il, que les frères de la côte ont laissé périr leur mère de peur de se cuivrer le teint. Il revint hardiment

Le Léopard.

sur ses pas et rentra dans ce bûcher flamboyant pour te ramener demi-morte sur ses épaules. Ne t'égare plus dans les forêts espagnoles, Margaret. Pitrians est mort ou prisonnier comme les autres. Pourquoi trembles-tu donc toujours, Seigneuresse?

— Comme vous êtes calme en m'apprenant un pareil désastre, Léopard!

Les juges ne doivent pas se laisser emporter par l'indignation et la colère, Margaret. Il y a des crimes si infâmes qu'ils ne sont dignes que d'un froid mépris. Tous nos braves compagnons n'ont péri que parce qu'ils ont été pris au piège, parce qu'ils ont été trahis.

— Trahis! le croyez-vous, mon Dieu? s'écria-t-elle en sentant ses genoux chanceler.

— Pleure des larmes de sang, Margaret, reprend l'impassible boucanier, car tu ne verras plus ces braves frères dormir sur un lit de piastres, prendre des villes avec des haches d'abordage, se secourir les uns les autres en francs matelots, et se partager loyalement le butin. Tu n'entendras plus le chant de guerre sortir de leurs lèvres violettes. Ta main ne leur versera plus à boire au retour de la chasse. Mais pourquoi trembles-tu donc toujours, Margaret?

La malheureuse femme restait accablée. Toute l'horreur de son crime était évoquée devant elle par les regrets amers du Léopard. Ses dents claquaient. Elle n'osait répondre au vieux boucanier, dont le regard lui faisait baisser les yeux.

Tout à coup ce dernier changea de ton et lui demanda brusquement :

— Margaret, as-tu jamais eu à te plaindre d'un frère de la côte? l'un d'eux t'aurait-il outragée volontairement ou par hasard?

Elle ne répondit pas.

— Avoue-le franchement, poursuivit-il. Il est parfois des paroles qui vont droit au fond du cœur comme la pointe d'une épée, qui font rougir même le visage flétri d'une vieille femme. Et alors une haine sourde dort et grandit dans l'âme jusqu'au moment où elle éclate par quelque effroyable vengeance. Les feux souterrains n'allument-ils pas les éruptions des volcans! Voyons, as-tu jamais été insultée par quelque aventurier ivre? réponds, réponds, Margaret.

— Jamais, murmura-t-elle.

— Tu savais que sur le premier mot de plainte justice t'aurait été rigoureusement rendue.

— J'en étais sûre, dit-elle encore. Mais pourquoi toutes ces questions, maître?

— Que t'importe! A boire, Margaret.

La Seigneuresse lui tendit la gourde, qu'il vida. Elle la reprit d'une main frémissante.

— Pourquoi trembles-tu ainsi? lui demanda-t-il de nouveau.

— Maître, répondit-elle en cherchant à dissimuler son trouble, le temps marche vite. Vous devriez fuir, vous cacher. Les Espagnols ont pu s'apercevoir que vous vous sauviez à la nage. Ils viendront ici, et vous serez perdu. Vous êtes seul, blessé; vous ne pourriez vous défendre.

— Bonne Margaret, c'est pour moi que tu as peur, interrompit le Léopard avec un accent étrange. Rassure-toi, je ne tiens pas à survivre à mes frères! et, si je me suis traîné jusqu'ici, c'est que c'est ici que j'ai affaire. — Ici, dans ce bois désert! répéta-t-elle avec épouvante.

— Dans ce bois désert, Margaret. Dis-moi, ajouta-t-il, quel châtiment mérite une trahison comme celle dont nous avons été victimes? Tu es femme de bon conseil, prononce.

— Une pareille trahison! répondit la Seigneuresse. Oh! oui, c'est horrible, horrible! Mais pourquoi me faire cette question à moi? cela ne me regarde pas, maître. Je ne suis qu'une vieille femme qu'on dit souvent privée de raison; je ne suis pas un juge, moi. Ne m'interrogez pas.

— Tu as vécu trop longtemps avec nous autres aventuriers, dit gravement le Léopard, pour ne pas avoir le cœur hardi et l'esprit décidé

Je vais donc te parler comme à un homme. Écoute, Margaret, veux-tu quelques minutes pour prier Dieu ? En souvenir de notre ancienne amitié je te les accorderai.

— Prier Dieu ! reprit la Seigneuresse en pâlissant.

— Oui. Allons, dépêche-toi, dit-il durement.

— Prier Dieu ! continua-t-elle. Que voulez-vous dire, Léopard ? je ne vous comprends pas, mais votre regard m'épouvante.

— Tu m'as compris, répliqua le boucanier ; mais pas de lâcheté, Margaret. Tu sais pourquoi je suis venu te rejoindre ; tu sais le sort que tu as mérité, le sort des traîtres !

— Mon Dieu, mon Dieu, que voulez-vous faire de moi ? s'écria-t-elle en s'agenouillant devant lui.

— Il faut mourir, dit le Léopard. Le sang peut seul racheter le sang !

La Seigneuresse vit bien, à l'accent du boucanier, que tout était décidé. Pourtant elle éprouvait un si violent désir de revoir dona Carmen, qu'elle essaya encore de disputer sa vie au Léopard ; mais cela sans espoir, sans confiance, instinctivement, comme fait la bête fauve qui mord sa chaîne de fer.

— Je vais donc mourir, reprit-elle, mourir de votre main ! Qui nous eût prédit cela il y a quelques jours, nous l'eussions regardé comme un insensé ! mais Dieu dispose seul des actions des hommes. Tout à l'heure je n'existerai plus. Horrible pensée ! tout l'amour qui brûle encore dans ce cœur flétri, mes remords, le secret de ma vie et de mes souffrances, tout cela sera enseveli sous un peu de terre et de ronces ! Mais, ajouta-t-elle avec un ricanement amer, le soleil ne cessera pas de briller, l'oiseau de chanter, les joyeux chasseurs de boire et de rire ! Si quelques hommes sur la terre pensent à moi, ce sera pour me maudire. Oh ! la belle oraison funèbre ! Pourtant vous avez raison, Léopard. Les morts de là-bas, ajouta-t-elle en étendant sa main dans la direction de la mer, les morts de là-bas me réclament ; il manque un cadavre à leur compte. Il y a une place vide qui m'attend. Je vais la remplir.

Elle regarda le boucanier, elle crut lire sur son visage une expression plus douce et presque attendrie.

— Vous me feriez une grâce bien grande, maître, continua-t-elle à voix basse, si vous vouliez m'accorder un jour, un seul jour de vie ! Je ne veux pas m'échapper, vous le savez bien, mais je mourrais plus tranquille si je pouvais revoir...

— Dona Carmen, n'est-ce pas ? interrompit le Léopard. Impossible, Margaret ! votre châtiment sera d'ignorer à votre dernier soupir si votre trahison l'a sauvée.

— Vous ne serez pas si inexorable ! vous avez toujours été noble et généreux ! reprit-elle en embrassant ses genoux.

— Est-ce bien à l'espionne des Espagnols à parler de noblesse et de générosité ! s'écria le Léopard avec dédain. Tête de vipère, tu ne sais pas que pour arriver à la sainte-barbe de la pirogue j'ai dû ramper sur les cadavres de mes compagnons, et que leurs bouches livides m'ont semblé s'entr'ouvrir pour me dire : « Venge-nous ! » Et en ce moment encore je crois voir leurs regards ternes se tourner vers moi, car ils attendent que je fasse justice de la trahison. Ainsi ne m'implore donc pas davantage.

— Non, vous ne me tuerez pas ainsi sans pitié, répliqua la Seigneuresse en se redressant devant lui. Vous seriez un lâche, entendez-vous, un lâche ! Y a-t-il donc du courage à être le bourreau d'une femme sans défense ?

— Je ne suis pas un enfant, Margaret, dit le boucanier avec une expression mélancolique ; le Léopard a fait ses preuves de courage. Aujourd'hui lui seul peut exécuter l'arrêt d'une espionne. C'est un devoir triste et sévère, mais c'est un devoir sacré.

— Vous n'éprouvez donc ni pitié ni remords en me frappant ? dit-elle avec angoisse.

— Avez-vous été émue de pitié, arrêtée par les remords, Margaret, quand vous avez mené à cette horrible tuerie ceux que vous appeliez vos enfants ? répondit-il avec calme.

— Eh bien, oui, s'écria la Seigneuresse au désespoir, je vous ai trahis, et j'en suis punie, car je vais mourir de ma trahison. Il fallait choisir entre eux et Carmen. J'ai choisi. Que me faisait à moi la vie de tes farouches compagnons ? S'ils m'ont sauvée de quelques périls que je cherchais peut-être, ne m'ont-ils pas vue me pencher sur leurs grabats et respirer leur haleine lorsqu'ils étaient brûlés de fièvres contagieuses, et que leurs matelots mêmes les fuyaient ? Ils m'aimaient, dis-tu ? Oui, comme on aime un médecin qui seul peut vous guérir, comme on aime une folle que l'on croit inspirée et qui peut vous dévoiler l'avenir. Nous étions quittes. Mais laisser mourir Carmen, pauvre ange pure comme le ciel, orpheline de sa mère presque en naissant, et que j'ai vue grandir dans mes bras, son vrai berceau ! Non, cela m'était impossible. Mourir pour moi, elle qui a vécu par moi ? impossible, te le dis-je. Mais je l'aimais tant que parfois j'oubliais que j'avais un fils dans ce monde, un fils qu'on m'avait enlevé tout enfant, et que peut-être je ne reverrais jamais. Ah ! tu ne peux comprendre cela,

vaillant aventurier ! Tu n'as jamais connu la force de ces liens du cœur, jamais la voix du sang n'a crié dans tes entrailles.

— Malheureuse, tu me rends tout mon courage, interrompit d'une voix sombre le Léopard. Parmi ceux que tu as livrés, je ne compte pas seulement des frères d'armes, des compagnons...

— Ne m'as-tu pas entendu, maître ? dit-elle en lui étreignant le bras. Je ne me repens pas de ma trahison. Fais ton devoir.

— Parmi eux, poursuivit le boucanier sans l'écouter, je compte aussi un enfant que j'aime, comme toi dona Carmen, Seigneuresse.

Toute la résolution de la Margaret sembla l'abandonner. Un nuage passa sur ses yeux.

— Achève, achève ! s'écria-t-elle.

— Parmi eux se trouve mon neveu Joaquin Montbars le brave aventurier.

— Ton neveu ! tu mens, tu mens, Léopard. Il n'en était pas, répliqua la Seigneuresse, dont les yeux brillèrent d'un éclat extraordinaire. Je l'aurais bien vu, moi ; je l'aurais reconnu. C'est faux ! je les ai tous comptés. Je ne l'aurais pas laissé partir avec vous.

— Il est revenu à temps au port de la Paix pour monter dans la quatrième barque avec Pitrians, dit le boucanier d'une voix émue.

— A temps ! à temps pour être livré, pour mourir, mon Dieu, murmura la malheureuse femme.

— Comme les autres, murmura le Léopard. Pensez-vous maintenant que j'aie le droit de vous condamner, Margaret ?

La Seigneuresse resta quelques instants immobile et comme pétrifiée. Puis elle hocha la tête d'un air d'incrédulité, et poussa un grand éclat de rire, mais de ce rire sauvage et effrayant qu'on remarque chez les insensés.

— Oui, vous êtes juste, maître, dit-elle au Léopard. Vengez-vous, c'est votre devoir. Quoi, lui aussi, lui aussi a été livré, ce brave jeune homme qui a sauvé Carmen ! Ne me disait-il pas en riant l'autre jour : — Si jamais je vais en Europe, tu viendras avec moi, vieille Margaret, car il m'appelait comme vous tous Margaret. Il ne connaissait pas mon véritable nom. Il ignorait que la Seigneuresse avait été belle et fière, riche et honorée autrefois... oh ! il y a bien longtemps de cela.

Et elle pressa son front de ses mains comme pour rappeler des souvenirs confus dans sa mémoire.

— Ne perds pas en rêves de vanité les minutes que je t'ai accordées pour prier Dieu, Margaret, dit le boucanier.

— Non, non, répondit-elle en regardant le Léopard avec une expression de dignité indicible, ce n'est pas Margaret qui va mourir à cette heure suprême ; je dois avouer mon nom et révéler le secret de ma vie. Je vais te charger d'une mission sainte, et, si tu l'acceptes, sois béni, brave aventurier. Le rôle de la Seigneuresse est fini : la femme que tu as condamnée, Léopard, n'est plus une misérable vagabonde sans passé et sans nom ; elle s'appelle Adélaïde de Rochefort.

— Adélaïde de Rochefort ! interrompit avec stupeur le boucanier.

— Marquise de Cossé, murmura d'une voix étouffée la Seigneuresse.

— Mensonge, mensonge ! s'écria le Léopard qui chancela comme frappé de la foudre. Tais-toi, tais-toi, malheureuse ! Quel nom as-tu osé prononcer ?

— Ce nom serait-il parvenu flétri et déshonoré jusque dans ces contrées lointaines ? reprit-elle. N'importe, je dois l'accepter avec son opprobre. Je te le répète, je suis la marquise de Cossé.

— Tais-toi, tais-toi ! répéta avec violence le boucanier.

Une expression d'horreur bouleversait le visage de cet homme impassible.

— Pourquoi me taire ? Devant Dieu qui nous entend j'ai dit la vérité.

— La vérité ! s'écria le Léopard. A genoux, à genoux, malheureuse, et confesse que tu as menti !

Et de sa main nerveuse il la saisit et la força à s'agenouiller.

Elle répéta : — Je suis Adélaïde de Cossé.

— Tu es cette femme qui a trahi son mari jeune, brave et confiant, son mari qui l'aimait, pour devenir la maîtresse d'un prince égoïste et lâche ?

— Oui, je l'avoue, car je vais mourir.

— Tu es cette femme adultère par ambition et non par amour, dans le sang de laquelle Bernard de Cossé avait cru venger son honneur. Sois maudite, âme vile qui as pu te rattacher à la vie sans te sentir écrasée par un passé infâme !

— C'est moi, c'est moi ! répéta la misérable femme. Mais, si j'ai vécu, c'est dans l'espoir d'expier ma faute à force de souffrances et de larmes ; d'obtenir un jour de Bernard non pas un pardon, car je n'en étais pas digne, mais quelques paroles de pitié, mais un regard comme celui qu'on jette à quelqu'un contre qui l'on n'est plus irrité, Et puis... et puis, faut-il le dire, j'espérais revoir mon enfant qu'il avait emmené avec lui. Je me disais que Dieu était trop clément pour nous séparer à amais. Et comment voulez-vous qu'une mère consente à mourir lors-qu'elle peut espérer qu'un jour il lui sera permis d'embrasser son fils !

— Son fils ! répliqua le Léopard d'une voix terrible. Mais sais-tu bien ce que tu as fait, misérable femme ?

La Seigneuresse l'écoutait avec un trouble inexplicable dans le cœur, balbutiant ces seuls mots : — Mon Dieu, mon Dieu, épargnez-moi !

— Non, dit le boucanier, Dieu lui-même t'a condamnée dans sa juste colère ; il t'a aveuglée et perdue. Moi aussi, moi ce rude chasseur des forêts qui te parle, j'ai été autrefois un gentilhomme. Mais j'ai dû bri-ser mon épée, brûler mes parchemins tarés... Aucun homme n'a su jusqu'à ce jour quel noble sang battait dans les artères du Léopard... Les frères de la côte n'exigent pas d'autres titres de noblesse que de courage et de la fidélité aux serments. Mais secret pour secret : toi qui vas mourir, tu vas apprendre qui je suis.

— Achevez, achevez ! s'écria la Seigneuresse en le regardant avec angoisse.

— Je me nomme Pétris de Cossé, madame.

— Le frère de Bernard ! bégaya la pauvre femme en laissant tomber sa tête sur sa poitrine ; de Bernard que j'ai en vain essayé de rejoindre, dont la trace est restée perdue pour moi dans ce monde. On m'avait pourtant bien dit qu'il s'était embarqué pour Hispaniola. Oh ! mais, re-prit-elle tout à coup avec un sourire presque heureux ; vous qui êtes son frère et qui l'aimez, vous devez savoir où il s'est réfugié. Vous al-lez me le dire. Vous me montrerez mon fils : il doit être grand et beau aujourd'hui. Vous ne répondez pas. Oh ! je comprends. Bernard me hait toujours. Mais, s'il le faut, ils ne me verront pas. Je me cacherai la nuit près de leur habitation. Quand mon fils sortira le matin, je le verrai passer. Oh ! je ne ferai pas de bruit, allez. Je boirai mes lar-mes, j'étoufferai mes sanglots, je comprimerai mon cœur. Mais je le verrai. Je serai bien heureuse, Pétris. Oh ! je ne veux plus mourir main-tenant. Non, non, continua-t-elle d'une voix rauque, égarée, furieuse, en se relevant, je ne veux plus mourir.

— Insensée ! interrompit le vieux Pétris, avez-vous donc perdu la mémoire !

— Pardonnez-moi ! Mais qu'ai-je donc oublié ? dit-elle d'un air crain-tif et inquiet, comme un enfant surpris en faute.

— Vous oubliez que vous avez livré aux Espagnols Joaquin Montbars, et que Joaquin est mon neveu, madame.

A ces mots la Seigneuresse sentit sa tête comme traversée d'un fer rouge. Ses lèvres tremblèrent. Elle étendit ses bras dans le vide, comme pour s'appuyer à quelque chose. Elle murmura :

— Je deviens folle, taisez-vous ! taisez-vous !

— Joaquin est le fils de Bernard de Cossé, madame, répliqua Pé-tris.

— Ne vous vengez point ainsi, Léopard. Cela n'est pas vrai, n'est-ce pas ! fit la malheureuse mère.

Elle se traîna à ses pieds, elle étreignit ses mains, elle continua d'une voix haletante :

— Dites que cela n'est pas vrai, noble Pétris ; le ciel n'a pu per-mettre une si horrible chose. Je n'ai pas livré mon enfant. Ayez pitié de moi. Vous savez donc, grâce à la haine que j'ai racheté ma faute, que j'ai expié mon orgueil par une vie d'humiliations, de pénitence et de remords ; que j'ai expié mon luxe et mes plaisirs d'une année par une vie de misères à effrayer une sœur de charité. Oh ! comment n'ai-je pas deviné mon fils ! Il m'aurait pardonné, lui. Il était si noble et si bon. Non, je ne l'ai pas livré. Joaquin vit toujours. Vous me trompez, Léopard. Mais ré-pondez donc, répondez. Ah ! c'est lâche de torturer ainsi une femme.

— Malheureuse ! dit le boucanier ému malgré lui par la douleur dé-chirante de cette mère. Joaquin vit peut-être encore.

La Seigneuresse porta la main du Léopard à ses lèvres.

— Mais il est, grâce à vous, prisonnier des Espagnols, poursuivit-il, et les gavaches ne l'épargneront pas. Ils ont à se venger de l'explosion de la pirogue.

— Merci, généreux Pétris, dit la pauvre mère d'une voix entrecou-pée de sanglots. Maintenant je n'ai plus besoin de vivre : ma destinée est accomplie. Vengez vos frères que j'ai trahis ; autrement je ne tar-derais pas à venger mon fils de celle qui l'a livré.

Le Léopard en l'écoutant ne put se défendre d'un sentiment de pitié. Il murmura quelques paroles avec agitation, en paraissant réfléchir.

— Qui sait ! je puis peut-être encore le sauver ! Oui, mais l'espionne et Montbars ne devront pas se revoir... le fils mépriserait sa mère, et une mère ne doit pas être maudite par son enfant.

La Seigneuresse n'avait entendu, n'avait compris que ces seuls mots : Qui sait ? je puis peut-être le sauver.

Elle l'interrompit.

— Quoi ! s'écria-t-elle, vous espérez encore...

— Je n'espère rien, reprit-il. Mais tout ce que peut faire le courage d'un homme, je le tenterai pour délivrer le fils de Bernard. Il n'y a pas une minute à perdre, ajouta-t-il, car il faut que je retourne au port de

la Paix, et que de là je gagne San-Fernando, où les Espagnols l'auront sans doute transporté.

— Bien, bien, vaillant Léopard, hâtez-vous ! répliqua la mère. Mais quoi, vous restez immobile, lorsqu'il n'y a pas une minute à perdre, lorsque mon fils... Du courage, maître, du courage ! et pensez à tous vos compagnons dont le sang crie vengeance. Ne perdez pas un temps si précieux à avoir pitié de moi. Oh ! je n'ai plus peur de mourir main-tenant.

Le vieux boucanier ne se sentait plus ni la force d'accomplir son acte de justice ni celle de pardonner à l'espionne. Il ne bougeait pas. Mais la Seigneuresse était devenue plus inflexible pour elle-même que le juge le plus sévère. Elle s'empara doucement du couteau de chasse du Léopard et lui dit d'une voix calme :

— Maître, voulez-vous m'accorder un baiser de pitié, sinon de par-don, que vous rendrez à mon fils en lui disant que je l'ai bien aimé, et qu'il ne maudisse pas mon nom ?

Le boucanier et la Seigneuresse s'embrassèrent dans une étreinte silencieuse, puis, étendant sa main tremblante dans la direction du port de la Paix :

— Hâtez-vous, hâtez-vous, Pétris de Cossé, ajouta-t-elle avec un sou-rire suprême. Je vais vous donner le signal du départ.

Et la courageuse femme, se frappant au cœur avec le couteau de chasse du boucanier, tomba à ses pieds et laissa échapper de ses lèvres avec son dernier souffle le nom de Joaquin.

— Pauvre mère, murmura le Léopard, Dieu te pardonnera sans doute... Quant à moi, je remplirai fidèlement ton dernier vœu... et ton âme pourra se réjouir encore si Joaquin est sauvé !

Et, après avoir caché à la hâte le corps de la Seigneuresse sous un amas de sable, de feuilles et de branchages, il s'éloigna précipitam-ment, l'esprit absorbé par l'entreprise téméraire et désespérée qu'il avait conçue.

V

Carmen.

Le Léopard avait pris une résolution hardie et décisive. Il compre-nait qu'il n'aurait pas le temps de faire un appel aux frères de la côte, de se mettre à leur tête et de sauver son neveu de vive force, car la vengeance des Espagnols était toujours aussi expéditive que cruelle. Il retourna au port de la Paix, annonça aux huit ou dix aventuriers qui s'y trouvaient le désastre de leurs compagnons, et leur donna quelques instructions secrètes pour M. du Rossey et l'Olonnais. Puis il repartit seul, sans fusil, sans autres armes que les baïonnettes renfermées dans son étui de peau de crocodile, se dirigeant vers la ville de San-Fer-nando.

Il était résolu à y pénétrer, fût-ce comme prisonnier, pour essayer de rendre la liberté à Joaquin au prix de sa vie ou du moins pour mou-rir avec lui.

Il fut étrangement surpris de ne rencontrer aux environs de la ville aucune cinquantaine de lanceros, et de ne pas apercevoir de sentinelles sur les remparts. De plus, le silence était aussi grand autour de San-Fernando qu'au milieu d'une savane déserte.

Pourtant, lorsqu'il arriva devant une des portes de la ville, nommée la Giralda, il vit une sorte de soldat déguenillé, à moitié assoupi sous un auvent de bois, se relever tout à coup à son approche et le viser avec son mousquet, en criant d'une voix altérée par l'épouvante :

— Au sorcier ! à l'empoisonneur !

Le boucanier marcha droit à lui : le soldat tira, mais sa main trem-blait et le coup manqua. Le Léopard lui arracha son arme et lui dit :

— La frayeur te trouble-t-elle la vue à ce point que tu ne recon-naisses pas l'accoutrement d'un boucanier ?

Mais le soldat, le regardant toujours d'un œil vague et farouche, con-tinuait à crier :

— Au sorcier ! à l'empoisonneur !

Presque aussitôt la rue de la Giralda, dont les maisons semblaient autant de tombes à leur silence lugubre, s'anima comme par enchantement. Des fenêtres s'ouvrirent. Des hommes armés peuplèrent les balcons. Des canons de fusil luirent de toutes parts. Et le cri : A l'empoisonneur! parcourut dans toute sa longueur la rue de la Giralda, répété de fenêtre en fenêtre en fenêtre comme un glas de mort.

Des femmes, des jeunes filles, les cheveux dénoués et flottants sur leurs épaules, la mantille mal drapée autour du corps, comme réveillées en sursaut au milieu de la sieste, indiquaient le Léopard d'une main frémissante à la fureur des hommes. Elles proféraient le cri terrible avec cet accent de férocité implacable que donne une terreur profonde, mystérieuse et désespérée.

Le boucanier, comprenant l'imminence de ce péril imprévu dont la cause lui échappait et décidé à lutter jusqu'au dernier moment, pour ne pas perdre sa vie sa vie, avait étreint sur sa poitrine la misérable sentinelle espagnole. Il s'en servait comme d'une cuirasse vivante.

Néanmoins, l'exaspération des habitants paraissait monter à son comble, et quoique aucun d'eux ne se fût hasardé à passer le seuil de sa maison, les plus furieux allaient sans doute tirer à la fois sur le soldat et sur le boucanier, quand le son retentissant d'un gong éclata tout à coup à l'entrée d'une petite rue transversale. Le Léopard jeta un regard rapide derrière lui et fut témoin d'un spectacle lugubre.

Un chariot s'avançait lentement, un de ces chariots gémissant et grinçant à chaque tour de roue comme celui qui porte la troupe des comédiens dans l'œuvre immortelle de Cervantes. Mais, horreur indicible! Celui-là gémissait sous le poids de cadavres livides et hideux qui se heurtaient sans cesse sous leurs suaires tremblants et déchirés.

Et sur le devant du chariot trois hommes, entièrement vêtus de jaune, riaient en vidant une outre empreinte de taches sanglantes. De temps en temps ils frappaient sur un gong, accroché au bout d'un bâton, ou ils aiguillonnaient à grands coups de fouet l'ardeur de deux mules effilanquées.

A cette apparition, la plupart des habitants étaient rentrés dans l'intérieur des maisons avec des signes de dégoût et d'effroi. Quelques femmes restèrent seules immobiles, plongeant· des regards avides sur le fatal chariot, comme pour chercher à y reconnaître des victimes chéries. Il y avait parmi elles des amantes qui dévoraient leurs larmes et appuyaient la main sur leur cœur pour en comprimer les battements.

Quand le chariot s'avança dans la rue de la Giralda, elles oublièrent leur terreur pour faire signe aux conducteurs d'arrêter; mais, ceux-ci n'obéissant pas à leurs gestes éperdus, demeurant sourds à leurs paroles désespérées, les malheureuses femmes arrachèrent les bagues de leurs doigts, les colliers et les rosaires précieux de leurs cous, les flèches d'or piquées dans leurs cheveux, pour les jeter aux alguazils jaunes, comme on nommait ces sinistres serviteurs des morts.

Alors le chariot s'arrêta.

Les alguazils jaunes, après avoir soigneusement ramassé leur récolte, découvrirent les linceuls qui cachaient les cadavres.

C'était épouvantable de voir ces visages violets et gonflés qui s'embrassaient dans la mort. Mais nulle des femmes ne parut saisie d'horreur.

Celles qui reconnaissaient des traits connus et aimés parmi ces monceaux humains entassés pêle-mêle, les regardaient d'un œil sec et fixe, comme si elles eussent craint de les oublier, et voulu les graver plus profondément dans leur mémoire. D'autres leur tendaient les bras et semblaient dire : Bientôt je vous rejoindrai! Enfin celles pour qui tous les morts n'étaient que des inconnus, s'agenouillaient et priaient Dieu.

Le Léopard comprit lui-même leur douleur, car il frissonna à cette pensée qui lui vint subitement : — Peut-être Joaquin est-il là couché avec les autres!

Il résolut aussitôt de s'en assurer et lâcha la sentinelle. Déjà le chariot s'était remis en marche. Les alguazils jaunes avaient recouvert les cadavres. Les quelques habitants restés cachés dans l'encoignure des balcons reparaissaient le fusil à la main, certains cette fois de ne pas laisser échapper leur vengeance.

Mais, à leur grande surprise, au moment où deux ou trois des plus déterminés criaient déjà : — Feu sur l'empoisonneur! notre brave aventurier se mit à courir; en deux bonds il franchit l'espace qui le séparait du chariot et sauta dans cet asile inviolable.

— Hardi comme un vrai boucanier! s'écria un des alguazils.

— Et digne de faire partie de notre confrérie, dit le second.

— Sorcier, ladron ou empoisonneur, sois le bienvenu, ajouta le troisième. Le métier d'alguazil jaune est meilleur aujourd'hui.

Et il montra en riant les rosaires et les bagues qu'on venait de leur jeter. Le Léopard ne répondit rien. Il regardait les cadavres.

— Nous sommes les rois de la ville, reprit le premier alguazil jaune, car c'est nous qui levons l'impôt, et c'est nous seuls que l'on craint.

— Tiens, dit le second en jetant un linceul troué sur les épaules du boucanier, si tu veux être des nôtres, voici ton manteau royal.

— Et voici ton sceptre, continua le troisième en lui tendant l'outre à moitié vide.

Joaquin ne gisait pas sur l'horrible chariot. Le boucanier respira. Il se retourna vers les conducteurs, et leur dit froidement :

— Vous aimez les piastres, mes maîtres? Eh bien, je m'appelle le Léopard. Conduisez-moi au gouverneur don Cristoval de Figuera. Je n'ai rien de commun avec vous. Obéissez.

L'insolente effronterie de ces hommes se tut devant le sang-froid du célèbre boucanier. L'un d'eux se rendit au palais du gouverneur pour annoncer cette importante capture. Mais don Cristoval était si préoccupé du fléau qui désolait la ville depuis deux ou trois jours, qu'il ordonna tout simplement de renfermer le Léopard dans la prison où se trouvaient déjà les autres aventuriers assez malheureux pour avoir survécu à l'explosion de la pirogue.

En effet, don Fernando était alors bouleversé par l'invasion subite et sans cause apparente d'une sorte de peste à laquelle personne ne voulait croire.

Le peuple préférait attribuer à des causes humaines et criminelles ce mal terrible qu'il ne comprenait pas et qui s'infiltrait dans ses veines comme un poison invisible. Au moins ce préjugé laissait-il un espoir. Le poison suppose nécessairement un empoisonneur, et comme disait la foule crédule et féroce : — Morte la bête, mort le venin.

D'ailleurs les médecins eux-mêmes avouaient leur ignorance en face des symptômes du fléau. Ils étaient découragés en voyant des gens bien portants se plaindre tout à coup d'une grande chaleur à la tête, puis leurs yeux devenir rouges et enflammés, leur respiration haletante, leur peau jaunâtre ou livide, et mourir la plupart après une nuit d'insomnie brûlante.

Jusqu'alors le *vomito prieto*, qui avait fait tant de ravages chez les Indiens, était resté inconnu dans les îles. Un seul médecin crut en reconnaître quelques symptômes dans cette épidémie fatale, et l'attribua aux miasmes vénéneux que le dernier tremblement de terre avait répandus dans l'air. Mais son avis ne fut pas écouté, et peu s'en fallut que la multitude ne le traitât lui-même d'empoisonneur. Il faut des victimes aux peuples chez qui la défiance est montée jusqu'au délire. C'est le seul remède auquel leur peur ait foi.

Ce fléau avait jeté un tel découragement dans tous les cœurs que la prise du mot flibustiers, dont faisaient partie Joaquin et Pitrians, n'avait causé aucun signe d'allégresse et de triomphe dans la ville.

Le gouverneur avait donné ordre de les inscrire par numéros et d'en faire exécuter deux chaque jour par le garrot, pour ménager plus longtemps le plaisir des bons Espagnols avides de ce genre de spectacles.

Quand le Léopard entra dans la salle nue et étroite où se pressaient les prisonniers, il ne rencontra que des visages calmes et joyeux. Les aventuriers étaient tous familiarisés avec l'attente de la mort. Et d'ailleurs quel est l'homme qui ne se hausse facilement à la grandeur d'un danger public et solennel! On peut trembler et pâlir en allant seul au gibet. Quand les compagnons d'une même cause y montent ensemble, chacun a du courage pour tous par tous.

En voyant le Léopard, les frères de la côte poussèrent un cri de surprise douloureuse. Joaquin courut à lui, et pressant ses mains avec tendresse :

— Mon oncle, s'écria-t-il, nous espérions que, plus heureux que nous, vous étiez parvenu à vous sauver, et maintenant vous voici, comme nous, prisonnier, condamné, à la veille de mourir!

— Oui, j'avais réussi à m'échapper seul, répondit le boucanier, parce que j'avais un devoir à remplir, frères. Et, ma vengeance accomplie, ne pouvant vous délivrer les armes à la main, je me suis dit que je vous serais peut-être utile dans la prison comme sur le terrain du combat. Et me voici.

— Hélas! reprit Joaquin, votre générosité ne servira qu'à vous perdre avec nous.

— J'ai promis à ton père de ne jamais t'abandonner dans le péril, mon garçon, dit le Léopard. Et d'ailleurs je me suis chargé d'une autre mission... bien sacrée... auprès de toi...

Il hésitait à continuer, ne sachant trop comment arriver à la confidence qu'il méditait :

— Qui donc s'intéresse encore à moi, pauvre aventurier obscur? demanda Joaquin avec un sourire mélancolique.

— Et qui serait-ce, poursuivit brusquement le boucanier, si ce n'est une malheureuse femme que l'on a punie cruellement... mais qui a été bien coupable sans doute... mais qui a été punie aussi cruellement de ses fautes que l'eût pu désirer son plus mortel ennemi; une femme qui n'a vécu, pendant de longues années d'humiliations et de souffrances, que de ton souvenir et de l'espérance de te revoir un jour?

— Mais je ne puis vous comprendre, interrompit Joaquin avec agitation. Une mère seule peut aimer ainsi, et la mienne est morte, vous le savez, il y a bien longtemps, et d'une mort terrible...

— Ta mère vivait, Joaquin, reprit le Léopard avec émotion. Ton père s'enfuit si précipitamment après le transport furieux de sa vengeance, qu'il crut l'avoir tuée tandis qu'elle respirait encore.

— Ma mère vivait, et c'est maintenant que je l'apprends! dit Joaquin d'une voix sourde. J'avais une mère comme les autres que j'enviais, et je ne l'ai jamais vue.

— Pas de faiblesse, mon garçon, répliqua le boucanier. Nous ne sommes pas seuls ici.

— Oh! mon Dieu! murmura le jeune homme, ma mère vivait. Et quand j'étais un enfant faible et souffrant, ce n'est pas elle qui m'a réchauffé dans ses bras, qui a baisé mes larmes, qui m'a souri pour me rendre joyeux. Ma mère vivait! Mais elle est donc morte maintenant?

— Morte! répéta le Léopard. Et en mourant elle a demandé que son fils ne la maudit pas, car elle l'avait bien aimé!

— La maudire, moi! s'écria Joaquin. Mais pourquoi n'est-elle pas venue vers moi? Est-ce qu'une mère peut être coupable pour son fils? Oh! comme j'aurais été heureux de pouvoir lui dire ce seul mot : Ma mère!

— Dieu ne l'a pas voulu, Joaquin, dit le boucanier. Elle aussi eût été heureuse seulement de te regarder vivre. Mais en mourant elle a du moins emporté cette consolation d'avoir revu son fils, sans le connaître, il est vrai.

— Comment cela, mon oncle? demanda le jeune homme éperdu.

— Ne maudis jamais la Seigneuresse, repartit le Léopard.

Joaquin resta frappé de stupeur. Il pressa son front de ses mains brûlantes et pleura. Il avait tout compris. Il n'osa plus interroger le vieux boucanier.

Cependant les Espagnols venaient visiter par curiosité les prisonniers et paraissaient très-surpris de les voir jouer gaiement aux dés, sans nul souci de leur position, comme si chacun d'eux n'eût pas porté à son bonnet son numéro d'ordre pour la mort.

Joaquin s'appelait maintenant le numéro six. Le Léopard, venu le dernier, n'était pas le geôliers que le numéro neuf.

Le même jour, le jeune aventurier se sentit singulièrement troublé en remarquant parmi les visiteurs une femme voilée accompagnée par un moine, dont le visage était presque entièrement caché sous un capuchon.

Son cœur tressaillit, et il dit d'une voix étouffée au Léopard :

— Ne reconnaissez-vous pas dona Carmen et Fray Eusebio, mon oncle?

— Ah! tu n'es pas encore guéri, mon pauvre garçon, répondit le boucanier en hochant la tête.

— Etes-vous satisfaite? disait de son côté le moine à la jeune fille qui pleurait sous son voile. Nul pouvoir humain ne saurait sauver votre complice. Quant à vous, sénorita, vous m'avez promis que si je vous laissais revoir un instant ce misérable, en entrant au couvent qui sera pour vous une tombe vous abandonneriez tous vos biens à l'ordre dont je fais partie. J'ai tenu ma parole; tiendrez-vous la vôtre?

— Oui, répliqua-t-elle d'une voix sourde. Mais puisque désormais rien au monde ne pourrait sauver Joaquin, permettez-moi de lui parler, de lui dire un dernier adieu. Qu'il ne croie pas que je l'aie lâchement oublié et sacrifié!

— Non, dit froidement Fray Eusebio, car j'ai juré, moi, par le nom de mon frère don Ramon Carral, que Joaquin le pêcheur de perles ne reverrait votre visage qu'au dernier instant de sa vie, afin qu'il fût plus désespéré encore de mourir!

— Laissez-moi parler au Léopard, insista dona Carmen.

— Au Léopard, qui nous regarde comme la cause de la perte de son neveu, répondit Fray Eusebio. J'y consens.

Un imperceptible éclair de joie passa dans les yeux de la jeune fille, tandis qu'un geôlier allait ouvrir la porte grillée qui séparait la salle des condamnés de celle où se tenaient les curieux.

Le boucanier hésitait à obtempérer à la demande de dona Carmen : mais il ne put résister aux instances de Joaquin.

Dès qu'elle vit s'avancer, elle s'éloigna de Fray Eusebio, alla droit au vieil aventurier, et lui dit d'une voix brève :

— Vous allez tous mourir, vous le savez!

— Oui, répliqua le Léopard, et nous mourrons en braves comme ceux de nos frères par qui vos bourreaux ont commencé.

— En braves, répéta amèrement dona Carmen, non pas, mais en lâches dont les jambes chancellent en marchant au supplice.

Le boucanier la regarda sévèrement.

— Vous êtes une femme espagnole, sénorita, mais je vous croyais cependant un plus noble cœur. Il est peu généreux de jeter ainsi des outrages à la face de ceux qui vont mourir!

— Je vous dis, maître, reprit dona Carmen, que les Espagnols sont trop habiles pour vous laisser marcher, la tête levée et le regard ferme, à la mort. C'eût été là pour eux une vengeance mesquine. Je vous dis qu'ils ont voulu vous voir lâches et tremblants à ce moment suprême!

Le Léopard frissonna et lui répondit :

— Expliquez-vous, sénorita, expliquez-vous!

— Comment pensez-vous, ajouta-t-elle, que ceux qui vous appellent ladrones vous fassent monter en héros sur les planches de la potence

comme sur un piédestal! Non pas, non pas; ils savent, eux, par quelles boissons enivrantes on peut mettre la pâleur sur le front des plus braves, l'angoisse et la faiblesse au fond des cœurs les plus hardis et le cri de la peur sur les lèvres!

— Infamie! interrompit le boucanier.

— Silence! silence! reprit dona Carmen. Oui, ton neveu lui-même, oui, toi, le terrible Léopard, vous vous laisserez traîner au supplice au lieu d'y marcher fièrement.

Puis, saisissant la main rugueuse du vieil aventurier, elle y glissa un flacon d'argent qu'il serra machinalement.

— Ceci est de l'opium, maître, continua-t-elle. Grâce à ce flacon, vous pourrez mourir sans honte et sans faiblesse avant l'heure fatale.

— Merci, dona Carmen, dit le Léopard. Je vous pardonne maintenant tous les malheurs dont vous avez été la cause innocente?

— Mais attendez, pour vous servir de ce poison, reprit la jeune fille, que tout espoir soit anéanti. Le bruit s'est répandu qu'une expédition de flibustiers se dirigeait vers San-Fernando dans le but de vous délivrer. Et s'ils arrivaient à temps...

— Quel chef les commande? demanda le Léopard dont le visage s'anima d'une expression joyeuse.

— L'Olonnais, maître.

— Oh! alors les condamnés de demain seront sauvés, dit le boucanier. Ceux que le sort aura épargnés aujourd'hui pourront peut-être assister à l'agonie de leurs juges.

— Oui, murmura la jeune fille. Mais les condamnés d'aujourd'hui... Joaquin sera désigné peut-être...

— Peut-être! répéta le Léopard avec un sourire étrange.

— Avez-vous donc un espoir? s'écria vivement Carmen dont le cœur battait vivement.

— Venez, sénorita, interrompit en ce moment la voix impérieuse du moine. Et ce dernier s'avança vers elle.

La pauvre dona Carmen se laissa entraîner pâle et défaillante, tandis que Fray Eusebio criait aux aventuriers :

— Après-demain la prison sera vide!

Cependant Joaquin était désespéré de n'avoir pu parler à la jeune Espagnole. Toutes ses pensées s'étaient concentrées sur elle. Par moments il sentait son cœur se serrer, en songeant que la mort allait les séparer à jamais. Les exhortations de son oncle lui étaient importunes. Quelquefois même il lui répondait avec irritation.

— Le fils de Bernard de Cossé doit attendre le supplice avec calme, lui dit enfin le Léopard.

— Et si je l'avais vue encore une fois, répliqua Joaquin, la mort me serait plus douce. Mais son image me poursuit sans cesse. J'ai besoin d'être toujours avec elle, de m'occuper d'elle sans cesse. Oui, cette généreuse jeune fille est aimant unique de ma vie. L'air n'est pas plus nécessaire à ma poitrine que son souvenir à mon cœur.

— De plus sérieuses pensées doivent remplir l'esprit d'un condamné, Joaquin, dit le Léopard.

— De plus sérieuses pensées, répéta le jeune homme avec un sourire amer. Mais, mon oncle, vous ne contient que la plus misérable partie de moi-même. Tout ce qu'il y a encore de vivant dans moi erre autour de ce charmant visage, pâli par la souffrance, de ces yeux qui ont répandu quelques larmes sur moi, de cette bouche qui m'a consolé par quelques douces paroles! Oh! dire que je ne la verrai plus! que bientôt mon cœur ne battra plus pour l'aimer! La tête me brûle! Il me semble que cette pensée m'a changé et m'a inspiré la peur de la mort!

— Malheureux, oses-tu parler ainsi devant moi! dit sévèrement le Léopard.

— Oh! ne craignez rien, mon oncle, continua Joaquin avec mélancolie. Ce n'est pas dona Carmen qui me rendra lâche, elle pour qui j'eusse traversé une ville en flammes. Mais je crois que maintenant que je ne dois plus mourir. La parole sinistre de ce moine a résonné à mes oreilles comme une heureuse prédiction.

— Repose-toi un peu, garçon, répondit doucement le boucanier. Dors, pour calmer cette agitation qui te trouble.

— Oui, je suis agité, car j'attends et j'espère! quoi? je n'en sais rien! la vie, la liberté, Carmen? tout cela peut-être! Oh! je deviens fou, n'est-ce pas?

Et le malheureux jeune homme se mit à rire d'une façon étrange.

— Il fait ici une chaleur intolérable, dit le Léopard en remarquant avec inquiétude la sueur qui couvrait le front de Joaquin.

— Oh! répliqua ce dernier en allant aspirer une bouffée d'air à une petite lucarne grillée, la prison est quelque chose d'infernal quand le doute et l'espoir se sont glissés dans l'âme. Mon Dieu! mon Dieu! ne plus revoir dona Carmen, cela serait-il bien possible? Mon sang brûle comme du feu dans mes veines. Mon oncle, j'ai soif!

Le visage du boucanier rayonna.

— J'ai encore un peu d'eau-de-vie, Joaquin. Tu videras le fond de ma gourde, cela te soutiendra le cœur.

Il saisit sa gourde et y versa précipitamment quelques gouttes de l'opium contenu dans le flacon d'argent que lui avait remis la jeune créole. Joaquin, absorbé dans sa rêverie, ne vit rien. La main du Léopard trembla en lui tendant la gourde. Joaquin la porta à ses lèvres. Le boucanier frissonna. Peut-être avait-il mal calculé la dose de ce poison salutaire auquel il recourait désespérément. Mais Joaquin avait déjà bu la mort ou la vie. Dieu seul le savait. Il s'endormit bientôt, et resta couché dans un coin de la prison, la figure pâle, mais calme.

Le Léopard l'embrassa au front avec une joie de père. Sur son rude visage brillèrent quelques larmes. Il épiait d'un regard plein d'inquiétude le souffle de son neveu. Il ignorait encore s'il l'avait tué ou sauvé. Mais une voix secrète lui criait au fond du cœur : Tu as bien fait.

Une heure s'était à peine écoulée que l'appel brutal des alguazils retentit à la grille de la prison.

— Allons, allons, ladrones, debout et en marche.

Le Léopard regarda Joaquin avec terreur.

— Numéros six et huit ! continua un alguazil.

Joaquin fit un mouvement. Une sueur froide mouilla le front du Léopard. Le numéro huit avait quitté le cachot.

— Numéro six ! répéta avec impatience l'alguazil. Faudra-t-il aller vous chercher, mon brave !

Joaquin murmura le nom de dona Carmen. Son visage souriait. Il rêvait. Il dormait toujours.

— Elle ! il n'aime qu'elle, il ne pense qu'à elle ! dit le Léopard. Mais les Espagnols veulent leur compte ; ils l'auront.

Il prit le bonnet catalan de Joaquin, lui laissa le sien qui portait inscrit le numéro neuf, serra la main à Pitrians et à Jean David qui restaient dans la prison et qui avaient respecté son généreux dévouement, puis il rejoignit les alguazils en disant :

— Mon frère Bernard n'aura rien à me reprocher quand je le retrouverai là-haut. J'ai donné ma vie pour son fils comme je l'aurais donnée pour lui.

Avant de se mettre en marche vers le lieu du supplice, il vida encore son compagnon le flacon de dona Carmen, car il ne voulait pas donner aux Espagnols la joie de voir mourir le Léopard avec la pâleur sur le visage et le frisson de la peur dans tous les membres.

Aussi la vengeance des Espagnols ne trouva-t-elle à s'exercer que sur deux cadavres. Et, au lieu d'accrocher au gibet les deux aventuriers, ils furent obligés de les jeter avec leurs propres morts sur un de ces sinistres chariots que nous avons décrits.

Le fléau sévissait toujours en effet avec plus de fureur, quoiqu'on eût écharpé quelques prétendus empoisonneurs. La défiance se lisait dans tous les regards : toutes les bouches dénonçaient. Les médecins avaient proposé d'établir un lazaret ; mais l'évêque de San-Fernando avait ordonné des neuvaines et des processions, et les habitants avaient préféré ce dernier moyen de salut.

Nul bruit joyeux n'éclatait dans les rues depuis quelques jours : plus de marchands ambulants, plus de jeunes cavaliers en promenade, plus de mendiants implorant la charité au coin des carrefours, plus d'ouvriers au travail fredonnant une chanson populaire, plus de jeunes filles riant au seuil des maisons.

San-Fernando s'était changé en un vaste hôpital. Le silence n'était interrompu à quelques intervalles que par le glas des cloches, les cris des mourants, les jurements des alguazils jaunes, et le roulement de leurs chariots. Aux fenêtres et aux balcons pendaient des vêtements sanglants ou séchaient des linceuls.

Tout ce que les médecins avaient obtenu, ç'avait été de faire enclouer les portes des maisons dont les habitants étaient morts ou atteints du fléau. Une croix à la craie indiquait aux alguazils que là il y avait des cadavres à recueillir.

La mort soudaine du Léopard et de son compagnon tourna singulièrement les soupçons de la foule sur les deux aventuriers.

Suivant les uns, ces ladrones étaient infectés d'une fièvre épidémique que Dieu leur avait envoyée en punition de leurs crimes.

Suivant le plus grand nombre, des frères de la côte s'étaient introduits secrètement dans la ville et avaient enduit de substances vénéneuses les murailles des monuments, les églises et des maisons. A les en croire, la ville tout entière suintait le poison, et on respirait dans l'air, la terreur touchait à l'extravagance.

Le gouverneur, don Cristoval de Figuera, voulut profiter de ce délire pour donner plus d'importance au supplice des trois derniers prisonniers et en faire un spectacle qui contentât et assouvît la fureur populaire.

Le lendemain soir, quand vint l'heure fixée pour l'exécution, la ville s'était mise en fête. Tous les balcons étaient illuminés ; les terrasses étaient chargées d'orangers et de citronniers ; les murs se cachaient sous les branchages verts, les tapisseries splendides, les étoffes lamées d'or. Les familles nobles avaient arboré leurs armoiries ; des meubles précieux s'entassaient sur les balcons ; et, à voir les regards ardents de la foule penchée aux fenêtres, à voir tous ces riches costumes de soie, de satin et de velours, à voir étinceler les diamants au front et

aux doigts des femmes, qui n'eût cru que toute cette population était joyeuse et folle ? qui eût pensé que la peur se tenait tapie, pâle et glacée, au fond des cœurs ? Ceux peut-être qui eussent remarqué çà et là les maisons clôturées se détachant, noires et sinistres comme des tombes, sur ces lignes de lumière. Et aux fenêtres de ces maisons les malades regardaient passer d'un air morne la foule bruyante, puis ils priaient en fixant leurs yeux éteints sur les flèches des églises, qui s'élançaient dans l'air bleu, semblables à des aiguilles d'or.

Dans la rue marchaient sur deux files les confréries avec leurs bannières et leurs divers costumes ; les femmes, dont les yeux brillaient à travers les trous de leurs masques de cire ; les couvents et le clergé, chantant de lugubres cantiques. Les cloches, sonnant à grande volée, mêlaient leur voix sonore à l'hymne de cette multitude.

Tout cela formait réellement un spectacle étrange et terrible. Au milieu de la procession s'avançait lourdement un chariot funèbre qui portait les trois condamnés. Joaquin était placé entre Pitrians et Jean David.

Quand il s'était réveillé le matin de ce jour et qu'il avait en vain cherché du regard son vieil oncle, et qu'il avait appris la ruse sublime de l'héroïque boucanier, le pauvre jeune homme avait été saisi d'une surprise et d'une douleur amères :

— Il a cru que j'avais peur de mourir et il a pris ma place, s'était-il écrié. Oh ! je devais le prévoir. Mais j'aurai bientôt mon tour, bientôt, avait-il ajouté avec une expression de sombre joie.

Aussi souriait-il de dédain à tous ces Espagnols plus pâles et plus épouvantés de leurs propres soupçons que les condamnés ne l'étaient de la mort certaine vers laquelle ils s'avançaient.

Joaquin cherchait encore à deviner sous quelqu'un de ces masques de femme qui l'entouraient un regard de pitié ; sous chacun d'eux il rêvait le visage attendri de dona Carmen. Il eût voulu surprendre un tressaillement fugitif, un geste involontaire, un de ces signes qui vont au cœur d'un seul être et sont invisibles pour tous les autres, sous une de ces robes de pénitentes. Mais, hélas ! tout était menaçant et haineux autour de lui. Parmi ces voix graves ou plaintives qui s'élevaient vers le ciel, il ne put distinguer le son de la voix aimée. Bientôt le contraire il fut violemment arraché de cette douce recherche par l'excès des outrages et les huées dont la foule ameutée sur son passage se mit à l'accabler ainsi que ses compagnons.

A l'endroit où ils se trouvaient alors, la rue montait et le chariot allait encore plus lentement. Des femmes du peuple, des mendiants, des enfants demi-nus, voyant les yeux de Joaquin se promener de balcons en balcons, le crurent ébloui à l'aspect de toutes les richesses étalées pour la sanglante cérémonie, et ce fut alors une grêle de sarcasmes grossiers et cruels.

— Hé, ladrones, cria la première une jeune fille coiffée de la résille rouge, la main vous démange, tenez, voici du butin à portée, ne vous gênez pas !

— L'or et les diamants vous crèvent les yeux, glapit un filou qui escamotait en même temps les pendants d'oreilles de sa voisine ; mais cet or-là n'ira pas payer vos orgies de Tortuga, tueurs de vaches !

— Hérétiques damnés, hurla une vieille mégère, allez grincer des dents au fin fond de l'enfer. Vous voyez qu'il nous reste encore, malgré vos vols, de quoi acheter des cordes pour pendre toute la flibusterie.

— Hé, les amis, cria un aguador, vous allez trouver sur la place de San-Isidro une de vos vieilles connaissances.

— Sa très-haute seigneurie madame la potence, ajouta un autre.

La foule se mit à rire et à battre des mains.

— Mais voyez donc comme ces pillards sont pâles et blêmes ! observa la jeune fille à la résille.

— Ils ont peur, reprit l'aguador. Pleurez donc, mes mignons ! Mais, Dieu me pardonne, la tête vous est ivre. Sa tête ballotte comme si elle ne tenait déjà plus sur ses épaules.

En effet, les condamnés étaient horriblement secoués par le dur chariot dont on précipitait la marche de façon à leur faire perdre la respiration.

Les malheureux pouvaient difficilement conserver le calme qu'ils avaient d'abord montré, et le vieux Pitrians se sentit même atteint d'une si vive douleur à la tête, qu'il ne put s'empêcher de dire à voix basse : — Infernale torture !

Tout à coup Joaquin aperçut une femme immobile sur un balcon, sans ornements et sans flambeaux. Il eut froid au cœur. C'était dona Carmen, c'était bien elle. Il se leva debout par un effort suprême, et, la saluant d'un geste plein de grâce et de tristesse, il lui dit ces seuls mots avec un ton ferme et solennel : — Soyez heureuse, soyez heureuse !

Mais la jeune fille lui montra du doigt la porte de sa maison enclouée, et répondit avec un mélancolique soupir :

— Bientôt il y aura là une croix.

La foule s'était tue d'abord, espérant trouver dans cette scène imprévue un nouvel aliment pour sa cruauté, espérant que de la bouche de la jeune Espagnole tomberaient quelques railleries féroces et insultantes pour l'aventurier.

Mais, ne comprenant rien aux paroles qu'ils avaient échangées, elle interrompit aussitôt par ses cris cette entrevue touchante.

Fray Eusebio, qui marchait à côté du chariot, dit alors à Joaquin en lui désignant la maison clôturée :

— Doña Carmen n'en sortira pas vivante! l'avez-vous bien compris?

Puis, comme le jeune homme détournait les yeux avec mépris sans répondre, le moine fit signe aux conducteurs de hâter la course du chariot, qui semblait toujours sur le point d'être écartelé à force de secousses et de cahots.

— Oh! que je souffre! murmura alors Pitrians, dont la tête brûlait.

— Mon Dieu! du courage! répliqua Joaquin. Ne va pas trembler à cette heure et donner raison à tous ces misérables.

— Meurs comme tu as vécu, lui dit Jean David, sans rien craindre.

Mais, lorsqu'ils furent arrivés sur la place de San-Isidro-Nueva, lieu de l'exécution, et que Pitrians voulut descendre du chariot, il chancela, saisi d'un grand frisson.

— Oh! le vieux brigand, cria une voix, comme il a peur!

— Pourtant il a assez tué d'Espagnols sans miséricorde, sans pitié; il ne tremblait pas alors, dit une autre.

— Maintenant un enfant viendrait à bout de lui.

— Vous verrez qu'il faudra le porter.

— A boire! je voudrais boire, balbutia le condamné.

— Otez-lui la corde qui lie les mains, dit une femme. Il n'a plus la force d'écraser une mouche.

— A boire! répéta l'aventurier d'une voix étranglée.

La foule se rapprocha du chariot.

— Pitrians, courage! es-tu devenu insensé? lui dit Joaquin. Encore deux ou trois minutes, et tout sera dit. Debout! debout!

— Je ne puis... je ne puis... murmura le malheureux condamné, car j'ai comme un coup de barre sur tous les membres, comme un nuage sur les yeux....A boire!

— Lâche! lâche! cria la foule dont tous les regards se dirigeaient sur lui.

— Debout, debout! répéta Joaquin avec force.

A ce nom de lâche, à cette insulte, le vieux Pitrians rouvrit ses yeux hagards. Il essaya d'abord de rester immobile sur ses jambes vacillantes, puis il voulut faire un pas vers ceux qui l'outrageaient; mais ce fut son dernier effort. Il étendit les bras et tomba lourdement en disant d'une voix sourde :

— Soutiens-moi, Montbars.

La foule se mit à rire.

— Le ladron ne tuera plus d'Espagnols, dit l'aguador.

— La peur l'a tué, ajouta un lancero.

Fray Eusebio se pencha alors avec un sourire triomphant sur le corps de Pitrians et secoua sa main. Mais il se releva tout à coup, le visage terrifié, les yeux fixes, et s'écria :

— Ce n'est pas la peur, c'est la fièvre jaune.

C'était la première fois que depuis le commencement du fléau ce mot terrible était prononcé. Tous les Espagnols de Hispaniola connaissaient de tradition cette peste effroyable, sœur jumelle du vomito prieto, et qui avait si cruellement ravagé le Brésil et le Chili pendant plusieurs années, et tout récemment la Barbade et la Martinique.

Aussi tous reculèrent-ils de terreur. Les cierges tombèrent de la main tremblante des pénitents. Le mot fatal circula à voix basse d'un bout à l'autre de la procession, qui se déroulait comme un gigantesque serpent.

Les files des confréries s'éclaircirent; les chants cessèrent. Nul n'osait affronter la fièvre jaune, cette meurtrière invisible qui ne menace jamais, mais qui mêle son venin au souffle de votre voisin, à son serrement de main, au contact des vêtements du premier venu.

Cette foule éperdue semblait paralysée. Elle avait peur d'elle-même. Un mot avait suffi pour isoler tous les cœurs. Ces curieux de supplices s'écartaient les uns des autres comme d'autant d'ennemis. Le son des cloches leur paraissait plus lugubre. Le peuple s'éparpilla silencieusement.

— Fray Eusebio, dit sévèrement le gouverneur don Cristoval de Figuera, vous avez eu tort de faire publiquement une pareille révélation. Maintenant il faut nous hâter d'en finir avec ces brigands.

Puis il ajouta à haute voix :

— Qu'on reprenne le chant des agonisants! Fray Eusebio a pu se tromper.

— Non pas, non pas, répondit le moine épouvanté. Voyez, monseigneur, comme le visage de l'aventurier s'est empreint d'une couleur jaunâtre.

— La foule multiplie le danger, observa le prieur d'un couvent.

— La fièvre jaune se communique avec la rapidité de la foudre, monseigneur, ajouta le médecin de don Cristoval.

Alors les prieurs s'éloignent sans attendre la réponse du gouverneur, et retournent avec tous leurs moines se renfermer dans l'enceinte de leurs couvents. Les confréries ont disparu, le peuple s'est enfui.

Quelques hommes mal vêtus errent seuls encore sur la place. Don Cristoval de Figuera n'est plus entouré que de ses lanceros immobiles.

Sur son ordre, ils s'avancent d'assez mauvaise grâce vers le chariot d'où Joaquin Montbars et Jean David ne sont pas encore descendus.

Mais ce dernier au même instant sourit et leur dit :

— Approchez, mes braves, et faites vite. Autrement je vous échapperai comme Pitrians.

Les lanceros s'arrêtent. Il continue :

— Grâce à Dieu, le sang gonfle mes yeux et bourdonne dans mes oreilles. C'est la fièvre jaune qui s'annonce. Venez, mes braves, que ma mort même soit encore fatale aux Espagnols ; venez, la fièvre jaune n'attend pas.

A ces effrayantes paroles les lanceros se consultent du regard, hésitent et tremblent bientôt à leur tour devant ce condamné garrotté et sans force, qui chancelle et s'affaisse sur lui-même.

Plus il devient faible et plus ils s'épouvantent; plus la violence du mal le courbe et l'étreint, et plus ils reculent. Enfin, quand ils voient un sang noir jaillir de ses yeux et de ses oreilles, ils s'enfuient, laissant Joaquin debout, mains liées, sur le chariot, entre ses deux compagnons pestiférés. Il reste là frémissant d'impatience, mais concevant peut-être un dernier espoir.

Don Cristoval et Fray Eusebio virent alors les quelques hommes épars sur la place se rapprocher d'eux. Le gouverneur s'écria :

— Les mendiants seront peut-être plus braves que mes soldats, et m'aideront à remplir mon devoir.

Mais le moine, ayant entrevu le visage de l'un d'eux, répliqua aussitôt :

— Fuyons, monseigneur, ce sont des frères de la côte qui se seront introduits dans la ville, grâce au tumulte, en se déguisant sous ces haillons.

Le gouverneur resta interdit. Mais, avant que le moine et lui eussent pu faire un mouvement, ils furent entourés, saisis, garrottés et enlevés par les aventuriers.

Joaquin se crut déjà libre. Les cordes qui serraient ses poignets allaient être déliées. Il cria d'une voix éclatante :

— A moi, à moi, frères! à moi, vaillant Olonnais!

Car c'est l'Olonnais que Fray Eusebio a reconnu; c'est lui qui commande l'expédition.

Mais, pour la première fois, la terreur a effleuré l'âme des aventuriers. Ils regardent le mort et le moribond étendus à terre, et pas un d'eux n'ose faire un pas en avant vers le funeste chariot.

— Qu'attendez-vous donc, mes frères? reprit Joaquin avec surprise.

— La fièvre jaune n'est pas un ennemi que l'on puisse combattre avec les armes et le courage de l'homme, répond l'Olonnais en hésitant.

— Vous auriez peur, vous! s'écrie le jeune homme d'un ton douloureux.

— Écoute, Montbars, continue l'Olonnais, nous ne sommes pas venus à San-Fernando pour te délivrer, toi, mais pour sauver nos autres compagnons. Ne t'es-tu pas fait marron, lorsque tu étais l'engagé de Michel le Basque?

— Oui, réplique Joaquin.

— Tu as violé nos statuts, poursuit l'Olonnais. Nul de nous n'est obligé de se dévouer à ta vie. Tu es condamné.

— Eux aussi, murmure le malheureux. Et il baisse sa tête sur sa poitrine avec résignation.

Les aventuriers se groupent, jettent un dernier regard d'hésitation sur le chariot et se disposent à s'éloigner.

Tout à coup Joaquin est frappé d'une idée nouvelle, et, s'adressant à l'Olonnais :

— Écoute, maître, une dernière prière, s'écrie-t-il. Au nom de tous les services que j'ai pu vous rendre...

— Parle, répond le flibustier.

— Dans la rue San-Isidro, continue Joaquin, il y a une maison clôturée ; la porte en a été fermée comme le couvercle d'un cercueil sur une femme vivante, et cela par vengeance. Tu comprends! se venger d'une femme jeune, belle, innocente, c'est horrible, n'est-ce pas! Eh bien, promets-moi de rouvrir cette porte, promets-moi de rendre à cette pauvre enfant l'air, la liberté, la vie.

— Ton désir sera accompli. Adieu, frère, réplique simplement l'Olonnais.

Et les frères de la côte s'éloignent à pas lents, ayant presque honte de leur faiblesse, mais dominés malgré eux par une crainte indéfinissable.

Ils regardent sans envie les tentures appendues aux murailles, les vases et autres objets précieux qui brillent sur les balcons solitaires, tout ce luxe étalé dans les rues silencieuses, qui ressemblent à celles des villes mortes et enchantées des contes arabes. Arrivés devant la porte de la maison clôturée, ils s'arrêtèrent. Quelques coups de hache d'abordage l'eurent bientôt enfoncée.

Le Caraïbe.

Dona Carmen était restée immobile et presque égarée de désespoir sur son balcon. A la vue de ces gens déguenillés qui battaient la porte en brèche, elle crut qu'on venait la chercher pour mourir, que Fray Eusebio l'avait enfin dénoncée, et elle descendit, en frissonnant, l'escalier pour aller au-devant des aventuriers.

Quand le moine la vit paraître, il se dit :

— Joaquin a cru la sauver, mais je puis encore la perdre. Sénorita, ajouta-t-il avec un sourire sinistre, écoutez-moi.

— Il est mort, n'est-ce pas, s'écria la malheureuse jeune fille, puisque vous souriez ainsi ?

— Non, répliqua le moine. Il est vivant, dona Carmen, mais il est encore enchaîné, prisonnier, condamné, seul sur le chariot de mort, sur la place San-Isidro.

Les aventuriers l'interrompirent en criant :

— Silence, moine bavard, ou le bâillon te fera taire.

— En route ! commanda l'Olonnais. Chaque minute de retard peut nous devenir funeste dans cette ville pestiférée.

Fray Eusebio ne put qu'ajouter :

— Vous seule, sénorita, pouvez oser le délivrer.

La troupe se remit en marche. Mais le moine eut le temps de voir dona Carmen se diriger vers la place aussi rapidement que le lui permettaient ses forces épuisées, et il murmura en ricanant :

— Oh ! mon frère don Ramon est vengé, vengé de tous les deux, car elle périra par lui.

Cependant dona Carmen s'avançait, pâle comme un fantôme, vers le lieu de l'exécution. Elle demeura stupéfaite devant le spectacle singulier qu'offraient cette place illuminée et muette d'un silence de mort, cette potence veuve de ses condamnés, cette église dont les cloches sonnaient toujours.

Et, quand Joaquin lui apparut, debout sur le chariot, éclairé par toutes ces lueurs tremblantes, seule creature vivante sur cette place où une si grande foule se pressait quelques instants auparavant pour le voir mourir, elle crut être le jouet d'un rêve.

— Peut-être le moine m'a-t-il trompée, dit-elle ; peut-être Joaquin est-il mort avec ses compagnons sous la main du bourreau ! Serait-ce donc une erreur de mes sens qui me le fait voir ainsi ? Mais pourtant je ne rêve pas. Je ne suis pas endormie, j'ai bien toute ma raison, mon Dieu !

Elle s'était arrêtée à dix pas du chariot.

— Joaquin, Joaquin ! murmura-t-elle.

— Qui donc se souvient encore de moi ? répondit le malheureux en tressaillant et relevant la tête.

— Ne le devinez-vous pas ? ne me reconnaissez-vous pas ? s'écria-t-elle avec un transport de joie indicible et étendant les bras vers lui.

— Dona Carmen libre, tirée de son sépulcre, ici, devant moi ! Ils m'ont tenu parole, les braves compagnons, dit Joaquin. Qu'ils soient bénis mille fois !

La jeune créole s'avança encore.

— Et aussitôt libre, reprit-elle, je suis venue à vous, Joaquin.

La Seigneuresse.

— Vous ne m'avez pas oublié, vous, dona Carmen, dit-il d'une voix pleine de douceur. Oh ! mais non, n'approchez pas ; n'approchez jamais de ce chariot, ajouta-t-il avec terreur.

— Pourquoi donc ? interrompit Carmen. Je vivrais, moi, et je vous laisserais mourir ! avez-vous pu le croire ?

— Mais vous ne savez donc rien ? répliqua le condamné. Fuyez, fuyez bien vite ! Vous ignorez donc que seul j'ai fait peur à tout un peuple ; que ces deux hommes, mes frères, sont tombés à terre, frappés par la fièvre jaune comme par un coup de foudre ! Les beaux témoins que vous choisiriez là pour nos fiançailles ! ajouta-t-il avec un rire amer. Oh !

fuyez, dona Carmen, car tout à l'heure mon visage sera horrible comme le leur, et mon souffle donnera la mort. Oh ! il me semble déjà qu'une sueur glacée baigne mes membres.

Dona Carmen s'approcha davantage du chariot, frissonnant à la vue des cadavres de Pitrians et de Jean David ; mais s'élevant, par la force du cœur, au-dessus de cette crainte instinctive :

— Joaquin, répondit-elle avec calme, qu'aimez-vous donc en moi ? Si je n'étais plus belle, si la souffrance éteignait mon regard, flétrissait mon visage, m'abandonneriez-vous ? N'aimeriez-vous donc que la jeune fille heureuse et souriante ?

Oh ! je suis trop heureux pour mourir maintenant.

terne, vos bras se roidir, tout votre corps être agité par les atroces convulsions de la fièvre jaune ! Non, non, jamais. Je vous aime, Car-

La révélation.

— Vous, Carmen, me faire une telle demande ! s'écria l'aventurier. Mais pour moi vous êtes la vie même. Ce n'est pas dona Carmen de Zarates que j'aime, c'est vous. Dire pourquoi je vous aime ainsi, je ne sais. Vous seriez une reine que j'oserais vous aimer : vous seriez la plus obscure des pauvres filles du peuple, qu'il en serait de même. Vous pouvez me haïr, mais vous ne pouvez empêcher cela. Un pareil amour, c'est une aspiration continuelle vers ce qui est beau, noble et grand en dehors de nous. Je ne saurais pas regarder une autre femme. Quand je m'écoute penser, je ne trouve que votre image dans mon cœur et que votre nom sur mes lèvres. Vous absente, le soleil me paraîtrait lugubre. Réunis au fond d'un cachot, mon bonheur ferait envie à Dieu. Cette heure où je puis vous confesser tous les secrets de mon âme est la plus belle de ma vie. C'est comme un éclair de soleil dans le souterrain où s'éteint lentement un vieux prisonnier. Maintenant la mort peut me prendre. Elle n'emportera qu'un homme heureux. Mieux vaut mourir ainsi tout à coup, les yeux fixés sur l'être qu'on aime, que de mourir jour à jour par la séparation.

Dona Carmen, sans répondre, s'avança entre les deux cadavres qui gisaient à terre, et appuya sa main blanche et amaigrie sur le chariot.

— Mais je ne veux pas que vous mouriez, vous, poursuivit Joaquin avec désespoir ; je ne veux pas vous cacher sous mon suaire comme l'avare qui enfouit son trésor dans sa tombe. Je ne vous aime pas d'un amour si lâche et si égoïste. Et vous croyez que je pourrais vous voir avec indifférence souffrir par moi, par moi qui donnerais ma vie pour

Carmen et son époux.

men, comme une idole sacrée. La vie est belle encore devant vous. La mort est hideuse ainsi. Oh ! vivez.

Et il ajouta, la voyant rester immobile :

— N'approchez pas, car il me passe comme des éblouissements devant les yeux ; c'est là un symptôme terrible.

— Vous souffrez ! répondit Carmen.

Et, montant avec effort sur le chariot, elle posa sa main tremblante sur les mains liées du condamné. Elle sentit une larme brûlante y tomber. Elle continua d'une voix émue :

— Joaquin, le courage d'une femme peut faiblir devant les épées nues. Elle n'est pas maîtresse d'empêcher son sang de se glacer, son visage de pâlir, ses yeux de se fermer d'épouvante. Mais quelquefois là où le courage des hommes les plus résolus recule notre âme se hausse et grandit. Joaquin, j'ai à expier les torts de mon orgueil envers vous. Nous vivrons ou nous mourrons ensemble.

— Hélas ! dit le jeune aventurier, vous voulez donc que je devienne votre bourreau, votre assassin ! Mais j'aurai horreur de moi, Carmen ! C'est infâme de tuer ceux qu'on aime. Je serais mort si heureux me sachant aimé ! Et vous me forcez à causer votre perte !

La jeune créole sourit.

— Tout à l'heure votre divin sourire s'éteindra, crispé par la douleur, ajouta Joaquin avec désespoir. Oh ! mes mains se glacent.

Dona Carmen se mit alors à détacher, à dénouer, à rompre avec ses doigts délicats les cordes qui serraient et engourdissaient les poignets du jeune aventurier. Puis, s'agenouillant devant lui, elle détacha celles qui s'enroulaient autour de ses pieds, et, se relevant alors fière de son action, elle lui dit :

— Maintenant vous êtes libre, Joaquin. Embrassez votre femme, car devant Dieu je jure que je n'aurai jamais d'autre époux que vous.

Le jeune homme la regarda d'un air de doute et de défiance, n'osant croire à de si douces paroles : mais, lorsqu'il vit la rougeur qui empourprait les joues pâles de l'Espagnole, il la serra sur son cœur dans une étreinte passionnée, et lui répondit :

— Oh ! je suis trop heureux pour mourir maintenant.

— Eh bien, s'il vous reste encore quelque force, reprit-elle, si le bonheur vous rend tout votre courage, éloignons-nous sans retard de cette place funeste. Gongora, notre batelier d'office, est devenu, depuis le pillage de la Rancheria, un des pêcheurs les plus renommés du port San-Fernando. Il m'est toujours dévoué, et nous transportera en quelques heures dans sa barque au hatto, où vous avez commencé à m'aimer, Joaquin.

Ce dernier, sans répondre, descendit du chariot avec elle. Dona Carmen lui prit la main, et il se laissa conduire par elle vers la porte.

Une heure après ils étaient en mer, et l'aventurier aidait bravement Gongora à manœuvrer sa barque. Le lendemain ils abordaient tranquillement devant le hatto de la Rancheria. Comme l'avait prédit la jeune fille, leurs malheurs devaient finir là où ils avaient commencé.

VI

Épilogue.

Six mois après, par un de ces beaux crépuscules dorés qui, aux Antilles, font des premières heures de la nuit un second jour féerique, dona Carmen, entourée de quelques esclaves, attendait Joaquin, parti pour la chasse depuis le matin, dans cette clairière de mangles où pour la première fois ils avaient vu apparaître le Léopard. Ses regards rêveurs s'arrêtaient sur deux modestes tombes qui s'élevaient à la place occupée autrefois par le boucan du vieil aventurier. Ces tombes renfermaient les dépouilles mortelles du marquis Bernard de Cossé et de Margaret la Seigneuresse.

Par moments dona Carmen écoutait les bruits vagues de la forêt et envoyait quelques-uns de ses esclaves à la découverte. Enfin le son joyeux des trompes éclata dans le lointain, et un sourire éclaira son visage. Le son se rapprocha ; alors elle resta immobile et comme indifférente. Enfin Joaquin, vêtu d'un élégant costume de veneur, arriva suivi de ses chasseurs et de sa meute.

— Toi ici, Carmen, à cette heure, s'écria-t-il d'une voix émue. Quelle imprudence !

— J'étais inquiète de ton long retard, mon ami, répondit-elle en le regardant avec amour. Et je suis venue t'attendre ici, car je sais que chaque jour tu t'arrêtes quelques instants dans cette clairière.

— Es-tu jalouse des morts, ma chère enfant ? reprit Joaquin avec un sourire mélancolique. Je suis en retard en effet ; j'avais cru entendre dans le bois le hallali des boucaniers, et une curiosité involontaire m'a entraîné.

— Ah ! vous n'avez pas oublié tout à fait votre belle vie d'aventure, interrompit vivement Carmen. Vous aimeriez à revoir vos vieilles connaissances du port de la Paix.

Joaquin allait répondre quand ils entendirent soudainement retentir quelques cris, et virent un malheureux engagé, hâve, exténué, s'élancer du bois dans la clairière et se précipiter vers eux en s'écriant :

— Au secours ! ayez pitié de moi, braves gens, je suis Espagnol, sauvez-moi des ladrones.

Joaquin et Carmen le regardèrent d'abord avec compassion. Mais tout à coup ils tressaillirent et reculèrent en s'écriant avec mépris :

— Fray Eusebio Carral !

A son tour le misérable leva les yeux sur eux, et une expression de surprise et de rage passa sur son visage en reconnaissant les deux jeunes gens et en voyant l'air de bonheur empreint sur leur visage.

En ce moment un boucanier, autour duquel bondissaient des bracs et d'autres chiens de chasse, s'avança hardiment sans être intimidé par la présence des Espagnols, et leva sa lienne sur le moine en disant :

— Lâche fainéant !

— Pourquoi châtiez-vous ainsi ce malheureux ? demanda Joaquin.

— Le drôle se souvient trop de son premier métier, répondit rudement le boucanier sans regarder son interlocuteur. Ne m'a-t-il pas dit tout à l'heure que je ne devais pas le faire travailler le dimanche, et que Dieu avait dit : Tu travailleras six jours, et tu te reposeras le septième. Eh bien, moi, je prétends, continua-t-il en poussant rudement Fray Eusebio devant lui, que pendant six jours tu t'amuses à tuer les taureaux pour en avoir les cuirs, et que le septième tu les portes au bord de la mer pour les vendre.

— Je vois que l'Olonnais est toujours le même, dit Joaquin en tendant la main au boucanier.

Ce dernier fixa des yeux étonnés sur son ancien compagnon, et murmura : — Joaquin ! est-il possible ! C'est bien toi que je retrouve sous ce brillant costume !

Puis, regardant dona Carmen qui rougit :

— Allons, s'écria-t-il, une femme a donc eu plus de courage que nous autres frères de la côte. Sans rancune, Joaquin. Tu es un seigneur maintenant ; moi je reste toujours un franc aventurier, riche aujourd'hui, pauvre demain. A quoi serviraient les piastres dans la poche d'un mort, et tous les jours nous risquons notre vie. Adieu, Joaquin.

Et, lui serrant la main, il s'enfonça dans le bois avec sa meute en faisant marcher devant lui le misérable moine.

— Quant à toi, lui dit-il, tu peux faire tes adieux éternels aux habitants de la Rancheria. Tu mourras engagé, car tu ne seras jamais digne de devenir un franc boucanier.

Joaquin suivit l'Olonnais du regard, et laissa échapper un soupir.

— Regrettez-vous cette vie de vagabond, Joaquin ? lui dit dona Carmen.

— N'êtes-vous pas l'univers pour moi ? répliqua tendrement le jeune homme. Notre bonheur a été acheté par la mort de tous ceux que nous aimions. Mais du moins Margaret est vengée, puisque ce moine, dont la haine nous a poursuivis avec tant d'acharnement, est cruellement châtié en nous voyant heureux, et en se voyant condamné pour toujours à ce sort misérable.

Et les deux amants reprirent lentement le chemin du hatto, tandis que les étoiles semaient leurs étincelles d'or sur l'azur plus foncé du ciel.

LE GUAP

PAR LE MÊME.

— Quelle heure est-il, Léoparda?

— Huit heures viennent de sonner à San-Isidro, sénorita.

— Et don Estève n'a point encore paru ! Je ne sais, mais j'ai comme un pressentiment que ces fêtes doivent lui être fatales. Soulève les rideaux, et regarde s'il traverse la place Mayor.

— Le roi ne la traverserait point en ce moment, tant la foule est épaisse. Notre-Dame del Pilar! Si don Estève se trouve engagé au milieu de ces mendiants déguenillés, il ne rapportera pas ici la moitié de son pourpoint de velours.

— Regarde bien; peut-être reconnaîtras-tu les plumes, les nœuds de ruban et d'argent de son chapeau.

— Hélas ! sénorita, j'aurais sur le nez les lunettes d'un grand d'Espagne que je ne saurais le découvrir. Il y a tant de chapeaux à plumes !

— Et pourtant toute cette foule vient pour se repaître des apprêts d'un spectacle de sang.

— Un digne spectacle, en vérité, sénorita; le plus beau de la terre après un auto-da-fé. L'Espagne est favorisée de Dieu, puisqu'à elle seule il a accordé le noble divertissement des courses de taureaux. Que les femmelettes de France redoutent d'en entendre parler seulement, c'est bien; mais vous qui serez bientôt la femme d'un noble Espagnol...

— Silence, Léoparda. Je ne comprendrai jamais comment toutes ces belles créatures qui tremblent à la chute d'une feuille, qui s'épanouissent au parfum d'un bouquet, qui jettent des cris à l'aspect des sillons enflammés d'un éclair, peuvent assister à ces combats féroces, les considérer comme des parties de plaisir, et fixer sans émotion leurs regards sur un pauvre taureau couvert de plaies, qui se débat, les flancs entr'ouverts, qui chancelle, tombe, se soulève, retombe et mugit ses derniers soupirs. Peut-il y avoir de l'amour et de la charité dans le cœur d'une femme qui ne tressaille pas et n'a pas une larme dans les yeux devant une semblable tuerie?

— Oui, sénorita, il y a de l'amour dans leur cœur, mais un amour sans faiblesse. Ces femmes suivent sans hésiter leurs maris dans tous les dangers, dans l'exil, sur les marches de la chapelle ardente. Si elles savent voir couler le sang et ne point pâlir, elles savent aussi panser les blessures de leurs pères et défendre vaillamment leur honneur.

— Tu as peut-être raison, Léoparda, mais je ne me sens point le courage de ces fières et nobles héroïnes. Protéger sa vertu à coups de poignard me semble une triste ressource. Moi, j'avoue que cette foule seule me fait peur, et que l'arrivée de don Estève me rassurerait beaucoup.

— Le cœur s'endurcit bientôt à ces petites émotions, sénorita. Si vous saviez le plaisir qu'on éprouve à admirer le courage, la force et l'adresse d'un grand toréador ! J'aimerais un homme qui me ferait la galanterie d'une course.

— Vous ne l'aimeriez pas véritablement, puisque vous ne craindriez pas qu'on vous le rapportât mort ou blessé. Ce serait un cruel accès de vanité, voilà tout. Vous aimeriez cet homme avec votre orgueil, mais pas avec votre âme.

Léoparda ne répondit à ces paroles que par un haussement d'épaules imperceptible, et continua de regarder les curieux qui se pressaient sur la place Mayor.

Dans cette matinée, toute la population de Madrid avait en effet quitté le logis pour descendre dans la rue.

Le soleil dorait de ses rayons déjà ardents les têtes brunes et cuivrées de la foule qui encombrait surtout les alentours de la place. L'espoir du superbe plaisir promis à la curiosité passionnée des habitants de la ville et de leurs hôtes avait fait tort à Morphée, rendu chaque pied plus leste, et merveilleusement délié les langues. Si quelqu'un eût pu saisir le sens complet de ce grand bourdonnement qui est la conversation des foules, il eût eu peur, lui aussi, du désir avide qu'exprimaient toutes ces paroles, tous ces gestes, tous ces regards qui se croisaient dans une sorte d'unité intelligente ; il eût souri en écoutant les commentaires exagérés que chacun trouvait moyen d'ajouter au programme de la fête.

Toutes les fenêtres qui avaient vue sur la place étaient ouvertes, excepté celles de la maison du riche lapidaire Frédéric Cardone, qui devait bien la moitié de sa réputation à l'éclatante beauté de sa fille, dona Inez. Cette maison restait silencieuse au milieu de la joie universelle. Le soleil brisait ses lames de feu contre les épaisses jalousies inexorablement baissées, et la fleur de la place Mayor, comme on nommait la divine Inez, ne paraissait pas devoir s'épanouir de sitôt aux galants regards des jeunes caballeros empanachés et du bon peuple de Madrid. Aussi des murmures sourds couraient-ils dans les groupes les plus voisins. Bien des mains se levaient en signe de colère contre les fenêtres muettes, et on se demandait si Cardone et sa fille voulaient faire preuve de mépris pour les plaisirs naturels de tout bon Espagnol.

Pourtant, comme nous le savons déjà, derrière un pli de rideau s'agitait, le regard inquiet et le nez collé à la vitre, la tête vénérable de la *duena de honor*, Léoparda, tandis que sa jeune maîtresse était nonchalamment assise sur des carreaux de velours cramoisi en broderie d'or.

L'exquise et touchante beauté de dona Inez devait émouvoir facilement les cœurs. Elle avait dix-neuf ans : sa mantille noire, parsemée de magnifiques dentelles, faisait ressortir l'éclatante blancheur de son sein ; l'admirable finesse de longs cheveux blonds, dont les boucles soyeuses s'échappaient d'une coiffe cordonnée de perles et garnie de malines, ses grands yeux bleus que voilait, par une charmante singularité, un rideau de cils noirs, et dont le regard était humide comme celui d'un enfant, donnaient à sa physionomie une expression de timidité et de douce tristesse. Le sourire qui semblait naturel à ses petites lèvres roses était plus mélancolique que joyeux, et ses mains blanches et effilées, ses petits pieds mignons, accusaient, en dépit de son nom roturier, une véritable distinction de race. Quoique élevée dans le bonheur et la richesse, cette noble jeune fille n'avait point laissé paralyser son âme par l'égoïsme. Dieu l'avait douée d'une de ces imaginations tendres et rêveuses qui s'effrayent des nécessités vulgaires de la vie, et tombent facilement, pour les éviter, dans les folies généreuses de la passion et de l'enthousiasme.

Dona Inez ne pouvait jamais être complétement heureuse, parce que le malheur des autres ne la trouvait jamais indifférente. Ainsi rencontrait-elle sur son chemin un de ces fiers vagabonds espagnols dans le chapeau desquels elle laissait tomber un ducat, toute la joie de sa journée était assombrie dans son cœur, car elle ne pouvait oublier le souvenir de cette misère, après lui avoir fait l'aumône. Puis elle avait toutes les superstitions des âmes délicates, et le moindre point noir qui tachait le ciel rayonnant de sa vie lui faisait présager une tempête où son bonheur devait naufrager.

Depuis une heure pas une parole n'avait troublé le silence de la chambre, et la tête de la pauvre enfant s'inclinait pensivement, comme si son esprit eût été absorbé dans une méditation secrète, quand Léoparda s'écria :

— Voici le seigneur don Estève qui s'avance gaillardement de ce côté. Mais il n'a pas son chapeau à plumes.

— Enfin ! dit Inez en frappant joyeusement ses petites mains l'une contre l'autre.

— Est-il étrangement habillé ! continua l'imperturbable Léoparda. Un chapeau de géant, à forme basse, doublé de taffetas noir avec un gros crêpe autour, comme un mari le porterait pour le deuil de sa femme ! Il n'a pourtant pas envie, je pense, de vous enterrer de sitôt, puisque vous ne vous mariez que dans un mois.

— Pourquoi parler de mort et de deuil, Léoparda ? Ignores-tu que le crêpe au chapeau est maintenant le signe de la plus fine galanterie ?

— C'est différent. Mais quelle rapière, juste ciel ! Elle est plus longue qu'une demi-pique, et la coquille de fer qui tient à la garde suffirait à une petite cuirasse. Par Notre-Dame d'Atocha ! avec une pareille

arme il pourra fendre les moulins, si Dieu lui permet jamais de la tirer du fourreau.

Inez sourit. En ce moment le cavalier frappa discrètement à la porte, et Léoparda l'eut bientôt introduit.

Don Estève était véritablement un beau et brave gentilhomme, mais la vanité de la beauté et de la bravoure lui avait tourné la tête, et il s'était jeté dans toutes les extravagances de l'affectation pour mériter l'honorable titre de *guap*. Or, *el guapo* veut dire en espagnol brave, galant, et même fanfaron. Ce substantif est l'expression naïve de la rodomontade castillane. A Valence il perd beaucoup de sa considération, car il correspond au mot français de bretteur et de coupe-jarret. Don Estève était vêtu comme un guap déterminé : ses cheveux, séparés sur le milieu de la tête, s'entortillaient par derrière autour d'un ruban bleu, large de quatre doigts et long de deux aunes, qui tombait de toute sa longueur. Son pourpoint, à longues basques de velours noir ciselé, était orné de larges manches pendantes de satin blanc, brodé de jais. Son manteau de drap noir se drapait autour de son bras. Enfin le galant jeune homme tenait d'une main un broquel, bouclier fort léger au milieu duquel brillait une pointe d'acier doré, et de l'autre sa gigantesque épée, dont le fourreau s'ouvrait en appuyant le doigt sur un petit ressort. A tout prendre, il faut avouer que ce ridicule costume de bravache, quoique ressemblant fort à un travestissement de théâtre, n'était pas désavantageux au seigneur don Estève de Carvajal. Sa fière démarche, son grand air de tête, sa belle figure pâle, le sourire ironique de ses lèvres et la flamme dont son regard s'alliaient à ravir avec cet appareil. D'ailleurs les folies de la jeunesse sont toujours pardonnées : elles sont si joyeuses et si naturelles ; on a tant de courage, tant de feu, tant d'avenir à dépenser à la floraison de la vie, qu'il semble qu'on ne saurait trop gaspiller tous ces trésors. Puis don Estève savait qu'Inez l'aimait ainsi. La chose peut paraître singulière ; mais en effet la douce et timide jeune fille ne s'effarouchait point du bruit de folies et galantes paroles qui éclataient sans cesse à son oreille, quand don Estève était près d'elle. Elle avait commencé par l'accueillir comme une distraction ; maintenant elle aimait le guap d'une de ces affections chastes et dévouées qui s'alimentent et grandissent d'elles-mêmes dans les âmes pures. Elle s'était laissée doucement traîner d'abord dans le sentier banal des amours vulgaires ; la phraséologie passionnée de don Estève avait surpris son ignorance et éveillé cette curiosité naturelle à toute jeune fille que la maison paternelle a garantie comme un couvent du contact du monde. Hélas ! parce que toutes les femmes portent à la ceinture un œillet enchanté et invisible qui cache le démon de la toilette, presque toutes ont aussi un asile pour les vagues pensées d'amour. Ce sanctuaire, d'abord habité par Dieu, est bientôt profané par l'entrée triomphante d'un conquérant païen. Il est impossible d'éviter ce terrible ennemi. Ainsi Inez avait éprouvé un mystérieux plaisir à écouter les hyperboles sentimentales de don Estève ; puis ces hyperboles, prises par elle au sérieux, avaient donné l'éveil à toutes les féeries de son imagination. Dès lors les sylphes charmants, les lutins amoureux, tout ce monde fantastique pour lequel se passionne une jeune tête, tourbillonna chaque soir au chevet de son lit et s'empara de sa chambre en armée victorieuse. Des ailes roses, parsemées de diamants, effleurèrent son front ; des soupirs parfumés, ses lèvres. Mais, de même que sous le regard du voyageur les formes indécises des glaces du Nord se cristallisent en villes diaphanes, de même les songes d'Inez finirent par se matérialiser. L'amour son cousin germain de la vanité. La jeune fille voulut donc pour représentant de son sylphe idéal un être en qui la beauté physique dût faire supposer la beauté morale. Elle céda à cet instinct impérieux qui semble toujours pousser vers le clinquant et l'oripeau les esprits les plus faibles et les plus naïfs.

Ainsi, quoique don Estève fût tout à fait un homme d'action et de bon sens, qui n'avait de romanesque que sa rapière, sa tournure et son pourpoint, Inez l'aima ou plutôt elle aima sa vaillance, son cœur noble, sa joie franche, l'atmosphère poétique qui semblait l'entourer ; elle sentit qu'il lui fallait un tel champion pour la soutenir dans ce tourbillon de la vie, qui lui faisait peur. Quant au seigneur de Carvajal, il aimait de très-bonne foi dona Inez, qu'il trouvait fort belle.

En entrant dans la chambre il chercha à dissimuler, sous un air de mystère, le secret motif du contentement que trahissait l'expression involontaire de son visage. Inez le reçut le sourire sur les lèvres.

— Que vous êtes bon d'être venu ! lui dit-elle, c'est là un véritable dévouement, car il est dangereux de traverser à cette heure la plaça Mayor.

— Le passage a été difficile, en effet ; pourtant je n'y ai pas perdu un bouton de diamant ; mais j'avais une nouvelle si pressante à vous annoncer...

— Une nouvelle ! s'écria la jeune fille avec un accent d'inquiétude et de terreur. Est-ce que mon père dans son voyage ?...

— Non, sénorita. Il s'agit d'une heureuse nouvelle, d'une preuve de mon amour que j'ai obtenu la permission de vous donner publiquement.

— Et à qui donc avez-vous besoin de demander de telles permissions, monseigneur don Estève ? demanda Inez avec une hauteur feinte et en souriant.

— A Sa Majesté, qui vient, comme vous le savez, sénorita, d'ordonner une grande course pour demain.

— A Sa Majesté ! répéta Inez en pâlissant ; mais quel rapport y a-t-il donc entre cette grande course et une preuve d'amour ? Je ne vous comprends pas, don Estève.

— Ah ! s'écria en ce moment Léoparda, voici les héradores aux prises avec les taureaux. Ils les prennent par les cornes et par la queue, les marquent à la cuisse d'un fer chaud et leur fendent les oreilles. Notre-Dame del Pilar ! quelles nobles bêtes, et que la journée de demain sera belle ! Dieu ! voici un taureau qui jette en l'air un jeune paysan et l'envoie retomber à l'autre bout de l'arène !

— Dieu ait son âme ! fit don Estève en se signant.

— Baissez les rideaux, dit Inez avec impatience.

— Léoparda a raison, reprit Carvajal. Les plus fiers taureaux des montagnes ont été pris. Il y aura demain de grands périls à courir et bien de la gloire à vaincre ! Tous les guaps de Madrid ont sollicité l'honneur de paraître dans le cirque ; et moi, j'ai voulu me montrer digne d'être leur maître en taurisant pour les beaux yeux de dona Inez, la fleur de la plaça Mayor.

— Vous, vous, Estève ! fit Inez, la figure pâle, les mains tremblantes et un frisson mortel dans tous ses membres.

— Telle est la nouvelle que je venais vous apprendre, telle est la grâce que je venais vous demander.

— Ah ! vous avez du vieux sang espagnol dans les veines, vous ! dit Léoparda.

— O mon Dieu ! s'écria Inez en attachant un regard désespéré sur le visage rayonnant du guap. C'est une plaisanterie, n'est-ce pas ? Vous ne devez pas combattre à cette course, vous resterez ici demain, auprès de moi ; vous ne me quitterez pas. Oh ! mais rassurez-moi donc, Estève ! votre silence me fait mourir.

— J'ai obtenu l'agrément du roi et commandé mon costume, sénorita, répondit froidement Estève, tout étourdi de ces paroles d'angoisse, auxquelles il ne s'attendait nullement, et qui froissaient sa vanité, car il avait pensé ne pouvoir flatter plus agréablement l'amour-propre de sa fiancée que par cet acte de galanterie chevaleresque.

— Don Estève, dit Inez d'une voix ferme en se levant toute droite devant lui, don Estève, vous ne paraîtrez pas à cette course.

— A mon tour, je vous demanderai, sénorita, si cet ordre...

— Dites cette prière, Estève !

— Si cette prière est une plaisanterie.

— Vous n'avez pas pitié de mes larmes, Estève, ou bien vous ne les comprenez pas. Est-ce donc aussi une plaisanterie que mon amour ?

— L'honneur est aussi sacré que l'amour, Inez, et je ne saurais vous obéir, car mon honneur est en jeu dans tout ceci.

— L'honneur ! l'honneur ! ils n'ont que ce mot aux lèvres ! Avec ce mot ils savent résister à toutes les voix éplorées du cœur, ils savent vaincre toute pitié en leur âme. L'honneur ! mot fatal et maudit, qui n'apporte que du sang et des pleurs à ceux qui l'évoquent ! Vain fantôme, auquel on sacrifie sans cesse des victimes humaines ! quand

donc cesserai-je de te trouver toujours entre moi et mes rêves de bonheur ?

— L'honneur fait le gentilhomme, Inez, reprit d'une voix douce et grave don Estève, ému malgré lui de cette douleur naïve. J'ai annoncé à tous mes amis que je serais demain un des toréadores, et je passerais pour un lâche si je manquais à ce que j'ai promis.

— Et si moi, je vous disais : Estève, je vous défends de descendre dans cette arène ensanglantée sous peine de ne plus me revoir en ce monde, car je suis sûre que la vie se brisera dans mon cœur au moment où vous ferez face au taureau ?...

— Alors je me ferais tuer par cet impitoyable ennemi, sénorita, mais je me présenterais devant lui.

— Ah ! fit amèrement Inez, vous préférez l'opinion de vos amis à l'amour de votre fiancée, c'est bien. Je vous laisse toute liberté, don Estève, et vous remercierai même de votre galanterie.

— J'ai encore une grâce à implorer de vous, hasarda timidement le guap.

— Une grâce encore, répéta distraitement la jeune fille, qu'une idée fixe semblait profondément préoccuper.

— Il faudrait que demain ces jalousies baissées fussent relevées, que ces fenêtres s'ouvrissent, et que vous y parussiez en grande parure, comme la reine de la fête.

— Votre désir sera accompli. Vous désirez me voir assister à cette boucherie ; par Notre-Dame del Pilar, s'écria-t-elle en saisissant la main de Carvajal, comme si l'éclair d'une inspiration subite eût lui sur son front ; j'y assisterai, je le serai, comme vous dites, l'héroïne de la fête ! Es-tu contente de moi, Léoparda ? ajouta la pauvre enfant en se retournant vers la duègne, le feu de la fièvre dans le regard.

Léoparda s'inclina.

— Et vous, monseigneur, êtes-vous satisfait ? dit-elle à Estève.

— Vous êtes la plus aimée des femmes, répondit le guap, et votre présence, en me faisant vaincre, me mettra au front une couronne de gloire qui me rendra seule digne de vous.

— A demain, don Estève ; et elle lui donna sa main à baiser.

— A demain, Inez ; vous voyez bien que votre refus n'était qu'un caprice et un enfantillage !

— Un caprice et un enfantillage, en effet ! Pardonnez-moi, comte de Carvajal.

II

Jamais on n'avait fait de plus magnifiques préparatifs pour une course de taureaux. La place Mayor était sablée, et tout à l'entour des barrières de hauteur d'homme, peintes des armes du roi et de celles des Etats espagnols. Elle offrait un merveilleux coup d'œil avec ses portiques sur lesquels semblent trembler les cinq étages des maisons. La ligne de balcons qui couronne les portiques était comme une immense loge de théâtre où les femmes, parées de toutes leurs pierreries, entraient par de grandes portes vitrées que faisait flamboyer le soteil. Ce n'étaient qu'étoffes magnifiques, tapisseries argentées, carreaux à fleurs d'or. Ce jour-là, les mantes noires avaient été reléguées dans les coffrets des toilettes, mais tous les écrins étaient vides en revanche.

La joie rayonnait sur tous les visages. Le regard des femmes faisait pâlir leurs diamants; c'était un tableau féerique.

A quatre heures, le roi apparut sur son balcon doré, plus spacieux et plus avancé que les autres et entouré de rideaux vert et or.

Les gardes firent une haie serrée sous ce balcon, poste périlleux, car, quoique les taureaux soient quelquefois prêts à les tuer, il ne leur est pas permis de reculer ni de lâcher pied. Entre eux et la mort il n'y a que la pointe d'une hallebarde.

Aussitôt que le peuple, sorti des barrières, se fut rangé sur les échafauds qui se dressaient du pavé à la saillie des balcons (et les toits portaient autant de spectateurs que les échafauds), six alguazils ou huissiers de la ville entrèrent dans la place, tenant chacun une baguette blanche à la main, et montés sur d'excellents chevaux harnachés à la mauresque, qui étaient chargés de petites sonnettes. Ils affectaient la meilleure contenance possible; mais comme le devoir les obligeait à rester dans la lice, personne ne se méprenait sur cette fierté d'apparat, et on se doutait bien qu'à cette heure leur cœur était plus pâle que leur visage.

Ils vinrent quérir, à la porte qui s'ouvrait au bout de l'arène, les trois chevaliers qui se présentaient pour combattre le taureau en *duelo*. On doit savoir que, pour cette sorte de course, il y a des lois établies. Il faut être né et renommé comme gentilhomme pour lutter à cheval. Il n'est point permis de tirer l'épée contre le taureau qu'il ne vous ait fait insulte. Or, il vous insulte s'il vous arrache de la main le *garrochon*, lance de bois de sapin dur, peinte et dorée, avec un fer très-poli ; s'il fait tomber votre manteau ou votre chapeau; ou bien encore s'il vous a blessé, vous ou votre cheval, ou quelqu'un de ceux qui vous accompagnent. Le taureau, ainsi mis dans son tort, le cavalier doit pousser son cheval droit à lui, car c'est un *empeno*, c'est-à-dire un affront dont il faut se venger sur l'heure ou mourir. Il donne au taureau *una cuchilla*, coup du revers de son épée, à la tête ou au cou; et si son cheval ne veut pas avancer, il met pied à terre et marche courageusement contre le fier animal. Les autres cavaliers doivent aussi descendre de cheval et accompagner celui qui est dans l'*empeno*, mais sans le seconder autrement contre son adversaire. Jamais le taureau n'attend cette troupe ni ne court sur elle; il fuit à l'autre extrémité de la place, et, après une légère poursuite, les combattants ont satisfait à la loi du *duelo*.

Les trois braves introduits dans la lice par les alguazils avaient d'admirables montures, sans compter les douze chevaux et les six mulets chargés de *rejones* ou *garrochons* et couverts de housses de velours aux couleurs de leurs maisons, que chacun d'eux faisait mener en main derrière lui par des palefreniers et des laquais habillés de soie.

Le premier se nommait don Estève, comte de Carvajal. Sa haute taille, l'élégance de sa tournure et son air martial lui assuraient une supériorité remarquable sur ses rivaux. Il était vêtu de brocart incarnat rayé d'or et d'argent.

Une éblouissante moire d'or, garnie de dentelles, avait fait les frais du costume des deux autres. Tous trois avaient des plumes blanches mouchetées de diverses couleurs, flottant au côté de leurs chapeaux et retenues par un riche cordon de diamants. Quant aux écharpes qu'ils devaient à la tendresse de leurs dames, ils les portaient, l'un en ceinture, l'autre en baudrier; Estève avait attaché la sienne à son bras. Leurs pieds étaient emprisonnés dans de petites bottines blanches à longs éperons dorés, qui n'avaient qu'une pointe, suivant la mode des Maures. Ils se tenaient aussi à cheval comme ces derniers, les jambes raccourcies, ce qu'on appelle *cavalgar à la gineta*.

Les trois champions traversèrent la plaça Mayor, avec tout leur cortège, au carillon des trompettes, et vinrent demander officiellement à sa Majesté la permission du combat, qui leur fut accordée avec le souhait de les voir triompher. Alors les trompettes sonnèrent de nouveau à grand fracas pour défier les taureaux, et le peuple hurla joyeusement : *Viva! viva los bravos caballeros*. Ceux-ci se séparèrent pour aller saluer les dames de leur

Don Estève leva les yeux sur le balcon de Frédéric Cardone. Son désir avait été à peu près accompli. Les jalousies étaient relevées et les fenêtres ouvertes, mais la chambre et le balcon, tendus de noir et vides de spectateurs, se détachaient lugubrement sur le fond éclatant de la place. La blanche Inez ne veillait pas sur le salut ou la victoire de son fiancé. La fleur de la plaça Mayor ne s'était pas couronnée des splendeurs de sa richesse pour accompagner son Estève. Le guap pâlit, et son orgueil blessé lui fit jurer de ne point pardonner à Inez cette révolte opiniâtre.

Quand le roi jugea qu'il était temps de commencer la fête, deux alguazils vinrent s'incliner respectueusement sous son balcon. Il remit à don Juan d'Autriche, qui était à sa droite, la clef de l'écurie où mugissaient les taureaux, et ce dernier la jeta aux alguazils.

Aussitôt éclatèrent les fanfares des trompettes, le grincement des timbales et le roulement des tambours. Fifres, hautbois, flûtes et musettes joignirent leurs voix discordantes à ce terrible concert, et les deux poltrons allèrent ouvrir en tremblant la porte fatale.

Un taureau à robe fauve se précipita dans l'arène aux applaudissements du peuple. Les alguazils s'enfuirent à bride abattue. Un homme caché derrière la porte la referma avec une promptitude merveilleuse et grimpa comme un écureuil sur le toit de l'écurie, grâce à une échelle qu'il retira aussitôt derrière lui.

Les dards aigus et garnis de papier découpé auquel on mettait le feu commencèrent à pleuvoir sur le taureau à son premier bond. La morsure de ces javelots de flamme l'étourdit. Il resta un moment immobile, le regard vague, la tête basse, battant ses larges flancs de sa queue. De tous les balcons et de tous les échafauds une grêle insolente de huées et de sarcasmes tomba sur sa lâcheté. Il n'y avait pas un enfant qui ne le menaçât du poing. Soudain un frissonnement horrible secoua tous ses membres. Cette fois les jeunes filles elles-mêmes levèrent sur lui leurs doigts roses en signe de mépris. Mais il avait redressé sa tête morne, et le rayonnement de ses prunelles glissait patiemment vers le groupe des trois cavaliers. Il mesurait avec insouciance la distance qui le séparait de ses ennemis, et, insensible à la douleur, il choisissait sa victime. Enfin, il frappa la terre d'un pied robuste et s'enleva en l'air par un effort si épouvantable qu'il alla retomber lourdement contre le cheval de don Estève. Le cheval eut le ventre crevé du coup, mais Estève était déjà à terre. Seulement il n'avait plus d'armes.

Le taureau attacha ses yeux livides sur le brocart incarnat du pourpoint du comte, puis leurs regards se croisèrent. Ce fut un instant d'espionnage solennel, où l'homme, malgré son courage, tremblait et sentait le froid monter à son cœur devant cet implacable adversaire. L'haleine de la vaillante bête se condensait en brouillard épais autour d'elle. Le feu jaillissait de ses yeux et de ses narines. Le silence était effrayant. On eût dit que la place était vide, déserte, ou que des ombres seules la peuplaient. Pas un souffle ne bruissait dans l'air. Pour Estève, il n'y avait dans cette place si grande qu'un taureau. Le malheureux était perdu et condamné dans tous les esprits. Les autres cavaliers restaient immobiles.

Tout à coup le taureau souleva sa croupe énorme et pencha sa tête en avant pour enlever sur ses cornes le toréador vaincu. Un cri s'éleva alors et s'éteignit dans le silence. Mais ce n'était pas le guap qui l'avait jeté, car au même instant il s'élançait d'un bond hardi et impétueux sur le dos de son ennemi et le saisissait témérairement par les cornes.

Alors ce fut une clameur enthousiaste et frénétique : *Viva el guapo, viva el gran toreador !* criait le peuple. Les femmes secouaient sur l'arène les parfums de leurs mouchoirs et de leurs écharpes.

Quoique effroyablement secoué, Carvajal resta plus d'un quart d'heure sur le dos du taureau et lui brisa une de ses cornes.

Pendant ce temps, son pauvre cheval, soutenu par la folle énergie de la douleur, volait éperdument autour de la lice, couvert d'écume, le ventre ouvert et faisant feu des quatre pieds. Il frappa un *cuchillo* de la tête et du poitrail et le tua. On lui ouvrit la grande barrière et il alla mourir hors de la lice.

La lutte du guap intrépide et du taureau furieux devenait de plus en plus affreuse. Elle se réduisait presque à une question d'entêtement. Or, le combat paraissait évidemment inégal, puisque l'homme ne pouvait étouffer entre ses cuisses nerveuses un si formidable adversaire, et que les forces de ce dernier s'épuiseraient moins vite, à coup sûr, que celles du pauvre guap.

Le taureau labourait la terre du pied en mugissant, et faisait tourbillonner autour de lui la poussière ; ses yeux s'ensanglantaient, et, quand il bondissait frénétiquement avec son étrange fardeau, on eût dit d'un monstrueux centaure. Enfin, au moment où l'on croyait que Carvajal allait se laisser tomber sur le sable, il s'enleva sur le dos de son ennemi, ainsi qu'un danseur sur une corde tendue, et glissa à terre comme un fantôme.

Mais il rencontra aussitôt devant lui les yeux brillants du taureau, que l'instinct de la haine avait rendu rusé, et qui s'était retourné avec la rapidité d'un éclair. Le guap, qui n'avait d'autre arme que sa souplesse et son agilité extraordinaires, fit un dernier et suprême effort, sauta par-dessus l'ennemi aussi légèrement qu'un oiseau, et se mit à courir devant lui.

Le taureau se jeta de tout son élan sur la trace de don Estève. Ils firent une fois le tour de la lice. Puis la force manqua au jeune guap. Il s'arrêta, se signa, fixa un dernier et douloureux regard sur le balcon désert et tendu de noir, qui semblait, comme un augure de malheur, avoir pris le deuil du triomphe espéré, et il attendit le front pâle, mais fièrement levé vers le ciel, le coup de grâce du taureau.

Mais la scène, au moment de toucher à son dénoûment, allait changer subitement de face.

En effet, comme le taureau arrivait sur Estève, un jeune villageois lui lança un dard qui le perça profondément, et parut lui causer une souffrance inouïe, car cette blessure arrêta miraculeusement sa course effrénée. Mais alors une terrible colère s'alluma dans son regard troublé ; il abandonna sa proie et marcha, à pas lents et lourds, sur le nouvel assaillant. C'était un enfant, un enfant tout frêle, dont la figure blanche et triste s'anima d'une vive rougeur après ce coup d'audace. Tous les cœurs s'émurent de pitié pour cette faible créature, qui venait de provoquer un pareil regard. Hélas ! l'intérêt qu'elle inspirait grandit bientôt. L'enfant était brave, mais le courage ne donne pas la force à des membres délicats. A l'approche du taureau, le sauveur d'Estève chancela et voulut fuir. Alors le bonnet qui couvrait sa tête tomba, et l'on vit les plus beaux et les plus longs cheveux du monde inonder ses épaules, en même temps qu'une pâleur mortelle effaçait les roses de son visage.

Une clameur d'épouvante jaillit de toutes les bouches ; tous les spectateurs se levèrent d'un mouvement unanime sur les balcons et les échafauds. L'enfant était une jeune fille tremblante, éperdue, et belle encore dans son angoisse d'une beauté divine.

Hélas ! il n'est plus temps de la sauver. Sa grâce et sa vie sont à cette heure dans la main de Dieu. Le roi, qui peut sauver les coupables de la mort, jetterait en vain son sceptre dans l'arène pour arracher à la mort cette victime innocente. La pauvre victime a compris qu'elle allait périr. Une sueur froide mouille ses tempes, le vertige la saisit ; elle ne fait plus un seul pas ; ses membres sont roides, ses yeux fixés à terre avec stupeur. Comme le condamné, elle attend le coup mortel.

Mais le premier, le guap a reconnu celle qui s'est dévouée pour lui, il est resté comme pétrifié par la surprise et l'effroi ; puis il a poussé un de ces cris terribles partis du fond de l'âme qui éclatent comme un son funèbre et désespéré dans la clameur de tous. Il n'a pas d'armes, mais il se fera tuer pour sauver la jeune fille, lorsqu'un de ses laquais lui jette, en *rejon*, court comme un poignard : le guap s'en saisit en s'écriant : Inez! Inez! bon courage ! A l'appel de cette voix aimée, Inez lève son regard déjà voilé par les ombres de la mort, mais les yeux béants de la foule lui font rouler, les rayons du soleil tombent d'aplomb sur elle : enfin l'haleine enflammée du taureau baigne déjà son visage.

Au même instant don Estève arrive, comme un fou, droit au terrible animal, et lui enfonce son *rejon* entre les deux cornes, à la suture des os, endroit très-délicat, mais large tout au plus comme une petite pièce de monnaie. Le coup était d'une adresse merveilleuse. Le taureau tomba mort.

Mais Inez était tombée avant lui.

Les yeux du guap se fermèrent d'épouvante, ses lèvres tremblèrent, agitées par un frisson convulsif, et il sentit tout son amour prêt à couler en larmes sur son visage, car il croyait comprendre tout l'héroïsme de la pauvre fille. Mais il se rappela presque aussitôt que cette épouvantable scène du drame de sa vie intérieure se jouait en public, devant le roi d'Espagne, sa cour et son peuple de Madrid ; il se souvint que pour la foule ce n'était qu'un acte de la course, peut-être trop long déjà ; qu'un acteur n'a pas le droit d'ôter son rouge devant les spectateurs pour laisser voir la pâleur de son front, l'émotion de son regard et laisser éclater le vrai désespoir de son cœur. Alors il s'avança avec calme, se pencha sur le cadavre d'Inez, et contempla avec une tendresse passionnée ce visage sur lequel l'effroi et la mort avaient, de leur souffle, en passant, jeté le voile d'une beauté surhumaine. Il ne put néanmoins s'empêcher de baiser au front : chaste et premier embrassement qui devait être le dernier. Puis, relevant dans ses bras sa blanche fiancée, il remit ce fardeau précieux aux alguazils qui venaient d'accourir, salua gracieusement le balcon royal et disparut de l'arène.

La course continua et fut très-brillante. On compta dix taureaux tués, quinze morts et vingt-quatre blessés parmi les toréadores et les *cuchillos*. Jamais encore le peuple de Madrid ne s'était tant diverti.

Pendant un mois le comte don Estève de Carvajal, frappé au cœur par la mort d'Inez, resta enfermé dans son hôtel, sans vouloir voir un seul de ses anciens amis.

« Le soleil de ma vie est terni à jamais, » disait-il à la vieille Léoparda, qu'il avait prise à son service, le chagrin ayant tué Frédéric Cardone peu de jours après la perte de sa fille. Le monde est maintenant vide et désert pour moi ; j'ai sacrifié mon bonheur aux vanités de ce monde, et j'en suis cruellement puni. A cette heure, tout mon amour dort enseveli sous la froide pierre de la tombe. Toute joie est morte en mon âme, et la fleur dont le parfum devait enchanter ma vie est couverte d'un noir linceul. Pourtant une année s'était à peine écoulée, que don Estève était redevenu le guap le plus déterminé de Madrid. Le broquel avait reparu à son bras, sa gigantesque rapière reluisait de nouveau au soleil, et le volage comte allait épouser la riche veuve du marquis de Léon, dona Carmel. La douleur s'ennuie dans la solitude, et un mois de réclusion avait suffi pour rendre don Estève aux faciles amours, aux joyeuses rasades des nuits folles, et aux grands coups d'épée dans les rues endormies ou désertes.

Le lendemain du jour des noces, Léoparda s'approcha mystérieusement du comte et lui remit un papier cacheté et scellé, au chiffre de Frédéric Cardone. Estève l'ouvrit assez négligemment, en fredonnant un air de table. Mais bientôt le refrain mourut sur ses lèvres, et une expression grave et mélancolique se peignit sur sa figure, car ce papier était un testament, et ce testament était signé : Dona Inez Cardone. Voici ce que lut le guap :

« Vous pourriez à peine lire, Estève, ces lignes douloureuses qui sont les adieux d'une femme que vous avez bien aimée. Pardonnez-moi ! ma main tremble, parce que je sais que je vais mourir, et croyez-moi, mon ami, il faut du courage pour mourir si jeune, il faut du courage même à un cœur vaillant, et vous savez si je suis une pauvre femme, sans force et sans résolution. A cette heure, Estève, vous m'avez sans doute oubliée, et je ne vous en fais aucun reproche ; car si je renonce sans peine à l'avenir riant de la vie, c'est pour vous rendre la liberté de votre cœur. Sachez-le bien, Estève, vous vous seriez repenti tôt ou tard d'avoir lié par une chaîne de fer votre caractère gai et franc à ma tristesse habituelle. Par délicatesse, vous n'auriez pas osé me faire sentir ce que ce contraste avait de déplaisant pour vous ; vous auriez silencieusement muré vos regrets au plus profond de votre âme, et nous aurions été tous deux malheureux, l'un par l'autre, malgré tous nos efforts. Et ne croyez pas, mon ami, que je ne vous aimais point. Seulement je m'étais trompée sur votre amour. Quand hier, mû par un sentiment qui vous semblait le noble et légitime orgueil de l'honneur, et qui me parut à moi un sacrifice offert par faiblesse à un atroce préjugé, vous refusâtes de me combattre, les larmes aux yeux, adressais de ne point combattre, je compris tout à coup que nous ne nous aimions pas du même amour. Oui, Estève, nos âmes ne se sont jamais comprises, et quand nos sourires et nos regards se rencontraient, quand nous croyions nous donner l'un à l'autre, un abîme s'ouvrit encore entre nous, un abîme où pouvait glisser tout le bonheur de notre vie, sans qu'il lui fût possible de se rattacher à une ronce ou à une bruyère. Pour moi vous n'étiez qu'un frère. Pour vous, je n'étais qu'une femme que le monde trouvait belle.

« Voyant donc que je ne pouvais répondre à votre affection par une affection semblable, que ce serait pour moi un remords éternel de vous avoir trompé involontairement, et que mon âme timide et peureuse ne saurait jamais s'allier à un esprit inflexible comme le vôtre, je cessai de tenter d'inutiles efforts pour vous empêcher de paraître à la course, mais je résolus de ne pas vous y laisser périr. Quand vous lirez cette lettre, Estève, j'aurai tenu parole, et vous serez l'héritier de ma fortune comme le confident de mes dernières pensées. »

— Pauvre Inez ! murmura le guap. Elle était aussi bonne que belle.

— Ah ! ma nouvelle maîtresse a de plus belles couleurs, dit Léoparda, et ce soir, à la comédie, quand elle paraîtra dans sa loge en grande toilette, elle tournera bien des têtes.

— Juste ciel, s'écria Estève, j'oubliais la comédie, et je ne suis pas encore habillé ! Que dira ma femme ? Vous êtes cause de ce retard, Léoparda. Vous auriez pu me remettre demain ces papiers. Cette lettre m'a tout attendri ; c'est fort désagréable. Si j'ai l'air mélancolique un lendemain de noces, je serai assassiné de sarcasmes à bout portant.

FIN DU GUAP.

Paris. — Imp. Simon Raçon et Cⁱᵉ, rue d'Erfurth, 1.